KB127843

시의 역사

A Little History of Poetry by John Carey

A LITTLE HISTORY *of* POETRY

시대를 품고 삶을 읊다

시의 역사

존 캐리 지음 | 김선형 옮김

연대표로 보는 시의 역사

기원전 20세기경	• 고대 메소포타미아	– 인류 최초의 서사시 「길가메시 서사시」
기원전 8세기	• 고대 그리스	– 호메로스 서사시 「일리아드」와 「오디세이아」
기원전 6세기	• 고대 그리스	– 사포, 서양 문학 최초로 여성이 여성을 욕망하는 상사병의 증후 묘사
기원전 1세기	• 로마 제국	시인 3인방의 활약 베르길리우스의 서사시 「아이네이스」 호라티우스의 「송가」 오비디우스의 「사랑의 기술」, 「변신 이야기」
서기 8세기경	• 영국	– 앵글로색슨 문학의 고전 「베오울프」
14세기	• 이탈리아 • 영국	– 단테 알리기에리의 「신곡」(1320년) – 제프리 초서의 「캔터베리 이야기」(1387년)
15세기	• 프랑스 • 영국	– '저주받은 시인' 프랑수아 비용의 활약 – 튜더 왕조의 궁정 시인들(존 스켈턴, 토머스 와이어트 경, 서리 백작 헨리 하워드)
16세기	• 영국	에드먼스 스펜서, 서사시 「요정 여왕」을 엘리자베스 1세에게 헌정 윌리엄 셰익스피어의 소네트 크리스토퍼 말로, 미완성 걸작 「히어로와 리앤더」
17세기	• 영국	새로운 과학과 사상을 흡수한 존 던의 혁신적인 사랑시 청교도 정권 수립 실패 이후 존 밀턴, 종교 서사시에 몰두(「실낙원」, 「투사 삼손」, 「되찾은 낙원」)
18세기	• 영국 • 독일	신고전주의 시대(드라이든, 포프, 스위프트, 존슨) 다채로운 여성 시인들, 민중 담시 병존 윌리엄 워즈워스와 새뮤얼 콜리지, 『서정담시집』(1798년)에서 혁명적인 시학 선포 – 요한 볼프강 폰 괴테, 낭만주의의 발명(「젊은 베르테르의 슬픔」)

19세기	• 영국	– 낭만주의 시대(키츠, 셸리, 블레이크, 바이런, 번즈)
	• 독일	– 하인리히 하이네, 낭만주의의 정점에서 낭만주의 배격
	• 러시아	– 알렉산더 푸시킨, 러시아 시문학의 국가 정체성 수립(「루살카」, 「보리스 고두노프」, 「청동의 기수」, 「예브게니 오네긴」)
19세기 후반	• 영국	– 앨프리드 테니슨, 빅토리아 왕조의 계관시인으로 등극 – 로버트 브라우닝, 극적 독백과 심리적 리얼리즘 – 여성 시인(엘리자베스 배럿 브라우닝, 에밀리 브론테, 크리스티나 로제티)의 활약
	• 미국	– 과거의 낡은 형식을 타파하고 미국 시의 정체성을 수립한 두 명의 천재 시인(월트 휘트먼, 에밀리 디킨슨) 등장
	• 프랑스	– 상징주의 득세(보들레르, 말라르메, 베를렌, 랭보)
20세기 초반	• 영국	– 빅토리아 여왕 말년, 토머스 하디의 비관주의 – 조지 시대의 시인들과 제1차 세계대전의 시 – 모더니즘의 발명(T. S. 엘리엇, 에즈라 파운드), 『황무지』(1922년) – 중국과 일본 시, 영어권에 번역 소개
	• 독일	– 라이너 마리아 릴케의 『신시집』, 「두이노 비가」, 「오르페우스에게 바치는 소네트」
	• 아일랜드	– W. B. 예이츠와 신비주의
	• 스페인	– 페데리코 가르시아 로르카의 『로만체로 기타노』(1928년)
	• 칠레	– 파블로 네루다의 『스무 편의 사랑의 시와 한 편의 절망의 시』(1924년)
20세기 중반	• 미국	– 미국의 일상성과 장소성에 뿌리박은 독자적 모더니즘의 성과(월리스 스티븐스, 하트 크레인, 윌리엄 카를로스 윌리엄스 등) – 윌리엄스의 『패터슨』(1946~1958년) – 모더니즘을 극복한 여성 시인(메리앤 무어, 엘리자베스 비숍) 등장 – 제2차 세계대전의 시
	• 멕시코	– 옥타비오 파스, 「고독의 미로」(1950년)
20세기 후반		– 무한한 다양성의 시대

● 일러두기

1. 이 책에 인용된 시들 중 영어 원문이 아닌 독일, 러시아, 중국, 일본 시 등은 원문을 병기하지 않았습니다.
2. 본문에 나오는 각주는 옮긴이가 독자들의 이해를 돕기 위해 달았습니다.
3. 본문 중 인명, 책명, 시 제목 등의 원어는 괄호 없이 병기하는 것을 원칙으로 삼았습니다.
4. 일반적인 책명에는 『 』를, 작품명이나 노래 및 영화 제목에는 「 」를, 정기간행물(잡지 등)에는 〈 〉를 붙였습니다. 단, 바이블 제목 앞뒤에는 기호를 생략했습니다.

| 차례 |

CHAPTER 1

신과 영웅과 괴물

「길가메시 서사시」

시란 무엇일까? 시와 언어의 관계는 음악과 소음에 견줄 수 있다. 기억에 남고 가치를 부여받도록 특별히 지은 언어라는 뜻이다. 언제나 그 목적을 달성하는 건 아니다. 수 세기가 흐르는 사이 까맣게 잊힌 시가 수천수만 편에 달한다. 이 책에서는 그렇게 잊히지 않은 시들을 다루려 한다.

현존하는 가장 오래된 문학작품은 「길가메시 서사시The Epic of Gilgamesh」다. 물경 4,000년 전에 고대 메소포타미아(대략 현재의 이라크와 시리아 동부에 해당한다)에서 지어진 시다. 누가 지었는지, 왜 지었는지, 어떤 독자나 청중을 염두에 두고 지었는지는 아무도 모른다. 이 시는 지금까지 알려진 가장 오래된 글자로 점토판에 새겨져 보존되었다. 이 글자는 갈대로 젖은 점토에 쐐기cuneiform 모양의 홈을 새겨 글을 썼기 때문에 설형문자楔形文字*라고 불린다.

설형문자를 해독하는 비결은 소실되어 여러 세기 동안 비밀로 남아 있었다. 그런데 1870년대에 런던의 노동계급 출신인 조지 스미스가 대영박물관에서 점토판을 독학하다가 암호를 풀었고, 「길가메시 서사시」가 세상의 빛을 보게 되었다.

이 서사시는 여신인 어머니에게서 태어난 길가메시라는 왕의 이야기를 들려준다. 길가메시는 우루크 시(현재 이라크 남부의 바르카)의 통치자다. 길가메시는 위대한 전사이며, 신기술인 유광 벽돌로 화려한 도시를 건설한다. 그러나 한편으로는 여색을 밝히는 폭군이라서 신혼 초야의 신부들을 겁탈하기 일쑤다. 그리하여 신들은 백성을 억압하는 길가메시를 저지하려는 목적으로 야성의 인간 엔키두를 창조한다.

엔키두는 어머니인 여신이 손에서 씻어낸 진흙으로 빚어져 인간보다 짐승에 가까운 존재다. 온몸이 털북숭이인 엔키두는 가젤과 함께 풀을 뜯어 먹으며 산다. 그러나 우루크 사원 여사제의 유혹에 빠져 7일 밤낮으로 사랑을 나눈 끝에 인간으로 거듭난다. 여사제는 엔키두에게 옷을 차려입고 인간의 음식을 먹는 법을 가르쳐준다.

길가메시는 엔키두와 사랑에 빠져 여인처럼 어루만지며 애지중지한다. 그러나 엔키두가 신부를 겁탈하지 못하게 막자 길가메시는 결투를 무릅쓴다. 이들의 대결은 자웅을 가리지 못하고, 결국 둘은 키스로 화해한 후 함께 영웅적인 모험을 떠난다. 함께 삼나무 숲으로 탐험을 떠난 둘은 그곳에 사는 괴물 훔바바를 죽인다. 그러나 훔바바는 신들의 괴물이었기에 신들은 분노한다. 싸움을 끝내고 목욕을 하는 길가메시를 본 이시타르 여신은 사랑에 빠져 그에게 청혼한다. 이시타르는 섹스와 폭력의 여신이라서 그녀의 애인은 모두 비참한 최후를 맞았다.

---

* 수메르인이 발명해 고대 메소포타미아를 중심으로 광범하게 사용된 그림문자. 젖은 점토 위에 갈대나 금속으로 만든 펜으로 새겨 썼기 때문에 문자의 선이 쐐기 모양을 닮아 쐐기문자라고도 한다.

그래서 길가메시는 이시타르의 청혼을 거절하고, 이에 분노한 여신은 하늘의 신인 아버지에게 달려가 또 다른 괴물인 천상의 황소를 보내 길가메시를 죽여달라고 청한다. 그러나 길가메시와 엔키두는 오히려 황소를 죽이고, 이로 인해 더욱 격노한 신들은 엔키두에게 사형선고를 내린다.

길가메시는 엔키두의 죽음을 애통하게 비탄하고 영원한 생명의 비결을 찾고자 길을 떠난다. 나룻배를 타고 죽음의 물을 건너가서 신들의 지시를 따라 방주를 건설해 전 인류를 몰살한 대홍수에서 살아남은 불멸의 인간 우트나피슈팀을 찾아낸다. 길가메시는 젊음을 되찾아주는 약초를 찾아 심해로 잠수한다. 우여곡절 끝에 약초를 찾아 수면으로 가지고 올라오는 데 성공하지만 뱀 한 마리가 영약을 훔쳐가고 만다. 그러자 우트나피슈팀이 죽음과 싸워 이길 수 있는 인간은 아무도 없다고 길가메시를 타이른다. 그래서 길가메시는 권능과 명성을 지닌 자신도 죽음 앞에서는 한낱 인간일 뿐이며 모두가 평등하다는 교훈을 얻어 우루크로 돌아온다.

「길가메시 서사시」와 호메로스의 「오디세이아Odyssey」 사이에는 명백한 평행관계가 존재한다. 직접적인 영향도 있겠지만, 길가메시 이야기에 전 세계의 신화와 민담에 공통된 요소들이 있기 때문이기도 하다. 여러 신화와 종교에서 신들은 인간 영웅들을 총애하거나 박해하고, 인간 영웅들은 괴물과 싸우고 죽음의 영토인 지하 세계로 내려갔다가 산 자들의 세계로 돌아온다. 이런 모티프는 호메로스를 거쳐 서양의 시가 상상한 우주에 녹아들었다.

「길가메시 서사시」가 과연 우리가 생각하는 의미의 '시'로 통용되었는지는 분명치 않다. 당시에는 신들과 인간의 관계에 관한 참된 설명으로 여겼을 수도 있다. 「길가메시」에는 마르두크라는 신들의 수장이 나오지만, 또한 여러 다른 신과 신들의 불화가 등장한다. 신들은 술에 취해 실수를 범한다. 신들은 원래 인간을 불멸의 존재로 창조했지만, 나중에 죽음을 만들어내어 대홍수를 일으키고 인류를 몰살한다. (우트나피슈팀은 유일한 예외다.) 인류가 번잡스럽고 시끄러워서 신들의 잠을 방해한다는 이유에서였다.

이 이상한 이야기가 현대의 믿음과 전통의 발달에 뭔가 영향을 미쳤을까? 가능성이 없지는 않다. 기원전 597년 유다 왕국은 바빌로니아의 왕 네부카드네자르에게 정복당하고 유다 민족은 포로로 잡힌다. 그들의 망명은 시편 137장, '바빌론 강가, 거기에 앉아 우리는 시온을 생각하며 눈물 흘렸다'라는 구절에 기록되어 있다. 유다 민족은 50년이 넘는 세월 동안 승리자 바빌로니아인의 노예로 살면서 그들의 이상한 신들 이야기를 들어야 했다. 그러나 기원전 539년 페르시아인이 바빌로니아를 정복했고, 해방된 유다 노예들은 유다 왕국으로 돌아갔다. 그 무렵에 그 전설들이 유다의 율법서인 모세 5서The Torah와 혼합되기 시작한 것으로 보인다. 모세 5서는 현재 구약성서라 불리는 텍스트의 첫머리 5권을 이룬다. 유다 민족은 그들의 민족 전설을 한동안 섞여 살았던 바빌로니아의 신앙으로 더럽히지 않으려고 노력했던 것 같다. 그러나 창세기에서 인류를 멸망시키는 대홍수와 에덴의 이브를 유혹하는 뱀은 「길가메시」의 대홍수와 뱀에서 유래했을지도 모른다.

무엇보다 중요한 사실은, 모세 5서는 전지전능한 신 야훼가 유일하게 참된 신이며 바빌로니아의 신들과 같은 다른 신들은 거짓 신이라고 주장한다는 점이다. 이 중대한 변화로 인해 여러 의문이 발생했다. 신이 전지전능하다면 어째서 세계는 불행과 시련으로 가득한가? 신은 어째서 더 나은 세상을 만들지 않는가? 이런 의문은 수백 년에 걸쳐 신학자들의 지성에 도전했고, 여러 다른 종교가 제각기 다른 해답을 내

놓았다.

모세 5서에서 불행과 수난으로 가득한 타락한 세상은 인간 스스로 초래한 결과다. 신이 먹으면 죽는다고 경고한 사과를 아담이 먹었기 때문이다. 기독교는 이 해명을 수용하지만, 보통은 아담과 이브의 일화를 말 그대로의 진실이라기보다 우화 또는 비유로 이해하는 조정을 거친다. 하지만 기독교는 이 이야기에 확장편을 덧붙이는데, 바로 신이 아들인 예수 그리스도를 보내 십자가에 매달려 죽음으로써 인류를 구원하게 했으니 예수 그리스도를 믿는 자는 영생을 얻는다는 내용이었다.

인간의 수난이라는 문제에 대한 다른 해답은 일부 동양의 종교에서 찾을 수 있으며 '업karma'의 관념과 이어진다. 인간의 선행과 선의는 행복으로 인도하며, 악행과 악의는 불행을 부른다는 생각이다. 힌두교, 불교, 자이나교*, 시크교를 비롯한 인도의 종교 다수에 따르면 업은 환생의 믿음과 관련되어 있다. 이 생애에서 사람의 행위와 의도는 미래의 삶에 질적으로, 또 본질적으로 영향을 미친다. 예를 들어 태어날 때부터 앞을 보지 못한다면 전생에서 지은 죄의 업보다. 아브라함의 종교(유대교, 기독교, 이슬람교)에는 환생이라는 개념이 없기에, 신의 정의라는 문제에 이런 식으로 해법을 구할 수가 없다. 그러나 힌두교의 경전 바가바드기타는, 우주 만물은 윤회를 피할 수 없다는 크리슈나 신의 가르침을 전한다.

앞으로 살펴보겠지만, 예로부터 서양의 시인들은 윤회 관념에 매료되었다. 하지만 「길가메시 서사시」에서는 그런 흔적을 찾아볼 수 없다. 길가메시는 자신이 죽음을 물리칠 수 있다고 믿지만, 그 믿음은 헛

---

* 불교와 동시대에 고대 인도에서 발생한 종교로, 창시자는 마하비라Mahavira(기원전 599~기원전 527)로 전해진다.

된 것으로 밝혀진다. 죽음을 이길 자는 아무도 없다고 우트나피슈팀이 길가메시를 훈계할 때, 수백 년에 걸쳐 시라는 장르의 주요 화두가 될 내용이 역사상 최초의 문학적 진술로서 등장한다. 자기의 죽음이든 타인의 죽음이든 죽음에 어떻게 맞설 것인가, 그 경험으로부터 값지고 아름다운 무언가를 만들어내려면 어떻게 해야 할까? 한 예로 셰익스피어는 「심벨린Cymbeline」의 노래에서 이 주제를 다룬다.

태양의 열기를 더는 두려워 말라,
무서운 겨울의 분노도 두려워 말라,
그대는 이승의 일을 다 하고
고향으로 돌아가 보상을 받았다.
황금빛 청년과 처녀 모두
굴뚝 청소부와 마찬가지로, 재로 돌아가나니.

권력자의 눈살을 더는 두려워 말라.
그대 이제 폭군의 매질을 뒤로하였다.
입을 옷 먹을 것 걱정도 말라.
그대에게 갈대는 참나무와 다를 바 없어
왕홀王笏, 학식, 명약도 모두
이 길을 따라, 재로 돌아가나니.

Fear no more the heat o' the sun,
Nor the furious winter's rages,
Thou thy worldly task hast done,
Home art gone, and ta'en thy wages:

Golden lads and girls all must,
As chimney-sweepers, come to dust.

Fear no more the frown o' the great;
Thou art past the tyrant's stroke;
Care no more to clothe and eat;
To thee the reed is as the oak:
The sceptre, learning, physic, must
All follow this, and come to dust.

물론 사후의 삶에 대한 희망을 주창하는 종교시도 있다. 그러나 셰익스피어는 그러지 않는다. 죽음을 탈출구이자 해방구로 제시한다.

죽음과 함께 사랑 또한 시의 영원한 주제다. 그리고 사랑은 「길가메시」에서 이미 핵심적인 화두로 드러난다. 사랑은 문명화의 힘이며 온전한 인간이 되기 위해 꼭 필요한 자질이다. 1주일간의 성애를 통해 엔키두는 짐승에서 인간으로 거듭난다. 창세기의 '아담과 이브 이야기'와 달리 「길가메시 서사시」는 또한 두 남성의 심오한 동성애를 찬미하며, 우리가 앞으로 이 책에서 만나게 될 위대한 사랑의 시 중에도 남자가 남자에게, 여자가 여자에게 바치는 시들이 있다.

「길가메시」에서는 후세의 시에 메아리로 공명하게 될 또 다른 면모들을 찾아볼 수 있다. 길가메시는 폭정을 일삼는 군주이며, 호메로스의 오디세우스와 마찬가지로 오만을 뜻하는 이른바 '휴브리스hubris'의 죄를 저지른다. 길가메시의 오만과 폭정은 신들의 심기를 거슬러 엔키두를 내려보내게 만든다. 「길가메시 서사시」는 이런 면에서 정치적인 시이며 폭군을 질책하고 경고한다. 시의 일반화는 섣부른 짓이지만 주류의 시, 특히 근·현대의 시는 권력, 부, 사치와 명성을 회의하고 이런 가치를 숭상하는 인간에게도 회의적 시선을 보낸다.

「길가메시 서사시」는 구술하거나 노래로 불렀을 때 어떻게 들렸을지에 대해 아무런 정보도 주지 않는다. 그러므로 우리로서는 리듬, 운율, 각운과 관련된 이 시의 결정적 차원을 엿볼 길이 없으며, 그 차원이 얼마나 중요했는지도 가늠할 수 없다. 소리가 무엇보다 중요했으며, 의미는 오히려 부차적이었다고 주장하는 학자도 있다. 반면 의미없는 시는 부질없다고 생각하는 이들도 있다. 또 어떤 이들은 시의 소리, 박자와 리듬이 반향실反響室과 같은 어머니의 자궁에 대한 태초의 기억을 환기한다고 주장한다.

이제까지 살펴보았듯이, 시의 지혜는 우리에게 반드시 죽어야 한다는 사실을 일깨워준다. 그러나 시는, 아니 어떤 시들은 죽지 않고 인간 수명의 한계를 훌쩍 넘어 오래도록 살아남는다. 어째서 그러한가는 수수께끼다. 날마다 눈사태처럼 우리를 무서운 속도로 덮치고 흘러가는 망망한 언어 속에서 시인이 몇 개의 단어를 골라 일정한 순서에 따라 배열하는 것으로 죽음을 넘어서는 예술을 창조한다니 어떻게 된 일일까? 지금까지 아무도 이 신비를 설명하지 못했다. 그러나 모든 시인은 이 목표를 추구한다고 보아도 좋을 것이다. 금세 잊힐 거라면 무엇하러 고생스럽게 시를 쓰고 고심해서 완벽하게 다듬는단 말인가? 시인이 우리에게 만물은 재로 돌아간다고 말할 때마저도 시는 재로 돌아가지 않고 영원히 살아남고자 한다. 예를 들어 셰익스피어 같은 시인은 노골적으로 그 의도를 밝힌다. 다음은 셰익스피어의 소네트 55에 나오는 구절이다.

대리석도, 금박을 입힌 군왕의 기념비도

이 힘찬 운율보다 오래가지 못하리…….

Not marble, nor the gilded monuments

Of princes shall outlive this powerful rhyme...

무엇이 시에 영생을 부여하는지 아무도 모르기에, 시를 판단하는 기준 역시 과학적 사실이 아니라 주관에 따를 수밖에 없다. 나의 선호도는 독자 여러분과 다를 수밖에 없다. 같은 시처럼 보이더라도 우리가 다른 정신과 다른 과거를 가지고 접근하기 때문이다. 미학적 판단에는 옳고 그름이 없고 의견이 있을 뿐이다. 나는 여러분이 이 책에서 예전에 몰랐던 시들을 발견하고 그 시들을 나날의 생각 속에 품기를 바란다. 그리고 그 시들에 대한 여러분 자신의 판단을 신뢰하길 바란다.

CHAPTER 2

전쟁, 모험, 사랑

호메로스, 사포

호메로스Homer가 누구였는지, 호메로스 서사시가 한 시인의 작품이었는지는 알 수 없다. 시기는 대략 기원전 700년으로 추정된다. 「일리아드Iliad」는 현재까지 전해지는 최초의 전쟁시다. 이 서사시는 10년에 걸친 트로이 포위전의 마지막 몇 주일에 걸쳐 그리스군과 트로이군이 맞붙은 전투를 묘사하며 트로이군의 총지휘관인 헥토르가 그리스 전사 아킬레우스의 손에 죽음을 맞는 지점에서 막을 내린다.

이 시는 전쟁에 대해 상충적인 태도를 보인다. 전쟁은 영광이자 공포로 그려진다. 비겁함은 경멸을 사 마땅하다. 그러나 전쟁의 잔혹성과 무의미 역시 폭로된다. 이 모순은 전투 장면을 관통하는 두 가지의 다른 스타일에도 반영된다. 전사들은 서로 격식을 갖춘 수사적 언어로 웅변가처럼 대화한다. 그러나 죽을 때는 도살되는 가축과 다름없다. 창이 입안으로 날아와 치아와 뼈를 박살낸다. 창끝에 꿰인 청년은 전차에서 떨어져 낚싯바늘에 걸린 물고기처럼 꿈틀거린다.

「일리아드」에 기록된, 전쟁에 대한 감정적 분열은 인간의 본성에 깊이 새겨진 것으로 보인다. 심지어 오늘날에도 현충일 추도식에서 흔히 볼 수 있듯, 전쟁의 영광을 찬미하고 헛된 희생을 통탄하는 행위는 언제나 병존한다. 우리 내부의 이런 괴리를 드러내 보이는 「일리아드」가 보편성과 깊이를 담보하는 이유다.

또 한 가지를 짚자면 인간 감정의 묘사다. 서사시의 행위에 개입하는 신과 여신들 – 제우스, 아폴로, 아테나, 아프로디테 등 – 은 경박하고 사악하고 졸렬하며 호전적이다. 그리하여 신들에 대조되는 인간들이 품격 있고 숭고해 보이는 효과가 있다. 인간은 참된 아픔과 슬픔을 느끼며 영웅으로서 우뚝 설 수 있으나 불멸의 신들은 그럴 수 없다.

이 시에서 가장 유명한 장면 중 하나는 6권에서 헥토르의 아내 안드로마케가 흐느껴 울며 남편에게 전장에 나가지 말라고 설득하는 대목이다. 헥토르는 자신이 출전하지 않으면 트로이의 남녀 앞에서 '깊은 치욕'을 느낄 거라고 말한다.

> 겁쟁이처럼 움츠러들어 전투를 회피한다면.
>
> if like a coward I were to shrink aside from the fighting.

헥토르는 자신이 전장에서 죽음을 맞을 운명이며 아버지 프리아모스 왕을 비롯하여 모든 백성과 함께 트로이가 파괴될 것임을 알고 있으면서도 아내의 간청을 거절한다.

두 사람의 '별처럼 아름다운' 어린 아들 아스티아낙스를 안고 있는 유모가 그 자리에 있다. 아이는 아버지의 갑옷과 투구에서 맹렬하게 흔들리는 말총 술을 보고 공포로 울부짖으며 도망치려는 듯 유모의 품을 파고든다. 헥토르와 안드로마케는 겁먹은 아들을 보고 함께 웃지만, 헥토르는 빛나는 투구를 벗어 땅에 내려놓는다. 그리고 아들을 안고 키스하고 품 안에서 어르며 기도한다.

> 제우스여, 그리고 다른 불멸의 신들이시여, 내 아들인 이 아이가,
> 나처럼, 트로이인들 가운데 뛰어난 인물이 되게 해주소서.
> 나처럼 힘이 세어 일리온의 강력한 지배자가 되게 허락하소서.
> 그리고 언젠가 전투에서 돌아오면 세간 사람들로부터 '그는 아버지보다 훨씬 더 훌륭한 인물이었다'는 평판을 듣게 하소서.
> 적군을 죽이고 피 묻은 전리품을 가지고 돌아와 제 어미의 마음을 기쁘게 하도록 하소서.
> Zeus, and you other immortals, grant that this boy, who is my son,
> may be, as I am, pre-eminent among the Trojans,
> great in strength, as I am, and rule strongly over Ilion;
> and some day let them say of him: 'He is better by far than his father',
> as he comes in from the fighting, and let him kill his enemy
> and bring home the blooded spoils, and delight the heart of his mother.

기도를 마친 그는 아이를 아내 안드로마케에게 건네주고, 안드로마케는 '눈물 가운데 미소를 띠며 향기로운 가슴에' 아기를 품는다. 헥토르는 아내에게 측은한 마음을 느끼고 손으로 어루만지며 때가 오기 전에 그를 하데스로 보낼 사람은 아무도 없다는 말로 아내를 위로한다.

이 짧은 장면에 대해 쓰인 글은 수천 단어를 훌쩍 넘는다. 이 장면은 전투 장면에서 본 전쟁에 대한 분열된 반응을 가정이라는 배경으로 옮겨온다. 우리 눈에는 어린 아들이 살인자로 자라나 다른 인간의 피를 뒤집어쓴 채 전장에서 돌아오기를 바라는 헥토르가 끔찍해 보인다. 이런 미래를 기도하다니 짐승이나 할 짓이 아닌가. 그러나 우리는 헥토르가 야만적인 짐승이 아님을 명백히 알아보게 되어 있다. 헥토르는 다정한 마음으로 아기를 사랑하며 슬픔에 빠진 아내를 위로하려 애쓴다. 그리고 싸운다 해서 그 어떤 위업도 이룰 수 없음을 예감하고 있다. 자신과 아버지와 트로이가 죽을 운명임을 잘 알고 있다. 그러므로 전장으로 돌아가 군사들과 합류하는 행위는 실용적으로도 아무런 의미가 없다. 그러나 우리는 헥토르의 의무감을 이해한다.

그래서 「일리아드」는 비극이다. 그러나 「오디세이아」는 일리아드의 속편과도 같은 위상에도 불구하고 전혀 다른 종류의 시다. 이 시는 트로이 전쟁이 끝난 후 오디세우스가 10년에 걸쳐 고향인 이타카 섬으로 돌아가는 이야기를 들려준다. 「오디세이아」는 모험담이며, 향후 연년세세에 걸쳐 헤아릴 수 없는 모험 이야기에 끝없이 등장하게 될 허구의 주인공을 처음 소개한다. 이런 주인공을 불패의 영웅이라고 부를 수 있을 것이다. 제임스 본드나 톨킨의 호빗처럼 – 『이상한 나라의 앨리스』의 앨리스도 불패의 주인공이라 할 수 있다 – 오디세우스는 아무리 터무니없는 상황이라도 모든 위험을 극복하고 살아남는다. 그래서 「일리아드」의 음울한 현실주의와 비교해서 「오디세이아」는 판타지로 분류할 수 있다.

시의 첫머리에서 우리는 오디세우스가 자리를 비운 사이 이타카 섬에서 어떤 일이 벌어졌는지 알게 된다. 오디세우스의 아내 페넬로페는 오디세우스가 죽었다고 믿고 그녀와 재혼하고자 하는 수많은 청년에게 시달리고 있다. 오디세우스와 페넬로페의 젊은 아들 텔레마쿠스는 이 막무가내의 구혼자들을 통제하지 못하고 아테네 여신의 도움을 받아 그리스 본토로 가서 아버지가 그를 사모하는 칼립소라는 정령의 포로로 잡혀 있다는 사실을 알게 된다.

두 번째 대목은 아직도 칼립소의 섬에 있는 오디세우스로부터 시작된다. 그러나 칼립소는 마침내 그를 보내주기로 마음먹고, 오디세우스는 뗏목을 만들어 항해를 시작하지만, 곧 그에게 원한을 품은 바다의 신 포세이돈의 뜻대로 조난되고 만다.

오디세우스는 가장 가까운 섬으로 헤엄쳐 가서 온몸에 소금을 뒤집어쓴 몰골로 바닷가로 기어올라 잠이 든다. 소녀들의 웃음소리에 잠이 깬 그는 벌거벗은 몸으로 일어나 공주를 만난다. 나우시카와 시녀들은 빨래를 하러 와서 공놀이를 하고 있었다. 이 에로틱한 긴장감으로 인해 이 장면은 시 전체에서 가장 유명한 장면으로 꼽힌다.

나우시카는 오디세우스를 부모님의 궁전으로 데려가고, 궁에서는 그를 융숭하게 환대한다. 그리고 섬으로 떠밀려온 사연을 묻는다. 이 시점에서 오디세우스는 화자가 된다. 그가 전하는 이야기는 기이하고 환상적이다. 불과 800킬로미터 남짓한 거리를 항해해 집까지 돌아오는 데 10년이 걸린 핑계를 대려는 교활한 늙은 방랑자가 꾸며낸 순 엉터리 거짓말처럼 들린다.

오디세우스는 열두 척의 배를 가지고 트로이를 떠나 연꽃을 먹는 사람들의 섬에 도착한다. 이들은 오디세우스의 부하들에게 강력한 진정 효과가 있는 과일을 먹여 고향과 가족을 까맣게 잊게 만든다. 그다음에는 폴리페무스라는 외눈박이 식인 거인을 만나 부하들과 함께 붙잡혔다가 날카롭게 깎은 말뚝으로 눈을 찔러 멀게 해서 탈출한다. 그러자 바람의 신 아이올로스가 오디세우스에게 세상의 모든 바람을 담은 가죽가방을 준다. 그러나 어리석은 부하들이 가방을 열어 바람이 다 빠져나가게 되고, 눈앞에 이타카가 보이는 곳까지 왔던 배들은 다시 떠밀려 되돌아간다.

그 후 어느 만에 상륙한 일행은 사람을 잡아먹는 거인들이 절벽에서 던진 바윗돌에 열두 척 중 열한 척의 배를 잃고 만다. 오디세우스가 탄 배만 간신히 탈출해 태양신의 딸인 여신 키르케의 섬에 다다르고, 키르케의 손에 부하 절반이 돼지로 변한다. 그러나 헤르메스 신이 준 약 덕분에 키르케의 마법은 오디세우스에게 통하지 않았고, 키르케는 세계의 서쪽 끝 망자의 세계로 가는 길을 그에게 알려준다. 망자의 세계에서 오디세우스는 여러 유령과 소통하게 되는데, 그중에는 트로이 전쟁의 동지였던 아킬레우스와 아가멤논, 그리고 친어머니도 있었다.

다시 키르케의 섬으로 배를 타고 돌아가면서 오디세우스는 세이렌들의 섬을 지나가게 된다. 세이렌들은 주술적인 음악으로 선원들을 암초로 유혹해 죽음을 맞게 한다. 그러나 오디세우스는 부하들의 귀를 밀랍 귀마개로 막고 자신의 몸은 돛대에 묶어 세이렌의 노래를 듣고도 살아남는다. 근처에는 카리브디스라는 치명적인 소용돌이 바다 괴물과 여섯 개의 머리가 달린 스킬라가 있었다. 이 둘 사이의 해협을 무사히 빠져나온 오디세우스는 어느 섬에 다다르고, 이곳에서 그가 잠든 사이 부하들이 태양신 헬리오스에게 바치는 성스러운 가축을 죽여 잡아먹는 실수를 저지른다. 이를 벌하기 위해 제우스는 폭풍우를 보내 그들의 배를 난파시키고 오디세우스를 제외한 선원 모두를 익사시킨다. 오디세우스는 나무토막을 붙들고 살아남지만, 하마터면 카리브디스에 빨려들 뻔한 위기를 맞게 되고 칼립소의 섬 바닷가로 떠밀려오게 된다. 그리고 이곳에서 오디세우스의 모험담이 시작된다.

나우시카의 부모는 오디세우스의 이야기를 듣고 이타카로의 귀향을 돕는다. 그는 아무도 알아보지 못하도록 거지로 변장하지만 늙은 충견만은 그를 알아보고 기쁨에 겨워 죽음을 맞는다. 그리고 예전에 그를 섬기던 하녀는 발을 씻겨주다가 주인 다리의 흉터를 알아보지만, 아무에게도 말하지 않는다. 때를 보던 오디세우스는 아들 텔레마쿠스와 옛 노예 두 명, 돼지치기와 소 치는 사람에게만 자신의 정체를 밝히고, 그들은 함께 끔찍한 복수를 준비해 구혼자들을 학살하고 페넬로페를 배신한 열두 시녀를 목 졸라 죽인다.

오디세우스의 이야기 중에서 어디까지가 순 엉터리 거짓말이라고 생각해야 하는지는 가늠하기도 불가능하거니와 애초에 무의미한 질문이다. 「오디세이아」는 「일리아드」보다 한층 더 나아가 괴물과 환영幻影, 그리고 논리와 이성의 반대편에 존재하는 이름 없는 공포로 이어지는 문을 열어젖혔기 때문이다. 이 상상의 영역으로 들어가는 일이야말로 시가 항상 해온 작업이고, 스킬라와 카리브디스, 그리고 세이렌을 위시해 「오디세이아」에 나오는 괴물들은 전 세계에 걸쳐 후대의 시에 인용되면서 잠언이나 다름없는 존재가 되었다. 어찌 보면 이는 호메로스가 인류의 집단 무의식을 신기하리만큼 정확히 파악했다는 뜻일 테다. 그리고 또 한편으로는 글의 묘사가 너무나 적나라해서 기억에 인장처럼 뚜렷하게 새겨진다는 의미이기도 하다. 호메로스는 생생하고 직설적인 언어로 작업한다. 예를 들어 오디세우스가 올리브나무 말뚝으로 폴리페무스의 눈을 갈아 뽑는 장면이나 스킬라가 오디세우스의 배에서 여섯 선원을 움켜쥐고 새된 비명을 지르며 허공으로 던지는 장면, 대롱대롱 목이 매달려 서서히 죽어가는 시녀들(세계 문학 최초로 교수형을 묘사한 장면이다)의 장면 등은 아무리 잊고 싶어도 차마 잊기 힘들다.

많은 다른 시와 달리 호메로스의 작품은 다른 언어로 번역되어도 크게 훼손되지 않는데, 그 이유를 하나 들자면 서술 기법의 단순성, 속도감, 직접성이다. 영어 번역 판본도 여럿 있지만 1614년 조지 채프먼의 번역이 최초다. 이 번역본의 가장 유명한 독자는 영국 시인 존 키츠였다. 키츠는 그리스어를 몰랐고, 1816년에 쓴 소네트 「나 황금의 땅을 수없이 여행했고Much have I travelled in the realms of gold」는 채프먼의 번역으로 호메로스를 처음 접한 경이로움을 기록하고 있다.

호메로스를 제외하면 대다수의 현대인이 이름을 아는 그리스 시인은 사포Sappho(기원전 630?~기원전 570?)가 유일하다. 고대의 비평가들은 호메로스를 '시인The Poet'이라 부르고 사포를 '여시인The Poetess'이라 칭했다. 사포는 레스보스 섬('레즈비언'이라는 말이 여기에서 기원한다)에서 태어났다. 사포의 시는 대부분 소실되었다. 한 편의 시를 제외하면 – 「아프로디테에게 바치는 송가Ode to Aphrodite」에서 사포는 사랑의 여신에게 도움을 청한다 – 조각글로 남아 있을 뿐이다.

그러나 비평가들이 왜 그토록 사포에게 열광했는지는 남아 있는 자료만으로도 충분히 알 수 있다. 사포의 시는 명료하고 관능적이며 열정적이다. 사랑의 대상은 손이 닿지 않는, 높은 나무에 열린, 농익은, 붉은 사과다. 아니면 그녀가 산에 핀 히아신스 꽃이다. 양치기들이 서투른 발길로 꽃을 짓밟으면 흙에 검붉은 얼룩이 남는다. 또 다른 시에서 사포는 둔감한 호메로스의 신들을 조롱하고 그들을 숭배하는 사람들을 비웃는다.

'조각글 31'이라 불리는 시에서 사포는 자신이 사랑하는 여인이 남자와 말하며 웃는 모습을 지켜보고 충격을 받는다. 심장이 쿵쿵 뛰고 피부가 불붙은 듯 화끈거리고 아무 말도 나오지 않고 눈앞이 침침해지고 귓전이 윙윙 울린다. 덜덜 떨면서 식은땀만 속절없이 흘릴 뿐이다. 서양 문학 최초로 여성이 열렬한 상사병의 증후를 묘사한 장면이다.

CHAPTER 3

라틴어 고전

베르길리우스, 호라티우스, 오비디우스, 카툴루스, 유베날리스

기독교 시대의 막이 오르기 직전에 필명을 떨쳐 서양 문명의 초석을 놓은 세 명의 시인이 태어났다.

가장 연장자인 베르길리우스Virgil(기원전 79~기원전 19)에 대해서는 별로 알려진 바가 없다. 그러나 만토바 근교의 토지 소유주 가문에서 태어났다고 추정된다. 전하는 이야기에 따르면 그는 내성적이고 겸손해서 학교 친구들이 '처녀'라는 별명을 붙여주었다고 한다.

베르길리우스는 격동의 시기에 성장기를 보냈다. 율리우스 카이사르가 독재 권력을 쥐고 옛 로마 공화정에 종지부를 찍었고, 기원전 44년 카이사르 암살 전후로 내란이 기승을 부렸다. 기원전 27년이 되어서야 카이사르의 양아들이 승자로 부상해 최초의 로마 황제 카이사르 아우구스투스가 되었다. 베르길리우스의 초기 시들이 아우구스투스의 문화 자문관인 마에케나스의 눈에 띄었고, 마에케나스는 젊은 시

인을 등용해 황제의 홍보관으로 삼았다.

베르길리우스의 걸작은 12권으로 이루어진 서사시 「아이네이스Aeneid」다. 베르길리우스는 기원전 29년경부터 이 서사시를 집필하기 시작했고, 아우구스투스를 찬양하고 그가 창시한 왕조의 정통성을 확보한다는 정치적 목표를 표방했다. 주인공은 「일리아드」에서 잠시 이름이 거론된 트로이 사람 아이네이아스로, 베르길리우스가 새롭게 구축한 역사에 따르면 로마의 선조가 될 운명을 띠고 있다. 아이네이아스의 어머니는 비너스 여신이지만 불멸의 신들 가운데 주노를 숙적으로 두고 있다. 주노는 연속적으로 재앙을 내려 그를 괴롭힌다. 아이네이아스는 소수의 추종자를 이끌고 아버지 안키세스와 함께 폐허가 된 트로이로부터 탈출하지만, 참혹한 재난 속에서 아내를 잃고 만다.

서사시의 초반 6권은 아이네이아스와 그의 무리가 이탈리아에 상륙하기 전까지 겪은 모험을 서술한다. 후반 6권은 이탈리아 원주민과의 전쟁을 묘사하며, 루툴리 부족의 지도자 투르누스를 아이네이아스가 무찌르는 장면에서 절정에 달한다. 베르길리우스는 모험과 전쟁을 모두 기술함으로써 「일리아드」와 「오디세이아」를 지은 호메로스와 비교되도록 의도적으로 도전장을 던진 셈이다. 그가 찬양하는 제국과 마찬가지로, 그의 서사시 역시 세계 정복자가 되겠다는 야망을 품고 있다.

아이네이아스는 이상적인 지도자로 묘사되며 'pius'로 규정된다. 이 말은 경건하다는 뜻의 영어 단어 'pious'와는 약간 다른 의미다. 신들을 받드는 순종뿐 아니라 가족과 국가에 대한 충심을 포함하기 때문이다. 아이네이아스가 시험에 드는 순간은 부하들과 함께 조난되어 아프리카 카르타고 근처의 해변에 떠밀려와 카르타고 여왕 디도의 환대를 받을 때다. 아이네이아스는 이때 트로이의 멸망 이후 자신과 부하들이 겪은 이야기를 디도에게 들려준다. 디도는 아이네이아스를 사랑하게 되고 아이네이아스는 그녀의 연민에 감동한다. 사냥 여행을 떠났다가 동굴로 몸을 피한 그들은 사랑을 나눈다. 그러나 주피터가 머큐리를 보내 아이네이아스에게 운명을 환기하고, 아이네이아스는 갈등 끝에 디도를 버리고 항해를 떠난다. 분을 이기지 못한 디도는 자신의 몸을 화장할 장작더미에 불을 피우고 칼로 제 몸을 찔러 자살하면서 카르타고와 아이네이아스의 후손들이 영원한 숙적이 될 거라는 맹세를 남긴다. 먼 바다에서 아이네이아스와 부하들은 디도의 육신을 태우는 불길을 바라본다.

디도 일화는 정치적 목적이 있다. 위대한 해양 왕국 카르타고는 로마 공화정 초기의 경쟁국이었고 두 강대국은 세 차례에 걸쳐 끔찍하게 소모적인 전쟁을 치렀다. 3차 전쟁이 끝난 후 카르타고는 불바다가 되어 폐허로 변했다. 디도 일화는 이런 비극을 신들이 정한 운명이라는 맥락에 놓는다.

아우구스투스 체제의 정치선전이라는 관점에서 볼 때, 이 서사시에서 정치적으로 가장 의미심장한 대목은 6권에서 아이네이아스가 비너스의 도움을 받아 마법의 황금 가지를 찾아 지하 세계에 입장하는 부분이다. 죽은 자들의 영혼 가운데에서 아이네이아스는 아버지 안키세스를 만나 로마의 미래에 대한 예언을 듣는데, 이때 신이 점지한 아우구스투스의 등장과 후대 황제들의 치적이 언급된다.

그러나 후대 사람들이 볼 때는 서사시의 생동감과 정서적 깊이가 정치보다 훨씬 큰 의미가 있다. 이 서사시의 사건들은 유럽의 상상력에 각인되었다. 아이네이아스의 트로이 탈출과 디도의 오페라적인 죽음 같은 관능적인 하이라이트뿐 아니라 트로이 포위 중에 바다뱀에 감겨 죽음을 맞은 라오콘과 그 아들들의 이야기 같은 상대적으로 비중이 낮은 이야기들까지도 그러하다. 이 시의 구절들 역시 경구로 통용되었는데, 한 가지 예로 수난 가운데 아이네이아스가 부하들에게 했던 격려의 말을 꼽을 수 있다(「아이네이스」 제1권 203행). 번역하면 '언젠가는 심지어 이런 일조차 기쁘게 회상하는 날이 올 걸세'라는 뜻이다.

유명한 세 명의 시인 중 두 번째인 호라티우스Horace(기원전 65~기원전 8)는 자유의 몸이 된 노예의 아들이었지만 값비싼 교육을 받았고 아테네에서도 수학했다. 그리고 아우구스투스가 기원전 42년 필리피 전투에서 격파한 공화국 군대의 사관으로 복무했다. 그 후 호라티우스는 승자의 편에 운명을 걸기로 한다. 마에케나스는 사비니 산의 농장을 보상으로 내렸고 공무원 직책을 얻어주었다. 그 대가로 호라티우스는 시를 통해 아우구스투스를 신이 내린 통치자로 찬미한다.

호라티우스는 기회주의자라는 비판을 받아왔다. 그러나 그의 태평스러운 기질은 그의 시에 매력을 더하는 요인이다. 불가피한 일에 맞서 싸우는 것은 헛될 뿐이라는 게 호라티우스의 조언이었다. 그는 연인으로서의 빼어난 기량을 자랑하며 한껏 멋을 부리면서도 나이 탓에 열정이 무뎌졌다고 투덜거린다. 그러나 할 수 있는 한 끝까지 포기하지 않은 것만큼은 사실이었던 모양이다. 로마 역사가 수에토니우스는 호라티우스가 사면의 벽을 외설적인 그림으로 도배하고 거울을 교묘히 배치해 눈길이 닿는 곳 어디에서나 포르노그래피를 볼 수 있도록 했다고 추정했다.

베르길리우스와 곧이어 등장할 오비디우스처럼 호라티우스도 여러 형식으로 시를 썼다. 그러나 주로 단 한 편의 걸작 「송가The Odes」로만 기억된다. 「송가」는 100편이 조금 넘는 짧고 사적인 시로 구성된다. 시들은 다양한 주제를 다루며 특별히 정해진 순서를 따르지 않는다. 어떤 시는 아우구스투스의 승리를 찬양하며, 또 어떤 시는 봄의 도래를 노래하거나, 찌는 무더위 속에서도 기분 좋게 서늘한 아름다운 분수가 있는 사비니 농장의 전원생활이 주는 기쁨을 찬미한다. 와인의 미덕을 노래하며 친구들에게 와서 함께 나누자고 권하는 시도 있다. 호라티우스는 공공 윤리를 개혁하고자 했던 아우구스투스의 계획에 발맞추어 탐욕과 사치를 비난하며 순수하고 소박한 고대의 사상으로 돌아가기를 권면한다. 여성들에게 바치는 시들은 솔직하며, 그때그때 기분에 맞춰 놀려대거나 면박을 주기 일쑤다. 로마의 신들에게는 마땅히 경의를 표하며 – 아폴로, 비너스 등등 – 소박한 제물로 신들의 비위를 맞춘다. 자신의 운명에 만족하라는 것이 호라티우스의 조언이다.

이런 모든 것이 조금 따분하게 들릴 수도 있다. 그러나 호라티우스의 불멸을 보장한 건 문장의 천재성이었다. 호라티우스 자신도 시인으로서 영원한 명성을 얻게 될 미래를 내다보고 있었다. '나는 황동보다 영구한 기념비를 세웠네.'(「송가」 제3권 30장) 시의 효과는 간명하고 우아하고 지극히 총명하다. 이는 군중이 아니라 교육받은 소수를 위한 시였다. '나는 불경한 폭도들의 무리가 싫다'(「송가」 제3권 1장)고 스스로 시인하기도 했다. 그러나 그의 탄탄하고 함축적인 시구는 영어의 범용 용례로 녹아들었고, 그중 가장 유명한 사례는 '오늘을 붙잡으라'는 의미의 '카르페 디엠Carpe Diem'(「송가」 제1권 11장)이다.

위대한 3인 중에서 가장 젊은 오비디우스Ovid(기원전 48~서기 17)는 베르길리우스나 호라티우스와 마찬가지로 아우구스투스가 거느린 시인 무리에 속했다. 오비디우스는 파격적인 세간의 평판을 즐기며 자신의 연애사를 묘사한 뻔뻔스럽게 비윤리적인 시(「사랑의 여러 모습Amores」)와 유혹 지침서(『사랑의 기술Ars Amatoria』)를 집필했다. 서른 살이 되기도 전에 세 번 결혼했고 두 번 이혼했다. 세상을 떠나기 9년 전에 아우구스투스가 (아무도 모르는 이유로) 오비디우스를 흑해의 토미스로 추방했고, 그는 이 사건에 대한 시도 썼다.

그러나 걸작은 「변신 이야기Metamorphoses」다. 천지창조부터 율리우스 카이사르의 신격화까지(오비디우스가 태어난 해에 벌어진 일이다)를 15권에 걸쳐 다루는 서사시다. 그러나 이 역사적 구도는 겉치레 포장 이상의 의미가 없다. 「변신 이야기」는 사실 무려 250여 편에 달하는 신화의 화려한 메들리이기 때문이다. 비극적인 것도 있고 희극적인 것도 있으며 기괴한 것도 있다. 오비디우스는 굳이 연결을 지으려는 노력조차 하지 않고 이 이야기에서 저 이야기로 도약하지만 모든 신화는 사랑에 관한 것이고, 전부 다 마술적으로 다른 사물이나 사람으로 변신하는 이야기를 다룬다. 인간들은 동물이나 새나 식물이나 별로 변한다. 신들은 불경한 모습으로 변신해 님프나 처녀들을 유혹한다. 주피터는 레다에게 구애하기 위해 백조로 변신했고, 흰색 황소로 위장해 아름다운 에우로페를 태우고 바다로 헤엄쳐 나간다. 지하 세계의 신 플루토는 프로세피나를 자신의 어두운 왕국으로 납치해 끌고 간다. 가끔은 이런 신들의 희생자가 구원을 받고자 모습을 바꾸기도 한다. 아폴로에게 쫓기던 다프네는 월계수가 된다.

신과 여신들은 욕정에 불탈 뿐 아니라 끔찍한 복수심과 허영심을 과시한다. 플루트 연주자인 마르시아스는 아폴로에게 음악 경연을 요구하며 도전했다가 주제넘은 오만의 죄과로 산 채로 껍질이 벗겨지는 형벌을 받는다. 양치기의 딸인 아라크네는 아테나 여신과 베 짜는 기술을 겨루어 승리한다. 그러나 아테나는 질투 섞인 분노에 휩싸여 아라크네의 작품을 갈가리 찢어버리고 그녀를 거미로 만들어버린다. 실수로라도 죽지 않는 신들의 심기를 거스르면 소름 끼치는 형벌을 자초한다. 사냥꾼 악타이온은 우연히 목욕하는 다이애나 여신을 훔쳐보게 되는데, 그 벌로 수사슴으로 변해 자신의 사냥개들에게 갈기갈기 찢겨 죽는다.

도덕적 의미가 있는 시들도 있다. 탐욕스러운 미다스는 손이 닿는 것마다 금으로 변하는 바람에 결국 굶어 죽고 만다. 허영심 강한 나르키소스는 물웅덩이에 비친 자신의 모습과 사랑에 빠져 시름시름 앓는다. 자만에 찬 파에톤은 태양의 수레를 몰려 하다가 추락해 파멸한다. 그러나 신화들은 윤리보다 더 깊숙이 자리한, 경이에 대한 갈증을 해갈해준다. 미로에 숨어 있는 황소 인간 미노타우로스, 안드로메다를 구하려는 페르세우스에게 죽임을 당하는 고르곤 메두사 같은 괴물들도 나온다. 성전환도 등장한다. 아름다운 소년과 님프가 한 몸으로 합체해 양성의 헤르마프로디토스가 된다. 예언자 테이레시아스는 여자로 7년을 살고 결혼해 자식들을 낳고 나서 다시 남자가 된다. (성애로부터 더 큰 쾌감을 느끼는 쪽이 남자인가, 여자인가를 묻자 테이레시아스는 여자들이 열 배 더 그러하다고 대답했다. 주노는 그런 답을 한 벌로 그의 눈을 멀게 했다.)

「변신 이야기」의 영향은 문학을 넘어 훨씬 더 광범하게 퍼져나갔다. 르네상스 시대에는 셀 수 없이 많은 회화와 조각이 오비디우스가 전하는 이야기로부터 영감을 받았다. 첼리니의 「메두사의 머리를 든 페르세우스」, 베르니니의 「페르세포네의 겁탈」, 티치아노의 「다이애나를 놀라게 만드는 악타이온」과 「에우로페의 겁탈」, 베로네세의 「비너스와 아도니스」를 위시해 수도 없이 많다. 「변신 이야기」가 없었다면 르네상스도 없었을 거라고 말한다면 과장이겠지만, 그리 크게 틀린 말도 아닐 것이다.

그 밖에도 두 명의 라틴어 시인이 세계 문학에 족적을 남겼다. 카툴루스Catullus(기원전 84~기원전 54)는 아우구스투스가 집권하기 전 로마 공화정 말기에 살았다. 그의 시는 사포의 영향을 받았고 베르길리우스, 호라티우스, 오비디우스에게 영향을 주었다. 그의 작품 「카르미나Carmina」는 116편의 대체로 짧은 시로 구성되어 있는데 동성애적인 시도 있고, 음탕한 독설도 있으며, 마음 약한 사람이 기겁할 만큼 노골적인 내용을 다루기도 한다. 다수의 시가 실제 현실의 연애담을 다루며 상냥한 애정부터 격렬하게 불타는 질투심까지 사랑의 요동치는 감정적 기복을 다룬다. 그는 사랑하는 여인을 '레즈비아'라고 부르지만 실제 이름은 클로디아였다. 클로디아는 결혼한 여인이었고 색을 밝혔으며 카툴루스와 마찬가지로 고위층의 가문 출신이었다. 후대 시인들에게 인기를 얻은 시 두 편은 클로디아의 애완 참새를 주제로 다루었다(이 새에 부적절한 이중적 의미가 있다고 믿는 이들도 있다).

유베날리스Juvenal(서기 55?~138?)의 삶에 대해서는 거의 아무것도 알려진 바가 없다. 그러나 유베날리스는 열여섯 편의 「풍자Satires」를 썼으며 '인간이 하는 모든 일 – 기도, 두려움, 분노, 쾌락, 기쁨, 여기저기 뛰어다니기'를 주제로 다룬다고 밝혔다. 이 시들은 통렬하게 희극적이기도 하고, 총체적으로 보면 1세기 로마의 공적·사적 삶에 대한 신랄한 비방이다. 이 풍자시들은 후대로 내려오면서 열렬하게 번역되고 각색되고 모방되었다. 그러한 사실은 세월이 흘러도 인간의 악행은 별로 변하지 않았고, 이 시를 읽는 독자의 쾌감도 여전함을 시사한다. 「풍자」는 여러 속담과 경구의 원전인데, 이를테면 '빵과 서커스bread and circuses'(대중이 좇는 쾌락의 종류를 의미한다), '건전한 몸에 건전한 정신이 깃든다', '경비대는 누가 경비하나?'를 들 수 있다. 그렇지만 작가가 여성, 동성애자, 유대인, 외국인, 기타 일탈적 돌연변이로 간주하는 사람들을 대하는 태도는 오늘날의 우리가 보기에 심히 혐오스럽다. 그래서 표면적으로 하는 말과 정반대되는 의미가 있는, 아이러니로 읽는 쪽을 선호하는 사람들도 있다.

CHAPTER 4

앵글로색슨 시

「베오울프」, 비가와 수수께끼

베르길리우스와 로마 시인들이 예견한 제국은 알고 보니 영원하지 못했고, 최후의 로마인들이 서기 410년을 전후로 브리튼을 떠났다. 그 후로 이어진 150년 동안 대륙으로부터 이 섬나라로 이민자들 – 무려 10만 명에 달했다 – 이 들어왔다. 현재 앵글로색슨으로 알려진 이들은 주로 독일계 부족의 후예였고 고유의 언어와 명예로운 영웅도heroic code of honour를 함께 들여왔다. 그들의 영웅도에는 주군과 동포에 대한 충성, 피를 뿌리며 싸워 원한을 갚는 전사의 의무가 포함되어 있었다.

용서의 교리를 표방하는 기독교는 이민이 마무리될 무렵 영국에 상륙했고 앵글로색슨 시에서는 기독교 신앙 선언이 이교의 영웅도와 병존해 나타난다. 일부는 이를 단점이라고 여긴다. 그러나 이는 앵글로색슨 시가 살아남은 이유이기도 하다. 앵글로색슨 시는 글로 적힌 게 아니라 대체로 구전으로 창작되고 전파된 것으로 보이는데, 읽기와 쓰기는 사실상 수도원의 전유물이었기 때문이다. 수도원의 필경사들은 자연스럽게 기독교적인 내용을 품은 콘텐츠를 선택해 기록하게 되었다. 필사하는 과정에서 기독교적 인용을 삽입했을 수도 있다.

앵글로색슨 시의 위대한 보물 「베오울프Beowulf」는 3,000행이 조금 넘는 길이의 서사시로, 창작 시기는 700년경으로 파악된다. 시인의 정체는 알려지지 않았으며, 200년쯤 지난 후 제목도 없이 쓰인 단 한 편의 필사 원고를 통해 지금까지 전해지고 있다. 영웅도를 표현했을 뿐 아니라, 구약성서에 그치지만 성경도 매우 빈번하게 인용하고 있다. 그리스도에 대한 언급은 없다. 스칸디나비아를 배경으로 현재의 스웨덴 남부에 살았던 예아트족의 전설적 영웅 베오울프의 이야기를 노래한다. 베오울프는 쉴딩족의 왕 흐로트가르의 원조를 받아 출정한다. 흐로트가르의 연회장이 있는 헤오로트 궁이 식인 괴물 그렌델의 습격을 받아 참혹한 피해를 당했기 때문이다. 베오울프는 매복해 그렌델을 기다리다가 혈혈단신으로 몸싸움을 벌여 그렌델의 팔을 뜯어낸다. 치명상을 입은 괴물은 도망치고 그렌델의 팔은 트로피가 되어 헤오로트 궁에 전시된다.

그러나 그렌델 못지않게 무서운 어미가 아들의 복수를 위해 헤오로트 궁을 습격해 흐로트가르의 전사를 살해하고 그 시체를 훔쳐 달아난다. 피에 젖은 괴물의 자취를 쫓던 베오울프는 흉측한 생물이 득시글거리는 지옥 같은 호수에 다다른다. 철갑을 두른 채 잠수한 베오울프는 물속에 있는 괴물의 소굴로 내려가고, 그곳에서 죽은 아들의 시신 앞에서 비탄에 잠겨 기다리고 있는 괴물을 만난다. 치열한 전투 끝에 베오울프는 괴물과 아들의 목을 베어 득의양양하게 마른 땅으로 다시 올라와 은혜를 갚고자 하는 흐로트가르의 금은보화와 오만의 위험에 대한 기독교적 설교를 포상으로 받는다.

50년이 흐른다. 베오울프는 이제 예아트족의 왕이 되었고 왕국은 보물을 지키는 불 뿜는 용의 습격을 받아 초토화되고 있다. 베오울프는 열한 명의 뛰어난 전사를 뽑아 용에게 맞선다. 그러나 숙명fate(앵글로색슨어로 'wyrd')이 그의 반대편에 선다. 장검이 부러지고 용은 맹독을 품은 이빨로 베오울프의 목을 문다. 동지들은 모두 공포에 질려 도망치고 단 한 사람, 위글라프Wiglaf만 죽어가는 주군의 곁을 굳건히 지킨다. 두 사람은 힘을 합쳐 용을 무찌르고, 죽어가는 베오울프는 호화로운 금은보화를 탄복하는 눈으로 바라본다. 예아트족은 베오울프를 화장하는 장작불을 피우고 용이 지키던 금은보화를 쌓아올려 함께 태운 후, 다 타고 남은 잔해를 바다에 면한 갑岬에 마련한 무덤에 쌓아 영원한 기념비로 삼는다.

그러나 이 같은 요약으로는 「베오울프」의 탁월한 성취를 전혀 가늠할 수 없다. 이 시는 불가능한 사건들의 현실성을 설득하는 힘으로 독자를 사로잡고 긴장감을 주기 때문이다. 이 시는 우리의 상상력을 자극하기도 하고 전복하기도 한다. 예컨대 우리는 그렌델이나 그 어미의 외양에 대해 구체적인 정보를 받지 못한다. 그렌델이 헤오로트 궁을 습격했을 당시 한 번의 일격으로 서른 명의 전사를 낚아채어 소굴로 납치했다는 이야기가 나오고, 베오울프가 벤 그렌델의 머리를 운반하는 데 전사 네 명이 동원되었다고 한다(123행, 1,637행). 일개 인간이 이런 거대한 괴물을 상대로 어떻게 싸울 수 있었는지는 설명되지 않는다. 문체의 직설과 확신이 그런 하찮은 트집을 싹 쓸어버린다.

시의 운율 형식은 힘찬 추동력으로 전진한다. 앵글로색슨어의 운율은 북소리처럼 거침없다. 시의 한 행에 들어가는 음절의 숫자가 정해진 건 아니고 각운을 쓰지도 않는다. 그러나 각 행은 두 부분으로 나뉘고 가운데에 숨 쉬는 자리가 있다. 각 부분마다 강세가 오는 음절이 두 개 있고 반행의 강음절은 다른 반행의 강음절과 같은 자음으로 시작해야만 한다. 그 결과는 '두운alliteration'을 맞춘 시로 나타난다. 다음과 같은 예를 들 수 있다(「베오울프」 102행). '저 음침한 악마의 이름은 그렌델이었다'라는 의미다.

Waes se grimma gaest Grendel haten

세 개의 쿵쿵 울리는 'g' 소리가 이 행을 하나로 엮어주고, 반면 다른 음절들은 시인이 마음 가는 대로 배치했다.

두운시의 약점은 같은 자음으로 시작되는 단어를 아주 많이 찾아내야 한다는 데 있다. 특히 장검이나 전사, 바다처럼 자주 언급해야 하는 사물일수록 문제가 되었다. 한 가지 해결책은 완곡대칭법kenning이라고 하는 일종의 은유법을 쓰는 것이다. 이를테면 바다는 '고래의 길'이나 '백조의 길'이나 '부비새의 목욕탕' 등으로 풀어쓰게 된다.

앵글로색슨 독자의 관점에서 보면, 두운이 맞는 동의어를 찾는 시인의 노력 탓에 시가 아주 이상하게 느껴졌을 수 있다. 「베오울프」는 3,100여 개에 달하는 구체적 단어를 포함하고 있으며, 그중 거의 3분의 1이 앵글로색슨 산문에는 나타나지 않고 오로지 「베오울프」나 여타 시에서만 발견된다. 시를 처음 들은 사람들에게는 일상적 용례와 동떨어진 이런 어휘가 영웅 설화의 배경이 되는 다른 세상에 어울리는 경이로운 감정을 창출하는 데 도움이 되었을지도 모른다.

「베오울프」는 슬픔으로 끝난다. 왕이 죽임을 당했으니 예아트족의 앞날은 재앙으로 얼룩지리라는 계시가 내린다. 예아트족은 핍박에 고개 숙이고 망명의 길을 걷게 되리라. 이제 하프는 전사들을 깨우지 않을 것이요, 시체 냄새를 맡은 까마귀들이 하늘에서 빙글빙글 선회하리라. 이것은 전형적으로 앵글로색슨다운 침울함이다. 현재까지 전해지는 거의 모든 시가 (성서의 개작을 제외하면) 잃어버린 행복을 통탄하는 비가悲歌다.

가장 유명한 시는 오늘날 '방랑자The Wanderer'라는 제목으로 알려져 있다. 시의 화자는 친구 하나 없이 이방인 사이를 떠도는 망명객이다. 그는 슬픔에 잠겨 잃어버린 주군인 '황금 친구'와 연회장을 기쁨으로 채우던 보물 하사를 그리워한다. 그는 사랑하는 주군의 키스와 포옹을 상상하며 꿈속으로 빠져들지만, 이윽고 잠에서 깨어나 현실을 마주한다. 서리, 눈, 우박, 절규하는 바닷새들, 얼음처럼 시린 바다, 그리고 학살당한 혈족의 기억. 마지막에 망명객은 신에게 의지하며, 모든 확실성의 근원인 천국에 계신 아버지에게 자비를 구하는 것이 최선이라고 우리에게 말한다.

「바다의 여행자The Seafarer」 역시 어떤 의미에서 유사하다. 화자는 과거의 즐거움을 회상한다. 정원이 많고 꽃 피는 관목이 울창한 도시들, '여인들에게서 찾은 기쁨'과 뻐꾸기의 노래. 그리고 이를 현재의 불행과 대비한다. 폭풍우, 추위, 굶주림, 황량한 바다와 독수리의 새된 울음소리. 그러나 그는 모든 걸 자기 탓으로 돌린다. 바다를 떠도는 삶을 선택한 이유는, 모험을 원했기 때문이다. 화자가 자신의 선택을 숙고할 때, 시는 기독교와 이교의 가치를 오간다. 육지에서의 삶은 '죽음과 같다'고 화자는 말한다. 그러나 바다를 떠도는 삶은 후대의 명성을 얻을 수 있는 길이고, 명성은 '최고의 보상'이다. '악마에 맞서 용감한 위업'을 추구함으로써 그는 '천사들 가운데 영원히 살게 되리라'. 이 시는 이처럼 서로 화해할 수 없는 이상들을 놓고 씨름한다.

가장 유명한 앵글로색슨 종교시 「십자가의 꿈The Dream of the Rood」은 기독교와 전사의 규범이 빚는 갈등에 좀 더 단순한 해답을 찾는다. 이 시는 부분적으로 그리스도가 매달린 십자가(나무 막대)의 화법으로 진행되고, 그리스도를 체육대회에서 겨루는 전사처럼 스스로 옷을 벗는 '젊은 전사'로 묘사한다. 그가 얼싸안는 십자가는 전사의 트로피처럼 황금과 보석으로 장식된 '승리의 나무'가 된다. 기독교의 개작으로서 이 시가 갖는 결함은 뚜렷하다. 그러나 기독교의 도래가 가져온 문화적 괴리는 역사적으로 전무후무한 엄청난 규모였을 테고, 이 시는 그 균열을 봉합하려 안간힘을 쓰고 있다.

앵글로색슨 시를 떠나지 않는 상실감은 로마 정복기의 민간 기억을 반영하는지도 모른다. 보통 '폐허The Ruin'라는 제목으로 알려진 시에서(현재는 바스 시the city of Bath에 대한 묘사로 여겨지고 있다) 시인은 이제는 아무도 살지 않는, 철저히 파괴된 위대한 건축물, '거인들의 작품'을 노래한다. 한때는 금빛 찬란하고, 와인에 붉게 물든 사람들, 보물과 귀한 보석이 가득했던 곳. 군대가 행군하는 도로와 뜨거운 온천으로 데워진 목욕탕이 있었었다. 이제 붉은 타일 지붕은 무너지고 '건축의 명장'들은 떠나고 없다. 이 시와 아울러 망명유랑시들을 살펴보면 「베오울프」의 심층적 의미를 더 또렷이 볼 수 있다. 그렌델과 어미는 황야와 황무지를 배회하는 망명객들이고 헤오로트 궁의 금빛 찬란한, 와인에 붉게 물든 사람들을 질투한다. 앵글로색슨 청자의 시점에서는 그렌델과 어미가 증오스러울 뿐 아니라 가련한 존재로 보였을 수도 있다.

두 편의 망명시를 더 살펴보자. 현재는 '아내의 비가The Wife's Lament'와 '남편의 전갈The Husband's Message'이라는 제목으로 통용되는 이 시들은 흔한 망명 모티프를 다루고 있으나, 또한 수수께끼 시이기도 하다. 앵글로색슨 시는 유머가 풍부하지 못하고, 흥청망청하는 전사들에게 금은보화를 나누어 주는 군주들의 네버네버 랜드never-never land는 대다수 앵글로색슨의 삶과 멀찌감치 동떨어져 있었다. 지금까지 동일한 필사 원고에 수록되어 90여 편이 전해지는 수수께끼 시는 이 공백을 메운다.

수수께끼 시의 요점은 화자가 누구인지 혹은 무엇인지 알아내려고 애써야 한다는 데 있다. 함정이 있고 풀기 까다롭다. 1,000년이 지났는데도 풀지 못한 시도 있다. 수수께끼를 쓰려면 시인은 다른 존재가 어떻게 느끼고 생각할지를 상상해야만 한다. 일부 화자는 생물들이다. 소, 굴, 백조, 나이팅게일도 있다. 개를 피해서 굴로 기어들어 가족과 함께 피난을 가는 기분이 어떤지, 두더지가 심정을 토로하기도 한다. 연장이나 집 안 살림살이가 화자일 때도 있다. 쟁기, 갈퀴, 열쇠, 수탉 모양의 풍향계, 베틀일 때도 있다. 이처럼 실생활과의 근접성이나 유희적 상상력 같은 자질은 다른 앵글로색슨 시에서 찾아볼 수 없다. 수수께끼가 음담패설일 때도 있다. 양파(어떻게 읽느냐에 따라 남성의 성기를 지칭할 수도 있다)가 나와서 주부들에게 자신이 얼마나 유용한지를 설파한다. 「베오울프」에서 그런 식으로 사고하는 인물은 없다. 우리가 아무래도 4세기를 건너뛰어 초서의 세계로 넘어온 모양이다.

영국인이 앵글로색슨에게서 물려받은 민족적 기질이 있을까? 이 문제에 대해 논란이 대단했다. 앵글로색슨 시인들은 날씨에 대한 불평을 즐겨했으니, 닮은 점이 있다고 할 수도 있겠다. 또한 그들은 아이러니를 포함한 절제된 화법('곡언법litotes'이라고 한다)을 선호했다. 예를 들어 흐로트가르는 그렌델의 어미가 도사리고 있던 지옥 같은 호수를 묘사하고는 이렇게 덧붙여 말한다. '그리 좋은 곳은 아니지'(「베오울프」, 1,372행). 이는 고난을 앞둔 브리턴족*의 특징으로 거론되는 의연하고 냉정한 태도를 연상시킨다.

---

* the Britons. 앵글로색슨의 침략 이전에 브리튼 섬에 살았던 부족을 칭하는 말. 그러나 여기서는 영국인을 뜻한다.

이보다 호소력이 강한 예는 「몰던 전투The Battle of Maldon」에 등장하는 사건이다. 이 시는 영국의 스포츠맨십을 최초로 기록하고 있는 것으로 보인다. 몰던 전투는 에식스의 블랙워터 강변에서 891년경에 벌어졌다. 함선을 몰고 바이킹이 반대편 강둑에 상륙했을 때, 이쪽 강둑에는 버트노스Byrhtnoth라는 지도자가 이끄는 농부와 주민들이 진을 치고 있었다. 바이킹은 하나밖에 없는 다리를 버트노스의 부하 두 명이 지키고 있었기 때문에 강을 건널 수 없었다. 바이킹의 우두머리가 버트노스에게 정정당당하게 싸울 수 있도록 자기 휘하의 전사들이 강을 건너가게 해달라고 요청했다. 버트노스는 합의에 응했고, 이는 곧 재앙을 불렀다. 앵글로색슨 중 일부는 도망쳤으나 버트노스를 포함한 나머지는 몰살당했다.

군사적 재앙을 영웅적 행위로 추앙하는 이 시를 읽으면 「경기병 여단의 진격The Charge of the Light Brigade」*이나 덩케르크 정신과 비교하고 싶은 마음이 들게 마련이다. 그러나 이 시의 시인은 그보다 훨씬 비판적인 관점을 취한다. 버트노스의 성급한 조치를 'ofermod'라고 묘사하는데, 이 단어는 여기서 '만용excess of courage'의 뜻에 가깝고, 이 시 외에 다른 모든 출처에서는 사탄을 지칭하기 때문이다.

그렇지만 최후까지 버티다가 적의 칼에 맞아 쓰러지는 브리톨드가 죽음을 앞둔 동지들에게 호소하는 말은 앵글로색슨의 영웅적 정신이 지닌 불가항력의 매혹을 보여준다. 앵글로색슨어로 읽었을 때 그 아름다움이 가장 큰 빛을 발하지만 거칠게 번역하면 다음과 같다.

결단은 더욱 강고해지고 심장은 더욱 단단해지리라,

* 앨프리드 테니슨 경이 쓴 시로, 크림 전쟁 당시 발라클라바 전투에서 무모한 상부의 명령에 따라 중화기로 무장한 러시아 진영을 향해 승산 없는 돌격을 감행한 기병 여단의 용기를 찬양한다.

우리의 힘은 약해질망정 용기는 더욱 날카롭게 벼려지리라.

Resolve shall be the firmer, heart the harder,
Courage the keener, as our strength lessens.

삶과 죽음을 결정할 신조를 담은 시는 많지 않다. 이 시는 어떻게 살고 죽을지 가르쳐준다.

CHAPTER 5

중세 유럽 대륙의 거장들

단테, 다니엘, 페트라르카, 비용

세계적으로 유명한 시인들을 통틀어 단테 알리기에리Dante Alighieri(1265~1321)만큼 현대 독자에게 호소력이 떨어지는 경우도 찾기 어렵다. 단테의 시가 속속들이 중세 신학에 젖어 있기 때문만은 아니다. 워낙 그의 믿음이 우리의 반감을 유발하기 일쑤라서 그렇기도 하다. 단테는 인간으로서의 매력도 없었다. 복수심이 강하고 용서를 모르는 사람이라는 인상을 준다.

단테의 가장 위대한 걸작으로 꼽히는 「신곡Divine Comedy」(1320년)은 지옥, 연옥, 낙원을 방문하는 가상의 여행을 기록한다. 단테는 처음에 로마 시인 베르길리우스를 따르다가, 나중에는 세상을 떠난 여인 베아트리체 포르티나리Beatrice Portinari의 성스러운 영령의 인도를 받는다. 베아트리체 포르티나리는 피렌체 은행가의 딸로, 단테 자신의 설명에 따르면 둘 다 어린아이였을 때 보고 한눈에 반해 사랑에 빠졌던 여인이다. 나중에는 서로 마주치는 일이 드물었지만, 단테에게는 완벽한 여성의 모범이었다. 반면 단테의 자식을 여럿 낳은 아내 젬마 도나티는 단테의 시에 단 한 번도 언급되지 않는다.

단테는 저주받은 사람들이 받게 되는 지옥의 형벌을 창안했는데, 여기에서 잔혹성에 관한 천재적인 관심이 암묵적으로 드러난다. 「신곡」 첫머리에서 최근 죽은 사람들이 지옥에 떨어지는 형벌을 받는 장면의 묘사는 소름 끼치게 무섭다. 남자, 여자, 아이들이 벌거벗겨져 말벌 떼에 쫓기며 비명을 지르고 신을 모독하는 욕설을 퍼붓고 부모와 자기 자신, 인류 전체를 저주하며 지옥의 자리 배정을 기다린다. 단테와 베르길리우스는 다층의 지옥을 헤쳐 내려가면서 저주받은 자들을 보게 되고 이들이 앞으로 겪을 수난을 알게 된다. 어떤 사람들은 가시나무에 목매달려 뿔 달린 악마들에게 매질을 당한다. 또 벌겋게 달아오른 뜨거운 무덤에 갇히거나 펄펄 끓는 기름이나 역청에 머리부터 거꾸로 던져지거나 인간의 배설물에 온몸이 잠기기도 한다. 연옥의 형벌도 그에 버금가게 무시무시하다. 이를테면 질투한 사람들의 눈꺼풀은 철사로 꿰매지는데, 죄인들의 눈물이 그 바늘땀 사이로 배어난다.

지옥의 형벌은 영원하다. 자비로운 죽음이라는 탈출구도 없다. 예를 들어 도둑들은 독사들 사이를 벌거벗은 채 돌아다니다가 물리면 재가 되어 허물어져 내리지만, 곧 다시 재생되어 계속 수난을 겪게 된다. 한편 기독교 교리와 다른 신념을 가진 사람들도 범죄자만큼 잔혹한 형벌을 피할 수 없다. 이슬람교의 창시자인 무함마드는 이슬람과 기독교의 괴리를 유발한 죄로 저주를 받는다. 그리하여 턱에서 배까지 반으로 갈라져 내장이 다리 사이로 덜렁덜렁 내려온 채 끔찍한 악취를 풍기는 모습으로 영원토록 살아가는 형벌을 받는다.

죽은 자들 사이에서 과거의 숙적들을 알아본 단테는 본새 없이 개입해 그들의 괴로움을 더 부추긴다. 다섯 번째 지옥에 간 단테는 더러운 진흙과 오물에 뒹구는 사람들 속에서 단테와 맞선 정파에 속했던 피렌체 기사 필리포 아르젠티를 본다. 그리고 베르길리우스에게 그를 오물 속에 더 깊이 빠뜨려달라고 부탁한다. 베르길리우스는 단테의 청을 들어준다. 아홉 번째 지옥의 얼어붙은 호수에서 단테는 어느 죽은 자의 두피에서 머리카락 한 줌을 잡아 뽑으면서까지 자기가 누구인지 알리려 한다. 그는 단테의 정치적 명분을 배신한 보카 데글리 아바티로 밝혀진다. 단테가 가장 지독하게 미워한 동시대인은 교황 보니파티우스 8세였는데, 그는 여덟 번째 지옥에 전임 교황들을 위해 특별히 마련된 형장에 배정된다.

이런 온갖 형벌은 심지어 수형자의 죄가 없을 때마저도 하느님의 지혜와 정의를 드러내는 기능을 한다. 베르길리우스의 말에 따르면 자신을 위시해 그리스도의 탄생 이전에 올바른 삶을 살았던 이교도들은 첫 번째 지옥에 갇히는 형을 받았다. 실제로 집행되는 형벌은 없으나 영원한 어둠이 지배하고 한숨이 끊이지 않는다. 세례를 받지 못하고 죽은 죄 없는 아이들도 그곳에 영원히 머무른다.

낙원에서는 베아트리체가 거의 마지막까지 단테를 인도하다가 결국 떠나간다. 그리고 단테는 영원한 빛의 왕관을 쓴 베아트리체의 모습을 일별한다. 베아트리체의 순수함과 성스러움은 「신곡」에서 결정적인 요소이고, 이는 「신생Vita Nuova」(1295년)*에서도 마찬가지다. 「신생」은 단테가 베아트리체 사후에 쓴 찬양의 시로서 산문 논평이 붙어 있다. 그녀의 신성화는 여성을 명예롭게 존중하는 방식으로 보일지 모른다. 그러나 이는 온전한 여성성을 박탈하는 수단이기도 하다. 특히

* 단테가 베아트리체를 만나고 사랑하게 되고 베아트리체의 때 이른 죽음에 상심하기까지를 다룬 단편 운문 소품집이다.

여성의 성적 본성을 빼앗는다는 점에서 일부 중세 신학자에게서 발견되는 여성 육체에 대한 혐오와 정반대이면서도 일맥상통한다. 여성의 신체에 대한 혐오는 특히 '연옥편' 19곡에 잘 드러나 있다. 단테가 세이렌의 유혹적인 노래에 홀려 잠들려 하자 베르길리우스가 세이렌의 옷을 찢어 배를 드러내는데, 거기서 풍기는 끔찍한 악취에 잠이 깨고 만다.

단테는 이전의 시인들과 차별화를 꾀하고자 의도적으로 여성의 성을 지웠다. 특히 아르나우트 다니엘Arnaut Daniel(1180~1200) 같은 음유 시인들과의 차별화가 목적이었다. 자신이 태어난 프로방스의 방언으로 쓴 다니엘의 시는 기쁨이 넘치는 성애를 그리며, 인간의 사랑을 나무, 꽃, 새들의 노래와 나란히 놓고 자연의 한 부분으로 찬미한다. 다니엘은 연인의 금발과 낭창한 몸, 그녀의 옷을 벗기던 기쁨, 키스와 웃음, 등불에 비친 나신을 지켜보던 기억을 떠올린다. 세상 어떤 은둔자나 수도사나 사제도 자신이 연인을 사랑하는 만큼 헌신적으로 신을 사랑할 수 없다고 확신하면서.

반면 『신생』에 수록된 단테의 사랑시는 따분하고 추상적인데, 단테 자신도 알고 있었을 것이다. '연옥편' 26곡에서 시인 귀도 귀니첼리Guido Guinicelli가 단테에게 아르나우트 다니엘을 가리켜 말하면서 '일 밀리오르 파브로il miglior fabbro(더 훌륭한 언어의 장인)'라고 칭찬하는 대목이 있다. 즉 라틴어가 아니라 토착어로 시를 쓰는 다른 시인들보다 훌륭하다는 이야기다. 그러나 단테가 찾아낸 다니엘은 인간의 사랑을 넘어선 상태였다. 다니엘은 욕정에 찬 사람들과 함께 영혼을 정제하는 연옥 불 속에서 타고 있었다. 다니엘은 귀니첼리의 칭찬은 들은 척 만 척하고 과거의 어리석음을 후회하며 단테에게 자신을 위해 기도해달라고 애원한다.

「신곡」은 중세 후반에 위대한 걸작으로 칭송받았으나 계몽주의를 거치면서 명성이 퇴색되었다. 낭만주의와 라파엘전파Pre-Raphaelites는 「신곡」에 새로운 생명을 불어넣었고 윌리엄 블레이크는 스케치와 수채화 연작으로 삽화를 그렸다. 20세기 초에는 T. S. 엘리엇과 에즈라 파운드가 「신곡」에 문화적 현재성을 부여해 심원한 준거의 원천으로 삼았다. 엘리엇은 「황무지The Waste Land」를 '일 밀리오르 파브로, 에즈라 파운드'에게 헌정했다.

페트라르카Petrarch(1304~1374)는 단테(페트라르카는 「신곡」을 읽지 않았다고 털어놓았다)보다 더 호감이 가는 사람이었던 것 같다. 그는 정치에 관여하지 않았고 고독하고 사색적인 삶을 권유했다. (그리스어는 전혀 몰랐지만) 고전주의자였고 소실된 라틴어 텍스트를 재발견해 르네상스를 추동하는 배후의 동력을 제공했다. 교회의 하급 간부였던 그는 결혼하지 않았지만 정체가 밝혀지지 않은 여인(혹은 여인들)에게서 얻은 자녀 둘을 호적에 올렸다. 또한 그는 여행을 즐겼고 1336년 4월 재미 삼아 프로방스의 방투 산Mt. Ventoux(해발 1,912미터)을 등정한 최초의 산악인으로 알려져 있다. 대다수가 소네트인 366편의 사랑시로 구성된 그의 시선집은 '라우라'라고 부르는 여인을 향한 사랑을 기록하고 있고, 훗날 『일 칸초니에레Il Canzoniere(노래집)』로 유명해져 유럽 전역에서 사랑받으며 무수한 모작을 낳았다.

지금도 읽는 보람이 있는 시집이라고 말할 수 있다면 좋을 것이다. 그러나 현대의 독자가 읽기에 『일 칸초니에레』는 따분하고 반복적이다 못해 정신이 마비될 지경이다. 페트라르카의 사랑은 순결하고 21년간 이어진다. 그 세월 내내 페트라르카는 굉장히 많이 울지만, 그 밖에는 별로 하는 일이 없다. 라우라와 함께 보내는 하룻밤을 갈망하지만, 그런 일이 결코 없으리라는 것도 잘 알고 있다. 111편에서 페트라르카는 15년간 짝사랑을 바쳤더니 라우라가 자신을 쳐다봐주었다고 말한다. 2년 후인 155편에서는 라우라가 흐느껴 울며 '부드러운 말'을 건네준다. 201편에서는 라우라가 잃어버린 장갑을 페트라르카가 찾아서 돌려준다. 사실상 이 정도로 시에서 일어나는 '액션'을 모두 요약할 수 있다.

1348년 4월 6일 라우라가 세상을 떠난다(흑사병이었을 가능성이 있다). 그러나 이 사건은 생각보다 대세에 큰 지장을 주지 않는다. 페트라르카는 여전히 눈물로 세월을 보내고 그 후로 10년간 더 라우라에 대한 시를 쓴다. 페트라르카의 생각은 이제 라우라가 있는 천국으로 향하지만, 어차피 그 사랑은 처음부터 종교적이었다. 그녀의 두 눈이 '천국으로 가는 길'을 보여주었다(72편). 어떤 면에서는 라우라가 죽은 후로 상황이 나아졌다고 할 수도 있다. 꿈속에서 라우라가 그를 찾아와 침대에 앉아 있기도 하니 말이다(359편). 그녀는 천국에서 기다리고 있다면서, 그간 지나치게 냉정했던 건 두 사람의 영혼을 구하기 위해서라고 말해준다(341편). 페트라르카는 자신의 욕망을 거절한 라우라의 진심을 믿게 된다. '나의 고통은 나의 구원'이라면서 말이다(290편).

처음부터 끝까지, 라우라는 단테의 베아트리체만큼이나 철저히 육체를 빼앗긴다. 그녀라는 사람에 대한 언급은 정숙하게 모호하다. 금발이고 가녀린 흰 손과 우유처럼 희디흰 목의 소유자일 뿐이다. 다른 신체 부위는 실종되고 없다. 육체적 현실은 죽음 이후에야 비로소 '이제 아무것도 느낄 수 없는 작은 잿더미가 되었다'는 깨달음의 형태로 끼어든다(292편).

좋은 면을 찾아보자면, 『일 칸초니에레』가 어떤 면에서 동시대 시인들에게 획기적인 위업으로 보였을지 짐작된다. 인간의 사랑을 진지한 시의 주제로 격상시키는 한편, 암묵적으로 한 인간의 내면에서 벌어지는 심리적 갈등에는 시인의 일생을 바칠 만한 값어치가 있다고 주장한다. 그리고 시인을 나머지 인류와 구별되는 존재로 설정한다. 페트라르카는 '적대적인, 불쾌한 군중'(234편)을 피해 도망치고, 라우라가 죽고 나자 세상은 그에게 '독하고 야만적인 생물이 사는 황무지'(310편)가 된다. 고독은 그 후로 서양의 시인들에게 인기 있는 주제가 되었다. 이제는 죽어버린 중세 신학의 손길이 단테와 마찬가지로 페트라르카의 시에도 닿아 있지만, 페트라르카는 고전주의 덕분에 가끔 그 손아귀에서 벗어나곤 한다. 그리하여 라우라에게 신화적 시인 오르페우스Orpheus처럼 자연을 관장하는 능력을 선사한다. 라우라의 말에 태산이 움직이고 강물이 흐름을 멎는다(156편). 전원은 라우라에게 행복을 주고 '나의 불길이 타오를 때 그 불길을 낯설게 느끼는 돌멩이는'(162편) 하나도 없다.

4세기가 흐른 뒤 이와 같은 생각을 알렉산더 포프가 시로 표현하고 헨델이 오페라 「세멜레Semele」에서 음악으로 옮겨 세계적으로 유명하게 만들었다.

그대 걷는 곳마다, 서늘한 바람이 부채처럼 계곡을 식히고
그대가 앉는 나무는 그늘이 지고
그대가 밟는 땅에 수줍게 상기된 꽃들이 피어날 테니
그대 눈길 닿는 세상 만물이 번창하리라.
Where'er you walk, cool gales shall fan the glade,
Trees where you sit shall crowd into a shade,
Where'er you tread, the blushing flowers shall rise,
And all things flourish where you turn your eyes.

사회규범에 반항하는 시인들을 일컫는 포에테 모디poète maudit는 '저주받은 시인'이라는 뜻으로, 19세기가 되어서야 등장한 용어다. 그러나 유럽이 최초로 얻은 포에테 모디는 프랑수아 비용François Villon(1430?~1462?)이었다. 부모가 누군지도 모른 채 파리에서 태어난 시인은 법학 교수였던 양아버지에게서 비용이라는 이름을 받았다. 그는 1449년 학사학위를 받고 1452년 석사과정을 마쳤다. 1455년 그는 길거리에서 싸움에 휘말려 사제를 칼로 찔러 죽였지만, 왕에게 청원해 목숨은 부지했다. 바로 그해에 갱단의 일원으로 나바르 대학 약탈에 참여한다. 그 후로 파리에서 도망친 그는 잠시 기록에서 사라지는데, 시인 자신의 주장에 따르면 1461년 오를레앙의 주교가 자신을 지하 감옥에 가둬놓고 고문했다고 한다. 1462년 파리로 돌아온 비용은 또다시 시비에 휘말려 교황의 공증인을 살해하고 교수형을 선고받는다. 항소심에서 형량이 추방으로 감형되었지만 이후 비용의 행적에 대해서는 알려진 바가 없다.

비용은 스무 편의 짧은 시와 유언장 형식을 표방한 두 편의 시를 남겼는데, 모두 합쳐 2,300행에 달한다. 이 유언장에서 비용은 온갖 쓰레기를 유산으로 남기고, 자기 것이 아닌 물건들도 제멋대로 다양한 수혜자에게 물려준다. 유산을 받는 사람들의 이름을 말장난으로 비틀어 음담패설로 바꿔버리기도 한다. 비용의 어조는 가차 없는 비난과 냉소와 진중함과 독설을 오가고, 희극적이고 오만하다가도 정곡을 찌르는 자기비판을 하기도 한다. 그러나 한눈에 알아볼 수 있는 독특한 문체는 항상 변함이 없고, 다른 시인들이 무시했던 주제를 시로 다룬다. 섹스, 범죄, 돈 문제, 음주, 가난, 고통과 굶주림 말이다. 비용이 캐스팅한 인물은 행상, 범죄자, 생선 파는 아낙, 가로등에 불 켜는 사람들, 춥고 더러운 시장의 좌판 밑에서 노숙하는 빈민에서 은행가와 변호사까지를 모두 아우른다. 비용의 화자 중에는 까마귀가 자기 눈썹과 수염을 뽑아가서 둥지를 만든다면서 투덜거리는 목 매달린 시체도 있고 세월이 자기 사타구니의 '작은 정원jardinet'을 망쳐놓았다면서 애통해하는 노파도 있다.

현대 시인들 중 아르튀르 랭보, 폴 베를렌, 베르톨트 브레히트가 비용을 사랑했고 에즈라 파운드는 모범으로 삼을 시인으로 비용을 추천했다. 비용의 시에 끈질기게 나타나는 주제는 시간의 무상함이다. 이 주제는 비용의 가장 유명한 시구 'mais où sont les neiges d'antan?'에 잘 드러나 있다. 단테 가브리엘 로제티Dante Gabriel Rossetti(1828~1882)의 번역에 따르면 '그러나 흘러간 지난날의 눈雪은 어디로 갔는가?'다.

CHAPTER 6

유럽 시인

초서

제프리 초서Geoffrey Chaucer(1343~1400)는 중세의 위대한 영국 시인이었으나, 한편으로 유럽인이기도 했다. 그리하여 프랑스, 이탈리아 같은 타국의 문학과 그리스·로마인의 유산을 자신의 시에 녹여냈다. 런던 포도주 상인의 아들로 태어난 초서는 궁정 기사이자 군인이자 외교관이자 공무원으로 에드워드 3세를 섬겼다. 프랑스, 스페인, 이탈리아를 두루 여행했고 페트라르카를 만났으며, 조반니 보카치오Giovanni Boccaccio를 만났을 가능성도 있다. 보카치오의 『데카메론Decameron』은 초서가 지은 『캔터베리 이야기Canterbury Tales』의 모델이 된다. 공직의 한 가지 장점은(초서는 안타깝게도 직무에 태만했던 것 같다) 런던 올드게이트의 무료 사택이었고, 초서는 하루의 '정산'을 끝낸 후 황급히 집으로 돌아가 책에 파묻혀 독서의 '황홀경'에 빠지는 일과를 농담처럼 묘사하기도 했다. 가족과의 삶보다는 학자의 은둔을 선호했던 것으로 보인다. 그는 스물두 살 때 궁정 시녀 필리파 드 루에와 결혼해 세 자녀를 두었지만, 대체로 아내와 따로 살았다고 한다.

초서를 처음 접한다면 「새들의 의회The Parlement of Foules」에서 시작해도 좋겠다. 다채로운 영국의 조류가 성 밸런타인 축일에 짝짓기를 위한 의회를 연다. 당연히 새들은 짝짓기를 끝내려 안달이 났지만 가장 위계가 높은 참석자 독수리가 절차를 들먹여 계속 지연된다. 알고 보니 수컷 독수리 세 마리는 짝짓기 생각이 아예 없는 암컷 한 마리를 사랑하고 있었다. 구애자들은 궁정 기사의 매너를 따라 죽을 때까지 그녀만 섬기겠다고 맹세하며 사랑의 경쟁을 한다. 거위와 뻐꾸기와 오리가 이끄는 다른 새들은 독수리들에게 '망할 구애'를 집어치우라고 재촉하고, 거위가 거친 목소리로 꽥꽥거린다. '그 암컷이 사랑해주지 않으면 그냥 다른 암컷을 사랑하라고 해.' 새매는 새침하게 딱 거위가 할 법한 말이라고 면박을 준다. 그러나 다른 새들은 거위와 같은 의견이어서 결국 자연의 여신이 독수리는 암컷을 1년 기다렸다가 결혼하라고 판결을 내린다. 시는 새들이 다 같이 성 밸런타인에게 바치는 축가를 노래하는 것으로 막을 내린다.

이 시에는 아주 초서다운 특징이 네 가지 있다. 첫째, 웃긴다. 단테와 페트라르카는 그런 적이 없다. 둘째, 『캔터베리 이야기』처럼 사회의 다양한 계층과 그 계층의 상호작용을 그리고 있다. 셋째, 초서는 양측을 모두 보고 있다. 온화하면서도 관용적이다. 넷째, 새들이 사람처럼 말하게 함으로써 초서는 모든 삶 – 인간, 새, 동물, 녹색 세계 – 이 자연에 의해 하나로 묶여 있음을 암시한다.

그렇다고 초서가 자연 숭배자였던 건 아니다. 그는 기독교인이었다. 그러나 초서는 신이 세계를 다스리는 방식에 흥미를 느꼈고 '자연'은 그 섭리의 일부임을 보았다. 그리고 (기독교의 믿음대로) 신이 미래를 내다볼 수 있다면 인간이 자유의지를 가질 수 있는지 의문을 품었다. 이런 문제들을 숙고한 가장 유명한 철학자는 보에티우스Boethius였다. 초서는 보에티우스의 저작 「철학의 위안Consolation of Philosophy」(서기 523년)을 영어로 옮기고 자신의 시에서도 자주 인용했다. 똑같은 의문에 이끌려 초서는 점성술에도 관심을 가졌다. 별과 행성의 자리가 인간의 성격과 행위를 결정한다는 이론이었다. 점성술 계산에 활용되는 과학적 기구를 천문 관측의astrolabe라고 하는데, 초서는 어린 아들 루이스를 위해 천문 관측의에 대한 산문 「논고Treatise」를 썼다.

초서가 완성한 시 중에서 가장 훌륭한 작품(『캔터베리 이야기』는 끝까지 쓰지 못했다)은 『트로일러스와 크리세이드Troilus and Criseyde』다. 보카치오의 시 「일 필로스트라토Il Filostrato」를 짧게 축약해 개작한 판본이다. 트로이 전쟁을 배경으로, 트로이 프리암 왕의 아들 트로일러스가 트로이를 떠나 그리스군에 합류한 아버지를 둔 아름다운 크리세이드와 사랑에 빠지는 이야기를 전한다. 트로일러스의 사랑을 알고 크리세이드는 겁에 질린다. 그러나 트로일러스의 친구이자 크리세이드의 삼촌인 교활한 판다루스가 크리세이드를 설득해 두 사람을 연인으로 맺어준다. 그리고 비극이 닥친다. 두 사람의 비밀 연애를 모르는 트로이인들은 크리세이드를 그리스군 진영으로 보내고 포로가 된 전사와 맞바꾸기로 한다. 크리세이드는 트로일러스에게 트로이로 금방 돌아오겠다고 약속하지만 영영 오지 않는다. 트로일러스는 이제 그리스 전사 디오메드가 크리세이드의 보호자이자 연인이라는 사실을 알고 절망한다. 전투에서 죽음을 좇던 트로일러스는 아킬레우스의 손에 죽음을 맞는다.

초서 예술의 승리가 잘 드러나는 장면 중 하나는 연인들이 밤을 함께 보내는 대목이다. 그 장면은 잔인하고도 다정한 자연의 이미지로 빛난다. 트로일러스의 품에 안긴 무력한 크리세이드는 새매에게 포획된 종달새와 같다. 그러나 '심장을 열어 보이자' 두려움은 가시고, 울타리에 숨어 있던 무언가에 잔뜩 겁을 집어먹었다가 위험이 지나가자 기쁨에 찬 나이팅게일 같아진다. 놀랍게도 이런 행복의 순간에 초서는 단테의 '낙원편'을 인용한다('온유한 사랑, 그대 신성한 만물의 구속이여'). 단테는 물론 침대에 벌거벗고 누워 있던 두 연인의 아주 다른 사랑을 말하는 것이다. 그러나 초서는 대담하게 단테의 가치관에 도전한다. 사랑을 나누는 행위가 자연스러운 일이고 자연이 신의 창조물이라면 왜 연인들을 신성하게 바라보면 안 된다는 말인가?

단테의 인용은 이 시를 유럽 시로 만드는 다층적 인용의 한 예에 불과하다. 베르길리우스, 오비디우스, 호라티우스 역시 여러 번 반복적으로 인용되며 보에티우스와 보카치오, 그리고 초서가 번역한 프랑스의 「장미 이야기Roman de la Rose」도 거듭 등장한다. 첫눈에 반한 트로일러스가 부르는 사랑 노래는 페트라르카의 소네트다. 빌려온 요소들은 겉돌지 않고 초서의 목소리에 녹아든다. 가장 아름다운 연은 트로일러스의 곁을 떠나야 한다는 소식을 들은 크리세이드의 말이다. 그녀는 지상에서 헤어질지언정 사후에 '고통을 벗어나, 연민의 들판에서' 함께 살자고 말한다. 그 말의 출처는 베르길리우스와 오비디우스이지만, 그 단어들은 순전히 초서의 것이다.

점성술은 이 시에 꾸준히 배경으로 깔린다. 초서는 별과 행성이 교차해 결정적인 순간 우리의 행동에 영향을 미친다고 말한다. 이를테면 크리세이드를 판다루스의 집에 가두는 '연막 같은 비'는 달과 토성과 목성이 게자리로 늘어서 있기 때문에 내렸다는 식이다. 점성술은 적어도 부분적으로 인간의 책임을 덜어주는데, 초서 역시 그렇다. 초서는 충절을 지키지 않은 크리세이드를 비난하려 하지 않는다. 오히려 '사랑을 지키지 못해 크게 자책하는' 크리세이드를 어떻게든 변명해주려

한다. 트로일러스의 아픔을 대수롭지 않게 다루는 것도 아니다. 헛되이 기다리고 또 기다리는 아픔은 가슴이 저미도록 생생하게 전달된다.

초서는 기대를 저버리지 않고 시를 폭소로 끝맺는다. 트로일러스가 죽임을 당하자 그의 영혼은 우주의 천구를 뚫고 하늘로 날아가며 '작은 점과 같은 이 지구'를 돌아본다. 그리고 천국의 진실 앞에서 보잘것없는 인간의 삶을 내려다보며 크게 웃는다. 이 세계를 조롱하는 폭소는 확고하게 기독교적이다. 그러나 여기에서도 초서는 양면을 보고 있다. 시의 결말에서 초서는 영어가 변화하고 있다는 사실을 짚고 후세의 독자가 자신의 시를 이해하고 운율을 알아들을지 걱정한다. 그럴 수 있기를 기도하며 위험을 무릅쓰고 시를 세상에 내보낸다. '가라, 작은 책이여.' 이 순간은 가히 경이롭다. 초서는 인쇄기가 발명되기 반세기 전에 이미 당대의 시간과 장소를 훌쩍 넘어선 독자층의 확대를 예상한 것으로 보인다. 당연히 초서가 옳았다. 그리고 시인이라면 누구나 자연스레 이런 걱정을 하게 마련이다. 그러나 속세를 하찮게 보는 기독교적 세계관과는 잘 맞아들지 않는 생각이다.

『캔터베리 이야기』는 누구나 한 번쯤 들어본 적이 있는 초서의 걸작이다. 특히 '프롤로그'는 너무나 익숙해서 얼마나 획기적으로 역사를 만든 걸작인지 잊기 쉽다. '프롤로그'는 중세 사회의 여러 다양한 계층이 어떤 옷을 입고, 어떻게 말하고, 어떤 농담을 하고, 어떤 욕을 하고, 서로를 어떤 시선으로 바라보는지를 우리에게 말해준다. 이는 혁명이었다. 여성성을 솔직하게 다루는 '바스의 아낙Wife of Bath' 같은 캐릭터는 이전에 누구도 만들어내지 못했다. 그리고 이 시는 부패한 면죄사Pardoner와 호색한 술주정뱅이 소환리Summoner를 통해 가톨릭교회의 이윤 추구를 폭로해, 100년 후 종교개혁으로 이어질 분노를 일찌감치 경고했다.

이야기 중에서 '프롤로그'의 천재성에 견줄 시를 찾는 건 상당히 어렵다. 대체로 다들 좋아하는 작품은 「수녀원 신부 이야기Nuns' Priest's Tale」다. 「새들의 의회」와 같은 동물우화인데 훨씬 훌륭하다. 주인공인 수탉 촌티클리어Chauntecleer는 산호색, 칠흑, 하늘색과 금빛이 조화를 이루고 '백합꽃보다 흰' 발톱을 지닌 눈부시게 아름다운 생물로서 밉지 않은 허영심과 굉장한 허세의 소유자다. 능수능란한 바람둥이인 촌티클리어는 암탉인 마담 페어텔로트Madame Pertelote에게 '물리에르 에스트 호미니스 콘푸시오mulier est hominis confusio'라고 큰소리를 친다. 이는 라틴어로 '여자는 남자의 기쁨이며 지복의 원천'이라는 뜻이지만, 촌티클리어는 정반대의 뜻으로 쓴다. 여러 이야기 중 가장 행복한 이야기로서 작가가 자신의 예술을 순수하게 만끽하고 있다는 느낌을 발산한다. 심지어 늙은 과부의 초라한 식사마저 – 우유, 갈색 빵, 삶은 베이컨, 가끔은 달걀 한두 개 – 굉장히 맛있을 것만 같다.

그러나 개인적인 선호도와 상관없이 부동의 걸작 두 편은 「기사의 이야기The Knight's Tale」와 「방앗간 주인의 이야기The Miller's Tale」다. 기사는 다른 모든 순례자보다 급이 높으므로 이야기를 처음 시작하는 특권을 누린다. 그리고 당연히 기사도를 주제로 고른다. 「기사의 이야기」는 보카치오의 본격 서사시 「테세이다Teseida」의 축약본이다. 그러나 이렇게 여기저기서 빌려온 출처를 고려할 때, 이처럼 완벽하게 다듬은 구조는 기적과 같다. 팔라몬과 아르시테라는 기사 두 명이 비좁은 감옥 창문을 통해 아름다운 에밀리가 꽃을 따는 모습을 보게 되는 그 첫 순간부터 긴장이 고조된다. 테세우스가 대규모 마상 경기를 주최하는 사이 풍경은 확장되고 화려함이 배가된다. 사원과 보물을 품은 아레나가 세워지고 전사들이 당도한다. 황금과 루비로 번쩍이는 기사들, 그들 주위로 노니는 온순한 사자와 표범들. 그리고 아르시테가 치명상을 입는 비극이 벌어지자 화려한 배경은 폴썩 허물어진다. 그 자리를 날것의, 임상적인 세부 묘사가 차지한다. '구토'나 '하제' 같은 병실의 어휘와 인간 운명의 적나라한 직시가 이어진다.

> 방금 연인과 함께 있었는데, 이제는 싸늘한 무덤에서
> 혼자라네, 함께하는 이 하나 없이.
> Now with his love, now in his colde grave
> Allone, with-outen any companye.

그러나 이 시는 우리에게 한 가지의 기적을 더 선사한다. 아르시테를 화장하는 장작불을 피우기 위해 숲이 통째로 베어진다. 기사는 쓰러지는 나무 한 그루 한 그루를 일일이 열거한다. 오크, 전나무, 자작나무, 숲의 나무들이 카탈로그를 이룬다. 삼림의 생명체들, 새와 동물들이 폐허에서 놀라 달아나고, 숲의 신과 님프, 반인반양의 파우누스와 나무의 요정 드리아드도 공포에 질려 도망치고, 햇빛에 익숙지 않은 '땅이 빛을 받자 경악으로 입을 쩍 벌렸다'고 한다. 충격을 받은, 파리한 얼굴의 땅은 인간과 자연을 하나로 보는 초서의 관점을 적나라하게 보여준다.

「방앗간 주인의 이야기」는 당연히 기사는 물론이고 지방행정관(치안판사)의 신경을 거스르려는 의도로 만들어졌으며, 서두에서 「기사의 이야기」에 나오는 '혼자라네, 함께하는 이 하나 없이'를 조롱하듯 되풀이한다. 외설적이고 음탕하지만, 이 시는 기가 막힌 걸작이다. 기본적으로 이 시는 예술로 승화한 음담패설이며, 문학사에서 고유한 자리를 차지한다. 소극笑劇과 같은 구조는 거장의 솜씨를 과시한다. 플롯의 가닥들이 하나로 묶이는 순간, 복수심에 찬 압솔론 때문에 엉덩이에 화

상을 입은 니콜라스는 '물!'이라고 외치고 서까래에 욕조를 매달아 타고 앉아 있던 불쌍한 피해망상의 존은 (이때쯤엔 독자들의 뇌리에서 까맣게 지워졌다가) 노아의 대홍수가 닥친 줄 알고 밧줄을 끊어 바닥에 추락하는 바람에 팔이 부러진다.

날렵한 상세 묘사를 통해 점묘로 표현된 인물들은 속속들이 현실적이다. 영악하고 잘생긴 니콜라스가 생각하는 구애가 여자의 'queynte'*를 움켜잡는 거라니 너무나 그럴싸하다. 까다로운 압솔론이 어둠 속에서 자기가 키스한 것이 앨리슨의 입술이 아니라는 걸 깨닫고 휘몰아치는 혐오감에 진저리를 내며 손에 닿는 사포로 제 입술을 박박 벗겨내는 이유를 우리는 이해한다. 그리고 부드럽고 자세가 꼿꼿하고 족제비처럼 날씬한 열여덟 살의 앨리슨은 초서가 그린 가장 매혹적인 여인이다. 우리는 그녀의 모든 것을 안다. 옷가지부터 뽑아 정리한 눈썹과 멋진 핸드백은 물론, 심지어 입 냄새까지도 안다(꿀로 만든 미드mead**와 건초에 넣어둔 사과 향이 난다). 어느 다른 초서의 작품을 읽더라도 「방앗간 주인의 이야기」를 빠뜨려서는 안 된다. 이미 읽었다면 자기 자신에게 주는 선물로 한 번 더 읽어보라.

---

* 여자의 성기를 뜻하는 중세 영어.

** 벌꿀 술.

CHAPTER 7

보이는 세계의 시인과 보이지 않는 세계의 시인

거웨인 시인, 하페즈, 랭글런드

거웨인 시인Gawain poet이 누군지는 아무도 모른다. 「거웨인 경과 초록색 기사Sir Gawain and the Green Knight」는 물론이고 같은 필사 원고에서 발견된 다른 세 편의 시 「진주Pearl」, 「순수Purity(혹은 정결Cleanness)」, 「인내Patience」의 저자일 가능성이 높다. 초서와 비슷한 시기에 살았지만, 체셔Cheshire 또는 더비셔Derbyshire의 발화發話*를 반영해 초서와는 다른 방언으로 글을 썼다. 초서에게는 북부인으로 보였을 것이다. 거웨인 시인은 또한 「베오울프」처럼 두운시를 썼는데, 이 역시 초서에게는 구태의 연해 보였을 수 있다. 그러나 거웨인 시인은 두운을 각운과 혼합해 썼고 정교한 패턴을 짜내기도 한다.

거웨인 시인은 찬란하게 반짝이는 세계를 창조했는데, 애초에 거

* 소리를 내어 말을 하는 언어 행위.

웨인 이야기에 마음이 끌린 이유도 그 눈부신 특수효과를 과시할 기회가 많았기 때문일지 모른다. 아서 왕과 귀네비어 왕비가 성대한 크리스마스 연회를 베풀고 있을 때, 머리부터 발끝까지 초록색 일색인 거인 기사가 초록색 말을 타고 연회장에 난입한다. 가시호랑나무 가지와 거대한 도끼를 손에 든 기사는 이상한 도전장을 던진다. 어느 기사든 나서서 도끼로 자신의 목을 내리치되 1년 후 똑같이 도끼의 일격을 받아야 한다는 조건이었다.

이 장면은 세세한 묘사로 눈부시게 빛난다. 기사의 빨간 눈이 초록색 얼굴에서 굴러간다. 초록과 황금 빛깔에 면도날처럼 날카로운 거대한 도끼, 초록색 꼬리를 정교한 매듭으로 엮어 황금의 종을 단 초록색 돌격마. 경악에 빠진 아서의 기사들은 말을 잃는다. 그때 거웨인이 나서서 도전을 수락하게 해달라고 왕에게 청한다. 그리고 도끼를 움켜쥐고 초록색 기사의 머리를 댕강 자른다. 잘려진 목에서 피가 뿜어 나오지만 기사는 흔들림 없이 두 발로 서서 자기 머리를 손에 들고 돌아선다. 잘린 머리의 눈이 귀네비어에게 꽂히고 입술이 움직이며 도전의 조건을 되풀이해 말한다. 그리고 기사는 말을 치달려 순식간에 사라진다. 말발굽이 치는 자리마다 부싯돌처럼 불꽃이 인다.

이 정교한 묘사는 시가 절정으로 치닫는 내내 이어진다. 거웨인은 캐멀롯을 떠나기 전 갑옷을 정갈하게 차려입는데, 장구 하나하나가 애정 어린 시선으로 묘사된다. 반짝반짝 윤을 낸 무릎 보호대는 황금 매듭으로 묶고 '아벤타일aventayle'(목을 보호하는 사슬 갑옷)을 차고 '브라이슨vryson'(앵무새와 페리윙클 꽃을 수놓은 실크로, 아벤타일을 헬멧에 부착하는 용도)을 두른다. 여러 날 황량한 황야를 달려간 거웨인은 기적과 같은 백색 성채에 다다른다. 거대하지만 하늘을 배경으로 너무나 가벼워 보이는 성채는 '순수하게 종이를 오려 만든 것처럼 보였다'.

성채의 영주인 기사는 거웨인이 초록색 기사를 만나야 할 초록색 성당이 근처에 있다고 말해준다. 그러면서 그때까지 성채에 머물라고 거웨인을 초대하고 내기를 제안한다. 자신은 매일 사냥을 나갈 테니 성채에 남아 있다가, 하루가 끝나갈 무렵 서로 그날 얻은 것을 말해주자는 것이었다. 영주는 사흘에 걸쳐 사냥을 나가고 여러 마리의 사슴, 야생 곰 한 마리와 여우를 잡는다. 사냥은 영예롭고 잔인하고 피에 젖은 무대 소품이다. 한편 침대에 누워 있는 거웨인에게 성채의 여주인이 찾아와 유혹한다. 그녀의 유혹을 정중하고도 확고하게 거절하고 정결한 키스만 허락한 거웨인은 저녁마다 사냥에서 돌아온 성채의 영주에게 그 키스를 돌려준다(누구의 키스인지는 말하지 않는다. 내기의 조건이 아니었으므로). 그러나 사흘째 되는 날 여주인은 키스 말고도 초록색과 황금빛의 허리띠를 건네주며 거웨인의 목숨을 구해줄 물건이라고 말한다. 그 후 일어나는 일은 여러분이 직접 시를 읽고 알아내기 바란다. 원래 스릴러로 쓰인 시이므로 스포일러는 금물이다.

다른 세 편의 '거웨인' 시에서도 현란한 시각효과와 결합된 도덕적·종교적 교훈을 찾아볼 수 있다. 「진주」에서는 어린 딸과 사별한 아버지가 환상적인 풍경 속에서 성모의 모습을 한 딸과 만나는 꿈을 꾼다. 강 건너 아득한 환상의 땅에서는 에메랄드와 사파이어가 겨울 별처럼 반짝인다. 「순수」는 성경에 나오는 벨샤살Belshazzar*의 향연 이야기(다니엘서 제5장)를 각색한 대목에서 절정을 맞는다. 여기에서 '종이를 오려 만든pared out of paper'이라는 표현이 다시 한 번 등장하는데, 끝은 금박을 입혀 장식한 다. 「인내」는 성경에 나오는 요나 이야기의 각색이다. 이 역시 「거웨인」 못지않은 경이로 가득하다. 폭풍을 만나 바닷물

* 바빌론 최후의 왕.

로 떨어진 요나는 거대한 고래에게 잡아먹힌다. 고래에 비하면 요나는 바람에 날려 성당 문으로 들어온 먼지 한 톨과 같다.

「거웨인 경과 초록색 기사」는 성sexuality을 종교와 날카롭게 가르고 섹스를 뿌리쳐야 할 유혹으로 설정한다. 중세 기독교에서는 흔한 일이었지만, 순수하게 번식하는 자연 세계와 인간의 사랑을 통합시킨 초서와는 대조를 이룬다. 좀 더 극단적인 대비를 이루는 시인을 찾자면 하페즈Hafez(1315~1390)가 있다. 하페즈는 초서, 거웨인 시인과 동시대에 활동한 작가다. 이란의 시라즈에서 태어난 이 시인에 관해서는 알려진 바가 많지 않다. 일설에 따르면 그는 어린 나이에 코란을 한 자도 빠짐없이 외웠고, 빵 굽는 사람으로 일하다가 궁정 시인이 되었다고 한다. 하페즈는 수피파의 스승으로부터 이슬람 신비주의 수피교를 사사했다고 한다. '가잘ghazal'*이라고 불리는 서정시는 사랑, 와인, 여성을 통해 성스러운 영감의 황홀경을 표현한다. 육체적 기쁨을 유혹이 아니라 신성함의 등가물로 바라보는 신비주의적 관점은 (구약성서의 아가Song of Songs에는 비할 수 있으나) 중세의 서구 시에서는 상상도 못했을 위업이다. 심지어 오늘날에도 하페즈의 시(번역본으로 접할 수 있다)를 읽는 서구의 독자들은 성적 쾌감을 종교적 경험과 연관 짓는 데서 어려움을 겪는다. 그러나 이란에서는 페르시아 문학의 위대한 성취로 칭송받고 있으며, 대중적으로 널리 유통되어 수많은 속담과 경구를 낳았다. 하페즈는 지금도 이란에서 가장 사랑받는 시인이며, 이란의 가정집에서는 거의 모두 그의 시집을 갖춰두고 있다고 한다.

초서와 달리 「거웨인 경과 초록색 기사」를 쓴 시인은 자신이 살아가는 사회에 전적으로 만족했던 것으로 보인다. 궁정의 삶이나 교회에

---

* 페르시아의 4행 서정시 양식.

비판적인 태도를 취하지 않고, 캐멀롯의 세련된 매너를 숭상하는 기색이 역력하다. 그리고 거웨인은 수난에 임하기 전 성당 미사에 참석해 고해를 하는 독실한 기독교인이다. 이때가 흑사병(1348년), 농민반란(1381년), 종교개혁의 첨병인 존 위클리프John Wycliffe와 롤라드Lollards의 시대였다는 사실을 말해주지 않는다면 짐작하지 못할 것이다.

윌리엄 랭글런드William Langland(1330?~1400?)의 위대한 시 「농부 피어스Piers Plowman」에서는 이런 정치적·사회적 화두가 전면에 부각된다. 랭글런드 자신은 혁명가가 아니었지만, 그의 사상은 혁명적이었다. 그리고 롤라드와 농민반란의 지도자들이 랭글런드의 사상을 물려받아 이어가게 된다. 랭글런드의 생애는 대체로 알려져 있지 않다. 학식이 높은 사상가였음은 분명하다. 자신의 아내를 '키트Kitte'라고 부르고 딸을 '칼로트Kalote'라고 칭하며, 자신이 지적인 분투를 포기하고 45년간 '육욕을 좇다'가 '그 후 여러 해에 걸쳐 거지처럼 살았다'고 말한다. 그러나 늙고 가난해진 그는 시를 쓰기 시작해야 할 절박한 필요를 느낀다. 1370년대 후반부터 1380년대 초반에 걸쳐 썼을 그의 시는 차이가 몹시 큰 세 가지의 버전으로 존재한다(A, B, C 텍스트). 미완성된 시였는데, 진리의 탐구 자체가 주제였으므로 아마 완성할 수 없었을 것이다.

이 시는 유서 깊은 두운 음보로 쓰여 '햇살이 부드럽던 여름철에In a summer season, when soft was the sun'*라는 시구로 시작된다. 양치기처럼 옷차림이 허름한 윌은 '드넓은 세상으로, 경이로운 일을 듣고자wide in the world, wonders to hear' 길을 나섰다. 그리고 '어느 5월 아침 맬번 언덕에서On a May morning, on Malvern hills' 잠들어 환상적인 꿈을 꾼 일을 회상한다. 꿈속에는 탑이 있었고, 깊은 지하 감옥이 있었고, '사람들로 가득한 벌

---

* 영시에서 두운은 병기된 영어 원문과 같이 단어의 첫 글자를 이루는 자음이 반복되며 운율을 만들어낸다.

판field full of people’이 있었다. 상인들, 음유시인들, 걸인들과 순례자들, 성지순례단, 그리고 ‘식탐에 낭비를 일삼는 자들이 파괴하는 것을 얻기 위해’ 열심히 쟁기를 들고 일하는 사람들이 있었다.

이 길고 혼란스러운 시는 무려 (B 판본에서는) 20권을 꽉 채운다(각 권을 ‘파수스passus’라고도 부르는데, 이는 계단이라는 뜻이다). 윌은 깨어났다 잠들어 꿈을 꾸고 또 깨어나고 잠들고 꿈을 꾼다. 시를 장악하는 주제는 부자와 가난한 사람의 대조다. 윌은 그리스도가 가난했고 ‘가난한 사람의 옷을 입으시고 영원히 우리를 뒤쫓아오신다And in a poor man's apparel pursues us ever’고 상기시켜준다. 사도들은 재산이 없었다. 예수님은 ‘은銀도 없이silver-less’, ‘빵도 없이 맨발로barefoot and breadless’ 사도들을 파견했으나 사도들은 ‘유쾌한 입을 지닌 이들, 천국의 음유시인들merry-mouthed men, minstrels of heaven’이었다. 윌은 1370년처럼 기근이 든 해에 가난한 이들이 얼마나 큰 고통을 겪었는지 회상하고 그들을 위해 기도한다.

> 그리고 주님, 가난한 사람들, 불행의 구덩이에 빠진 당신의 죄수들,
> 크나큰 근심에 시달리는 당신의 피조물들을 위로하소서.
> 궁핍을 헤치고, 기근을 헤치고, 이곳에서 살아가는 그들의 온 나날,
> 입을 옷이 없어 괴로운 겨울,
> 배불리 제대로 먹지 못하는 여름,
> 주님, 당신의 왕국에서 근심 가득한 이들을 위로하소서.
> And poor people, thy prisoners, Lord, in the pit of mischief,
> Comfort thy creatures, that much care suffer,
> Through dearth, through drought, all their days here,
> Woe in wintertime, for wanting of clothes,
> And in summer time seldom sup to the full,

Comfort thy careful, Christ, in thy kingdom.

윌의 환상 속에서 부자들은 부패했고, 부패는 전방위로 퍼져 있다. 사제들은 성당을 짓고 스테인드글라스로 창을 설치할 돈을 토해내주기만 하면 부자들의 죄를 기꺼이 사면한다. 법률가들은 뇌물을 받는다. 상인들은 속임수를 쓴다. 양조업자와 빵 장수들은 '몰래 사람들에게 독을 먹이는 일이 잦다'. 부를 상징하는 꿈속의 인물은 '레이디 미드Lady Mede'('보상'이라는 의미다)인데, 그녀는 '거짓Falsehood'과 결코 파기할 수 없는 약혼을 한 사이다. 돈을 따라가면 사기꾼을 만나게 된다는 것이 윌이 전하는 메시지다.

윌이 모색의 여정을 떠나야만 하는 건 교회가 비뚤어진 탓이다. 이 시는 교회가 실패한 자리에서 자기만의 종교를 정립하려는 한 인간의 모색을 보여준다. 윌은 삶을 어떻게 살아야 할지 알기를 원하고, 언행의 차원을 세 가지로 상상한다. '잘하기Dowel', '더잘하기Dobet', '가장잘하기Dobest'다. 무엇을 어떻게 잘하고, 더 잘하고, 가장 잘하는 건지 그 비결을 윌이 알아내는지는 끝까지 명확하지 않다. 그러나 꿈속에서 그는 여러 조언자의 이야기를 듣는다. 이성Reason, 재기Wit, 근면Study, 사제Clergy, 성경Scripture 등이다. 그중에서도 가장 중요한 조언자로 등장하는 사람은 농부인 피어스다. 피어스는 벌판을 가득 메운 일꾼들이 반 에이커의 농지를 쟁기로 갈며 일하도록 독려한다. 웨이스터Waster*라는 인물이 일하기를 거부하자, 피어스는 '굶주림Hunger'을 보내 벌을 준다. 흑사병을 극복하고 회복기에 들어선 나라에서 게으른 자의 자리는 없다고, 랭글런드는 말하고자 하는 듯하다. 6월이 되자 피어스는 추수 때

* '헛되이 소모하는 사람', '낭비하는 사람'이라는 의미다.

까지 버티게 해줄 남은 식량을 열거한다. 파슬리, 대파, 다량의 양배추, 숙성되지 않은 치즈 두 덩어리, 귀리 빵, 콩과 기울을 넣은 빵 두 덩어리뿐이다. 그러나 그에게는 소와 송아지와 인분 수레를 끌어줄 말 한 마리가 있으니 열심히 일한다면 목숨을 부지할 수 있을 것이다. 일곱 가지의 대죄는 구원을 받고 피어스의 일꾼으로 합류한다. 추상적 관념이 아니라 그럴싸한 실제 남녀의 모습이다. 이를테면 '분노Anger'는 구원받기 전에 작은 수도원의 주방에서 일했고, 수녀들 사이에 악랄한 뒷소문을 퍼뜨려 서로 물어뜯고 싸우게 했던 이야기를 들려준다('맙소사, 아마 칼이 있었다면 서로 죽고 죽였을 겁니다').

윌은 양심과 친절한 재기(상식)의 안내를 받지만, 신학은 따르지 않는다('그 속에서 사색하면 할수록 점점 더 아리송해지기만 했다'). 그에게 최고의 미덕은 사랑이다. 그리고 그 사랑을 그리스도와 함께 이 땅에 내려오는 여행으로 묘사한다.

천국은 사랑을 담을 수 없었다, 너무나 무거웠기에,
지상에서 배불리 먹고
어린 양들과 같은 살과 피를 취하자 비로소,
보리수 잎보다 가벼워졌고
바늘 끝처럼 가볍고 날카로워
그 어떤 갑옷도 높은 장벽도 막을 수 없게 되었다.
For heaven could not hold it, it was so heavy of itself,
Till it had of the earth eaten its fill,
And when it had of this fold flesh and blood taken,
Was never leaf upon linden-tree lighter thereafter,
And portable and piercing as the point of a needle,

That no armour could keep it out, nor any high walls.

피어스에게는 사랑이 절대의 주군이다. 양심은 이렇게 말한다.

피어스라는 농부는 우리 모두를 의심했고
모든 과학을 하찮게 보았지만 오로지 사랑만은 예외였지.
For one Piers the Plowman has impugned us all,
And set all sciences at a sop, save love alone.

결말에 가까워지면 꿈속에서 윌은 예수의 십자가 처형을 목도한다.

낮은 두려움으로 물러났고 어둠이 태양이 되었다.
벽은 흔들리고 갈라졌으며 온 세상이 요동쳤다.
죽은 이들은 그 소음에 깊은 무덤에서 일어나 나왔고
어찌하여 그리도 오랜 시간 폭풍우가 그치지 않았느냐 말했다.
The day for dread withdrew, and dark became the sun,
The wall wagged and cleaved, and all the world quaked,
Dead men for that din came out of deep graves,
And told why that tempest so long time endured.

믿음이 윌에게 예수가 피어스의 갑옷을 입고 '마상 시합을' 한다고 말한다. 이로써 피어스와 예수는 한 몸으로 합쳐진 셈이다.

종교 시인으로서 랭글런드의 비범한 면모는, 숭배와 외경심이 아니라 탐문과 회의를 중심으로 작품을 끌고 나간다는 사실에 있다. 예를 들어 단테 같은 시인과 달리 피어스는 죽음과 형벌에 집착하지 않는다. 그보다는 만물이 구원받을 수 있다는 가능성을 믿는다. 또한 그는 믿는다.

인간이 행하거나 생각할 수 있는 세상의 모든 악은
하느님의 자비에 비교하면 한낱 바닷물 속에서 튀는 불꽃에 불과하다고.

All the wickedness in the world, that man might work or think.
Is no more to the mercy of God than in the sea a spark.

CHAPTER 8

튜더 왕조의 궁정 시인들

스켈턴, 와이어트, 서리, 스펜서

존 스켈턴John Skelton(1463?~1529)은 권력자들을 공개적으로 공격한 최초의 영국 시인이었다. 스켈턴은 당시 영국 최고의 세도가였던 울지 추기경을 조롱하는 신랄한 풍자를 썼고, 투옥된 일도 한두 번이 아니었다. 노퍽 디스의 교구 목사였던 스켈턴은 (사제에게 금지된) 결혼을 하고 가십에 저항하여 자신의 어린 아들을 벌거벗겨 제단에 놓고 사람들에게 보여주어 충격을 주었다.

스켈턴은 '스켈턴 시형Skeltonics'이라는 자기만의 혼란스러운 유의 시를 창안했는데, 의도에 따라 노리치 펍Norwich pub의 술주정뱅이 여인에 관한 「엘리너 러밍의 술통The Tunning of Elinour Rumming」처럼 고의적으로 혐오감을 일으키기도 하고, 고양이에게 죽임을 당해 그 주인인 노리치의 여학생 제인 스크로프가 애도하는 반려 참새의 이야기 「필립 스패로Philip Sparrow」(카툴루스의 레즈비아와 반려 참새의 이야기를 살짝 빌려온 것이다)처럼 다정하기도 하다.

스켈턴의 시에서 가장 멋진 새는 「말해라 앵무새야Speak, Parrot」에 등장한다. 이 시는 허영심 강하고 까다로운 새의 입 – 또는 부리 – 으로 서술된다. 앵무새는 호화로운 자신의 우리를 '은제 핀으로 희한하게 세공해 만들었다'고 묘사하고, 삑삑거리는 자기 모습이 보이는 거울과 아몬드와 대추를 좋아하는 입맛과 여타 앵무새의 관심사를 노래한다.

내 구부러진 부리, 내 작고 장난스러운 눈,
초록 에메랄드처럼 생생한 내 깃털,
내 목에는 값비싼 루비 같은 목걸이가 걸려 있고
자그만 내 다리, 수려하고 깔끔한 내 발,
나는 여왕의 시중을 드는 총신이다.
'나만의 앵무새야, 내 어여쁜 광대!'
나는 숙녀들과 함께 배우고 학교에 간다네.
With my beak bent, my little wanton eye,
My feathers fresh as is the emerald green,
About my neck a circlet like the rich ruby,
My little legs, my feet both feat and clean,
I am a minion to wait upon a queen.
'My proper Parrot, my little pretty fool!'
With ladies I learn and go with them to school.

스켈턴은 자신이 라틴어, 히브리어, 아랍어, 칼데아어, 그리스어, 프랑스어, 네덜란드어, 스페인어와 이탈리아어를 말할 줄 안다고 주장하며, 웨일스어와 독일어 등 다른 언어들도 시에 간혹 등장한다(그리하여 '마카로니 시형', 또는 혼합 언어 시가 된다).

울지 추기경에 대한 조롱이 있다는 것 말고는 「말해라 앵무새야」의 진의를 파악한 사람은 아무도 없다. 스켈턴은 시 속의 앵무새처럼 허영심이 강하고 경박한 사람이었으며, 1512년 왕의 웅변가로 임명되어 '칼리오페Calliope'(웅변의 뮤즈)의 이름이 수놓인 흰색과 초록색 가운을 입는 특권을 누렸다. 「말해라 앵무새야」는 자기 자신을 희화화한 자화상이었을지도 모른다.

토머스 와이어트 경Sir Thomas Wyatt(1504~1542)은 스켈턴과는 딴판이었다. 헨리 8세 휘하의 외교관이었던 와이어트는 궁정의 바람 방향이 바뀌는 대로 편을 바꾸었다. 아내가 불륜을 저질렀다고 비난하며 아내를 떠났고 앤 볼린의 연인이었다는 혐의로 투옥되었으나 참수는 면했다.

시는 대체로 특징 없고 평범하지만, 몇 편만큼은 도저히 잊을 수 없다. 가장 잘 알려진 시는 「한때는 나를 찾던 이들이 나를 보면 도망치네They Flee from Me that Sometime Did Me Seek」다. 이 시에서 버림받은 와이어트는 좋았던 과거를 회상한다.

> 행운의 여신에게 감사하노니, 달랐던 때가 있었네.
> 이십 배는 좋았지만, 한 번은 특별했었네.
> 보기 좋은 옷을 얇게 걸친 그녀의
> 헐렁한 가운이 어깨에서 떨어졌을 때,
> 길고 가녀린 두 팔로 나를 잡고는
> 정말이지 달콤하게 키스하고
> 부드럽게 말했지. '다정한 연인이여, 마음에 드나요?'

꿈이 아니었네, 말짱한 정신으로 깨어 누워 있었어…….

Thanked be fortune, it hath been otherwise,
Twenty times better, but once in special,
In thin array after a pleasant guise,
When her loose gown from her shoulders did fall,
And she me caught in her arms long and small,
Therewithal sweetly did me kiss,
And softly said, 'Dear heart, how like you this?'

It was no dream, I lay broad waking…

와이어트의 시들은 페트라르카의 번역이나 번안일 때가 많지만, 이런 시는 페트라르카가 쓴 적이 없다.

이만큼 훌륭하지는 못하더라도, 와이어트의 시는 마음을 잡아채는 구절로 사람을 놀라게 할 때가 있다. 예를 들어 마지막 후원자였던 토머스 크롬웰Thomas Cromwell이 형장에 선 모습을 회상할 때처럼 말이다.

……타인에 대해, 또 자신에 대해 많은 것을 알았으나, 안타깝도다,
공포에 질린 얼굴로, 알지 못하는 채 죽어가는구나.
…much known of other, and of himself, alas,
Doth die unknown, dazed with dreadful face.

도시 쥐와 시골 쥐를 다룬 와이어트의 두 번째 풍자는 야망에 오도된 바보들을 향한 울림 강한 경멸로 끝을 맺는다.

저들이 오로지 하나의 고통을 알기를 기도하나니,
분노에 이끌려 저들이 옳은 길을 이탈할 때
뒤돌아 미덕을 보게 되기를,
선하고 아름답고 찬란한 미덕 본연의 모습으로,
그리고 저들이 품에 욕망을 꼭 껴안고 있을 때
주님, 주님의 권능으로,
저들이 크나큰 상실감에 마음속으로 조바심치게 해주소서.
No other pain pray I for them to be
But, when the rage doth lead them from the right,
That, looking backward, virtue they may see
Even as she is, so goodly, fair and bright,
And whilst they clasp their lusts in arms across
Grant them, good Lord, as thou mayst of thy might,
To fret inward for losing such a loss.

서리 백작 헨리 하워드Henry Howard, Earl of Surrey(1517~1547)는 영국 최고의 귀족 가문 출신으로 헨리 8세의 프랑스 원정에서 지휘관으로 활약했으나 영국의 왕관을 노린다는 혐의를 받고 참수되었다. 그는 낭송할 때의 소리가 듣기 좋고 마음을 흔드는 효과를 가장 뛰어나게 구사하는 시인이다. 사랑의 아픔에 사로잡힌 그는 다른 사람들의 고통을 돌아본다.

그리스인들이 트로이로 끌고 온
위대한 해군을 마음속에 떠올려본다,
요란한 돌풍이 함선을 무섭게 때리고

돛을 찢어 내리다가
아가멤논의 딸이 피를 흘리고 비로소
신들의 분노가 누그러졌음을.
I call to mind the navy great
That the Greeks brought to Troia town,
And how the boisterous winds did beat
Their ships, and rent their sails adown,
Till Agamemnon's daughter's blood
Appeased the gods that them withstood.

그가 쓴 최고의 사랑시(「오 행복한 여인들이여O Happy Dames」)에서 화자는 곁에 없는 연인을 슬피 그리워하는 여인인데, 위의 시와 비슷하게 불길한 파국의 예감이 깔려 있다.

다른 연인들이 서로 품에 안겨
크나큰 기쁨을 즐길 때,
눈물에 잠겨 상실을 애도하며
창가에 서서 쓰라린 밤을 견디다 보면
바람 앞에 황급히 도망치는 구름을 보네.
아, 사랑 때문에 참 대단한 선원이 되었구나!
When other lovers in arms across
Rejoice their chief delight,
Drowned in tears to mourn my loss
I stand the bitter night
In my window, where I may see

Before the wind how the clouds flee,
Lo, what a mariner hath love made me!

에드먼드 스펜서Edmund Spenser(1552~1599)는 국가적 서사시를 쓴 유일한 영국 시인이다. 바로 「요정 여왕The Faerie Queene」이다. 이 시는 호메로스와 달리 기사도적이고 낭만적인 새로운 종류의 서사시를 대표한다. 스펜서의 모델은 위대한 이탈리아 시인 로도비코 아리오스토Lodovico Ariosto(1474~1533)가 쓴 「광란의 오를란도Orlando Furioso」였다.

아리오스토의 서사시에서 배경이 되는 사건은 샤를마뉴와 기독교 기사들이 유럽을 침공한 사라센에 대적해 싸우는 전쟁이다. 액션은 복잡하게 얽혀 있고 무수한 등장인물이 나오지만 주된 이야기는 이국의 공주인 안젤리카에 대한 사랑에 미쳐버린 기사 오를란도를 다룬다. 마술과 환상의 요소가 난무한다. 주술을 쓰는 무녀, 마법사, 거대한 바다 괴물, 하늘을 나는 말, 오를란도가 잃어버린 제정신을 찾기 위한 달 여행, 병에 담겨 돌아오는 제정신. 스펜서는 또한 그 후에 쓰인 기독교 대 사라센 구도의 서사시인 「해방된 예루살렘Gerusalemme Liberata」에도 영향을 받았다. 이 시는 또 다른 유명한 이탈리아 시인 토르카토 타소Torquato Tasso(1544~1595)의 작품인데, 타소는 정말로 미쳐서 7년이나 감금되었다.

스펜서는 조국이 위험에 처했을 때 「요정 여왕」을 써서 엘리자베스 여왕(시 속에서 '글로리아나'로 형상화되었다)에게 헌정했다. 이 시는 베르길리우스의 「아이네이스」가 아우구스투스의 혈통을 찬양했듯 튜더 왕조의 오랜 역사와 초자연적 권위를 선언한다. 고대 영어를 쓰고 아서왕과 기사들을 불러낸 것도 이처럼 역사에 호소하기 위한 작업의 일환이다.

그러나 사실 개신교 잉글랜드는 신생국가였고 취약했다. 헨리 8세는 교황을 대신해 교회의 수장을 자처했고, 이는 전대미문의 사건이었다. 1570년 교황 피우스 5세는 헨리의 딸 엘리자베스 1세를 파문하고 모든 가톨릭교도에게 여왕에 대한 충성 의무를 면제해주었다. 그러나 잉글랜드를 다시금 가톨릭 국가로 만들겠다는 의도로 파견된 스페인의 무적함대는 1588년에 패배했다. 「요정 여왕」의 첫 3권이 출간되기 2년 전의 일이다. 스펜서의 시는 가톨릭 유럽의 무력 압제에 항거한다. 제1권에서 적십자 기사의 동반자인 우나Una*는 참된 교회(영국 국교)를 상징하고 거짓된 듀에사Duessa는 로마 가톨릭을 상징한다. 이를 이해하려면 로마 가톨릭의 뜨뜻미지근한 갈래처럼 느껴지는 성공회의 이미지를 잠시 잊어야 한다. 그리고 외국인들이 당신을 산 채로 불에 태워 죽이려 드는, 하나의 이단이라고 상상하라.

스펜서는 새로운 시를 위해 새로운 형식의 연聯, stanza**을 창안했다. 소네트가 될 것처럼 시작하지만 마지막 행을 길게 늘여 속도를 늦추고 연을 확실히 마무리지어 다음 연과 구분한다. 이처럼 빽빽한 운율 구조에서 문장은 시인 마음대로 느슨하고 유동적으로 흘러갈 수 있고, 말하는 목소리의 높낮이와 억양을 따를 수 있다.

> 그러면 천국에도 근심이 있냐고요? 하늘의 영들에게
> 그들이 저지르는 악에 측은지심이 움직일 정도로
> 미천한 피조물들에 대한 사랑이 있냐고요?
> 있습니다. 그렇지 않다면 인간이 짐승보다
> 훨씬 더 불행한 존재가 되었겠지요. 그러나 아 저 높은 하느님의

* 영어로는 일반적으로 '유나'라고 발음하게 되지만 중세 영어에서는 '우나'로 발음되었다는 설이 우세하다.
** 4행 이상의 각운이 있는 시구.

흘러넘치는 은총이 피조물들을 이토록 사랑하시어
창조된 삼라만상을 자비로 포용하시니
복된 천사들을 이리저리 보내어
사악한 인간을, 사악한 원수를 섬기신답니다.
And is there care in heaven? And is there love
In heavenly spirits for these creatures base
That may compassion of their evils move?
There is: else much more wretched were the case
Of men than beasts. But O the exceeding grace
Of highest God, that loves his creatures so,
And all his workes with mercy doth embrace,
That blessed angels he sends to and fro,
To serve to wicked man, to serve his wicked foe.

이는 연의 벽 안에서 목소리가 어떻게 미끄러지고 흘러가며 행간의 단절을 넘어가서 운율의 박자를 거슬러 유희를 벌이는 그 자체의 리듬을 끌어내는지를 잘 보여준다. 그 후로 여러 시인이 스펜서의 연을 광범한 목적으로 다채롭게 활용했다. 그중 하나로 키츠의 「성 아그네스 축일 전야The Eve of St Agnes」를 들 수 있다.

런던 시민이었던 스펜서는 1580년 엘리자베스 여왕의 대리로 부임하는 총독 그레이 드 윌턴 경을 수행하여 아일랜드로 가서 노스코크의 킬콜먼에 정착했다. 그는 아일랜드 여성 엘리자베스 보일과 결혼하고 사랑의 소네트인 「아모레티Amoretti」와 결혼시 「에피탈라미온Epithalamion」을 아내에게 바쳤다. 그러나 1598년 아일랜드의 독립투사들이 그의 집을 불태웠고 그는 가족과 함께 잉글랜드로 도망친다.

그로부터 오래지 않아 죽음을 맞은 그는 웨스트민스터 사원에 묻혔는데, 초서와 가까운 자리였다. 이것이 현재 '시인 묘역Poet's Corner'의 기원이 되었다.

「요정 여왕」은 도덕적 우화로서 서로 다른 미덕을 상징하는 여러 기사가 외계인과 전투를 벌이는 당혹스러운 모험담으로 구성되어 있다. 그러나 등장인물의 행위보다 중요한 것은 장면의 시각효과다. 비평가들은 이 시가 근본적으로 일련의 대단히 인상적인 광경이라는 사실에 주목했다. 황금을 녹이는 도가니가 있는 맘몬*의 동굴이나 검은 나무가 자라고 황금 사과가 열리는 프로세피나의 정원을 보라(둘 다 제2권에 나온다). 큐피드의 가면무도회(제3권)에서는 아모레트의 '떨리는' 심장이 김이 펄펄 오르는 피가 담긴 대야에 담겨 그녀 앞에 놓인다. 이런 회화적 요소의 매혹을 이해하기 위해서는 엘리자베스 시대의 잉글랜드에서 실제 회화가 얼마나 귀했는지 기억해야 한다. 추정에 따르면 그 당시에는 오늘날 우리가 하루에 보는 그림의 숫자를 평생이 걸려도 보지 못하는 사람이 많았다고 한다. 일생 동안 자신의 교구 교회의 벽화밖에 보지 못하는 사람도 허다했다. 그러니 스펜서의 회화적 시가 문화의 빈자리를 채워준 셈이다.

이런 회화적 장면이 연속되는 중에 당대의 기준으로 볼 때 대담무쌍하게 노골적인 것들도 있다. 지복의 정원(제2권)에서는 벌거벗은 처녀들이 분수 속에서 뛰어다닌다. 제6권에서는 나체로 묶인 세레나가 식인종들에게 에워싸이는데, 식인종들은 칼을 갈며 세레나의 '맛있는 부위' 중 어디부터 먹을까를 논의한다. 영시에서 이만큼 관능적인 사건은 일어난 적이 없다. 이런 효과를 '회화적'이라고 표현하는 건 사실

---

* 시리아의 황금 신. 악한 부富, 재물을 상징한다.

너무 정적이다. 스펜서의 인물들은 언제나 움직이고 있다. 이를테면 지복의 정원에서도 스펜서는 소녀의 얼굴에 나타났다 사라지는 혈색을 은근히 시사한다.

> 그녀는 웃다가 또 얼굴을 붉혔고,
> 홍조가 웃음에 한층 기품을 선사했고,
> 웃음이 홍조에…….
> Withall she laughed, and she blusht withall,
> That blushing to her laughter gave more grace,
> And laughter to her blushing...

스펜서는 또한 기존의 단어보다 더 강력하게 움직임을 전달하는 신조어를 만들어낸다. 예를 들어 'squeeze(쥐어짜다)'를 의미하는 'scruze'라는 단어를 써서 포도즙이나 허브즙을 짓이겨 짜내는 행위를 표현한다. 심지어 정적인 예술 작품을 묘사할 때도 스펜서는 움직임을 활용한다. 부시란의 저택에 걸린 태피스트리에는 레다와 백조가 그려져 있는데, 이 그림은 움직인다. 백조가 깃털을 '빳빳이 곧추세우며ruffling'(이 역시 스펜서의 신조어다) 접근하고 레다는 잠든 척하지만 반쯤 감은 눈으로 미소를 지으며 지켜본다. 'scruze'와 'ruffle'은 둘 다 촉감을 일깨우는 단어인데, 스펜서의 신조어들은 이런 경우가 많다. 전갈의 집게는 '기어잡다craples'고 표현하는데, 이는 '기다crawl'와 '움켜쥐다grapple'를 합친 말로 보인다. 이런 각도에서 보면 스펜서의 움직이는 그림들은 영화는 물론이고 올더스 헉슬리가 『멋진 신세계Brave New World』에서 상상한 '촉각영상물feelie'까지도 예견하고 있다.

그러니까 스펜서는 새로운 시도를 하고 있었다. 그러나 르네상스 시인이었으므로 고전을 돌아보고 있기도 했다. 짧은 시들 중에서 최고의 걸작인 「나비의 운명The Fate of the Butterfly」에서 우리는 거미로 변하는 아라크네를 보게 된다. 그녀의 다리는 '골수가 쏙 빠지고, 일그러져 기어가는 정강이'가 되고 그녀의 몸은 '독이 든 주머니'가 된다. 오비디우스의 「변신 이야기」에 나왔을 법한 장면이다. 「요정 여왕」에서도 오비디우스의 시처럼 인간이 식물로 변하고 자연 세계와 교감한다. 가지가 나무에서 꺾이면 피를 흘린다. 크리소네는 나체로 일광욕을 하고 (D. H. 로런스의 단편 「태양」에서처럼) 태양의 아기를 갖게 된다.

스펜서가 예견한 또 하나의 현대 발명품은 로봇이다. 아르테골의 무서운 노예 탈루스는 강철로 만들어진 인간이다. 뮤네라는 손과 발이 금과 은으로 된 여인이다. 거짓된 플로리멜은 수은, 눈, 밀랍과 철사로 제조된 인공물이다. 스펜서의 무덤에 깃털 펜과 시를 흩뿌려 던진 엘리자베스 시대의 시인들은 그의 어마어마하게 혁신적인 상상력에 경의를 표했던 것이다.

CHAPTER 9

엘리자베스 시대의 사랑 시인들

셰익스피어, 말로, 시드니

누구나 알고 있듯이 윌리엄 셰익스피어William Shakespeare(1564~1616)는 세계에서 가장 위대한 극작가다. 그러나 희곡이 아닌 시도 썼다. 가장 유명한 작품은 1609년에 출간된 소네트다. 셰익스피어가 출간을 원했는지, 아니면 심지어 그 시들을 전부 직접 썼는지조차 알려지지 않았다. 아무리 세계적으로 유명하다 해도 현대의 독자들에게는 실망스러울 수 있다. 그중에는 오로지 복잡한 언어유희로만 구성되어 우리의 감정과 거의 무관한 시들도 있다.

소네트 시편들은 일관된 이야기를 들려주지 않으며, 이 시들이 셰익스피어의 삶과 어떤 관련이 있는지도 분명치 않다. 소네트 1~126편에 등장하는 청년과 소네트 127~152편에 걸쳐 등장하는 '검은 귀부인'과 소네트 78~80편에 등장하는 라이벌 시인의 실제 모델을 밝히려는 시도는 무수히 이루어졌다. 그러나 모두 추정에 불과할 뿐이다. 청년이 어떤 면에서 셰익스피어의 후원자였던 사우샘프턴 백작을 표상한다 해도, 소네트에서 묘사하는 연애가 셰익스피어의 상상 밖 현실에서 일어났을 것 같지는 않다.

그러나 소네트들이 실제 삶을 반영하는지의 여부는 중요하지 않다. 중요한 건 이 시들이 극적이라는 사실이다. 시인은 또 다른 등장인물에게 말을 건다. 시비를 걸고, 설득하고, 비난한다. 그로 인해 이 시편들은 다른 엘리자베스 시대의 연작시에서 자주 볼 수 있는 무미건조한 동일성에 빠지지 않았다.

읽을 소네트 시편이 워낙 많으니, 정신을 집중하고 일단 대략 열다섯 편으로 추려지는 가장 유명한 소네트부터 읽기 시작하는 것이 좋을 듯하다. 과연 어떤 시일까, 또 무엇을 다룬 시일까?

여덟 편은 시간과 시간의 파괴력을 다룬다. 일부 비평가는 이 주제가 셰익스피어 시대에 흥미를 끌었던 것은 16세기 후반에 시계가 대중화되어 시간을 바라보는 시각이 변했기 때문이라고 주장한다. 시간은 자연물과 연관성을 잃고 기계적이고 외재적인 존재처럼 보이게 되었다. 어쩌면 그럴지도 모른다. 그러나 여덟 편의 시간 소네트 중에서 시계의 시간으로 시작되는 시는 단 한 편 – '시간을 알려주는 시계를 볼 때면 When I do count the clock that tells the time'(소네트 12) – 뿐이고, 그나마 삽시간에 자연과 보리 추수로 넘어간다.

> ……남김없이 짚단으로 묶인 여름의 녹음은
> 하얗고 까슬까슬한 수염이 나서 장례 마차에 실려 가네.
> …summer's green, all girded up in sheaves,
> Borne on the bier with white and bristly beard.

놀랄 일은 아니다. 셰익스피어의 잉글랜드는 농경 국가였고 소네트 18에서 보듯 사계절은 여전히 흔히 통용되는 시간의 측정 단위였다.

나 그대를 여름날에 비할까?
그대는 더 사랑스럽고 온화하네.
거친 바람은 5월의 사랑스러운 꽃봉오리를 흔들고
여름의 임대 기간은 너무나 짧지만…….
Shall I compare thee to a summer's day?
Thou art more lovely and more temperate.
Rough winds do shake the darling buds of May,
And summer's lease hath all too short a date…

그런가 하면 소네트 73도 있다.

그대는 내 안에서 그 계절을 볼 수 있을 거예요.
추위에 떠는 저 가지들에 잎새들이
노랗게 물들었거나, 아예 사라졌거나, 몇 장 달려 있지 않은 계절.
얼마 전까지만 해도 달콤하게 새들이 노래하던 합창석이
망가져 쓸쓸한 잔해로 남았네요…….
That time of year thou mayst in me behold
When yellow leaves, or none, or few do hang
Upon those boughs which shake against the cold,
Bare ruined choirs where late the sweet birds sang…

소네트 104의 '아름다운 친구여, 내게 그대는 결코 늙을 수 없다네To me, fair friend, you never can be old'에서도 계절의 시간이 다시 지배적으로 드러나지만, 한편으로 시계의 시간('다이얼의 시침a dial hand')이 잠시 끼어들기도 한다. 반면 소네트 60의 '파도가 자갈 깔린 해변으로 밀려가듯Like as the waves make towards the pebbled shore'은 다시금 자연의 리듬을 출발점으로 삼는다.

다른 세 편의 시간 소네트, 즉 '모든 것을 집어삼키는 시간이여, 그 사자의 발톱을 무디게 하라Devouring Time, blunt thou the lion's paw'(소네트 19), '대리석도 금박 입힌 기념비들도Not Marble, nor the gilded monuments'(소네트 55)와 '황동도 돌도 흙도 가없는 바다도Since brass, nor stone, nor earth, nor boundless sea'(소네트 65)는 모두 우리가 로마 시인 호라티우스의 「송가」에서 보았던 허세의 변주곡이다. 자신의 시가 황동의 기념비와 피라미드보다도 더 오랜 생명을 구가하리라는 장담 말이다.

가장 유명한 소네트 열다섯 편 중 네 편은 사랑의 기쁨과 슬픔을 노래하고 뚜렷하게 사적인 시로 보인다. '행운에 농락당하고 사람들의 시선 앞에서 굴욕을 느낄 때When, in disgrace with Fortune, and men's eyes'(소네트 29)와 '달콤하고 조용한 생각의 재판정으로 갈 때When to the sessions of sweet silent thought'(소네트 30) 같은 시를 보면 우리는 이런 생각을 하게 된다. 설마 셰익스피어가 진심으로 마음을 쏟아부어 쓴 시들이 틀림없겠지? '눈부시게 아름다운 아침을 수없이 많이 보았고Full many a glorious morning have I seen'(소네트 33) 같은 시는 실제로 일어난 특정한 사건을 회상하는 게 분명해. 가슴이 미어지는 '내가 죽으면 이제 슬퍼하지 마오No longer mourn for me when I am dead'(소네트 71) 같은 시가 설마 꾸며낸 허구일 리 없잖아. 그러나 셰익스피어는 극작가였다. 상상 속 인물들의 대화를 꾸며내는 데 평생을 바친 사람이니 이 시들 또한 허구일 것이다.

열다섯 편의 소네트 중 남은 세 편도 마찬가지다. 참된 사랑을 믿는다고 반항적으로 선포하거나(소네트 116) '치욕이라는 쓰레기로 영혼의 대가를 The expense of spirit in a waste of shame'(소네트 129)에서처럼 욕정에 독설을 퍼붓거나 '상처를 줄 힘이 있으나 전혀 그러지 않는 이들 They that have power to hurt and will do none'(소네트 94)과 신랄한 마지막 행의 '썩어 문드러진 백합은 잡초보다 고약한 악취가 나지 Lilies that fester smell far worse than weeds'처럼 두 가지 성격 유형의 이상하고 난해한 비교도 꾸며낸 허구다. 연작의 다른 시들과 달리 이 세 편은 독립적인 완결성을 갖는다. 사랑 이야기의 일환이 아니라 셰익스피어 자신의 생각을 표현한 것이다. 아니, 그런 것처럼 보인다. 우리는 어차피 알 길이 없으니까.

소네트 전작을 통틀어 대중적으로 가장 사랑받는 시는 소네트 116이다. 아마도 우리가 믿고 싶은 바를 말해주어서가 아닐까.

> 참된 두 마음의 결혼에 장애물을 허락하지 않게 하소서.
> 변화를 만난다고 변하고
> 없애려 든다고 해서 휘어져 사라진다면
> 사랑은 사랑이 아니니까요.
> 아, 그럼요, 사랑은 영원히 고정된 표지랍니다.
> 폭풍우를 바라보되 결코 흔들리지 않지요.
> 사랑은 유랑하는 모든 나룻배에 별과도 같아서,
> 고도는 잴 수 있을지언정 값어치는 결코 알 수 없습니다.
> 사랑은 시간의 광대가 아니에요. 장밋빛 입술과 볼은
> 시간의 휘어진 낫이 쓸고 지나가는 범위 내에 있다 해도 말이지요.
> 사랑은 시간의 짧은 시각과 주일로 변하지 않고
> 죽음의 언저리까지 버텨내지요.
> 이 말이 거짓으로 밝혀진다면,

나는 시를 쓴 적도 없고, 이제까지 아무도 사랑한 적이 없는 거예요.

Let me not to the marriage of true minds
Admit impediment, love is not love
Which alters when it alteration finds,
Or bends with the remover to remove.
O no, it is an ever-fixed mark
That looks on tempests and is never shaken;
It is the star to every wandering bark,
Whose worth's unknown, although his height be taken.
Love's not Time's fool, though rosy lips and cheeks
Within his bending sickle's compass come;
Love alters not with his brief hours and weeks,
But bears it out even to the edge of doom.
If this be error and upon me proved,
I never writ, nor no man ever loved.

현대의 독자들은 이 시가 쓰라리게 아이러니하다고 해석하기도 한다.

그러나 진정성의 문제는 차치해두고, 소네트의 시인이 바로 위대한 비극을 쓴 그 셰익스피어라는 사실이 과연 뚜렷하게 드러나는가? 형식이 워낙 다르기 때문에 이는 바보 같은 질문처럼 보인다. 그러나 연결고리들이 있다. 시와 희곡에 공통적으로 드러나는 셰익스피어 예술의 특징 중 하나는 추상명사들이 행위의 주체가 되어, 진짜 행동을 한다는 것이다. 그래서 우리의 상상력은 자극을 받지만 구체적으로 무슨 일이 일어나는지 시각화해 떠올릴 수는 없다. 예를 들어 다음과 같은 리어의 대사를 살펴보자.

> 설사약이나 처먹어라, 허영아.
> 불쌍한 사람들의 감정을 몸소 느끼고
> 불필요하게 남아도는 것은 떨쳐 그들에게 줄 수 있도록…….
> Take physic, pomp.
> Expose thyself to feel what wretches feel,
> That thou mayst shake the superflux to them...

_「리어왕」, 3막 4장 33~35행

아니면 맥베스도 있다.

> 연민은, 천둥벌거숭이 갓 태어난 아기처럼,
> 돌풍에 걸터앉아…….
> Pity, like a naked, new-born babe,
> Striding the blast...

_「맥베스」, 1막 7장 19~20행

'허영'과 '연민'은 추상명사이지만 사람처럼 행동한다. 이러한 추상과 구상의 짝짓기는 소네트에서 단 한 구절 안에서도 일어날 수 있다. '겨울의 거친 손Winter's ragged hand'(소네트 6)이나 '너덜너덜해진 내 사랑My tattered loving'(소네트 26)처럼 말이다. 아니면 몇 행에 걸쳐 확장되기도 한다. 그리고 셰익스피어의 가장 강력한 효과를 창출한다. 소네트 65에서 셰익스피어는 '슬픈 필멸성sad mortality'에 대해 쓰면서 이런 질문을 던진다.

어떻게 이런 분노에게 아름다움의 청원이 통하겠는가?
꽃 한 송이처럼 미약한 힘을 지녔을 뿐인데.
How with this rage shall beauty hold a plea,
Whose action is no stronger than a flower?

'꽃 한 송이'의 힘은 절망적으로 미약하지만, 유일하게 이 시행에서 추상이 아닌 단어다. 그리고 그 사실이 시의 전제가 된다. 소네트 60에서는 인간의 한평생이 단 네 줄로 묘사된다.

한때 빛의 갈기를 둘렀던 탄생은
성숙으로 기어가 왕관을 쓰고 즉위하나
일그러진 일식들이 그의 영광에 맞서 싸우고
시간은 자신이 주었던 선물을 이제 빼앗도다.
Nativity, once in the main of light,
Crawls to maturity, wherewith being crowned,
Crooked eclipses 'gainst his glory fight,
And Time that gave doth now his gift confound.

여기에서는 모든 행위를 추상명사가 행한다. 그러나 우리는 네 발로 기는 아기를 뚜렷하게 시각적으로 연상하며 '일그러진 일식들'에서 무언가 어둡고 불길한 것을 보며 '갈기'에서 빛의 바다를 떠올린다.

일부 비평가는 추상과 구상의 이런 상호작용은 셰익스피어가 좌우의 서로 다른 뇌 영역을 연결하는 증거라는 추정을 내놓았다. 관념을 다루는 뇌 영역과 신체적 감각을 다루는 뇌 영역이 이어진다는 것이다. 어쩌면 이런 시행들이 이토록 강력한 힘을 발휘하는 이유인지도 모른다.

극이 아닌 셰익스피어의 시들 중에 소네트만 한 명성을 얻은 작품은 없다. 그러나 한 작품은 빼어나게 출중하다. 「불사조와 멧비둘기The Phoenix and the Turtle」라는 시는 두 마리의 새, 즉 불사조와 멧비둘기turtle dove의 죽음을 추모하는 장례식 애가다. 이 새들은 각기 사랑과 순결을 상징한다. 이 시가 누구를 위해서, 무슨 목적으로 쓰였는지 아는 사람은 아무도 없다. 그러나 서두의 연들에 떠오르는 구슬픈 애상은 기억에 새겨져 지워지지 않는다.

한 그루 아라비아 나무에 앉은
목청이 가장 큰 새에게
나팔이 되어 슬픔을 알리게 하라,
그 소리에 정결한 날개들이 순종하도록…….

새하얀 사제복을 입은 신부를 들여보내라,
장례식의 음악은
죽음을 숙고하는 백조가 되게 하라,
레퀴엠이 그 권리를 잃지 않도록.

Let the bird of loudest lay,
On the sole Arabian tree,
Herald sad and trumpet be,
To whose sound chaste wings obey...

Let the priest in surplice white,

That defunctive music can,
Be the death-divining swan,
Lest the requiem lack his right.

셰익스피어의 시들 중 이보다 더 긴 작품은 「비너스와 아도니스Venus and Adonis」, 「루크레치아의 강간The Rape of Lucrece」인데 이 두 편은 현대의 독자들에게 느리고 꾸밈이 많게 느껴질 수 있다.

이야기시를 쓰는 능력으로는 셰익스피어가 크리스토퍼 말로Christopher Marlowe(1564~1593)를 당해낼 수 없었다. 말로의 「히어로와 리앤더Hero and Leander」는 미완성 작품인데도 르네상스의 보석이다. 천재적인 청년 극작가 말로는 술집에서 시비가 붙는 바람에 뎁트포드에서 칼에 찔려 숨졌다. 스파이로 일한 경력이 있는데, 그래서 침묵을 강요당했는지도 모른다. 셰익스피어는 「히어로와 리앤더」를 읽었고, 동시대 작품으로는 유일하게 자기 작품에 인용했다. 「뜻대로 하세요As You Like It」의 3막 5장에 나오는 피비의 대사를 보자.

죽은 양치기여, 이제 그대의 시구가 지닌 강력한 힘을 알겠구나.
'사랑했던 사람이라면 그 누가 첫눈에 반하지 않았으랴?'
Dead shepherd, now I find thy saw of might
'Whoever loved that loved not at first sight?'

셰익스피어는 말로를 '양치기'라고 부르는데, 그 이유는 말로의 가장 유명한 시인 '와서 나와 함께 살면서 내 사랑이 되어줘요Come Live with Me and Be My Love'의 제목이 '열정의 양치기가 사랑하는 이에게The Passionate Shepherd to his Love'이기 때문이다.

셰익스피어의 소네트는 동성 간의 사랑에 관한 것이지만, 그 표현 방식은 매우 신중하다. 소네트 20은 젊은 남자와의 섹스는 소네트의 시인이 원하는 게 아니라는 점을 뚜렷이 밝히고 있다. 말로는 그보다 훨씬 분방했다. 그는 남자들의 섹스에 대해 수위 높은 농담을 했다는 죄목으로 경찰에 고발당한 적도 있다(엘리자베스 시대의 영국에서는 동성애가 불법이었다). '담배와 젊은 남자를 좋아하지 않는 사람들은 다 바보들'이라면서 그리스도와 세례 요한이 연인이었다고 했던 것이다.

셰익스피어의 소네트는 청년의 신체적 매혹에 대해서는 자세한 묘사를 생략하지만 「히어로와 리앤더」는 정반대다. 리앤더가 헬레스폰트 해협을 헤엄쳐 건너가는 사이, 수치심을 모르는 늙은 넵튠이 그를 사랑스럽게 바라보며 동행한다.

> 넵튠은 리앤더의 통통한 볼을 찰싹거리고 머리카락을 희롱했으며
> 짓궂게 웃으며 청년의 사랑을 조롱했다.
> 그 팔뚝을 바라보았고, 물살을 가르느라
> 두 팔이 넓게 펼쳐질 때마다 그 사이로 미끄러져 들어가
> 키스를 훔치고는 휙 달려 나와 춤을 추었다.
> 그리고 돌아서서는 슬며시 음란한 눈길을 여러 번이나 던졌고
> 눈을 즐겁게 하려고 청년에게 외설적인 장난감들을 던져주고는
> 물속으로 잠수해 그곳에서
> 청년의 가슴, 허벅지, 팔다리를 올려다보고
> 다시 올라와 그 옆에 바짝 붙어 헤엄을 치고,
> 사랑의 말을 건넸다. 리앤더는 대답했다.
> '잘못 보신 겁니다. 나는 여자가 아니에요, 나는…….'
> 그러자 넵튠은 미소를 지었다…….

He clapp'd his plump cheeks, with his tresses played,
And smiling wantonly his love bewrayed;
He watched his arms, and as they opened wide
At every stroke betwixt them would he slide,
And steal a kiss, and then run out and dance,
And as he turned cast many a lustful glance,
And threw him gaudy toys to please his eye,
And dive into the water, and there pry
Upon his breast, his thighs, and every limb,
And up again, and close beside him swim,
And talk of love. Leander made reply,
'You are deceived, I am no woman, I',
Thereat smiled Neptune…

셰익스피어의 소네트에는 관능성이나 위트에서나 이에 대적할 만한 구절이 없다.

필립 시드니 경Sir Philip Sidney(1554~1586)은 시인으로서의 역량이 셰익스피어나 말로에 비길 수 없다. 그렇지만 소네트 연작인 「아스트로필과 스텔라Astrophil and Stella」('별을 사랑하는 사람과 별'이라는 뜻이다)는 셰익스피어도 읽었다. 셰익스피어는 시드니가 쓴 검은 눈의 스텔라(「아스트로필과 스텔라」 제7편 20·48행)에서 '검은 귀부인dark lady'의 시상詩想을 얻었을 가능성이 있다.

시드니는 귀족이었고 레스터 백작의 조카였으며 네덜란드 독립전쟁에 참전해 스페인군과 싸우다가 쥐트펀 전투에서 전사했다. 스텔라의 모델은 페넬로페 드브루였을 수도 있다. 그녀의 아버지 에식스 공은 딸을 시드니와 결혼시키고 싶어 했다. 페넬로페 드브루는 결국 리치 공과 결혼했다. 그래서인지 시드니는 시에서 리치, 즉 '부유한rich'이라는 단어를 풍자적으로 썼다. 그의 소네트는 셰익스피어와 마찬가지로 자연스러운 말의 리듬을 활용해 음운의 동질성을 깨뜨렸다. 예를 들자면 '도망쳐, 도망치라고, 내 친구들이여! 나는 치명적인 죽음의 상처를 입었어. 도망쳐! Fly, fly, my friends! I have my death's wound–fly!'(소네트 20) 같은 구절이다. 시드니의 최고 작품으로 꼽히는 소네트 31은 대화체의 걸작이다.

어찌나 슬픈 발걸음으로, 아, 달아, 네가 하늘을 오르는지!
어찌나 소리가 없고, 어찌나 초췌한 얼굴을 하고 있는지.
뭐라고, 심지어 천국에서도
그 분주한 궁수가 뾰족한 화살을 날린단 말이냐?
그렇겠지, 오래도록 사랑을 알아온 눈이
사랑을 판별할 수 있다면, 너는 상사병을 앓고 있는 게 틀림없으니까.
네 표정, 네 기운 없는 기품을 보면 나는 읽을 수 있단다.
같은 감정을 느끼는 내게는, 네 상태가 훤히 보이지.
그렇다면 하다못해 우정에서라도, 아, 달아, 말해다오,
그곳에서도 변함없는 사랑을 머리가 나빠서 그럴 뿐이라고 하더냐?
그곳에서도 아름다운 이들은 여기에서처럼 도도하니?
사랑을 깔보아 사랑받으려 하지 않으면서도,
사랑에 사로잡혀 사랑하는 사람들을 비웃니?
그곳에서도 미덕을 배덕이라 부르니?
With how sad steps, O moon, thou climb'st the skies!
How silently, and with how wan a face.

What, may it be that even in heavenly place
That busy archer his sharp arrows tries?
Sure, if that long-with-love-acquainted eyes
Can judge of love, thou feel'st a lover's case:
I read it in thy looks, thy languished grace,
To me, that feel the like, thy state descries.
Then, even of fellowship, O moon, tell me,
Is constant love deemed there but want of wit?
Are beauties there as proud as here they be?
Do they above love to be loved, and yet
Those lovers scorn whom that love doth possess?
Do they call virtue there ungratefulness?

마지막 행이 시를 바꿔놓는다. 그때까지 남성 화자는 여성들이 행동하는 방식에 대해 불평을 늘어놓았다. 그러나 마지막 행은 이를 따르지 않는다. 덕망 있는 여자들이 구애에 응하지 않는다고, 배덕하다고 비난하는 장본인은 여성이 아니라 남성이다. 시의 화자는 남성이지만, 마지막 행에서는 여성의 목소리가 불쑥 끼어들고 여자의 관점이 삽입된다. 시드니는 마음을 솔직히 털어놓는 교육받은 여성들을 잘 알고 있었다. 그의 조카 레이디 메리 로스는 직접 소네트를 쓴 작가이기도 했다.

CHAPTER 10

시의 코페르니쿠스

존 던

1572년 존 던John Donne(1572~1631)이 태어나기 100년 전에, 세계는 변했다. 크리스토퍼 콜럼버스가 1492년 아메리카에 상륙한 후 광대한 신대륙이 세상에 알려졌다. 1543년 니콜라우스 코페르니쿠스라는 폴란드 천문학자는 통념과 달리 지구가 우주의 중심이 아니며 태양의 궤도를 돈다는 이론을 공표했다. 가톨릭과 개신교 교회 모두 이 생각을 황당무계하며 저주받을 헛소리로 치부했다. 성서에 지구는 움직이지 않고 하늘이 움직인다는 구절이 있기 때문이었다. 그러니 태양계뿐 아니라 신의 말씀마저도 진위를 의심받게 된 것이다.

존 던은 시 속에서 이런 새로운 사상을 적극적으로 흡수했다. 이를테면 애인의 옷을 벗기면서, 자신의 애인이 그가 시를 쓰고 있는 바로 그때 스페인 식민주의자들이 보물을 찾아 약탈을 일삼던 신대륙이라고 상상하는 식으로.

아, 나의 아메리카! 새로 찾은 나의 신대륙,
나의 왕국, 단 한 사람이 거주할 때 가장 안전한,
나의 보석 광산, 나의 제국,
당신을 이렇게 발견하다니, 내게 이 얼마나 크나큰 축복인가!
O my America! my new-found-land,
My kingdom, safeliest when with one man manned,
My mine of precious stones, My Empirie,
How blest am I in this discovering thee!

이 대목은 「침대로 가는 애인에게To His Mistress Going to Bed」에 나온다. 「세계의 해부An Anatomy of the World」에서는 관심을 코페르니쿠스에게로 돌린다. 존 던은 이 '새로운 철학'이 낡은 확실성을 전복시켰다고 썼다. '모든 것을 회의하게' 만들어 이제 우리는 어디에 있는지조차 알지 못하게 되었다고.

해도 길을 잃고, 땅도 길을 잃고, 그 누구의 기지로도
어디서 길을 찾아야 할지 방향을 제대로 가리키지 못한다.
The sun is lost, and the earth, and no man's wit
Can well direct him where to look for it.

던은 그런 전망 앞에서 걱정보다는 흥분이 앞서는 느낌인데, 이는 자연스러운 반응이다. 그 역시 기대를 전복하는 일을 업으로 삼고 있기 때문이다. 동시대 사람들은 존 던의 새로움을 알아보고 '시의 코페르니쿠스'라고 불렀다.

존 던의 새로움은 항상 논쟁한다는 데 있다. 예전에는 그를 '형이

상학파 시인'이라고 불렸다. 그러나 이 표현은 그가 늘 난해한 철학을 표명한다는 함의를 띠고 있는데, 사실 그렇지는 않다. 그의 꾸준한 관심사는 논쟁이다. 시 속에서 여자를(상상 속의 여자를) 유혹하는 데 논쟁을 쓰는 일도 자주 있다. 악명 높은 사례는 「벼룩The Flea」이다. 이 시에서 연인은 침대에 함께 있고, 남자는 두 사람을 모두 문 벼룩이 이미 그들의 피를 섞었으므로 섹스를 해도 해로울 건 없다고 주장한다. 여자는 벼룩을 죽여버리겠다고 협박하지만 남자는 이렇게 반박한다.

아, 참으세요, 한 마리 벼룩에 든 세 목숨을 살려주세요,
여기서 우리는 결혼한 거나 다름없는, 아니 결혼보다 더한 사이가 되었으니.
이 벼룩은 당신이고 나예요, 그리고 이건
우리 신혼 침대이고 결혼식을 올릴 사원이에요.
부모님은 원망하실 테고, 당신도 그렇겠지만, 우리는 만났고
이 살아 있는 칠흑의 장벽 속에 갇혀 은둔 수도를 하게 되었지요.
실용성을 따져 당신은 나를 쉽게 죽이려 들지만,
그 죄에 자살과 신성모독의 죄목을 더하지는 맙시다.
세 목숨을 죽여 세 가지 죄를 짓는 겁니다.
O stay, three lives in one flea spare,
Where we almost, nay more than married are,
This flea is you and I, and this
Our marriage bed and marriage temple is;
Though parents grudge, and you, we are met
And cloistered in these living walls of jet,
Though use make you apt to kill me,

Let not to that self-murder added be,
And sacrilege, three sins in killing three.

그렇지만 여자는 결국 벼룩을 죽이고, 벼룩이 죽어도 아무런 느낌도 없다고 말한다. 자기가 하는 말이 바로 그거라고, 던은 맞장구를 친다. 그게 바로 자기가 옳다는 증거라고.

사실입니다, 그러니 두려움이 얼마나 헛된 것인지 아시겠죠,
내게 굴복하더라도, 이 벼룩의 죽음이 그대에게서 앗아간 목숨,
그냥 그 정도 명예밖에 잃을 게 없는 겁니다.
'Tis true, then learn how false fears be,
Just so much honour, when thou yield'st to me,
Will waste, as this flea's death took life from thee.

이 시는 농담이라고 할 수도 있다. 그러나 단순한 농담은 아니다. 벼룩의 묘사('이 살아 있는 칠흑의 장벽')는 섬세하고 아름답다. 벼룩에 대해 이런 식으로 쓴 사람은 이전에 아무도 없었다. T. S. 엘리엇(200년간 홀대받던 존 던의 명성을 부활시킨 장본인이다)은 '던에게 생각은 경험이고, 이는 그의 감수성을 조정한다'라고 말했다. 그리고 「벼룩」을 읽으면 우리는 그 말의 의미를 알 수 있다.

「벼룩」에 나오는 여자를 가상의 인물이라 부르는 건 잘못일 수 있다. 던의 사랑시가 실제의 삶을 어디까지 반영하는지는 알려지지 않았다. 그는 난봉꾼으로 이름을 날렸고, 사랑의 비가들에서는 시내를 휘젓고 다녔던 일화를 자랑한다. 유부녀와 간통하고, 딸들을 유혹하고, (「침대로 가는 애인에게」에서는) 눈앞에서 옷을 벗으라고 여자에게 명령한

다. 물론 그들은 그저 꾸며낸 상상일지도 모른다. 아닐 수도 있지만.

던은 야심이 컸고, 현재 우리가 공무원이라고 부르는 조직에서 출세했다. 그러나 1601년 비밀리에 젊은 상속녀 앤 모어와 부모님의 허락 없이 결혼했다. 비밀이 폭로된 후 그는 직장에서 해고당했다. 그 후 수년간 시골에서 앤과 함께 가난에 찌들어 살면서 아이를 많이 낳았다. 어쩌면 그래서 존 던의 사랑시들이 그토록 세상의 성공을 멸시하는지 모른다. 한 예로 「기념일 The Anniversary」을 살펴보자.

모든 왕과 그가 아끼는 모든 신하,
명예, 아름다움, 재기의 모든 영광,
흘러가는 시간을 만드는 태양마저
그대와 내가 처음 서로를 보았던 그때보다
나이 한 살을 더 먹었네.
다른 모든 것은 파멸로 이끌려가도
오로지 우리 사랑은 썩을 줄 모르네.
이 사랑은 내일도, 어제도 모르지.
달려가지만, 결코 우리에게서 도망치지 않고,
처음, 마지막, 영원한 날 그날을 지키지.
All kings, and all their favourites,
All glory of honours, beauties, wits,
The sun itself, which makes times as they pass,
Is older by a year now than it was
When thou and I first one another saw.
All other things to their destruction draw,
Only our love hath no decay;

This no tomorrow hath, nor yesterday.

Running, it never runs from us away,

But truly keeps his first, last, everlasting day.

논증과 세속적 성공에 대한 경멸 외에 독특한 점은 시마다 시점이 바뀐다는 것이다. 가끔은 「무심한 사람The Indifferent」에서처럼 뻔뻔스럽게 음탕하고, 「사랑에 작별 인사를Farewell to Love」에서처럼 냉소적이다. 이에 대비되는 시로는 「황홀경The Ecstasy」이 있다. 여기서는 사랑의 위치를 영혼에 두어서, 연인들은 헤어져도 그들의 영혼은 헤어지지 않고 사이에 가로놓인 공간을 뛰어넘는다고 말한다. 「장례식The Funeral」에서는 자기가 죽은 후 팔뚝에 묶은 연인의 꼬인 머리카락이 영혼의 역할을 대신해 자기 육신이 썩지 않도록 해주리라는 상상을 한다.

내게 수의를 입히러 오는 자 누구이든,

내 팔에 왕관처럼 둘러 묶인 섬세한 머리카락의 화환을

해치지도 말고, 의문을 품지도 말라.

그 신비, 그 징표에 손을 대면 안 된다.

그건 체외에 있는 내 영혼이요,

내 영혼의 대리자, 그때쯤에는 천국에 가 있을 내 영혼이

대신 통제하도록 두고 갔을 테지만,

이것이 그녀의 영토인 이 팔다리가 썩어 바스러지지 않도록 지켜주리라.

Whoever comes to shroud me, do not harm,

Nor question much,

That subtle wreath of hair which crowns my arm;

The mystery, the sign, you must not touch,

For 'tis my outward soul,

Viceroy to that, which then to heaven being gone,

Will leave this to control,

And keep these limbs, her provinces, from dissolution.

「비탄을 금하는 고별시A Valediction, Forbidding Mourning」에서 그는 연인(아내라고 생각하는 사람들도 있다)에게 멀리 여행을 떠나야 한다고 말한다. 한편으로 자신들은 사랑에 의해 '제련'되었으니, 몸은 따로 떨어져 있어도 여전히 함께 있을 거라고 위로한다.

그러니 우리 두 영혼은 하나이고,

나는 떠나야 하지만 우리 영혼은

끊김이 아니라 확장을 경험하게 될 거요.

두드려서 공기처럼 가느다랗게 길게 만든 황금처럼.

Our two souls, therefore, which are one,

Though I must go, endure not yet

A breach, but an expansion,

Like gold to airy thinness beat.

「성물The Relic」에서는 던과 연인의 사랑이 천사의 사랑만큼 순수하며 전혀 성적인 것이 아니라는 주장이 나온다. 심지어 자신들이 남자이고 여자인 줄도 몰랐다면서. 이 시는「장례식」에 나왔던 꼬인 머리카락에서 시작된다. 상상 속에서 연인들의 유골을 파내던 사람들은 '뼈를 둘러 묶은 밝은 머리카락의 팔찌'를 발견하고 기적이라고 생각한다. 시인은 그 사람들에게 '무해한 우리 연인들이 어떤 기적을 이루었는지' 이야기해주겠다고 한다.

먼저, 우리는 훌륭하게 또 충실하게 사랑했지만
우리가 무엇을 사랑하는지, 왜 사랑하는지는 알지 못했네.
우리 수호천사와 다름없이
성별의 차이도 알지 못했네.
오고가며 우리는 어쩌면 키스를 했을지도 모르지만
식사 사이에는 하지 않았고
우리 손은 한 번도, 훗날의 법률이 망가뜨렸으나,
자연이 자유롭게 풀어놓은 봉인을 건드리지 않았네.
이런 기적들을 우리는 행하였으나 이제는 안타깝게도,
모든 수단과 모든 언어를 초월해야만
그녀가 얼마나 놀라운 기적이었는지 말할 수 있겠다.
First, we loved well and faithfully,
Yet knew not what we loved, nor why;
Difference of sex no more we knew
Than our guardian angels do;
Coming and going, we
Perchance might kiss, but not between those meals,
Our hands ne'er touched the seals,
Which nature, injured by late law, sets free;
These miracles we did, but now alas,
All measure and all language I should pass,
Should I tell what a miracle she was.

'봉인'은 연인의 성기이며, 자연 상태에서는 '훗날'의 인간들이 만들어낸 법, 이를테면 결혼법에 구속받지 않는다. 그러나 던은 심지어 서로의 성기에 손도 대지 않았다고 말하고 있다. 이상하게 생각하는 이들도 있겠지만, 타인의 어떤 점을 사랑하는지 정확히 알지 못한다는 건('무엇을 사랑하는지, 왜 사랑하는지') 연인이라면 누구나 아는 마음이다. 던은 「부정적인 사랑Negative Love」에서 한 번 더 이 주제를 다루고, 자신이 사랑하는 건 여인의 육체도, 여인의 미덕도, 여인의 마음도 아니지만, 그렇다고 정확히 무엇인지는 알지 못한다고 말한다. 던은 논쟁을 위한 논쟁일 때에도 논쟁을 즐긴다. 그러나 던은 사상가이기도 해서 논쟁의 범위를 넘는 신비스러운 것들도 있고, 사랑은 그중 하나라고 믿는다.

던이 영국에서 가장 위대한 사랑 시인으로 추앙받는 것은 이런 시들 때문이다. 「성 루치아의 날에 바치는 야상곡A Nocturnal Upon St. Lucy's Day」에 나타나는 참담한 사별의 절망이나 「공기와 천사들Air and Angels」에서처럼 첫눈에 반한 사랑의 이상한 신비를 그토록 풍부하게 표현한 시인은 아무도 없다.

두세 번인가 나는 그대를 사랑했지,
그대의 얼굴이나 이름을 알기 전에 이미
그러니 목소리로, 혹은 형체 없는 불꽃 속에서,
천사들은 왕왕 우리의 감정을 뒤흔들고, 숭배를 받는 법.
그래도 그대 있는 곳으로 내가 갔을 때는,
무엇인가 사랑스럽고 영광스러운 무無를 보았지…….
Twice or thrice had I loved thee
Before I knew thy face or name,
So in a voice, so in a shapeless flame,

Angels affect us oft, and worshipped be;
Still when, to where thou wert I came,
Some lovely glorious nothing I did see…

이 시를 읽고 나서 「사랑의 연금술Love's Alchemy」 같은 냉소적인 시를 보면 충격을 받을 수밖에 없다. 「사랑의 연금술」은 이런 경고를 던진다.

여자에게 정신을 기대하지 말라, 기껏해야
다정함과 재기라면 모를까, 여자들은 그저 영혼에 씐 미라에 불과할 뿐.
Hope not for mind in women, at their best
Sweetness and wit, they are but mummy possessed.

미라는 '보존 처리한 시체'를 말하고, 영혼에 씌었다는 말은 '한때 그들과 사랑을 나누었다'는 의미다. 어떻게 이 시를 쓴 사람과 '영혼'의 사랑을 시로 쓴 사람이 같은 시인이란 말인가?

한 가지 답은, 던이 스스로 입버릇처럼 인정했듯, 가망 없는 변덕쟁이였다는 사실이다. (성스러운 소네트 19에서 존 던은 한탄한다. '아, 나를 괴롭히려고, 반대되는 것들이 하나로 만나네. 나는 맹세도 신심도 변하는 사람이지Oh, to vex me contraries meet in one. I change in vows and in devotion.') 그러나 또 다른 이유가 있다면, 던이 열렬한 연극 애호가였고 셰익스피어의 희곡들이 처음 무대에 올랐던, 위대한 영국 드라마의 시대에 살았다는 사실이다. 던의 시는 다양한 목소리와 다양한 화자를 시도해서 극적 독백과 같은 효과를 낸다.

존 던은, 사랑시에서는 여자들과 논쟁하고 종교시에서는 신과 논쟁한다. 그는 따져 묻는다. 식물과 광물과 동물들은 저주를 받지 않는데, 어째서 인간만 저주받아야 하는가?(성스러운 소네트 9) 신은 왜 인간을 구원하고자 더 많이 노력하지 않는가?(성스러운 소네트 14)

던의 시대에는 자기가 저주받았을까봐 두려워하는 사람이 많았다(우리가 어떤 증상을 겪으면 그것이 무슨 병인지 인터넷을 검색하는 것과 마찬가지였다). 하지만 존 던의 이유는 특별했다. 존 던이 저주를 두려워했던 건 성장기를 로마 가톨릭으로 보냈으나 그 신앙을 버리고 개신교회의 일원이 되었기 때문이다. 엘리자베스 치하의 영국에서 공직에 나가려면 그 수밖에 없었다. 그러나 이런 배교는 가족과 가톨릭 친구들에게 스스로 사탄의 사람임을 선언하는 일이었다. 그래서 성스러운 소네트 2에서 존 던은 그 사람들의 말이 옳을까 두렵다고 하느님께 고한다.

아, 나는 절망에 빠질 겁니다, 당신께서는 인간을
몹시 사랑하시지만 나를 선택하지는 않으실 테지요,
그리고 사탄은 나를 증오하지만 나를 잃는 건 몹시 싫어합니다.
O I shall soon despair, when I do see
That thou lov'st mankind well, yet wilt not choose me,
And Satan hates me, yet is loth to lose me.

가끔은 그냥 다 끝내버리고 최악의 결과를 알아버리고 싶다는 느낌에 사로잡히기도 한다. 어서 세상의 종말이 와서 최후의 심판을 지금, 당장 받아버리자고 한다.

둥근 지구의 상상 속 모퉁이들에서, 트럼펫을
불어라 천사들이여, 그리고 죽음으로부터 일어나라, 일어나라
그대 헤아릴 수 없는 무한한 영혼들이여, 그리고 사방에 흩어진 그대

들의 몸뚱이로 가라.

대홍수와 불이 쓰러뜨린 모든 이들
전쟁, 기근, 노화, 학질, 폭정,
질투, 법, 우연이 살해한 모든 이들, 그리고
눈으로 신을 바라보고 죽음의 근심을 맛본 적도 없는 그대.

At the round earth's imagined corners, blow
Your trumpets angels, and arise, arise
From dearth you numberless infinities
Of souls, and to your scattered bodies go.
All whom war, death, age, ague, tyrannies,
Despair, law, chance hath slain, and you whose eyes
Shall behold God and never taste death's woe.

마지막 두 행(성스러운 소네트 7)은 성 바오로의 말씀(고린도전서 15장 51절)을 인용한다. 우리가 모두 죽지는 않을 것이고, 세상의 종말이 왔을 때 살아 있는 사람들은 '최후의 나팔 소리가 나면 그 순간, 눈 한 번 깜짝하는 사이'에 탈바꿈할 것이다. 던은 무덤과 육신의 부패를 생각하기도 싫어했기에, 이 선택받은 사람들 사이에 들기를 바랐다. 그러나 소네트의 절반쯤까지 가서 그는 마음을 바꾼다. 늘 그렇듯, 변덕이 심했다.

그러나 주님, 그들은 잠자게 하시고, 나는 잠시 슬퍼하게 하소서.
이 모든 것보다 내 죄가 차고 넘치면
우리가 거기 있을 때는 넘치는 당신의 은혜를 청하기에 늦나이다.
여기 이 성스러운 땅에서
내게 참회하는 법을 가르쳐주소서. 그렇다면 당신의 성혈로 내 구원을 봉인한 것이나 마찬가지겠지요.

But let them sleep, Lord, and me mourn a space,
For if above all these my sins abound,
'Tis late to ask abundance of thy grace
When we are there; here on this holy ground
Teach me how to repent, for that's as good
As if thou hadst sealed my pardon with thy blood.

던은 저주받을지 모른다는 공포를 끝내 극복하지 못했다. 「아버지 하느님께 바치는 송가A Hymn to God the Father」에서 그는 고백한다.

나는 두려움의 죄를 지었나이다, 내 마지막 실을 자을 때에는,
해변에서 스러지고 말리라는 두려움…….

I have a sin of fear, that when I have spun
My last thread, I shall perish on the shore…

영국 국교회의 목사가 되고 8년 후인 1623년에 쓴 시다. 그리고 2년 후 존 던은 세인트폴 대성당의 주임 사제가 되었다.

CHAPTER 11

개인주의의 시대

존슨, 헤릭, 마블

17세기는 영국 시의 역사에서 놀라운 다양성의 시대였다. 초기는 존 던이 장악했고, 후기는 존 밀턴이 지배했다. 두 시인은 모든 면모에서 철저히 달랐다. 그리고 두 사람 사이에 가로놓인 시대는 완전히, 뚜렷하게 개인주의적이었다. 소네트 시인이나 노래 작사가를 구분하기 어려웠던 엘리자베스 시대와 비교하면 큰 변화였다. 이런 새로운 개인성의 자각은 어디에서 왔을까? 한 가지 가설은 개신교다. 개신교는 개인 신도를 주입식 신앙에서 자유롭게 풀어주고 자기 성찰을 장려했기 때문이다. 또 한 가지 생각해볼 만한 이유는 런던이다. 런던에서는 영국 최초의 메트로폴리탄 문화가 생겨났고, 모르는 사람들에 둘러싸여 살아가야 하는 도시의 삶은 차이의 인식을 증폭시킨다.

벤 존슨Ben Jonson(1572~1637)은 런던 사람이었고, 개신교도(구원에 불안을 품고 한동안 가톨릭으로 개종했지만)였다. 존슨은 하층 계급 출신이었고 행동

거지도 제멋대로였다. 감옥살이도 여러 번 했다. 존슨의 계부는 벽돌공이었고 어린 존슨도 벽돌 기술을 배웠다. 그러나 부유한 친척이 웨스트민스터 학교의 학비를 대주었고, 존슨은 그곳에서 그리스와 라틴 문학에 대한 깊은 사랑을 함양하여 풍부한 지식을 쌓았다. 그는 네덜란드 전쟁에 참전했고 적군을 죽이고 나면 소지품을 약탈했다고 허풍을 떨었다. 배우로 일할 때는 결투를 해서 동료 배우를 죽였는데 '라틴어를 읽을 줄 안다'는 특권을 내세워 간신히 사형을 면했고, 엄지에 '중죄인'이라는 뜻의 'F'를 낙인찍혔다.

존슨은 도시의 삶을 예리하게 관찰했고 위대한 풍자극을 썼다(「볼포네Volpone」와 「연금술사The Alchemist」는 그의 걸작들이다). 우리는 또한 다른 시인들에 대한 존슨의 평가를 상당히 많이 알고 있는데, 그 이유는 1618년에 그가 런던에서 에든버러까지(약 965킬로미터) 걸어가서 스코틀랜드 시인인 호손던의 윌리엄 드러몬드William Drummond of Hawthornden(1585~1649)와 함께 지냈기 때문이다. 드러몬드는 존슨의 수다를 기록했고, 이는 기록되어 지금까지 남아 있는 것 중 가장 오래된 문단 가십이다. 존슨은 존 던이 '몇몇 부문에서는 세계 최초의 시인'이라고 인정했으나 '이해하는 사람이 없어서 망할' 거라고 말하기도 했다. 존슨 자신의 시는 던처럼 난해하지 않았다. 명료하고 우아하며, 고전의 전범을 따르는 경우도 많다.

존슨의 경구는 현대의 악과 사치를 풍자했다. 그러나 장시에서는 좀 더 호의적인 태도를 보인다. 「펜셔스트 저택에 바치는 시To Penshurst」는 필립 시드니의 가문이 표방하는 구세계의 환대와 기품을 찬양하며, 그 가문의 시골 영지인 펜셔스트에서는 과일나무조차 예의 바르고 친절하다고 찬양한다.

이른 체리와 늦은 자두,
무화과, 포도와 모과, 모두 제철이 되면 열리려니
얼굴을 붉히는 살구와 보드라운 솜털이 덮인 복숭아가
그대의 벽에 걸려 있구나, 모든 아이의 손이 닿도록.
The early cherry with the later plum,
Fig, grape and quince, each in his time doth come,
The blushing apricot and woolly peach
Hang on thy walls, that every child may reach.

존슨은 제임스 1세와 왕비를 위해 정교하고 화려한 궁정 가면극을 쓰기도 했지만, 시에서는 허례허식에 의문을 품는다.

그래도 단장을 하고, 그래도 옷을 차려입고,
만찬이라도 가는 것 같군요.
그래도 분을 바르고, 그래도 향수를 뿌리고,
부인, 그래도 생각해두어야 합니다,
기술은 숨겨져도 명분은 발견되지 않고
모든 게 달콤하지 않고, 모든 게 건전한 건 아니라는 것.

나를 한번 보세요, 내게 얼굴을 찌푸려봐요,
단순함이야말로 기품이지요.
헐렁하게 흐르는 드레스, 자연스레 풀어 내린 머리,
그런 달콤한 소홀함이야말로 내겐
불륜 같은 기술을 다 합친 것보다 낫습니다.
그런 것들은 내 눈에 들어와도 심장에 들어오진 않으니까요.

Still to be neat, still to be dressed,
As you were going to a feast.
Still to be powdered, still perfumed,
Lady, it is to be presumed,
Though art's hid causes are not found,
All is not sweet, all is not sound.

Give me a look, give me a face,
That makes simplicity a grace,
Robes loosely flowing, hair as free,
Such sweet neglect more taketh me
Than all the adulteries of art,
They strike mine eyes, but not my heart.

존슨의 작품들 중 가장 감동적인 시는 아들 벤자민과 딸 메리의 죽음(벤자민은 페스트에 걸려 일곱 살에 죽었고, 메리는 생후 6개월에 사망했다)을 다룬 시다. 벤자민의 죽음에 설명을 찾으려 애쓰며 존슨은 '내 죄는 네게 너무 큰 희망을 걸었던 거란다, 사랑하는 아들아'라고 쓴다. 우리가 보기에는, 아버지가 지나치게 큰 사랑을 주었다고 해서 어린아이를 죽이는 신을 믿는다는 건 도저히 있을 수 없는 일이다. 그러나 이는 당시 종교적 신앙이 얼마나 엄혹했는지를 보여준다. 게다가 신앙은 위로가 되는 면도 있다. 메리는 죽었지만 정말로 죽은 게 아니니 말이다.

여섯 달 끝에 그 애는 죄 없이 안전한 몸으로
떠나버렸다,

그 아이가 이름을 받은 하늘의 여왕님은
어머니의 눈물을 위로하고자
순결한 수행 대열에 그 아이를 넣어주셨네.
그곳에서, 헤어진 채로 남아야 하지만
이 무덤이 그 육신의 탄생을 함께 나누고 있네,
가볍게, 부드러운 흙을 덮어주어.
At six months' end she parted hence
With safety of her innocence,
Whose soul heaven's Queen, whose name she bears,
In comfort of her mother's tears,
Hath placed amongst her virgin train;
Where, while that severed doth remain,
This grave partakes the fleshly birth,
Which cover lightly, gentle earth.

존슨은 위엄과 도덕적 권위에 찬 글을 쓸 수도 있었다. 젊은 나이에 세상을 떠난 두 친구를 위한 송가를 보면 알 수 있듯이.

나무처럼 거대한 크기로 자라나는 것이
인간을 더 낫게 만들지는 않는다.
참나무처럼 300년 동안 거목으로 서 있다 해도,
결국은 메마른 나목으로 시들어 통나무로 쓰러질 테니.
하루살이 백합도
5월에 훨씬 아름다우니,
그날 밤 쓰러져 죽을지라도

빛의 식물 빛의 꽃이었으니
작은 크기로도 우리는 아름다움을 보고
짧은 단위로도 삶은 완벽할 수 있다네.
It is not growing like a tree
In bulk, doth make man better be,
Or standing long, an oak, three hundred year,
To fall a log at last, dry, bald and sere.
A lily of a day
Is fairer far in May,
Although it fall and die that night,
It was the plant and flower of light;
In small proportions we just beauties see,
And in short measures life may perfect be.

존슨은 영국에서 가장 유명한 사랑시(「오로지 그대의 눈으로만 내게 건배해 주세요 Drink to Me Only with Thine Eyes」)를 썼지만, 사랑 시인으로서는 던의 열정에 맞수가 되지 못한다. 존슨의 사랑시는 귀엽고 어여쁠 때도 비교적 초연하다.

찬란한 백합 한 송이 자라는 것을 보았나요,
거친 손길이 닿기 전에?
내린 눈을 본 적이 있나요,
때 묻어 더러워지기 전에?
비버의 털이나 백조의 솜털을
만져본 적이 있나요?

아니면 가시 장미 봉오리 향기를 맡은 적 있나요?

아니면 모닥불 속 나르드 향은요?

아니면 꿀벌의 꿀주머니를 맛본 적 있나요?

아, 그토록 희고, 아, 그토록 부드럽고, 아, 그토록 달콤한 것이 바로 그녀.

Have you seen but a bright lily grow,
Before rude hands have touched it?
Have you marked but the fall of the snow,
Before the soil hath smutched it?
Have you felt the wool o' the beaver?
Or swan's down ever?
Or have smelt o' the bud of the briar?
Or the nard i' the fire?
Or have tasted the bag o' the bee?
O so white, O so soft, O so sweet is she.

그러나 자기 자신과 늙어가는 몸에 대해서 말할 때는 굉장히 소탈해서 호감이 간다. 젊은 여자와 사랑에 빠진 그는 상대가 자기 시의 아름다움을 알아듣지 못한다고 투덜거린다. 그러나 곧 상황을 재고한다.

아, 하지만 내 의식적 두려움들,
그 사이를 나는 내 생각들,
말해다오 그녀가 내 백 가닥의
흰머리를 보았다고,
마흔일곱 살의 나이,

책을 너무 많이 읽어서 포옹할 수 없을 정도로 두꺼워진 허리,
태산 같은 내 배와 내 바위투성이 험준한 얼굴,
그리고 이 모든 것은, 그녀의 눈을 통해, 그녀 귀를 막았지.
Oh but my conscious fears,
That fly my thoughts between,
Tell me that she hath seen
My hundred of grey hairs,
Told seven and forty years,
Read so much waist as she cannot embrace,
My mountain belly and my rocky face,
And all these, through her eyes, have stopped her ears.

존슨의 추종자로 알려진 시인 중에서 가장 독창적인 인물은 로버트 헤릭Robert Herrick(1591~1674)이다. 사실 그는 전혀 다른 부류의 시인이다. 그는 세밀화 화가였다. 그의 시는 대체로 아주 짧고, 2행에 불과한 작품도 있다. 그리고 이 시들은 작은 것들에 의미를 부여한다.

그녀는 강가에 앉았고, 거기 앉아서
흐느껴 울었고, 눈물 한 방울로 수심을 더 깊게 만들었다.
She by the river sat, and sitting there
She wept, and made it deeper by a tear.

작은 단어들에 비범한 무게가 실린다. 「만나고 헤어지는 연인들의 사연Lovers How They Come and Part」에서와 같이.

그들은 구름을 밟고 걷고, 가끔은 떨어지는 일도 있지만,
이슬처럼 떨어지지만, 아무 소리도 내지 않는다.
They tread on clouds, and though they sometimes fall,
They fall like dew, but make no noise at all.

'떨어지지만but'이 아니라 '떨어지고and'라고 썼다면 2행이 전혀 달라졌으리라. '떨어지지만'은 연인들과 비교하면 이슬마저도 시끄럽다는 함의를 갖는다. 이 시는 차마 표현하기조차 어려운 가벼운 손길을 표현하려는 시다. 목적이 비슷한 다른 시는 「행운의 도래The Coming of Good Luck」다.

그렇게 행운이 와서 내 지붕에 앉았네,
소리 없는 눈처럼, 아니면 밤이슬처럼.
별안간이 아니라, 부드럽게, 나무들이
햇살에 조금씩 간지럽혀지듯.
So good luck came, and on my roof did light
Like noiseless snow, or as the dew of night:
Not all at once, but gently, as the trees
Are, by the sun-beams, tickled by degrees.

아름다움의 덧없음은 헤릭의 공통 주제다(「할 수 있을 때 장미 봉오리를 모으세요Gather ye rosebuds while ye may」가 가장 유명한 시다). 그리고 「디아네메에게To Dianeme」에서는 이를 섬세하게 손길과 연결 짓는다.

그대 그 풍성한 머리카락을 자랑하지 말아요,

상사병에 걸린 바람을 희롱하고 있는 머리카락을.
하지만 그대가 지금 달고 있는,
그 부드러운 귓불에서 가라앉은 루비는
그대 아름다움의 세계가 모두 사라진 후에도
살아남아 보석이 되겠지요.
Be you not proud of that rich hair
Which wantons with the love-sick air,
Whenas that ruby which you wear
Sunk from the tip of your soft ear,
Will last to be a precious stone
When all your world of beauty's gone.

'가라앉다'는 말은 바다의 깊이를 연상시키고 루비의 무게로 축 늘어지는 귓불의 유연성을 강조한다. 헤릭은 천의 질감에도 매혹을 느낀다.

그런가 하면 내 줄리아가 실크를 입으면
그때는, 그때는, 그녀 옷이 액화되어
얼마나 달콤하게 흘러내리는 것 같은지.
Whenas in silks my Julia goes,
Then, then, methinks, how sweetly flows
The liquefaction of her clothes.

'액화'는 액체로 변한다는 뜻이고, 줄리아의 피부에 달라붙은 실크가 그녀의 몸 위로 쏟아부어진 것만 같다는 의미다.

여자의 옷과 속옷에 대한 시를 이렇게 많이 쓰다니, 서품을 받은 사제로서는 꼴불견의 추태처럼 보인다. 청교도 전쟁 때 그를 도싯의 성당 주임 사제 자리에서 쫓아낸 청교도들의 짜증을 유발하려는 목적도 있었을 것이다(왕정복고 때 되돌아왔지만).

앤드루 마블Andrew Marvell(1621~1678)도 존 던과 마찬가지로 T. S. 엘리엇을 위시한 후대 사람들 덕분에 재발견되었다. 마블은 18세기와 19세기에 그저 정치풍자가로 알려져 있어 그가 쓴 서정시는 홀대받고 있었다. 그러나 엘리엇은 그 시들을 높이 평가하며 '약간의 서정적 기품 아래 깔린 강인한 합리성'에 주목했다.

마블은 내면적 갈등이 우리 인간을 형성하는 본성이라고 보았다. 「영혼과 육신의 대화A Dialogue between the Soul and the Body」에서 영혼은 육신이 자신을 발이라는 '족쇄'와 손이라는 '수갑' 속에 구속한다고 불만을 토로한다. 육신은 희망, 두려움, 사랑, 증오, 죄와 같은 온갖 고통에 시달리고 있다면서, 그건 다 육신의 단순한 본성에 사는 걸 그냥 두고 보지 않는 영혼 때문이라고 대답한다.

> 건축가들이 숲에서 자라난 초록색 나무들을
> 네모나게 잘라 물들이는 것처럼.
> So architects do square and hew
> Green trees, that in the forest grew.

그러나 나무가 건축보다 우월한가, 아니면 건축이 나무보다 우월한가? 마블은 결정을 내리지 않는다. 감질나고 흥미진진한 이중성이 이 시에, 아니 마블의 모든 시에 배어들어 있다.

육체가 이런 딜레마에서 빠져나오는 길은 나무가 되는 것이다. 그리고 「애플턴 하우스Appleton House」에서 마블은 식물들에게 자기를 일원으로 받아달라고 간청한다.

그대 얽히고설킨 덩굴아 나를 묶어다오,
배회하는 넝쿨로 내 몸을 둘러 자라나라,
그리고 바짝 가까이 너희의 동그라미들을 레이스로 꼬아
내가 이곳을 영영 떠나지 못하게 해다오.
Bind me ye woodbines in your twines,
Curl me about ye gadding vines,
And O so close your circles lace
That I may never leave this place.

만일 식물들이 그를 거꾸로 뒤집어 머리가 땅에 닿게 한다면, '나 역시 한 그루 거꾸로 선 나무'라는 걸 알게 될 거라면서.

「정원The Garden」에서는 식물들이 화답해 마블의 몸을 반가이 맞아준다.

넝쿨의 탐스러운 포도송이들
내 입에 포도주를 짓이겨 짜주네,
천도와 희한한 복숭아는
내 손안으로 떨어지고
꽃의 덫에 걸린 채 지나치던 길에
멜론에 발이 걸려, 풀밭에 쓰러지네.
The luscious clusters of the vine
Upon my mouth do crush their wine,

The nectarine and curious peach
Into my hands themselves do reach,
Stumbling on melons as I pass
Ensnared with flowers, I fall on grass.

한편 그의 마음은 탈출해 지적인 행복에 빠져든다.

창조된 모든 것을 멸절시켜
초록 그늘 속 초록 생각으로 만들어버리네.
Annihilating all that's made
To a green thought in a green shade.

마블의 이중성은 그 음조를 판별하기 어렵게 만든다. 「풀 베는 사람이 반딧불이에게The Mower to the Glow-worms」나 「새끼 사슴의 죽음을 불평하는 님프The Nymph Complaining for the Death of her Fawn」처럼 우습거나 하찮아 보이는 시도 읽어나가다 보면 진중한 깊이를 드러낸다.

마블의 대표작인 「그의 새침한 연인에게To his Coy Mistress」는 종종 사랑시로 읽히지만, 사실은 그렇지 않다. 아니, 그저 사랑시에 불과한 작품은 아니다. 처음 시작은 사랑시 같다. 사랑하는 사람은 연인에게 항복을 권한다. 그들에게 무한한 시간이 있다면 그녀의 '새침함'도 말이 될 거라면서.

그러나 내 등 뒤에서 나는 항상 듣고 있어요,
날개 달린 시간의 수레가 다급히 다가오는 소리를.
그리고 저 멀리 우리 모두 앞에는

망망한 영원의 사막이 펼쳐져 있어요.
그대의 아름다움을 아무도 찾지 못할 테고
그대의 대리석 무덤에서는
메아리치는 내 노래가 들리지 않을 겁니다. 그때는 벌레들이
오래도록 간직한 당신의 순결을 맛보겠지요,
당신의 영예로운 진미가 먼지가 되고
내 욕정이 모두 재로 변할 거예요.
무덤은 멋지고 사적인 장소이지만
그 안에서는 아무도 포옹하지 않는다고 알고 있어요.
But at my back I always hear
Time's winged chariot hurrying near,
And yonder all before us lie
Deserts of vast eternity.
Thy beauty shall no more be found,
Nor in thy marble vault shall sound
My echoing song; then worms shall try
That long-preserved virginity,
And your quaint honour turn to dust,
And into ashes all my lust.
The grave's a fine and private place,
But none I think do there embrace.

진미quaint(여성의 성기를 말한다)를 먹어치우는 벌레들은 시의 어조를 심술궂게 비트는데, 다음으로 진행되면 이는 더 심해진다.

그러니 할 수 있을 때 신나게 즐기도록 합시다.
그리고 이제, 사랑에 빠진 맹금들처럼
우리의 시간을 단번에 잡아먹어버립시다.
시간의 서서히 갉아먹는 힘에 시들시들 죽어가느니
그러면, 우리의 태양이 가만히 멈춰 있게
붙잡을 수는 없어도, 치달리게 만들 수는 있을 테니까.
Now let us sport us while we may
And now, like amorous birds of prey,
Rather at once our time devour,
Than languish in his slow-chapped power…
Thus, though we cannot make our sun
Stand still, yet we will make him run.

맹금의 이미지와 함께 연인들은 무섭게 변한다. 부리와 발톱으로 무장한 두 마리 맹수로. 그리고 시간의 속도를 늦추려는 그들의 시도는 오히려 시간을 더 빨리 흐르게 한다.

이것이 마블의 시에서 흔히 볼 수 있는 패턴이다. 삶은 덫이다. 행위는 행위자에게로 도로 튕겨 돌아온다. 「풀 베는 자 데이먼Damon the Mower」에서는 낫이 미끄러진다.

그리고 저기 풀밭 가운데서 제 낫에 쓰러졌네,
풀 베는 사람이 베여버렸네.
And there among the grass fell down
By his own scythe, the mower mown.

「아일랜드에서 돌아온 크롬웰의 귀환에 바치는 호라티우스 풍의 송가An Horatian Ode Upon Cromwell's Return from Ireland」는 크롬웰에게 장검을 '꼿꼿이' 세워두라고 경고한다. 그 이유는 다음과 같다.

권력을 획득한 그 똑같은 무예로
권력을 지켜야 하니까.
The same arts that did gain
A power, must it maintain.

행위는 행위자에게로 도로 튕겨 돌아온다. 장검으로 권력을 얻었다면 장검으로 살아야 한다. 그러나 크롬웰에게 바친 시인데도 마블의 이중성은 가장 고결한 시행을 죽음을 맞은 왕의 몫으로 아껴둔다.

그 기억에 남는 장면에서 그는
미천한 짓을 하지도 미천한 의도를 가지지도 않았다,
그러나 그 날카로운 눈으로
도끼의 칼날을 감히 바라보았다.
천박한 원한으로 신들을 불러
무력한 권리를 옹호하려 들지도 않았으나,
다만 그 단정한 머리를 아래로,
침대에 눕듯 숙였다.
He nothing common did or mean
Upon that memorable scene,
But with his keener eye
The axe's edge did try:

Nor called the gods with vulgar spite
To vindicate his helpless right,
But bowed his comely head
Down, as upon a bed.

CHAPTER 12

종교적 개인주의자들

허버트, 본, 트래헌

개신교가 장려한 개인의 차이는 17세기 영국의 종교적 격변을 지배했다. 찰스 1세가 가톨릭교도인 헨리에타 마리아와 결혼하자 개신교도는 위기감을 느꼈고, 한편 찰스의 캔터베리 대주교 윌리엄 로드는 '고교회 의례'(청교도는 이를 가톨릭을 비하하는 말인 '교황파Papist'라고 불렀다)를 강제하고 비국교도를 박해했다. 의회가 영국 내전에서 승리를 거두고 나서, 개신교 종파가 우후죽순 생겨났다. 로드의 개혁을 받아들인 (로버트 헤릭 같은) 사제들은 교구에서 쫓겨났다. 청교도들이 우상이라고 생각했던 종교적 성상과 스테인드글라스 창은 모두 부서졌다.

이 장에서 다룰 세 명의 시인은 영국 종교시의 '황금시대'를 이끈 선구자였다. 이들은 모두 겉으로는 국교도를 표방했다. 그러나 서로 너무 달라서 아예 다른 신들을 섬긴 것처럼 보일 지경이다. 조지 허버트George Herbert(1593~1633)는 부유한 세도가에서 태어났다. 형은 처버리의 허버트 경이었다. 그러나 결핵으로 요절하기 3년 전에 서품을 받고 윌트셔의 작은 마을 둘을 합친 교구의 목사가 되었다. 사회적 지위로 보면 치욕적인 전락이었지만, 강력한 내면적 갈등의 결과였던 것으로 보인다. 임종 당시 허버트는 자신의 시들을 친구(니콜라스 페라로, 헌팅던셔의 리틀기딩이라는 작은 마을에서 고교회의 영적 공동체를 이끌고 있었다)에게 맡기면서 '이것들은 신과 내 영혼 사이에 오간 무수한 영적 갈등의 그림이라네. 내 영혼을 나의 주인 예수님의 뜻에 맡기기 전까지 말이야'라고 말했다.

몇 편은 이런 갈등의 순간을 재현하는 시 같다. 가장 유명한 작품은 「사제의 깃 The Collar」이다. 이 시는 반항으로 시작된다.

> 나는 상판을 치며 울었다, 더는 싫습니다,
> 해외로 떠나겠습니다.
> 뭐라고요? 영원히 한숨을 쉬며 가슴앓이를 할 거라고요?
> 내 시행과 삶은 자유롭습니다, 길처럼 자유롭다고요…….
> I struck the board, and cried, No more,
> I will abroad.
> What? Shall I ever sigh and pine?
> My lines and life are free, free as the road...

'상판 board'은 영성체 상을 뜻한다. 그리고 신을 위해 포기해야만 했던 것들이 잇달아 나온다. 그러다가 결국 신이 개입한다.

> 그러나 내가 불만을 쏟아내며, 말 한마디 한마디에 점점 더 흥분해
> 이성을 잃자,
> 아무래도, 누군가 '아이야!'라고 불렀던 것 같다.

그리고 나는 대답했다, '나의 주님이시여'.
But as I raved, and grew more fierce and wild
At every word,
Methought I heard one calling *Child*!
And I replied *My Lord*.

「대화 Dialogue」에서는 시인 쪽이 말허리를 끊는다. 여느 때처럼 시인이 신세 한탄을 하고 있을 때 신이 응답한다. 그리고 인간을 위해 신 자신이 포기한 것을 상기시킨다.

'……나는 기꺼이 내 영예와 마땅한 보상을 떠나보냈고,
전능한 기분을 누리고자 모든 기쁨을 버렸다.'
아! 더는 말씀하지 마세요. 내 가슴이 무너집니다.
...I did freely part
With my glory and desert,
Left all joys to feel all smart–
Ah! No more: thou break'st my heart.

가끔은 영혼과 신의 만남이 일종의 우화로 그려진다. 「구원 Redemption」에서 시인은 자신이 '부유한 지주'로부터 땅 한 뙈기를 빌려 경작하는 소작농이라고 상상하며 소작료가 낮아지길 바란다. 여기에는 그가 구원을 찾는 죄인이라는 의미가 숨겨져 있다. 그는 천국에서 부유한 지주를 찾지만, 지주는 지구로 내려가고 없다는 말을 듣고 다시 내려와 땅에서 찾으려 한다.

……그리고 위대한 탄생을 알게 되었고,
그에 따라 훌륭한 휴양지들에서,
도시들에서, 극장들에서, 정원과 공원과 궁정들에서 그분을 찾았다.
마침내 나는 도둑과 살인자들이
거칠고 시끄러운 난장판을 벌이는 즐거운 소리를 들었다. 그곳에서 나는 그분을 엿보았고,
그분은 곧, '너의 청을 받아들이노라'라고 말하더니 돌아가셨다.

…and knowing his great birth,
Sought him accordingly in great resorts,
In cities, theatres, gardens, parks and courts:
At length I heard a ragged noise and mirth
Of thieves and murderers: there I him espied,
Who straight, *Your suit is granted*, said, and died.

여기서 묘사한 장면이 십자가 처형이라는 사실을 독자가 이해하려면 한순간 멈추어 쉬며 생각에 잠겨야 한다. 그리고 그 번득이는 새로움이 이 시의 요점이다.

신에 대한 새로운 접근은 「사랑이 내게 반갑다고 인사했네Love Bade Me Welcome」에서도 나온다. 이 시에서 시인은 '사랑'의 초대를 받아 만찬에 갔던 사연을 들려준다. 연회장에 도착했을 때 '빠른 눈의 사랑'이 그를 보더니 말한다.

내게로 가까이 다가왔네, 내게 무엇이 부족한지
다정하게 물으면서.

나는 대답했다, 이곳에 있을 만한 자격이 있는 손님이요.
사랑이 말했다, 당신이 그 사람이 될 겁니다.

Drew nearer to me, sweetly questioning,
If I lacked anything.

A guest, I answered, worthy to be here.
Love said, You shall be he.

재기 넘치는 대화가 오가면, 우리는 서로에게 정중하게 예를 갖추는 17세기의 신사 두 명을 보고 있다는 걸 깨닫게 된다. 그리고 - 놀랍게도 (그리고 현대의 관점에서 보면, 조금 황당무계하게도) 이 재기 넘치고 정중한 상류사회의 인물들이 전능한 신과 대면한 영혼을 표현하고 있음을 알게 된다.

「권태Dullness」에서 시인과 신의 관계는 또다시 바뀐다. 이번에는 연인 사이로.

그대는 나의 사랑스러움, 내 빛, 내 생명, 내 빛,
오로지 내게만 아름다움…….
Thou art my loveliness, my light, my life, my light,
Beauty alone to me...

그리고 우리는 이 사람이 평범한 사랑시의 애인과는 끔찍하게 다르다는 걸 알게 된다.

부당한, 그대의 핏빛 죽음이 그대를
순수한 빨강과 흰색으로 물들이네.
Thy bloody death, and undeserved, makes thee
Pure red and white.

「꽃The Flower」에서는 신이 또 새로운 위장으로 나타난다. 신은 날씨가 되어 서리와 폭풍우로 시인을 괴롭히다가 봄철처럼 다시 회생시킨다.

그리고 이제 나이가 들어 나는 다시 꽃피네,
내가 살고 쓴 그 많은 죽음 이후에
다시 한 번 이슬과 비의 냄새를 맡고
시작詩作을 만끽하네. 오 나의 유일한 빛이여,
그럴 리가 없습니다,
내가 바로
밤새도록 당신의 폭풍우를 맞았던 그 사람이라니.
And now in age I bud again,
After so many deaths I live and write;
I once more smell the dew and rain,
And relish versing: O my only light,
It cannot be
That I am he
On whom thy tempests fell all night.

허버트의 소박한 시어는 우리에게 진실성과 겸허함을 보여주는 증표와 같다. 그러나 간혹 시인의 지성을 잊지 말라는 듯이 수수께끼가 끼어든다. 이를테면 허버트의 가장 위대한 시 중 한 편인 「대답The Answer」은 수수께끼로 끝난다.

내 안위는 떨어져 눈처럼 녹아버린다,
나는 고개를 흔들고
내 치열한 청춘이 치고 던졌던
온갖 생각과 목적이 떨어져
내 주위에 잎사귀처럼, 아니면 여름날의 친구들처럼,
영지의 파리 떼나 햇빛처럼 흩어졌다. 그러나
내가 의욕적이고 성마르고 추진력 있지만
끝마무리는 칠칠치 못하고 하찮다고 생각하는 모든 이에게,
젊은 날숨처럼 새롭게 깨어나
흙으로 된 잠자리를 비웃고 하늘을 꿈꾸다가,
시간이 지나면 식어 숨차고 느려지고,
구름으로 가라앉아 그 어두운 눈물의 상태에서 살고 죽는다고.
그렇게 나를 보여주고 나를 규정하는 모든 이들에게 내 대답은 하나뿐,
나머지를 아는 사람들이 나보다 더 많이 안다는 것.

My comforts drop and melt away like snow,
I shake my head, and all the thoughts and ends,
Which my fierce youth did bandy, fall and flow
Like leaves about me, or like summer friends,
Flies of estates and sunshine. But to all,
Who think me eager, hot, and undertaking,

But in my prosecution slack and small,
As a young exhalation, newly waking,
Scorns his first bed of dirt, and means the sky,
But cooling by the way grows pursy and slow,
And settling to a cloud doth live and die
In that dark state of tears: to all that so
Show me, and set me, I have one reply,
Which they that know the rest, know more than I.

놀라운 은유의 흐름 – 빠지는 머리카락, 눈, 생각, 낙엽, 파리 떼, 영지들, 햇빛, 날숨(안개) – 은 허버트가 아니라 셰익스피어처럼 읽힌다. 어쩌면 고의로 셰익스피어의 소네트를 모방하여 썼는지도 모른다. 그러나 당혹스러운 마지막 행은 셰익스피어적이지 않고, 오로지 허버트와 신만 아는 무언가를 가리킨다.

헨리 본Henry Vaughan(1621~1695)은 웨일스 지방의 의사였는데 허버트와 달리 시에 갈등의 흔적이 전혀 드러나지 않고 「세계The World」에서처럼 신비주의적인 초월로 곧장 비상한다.

지난밤 나는 영원을 보았네.
순수하고 무한한 빛의 거대한 고리처럼
찬란한 만큼 온통 고요했지…….
I saw eternity the other night:
Like a great ring of pure and endless light,
All calm, as it was bright...

그는 마치 다른 현실에서 사는 사람 같다. 그 세계에서는 인간의 영혼이 식물과 같다.

아 환희여! 무한한 달콤함! 영광의 꽃과 싹들로
내 영혼이 갈라져 피어나네!
밤과 휴식의
기나긴 시간 모두
잠과 구름의
고요한 수의를 뚫고
이 이슬이 내 가슴에 떨어졌네.
아 피를 흘리고
내 땅에 원기를 불어넣네…….
O joys! Infinite sweetness! With what flowers
And shoots of glory my soul breaks and buds!
All the long hours
Of night and rest,
Through the still shrouds
Of sleep and clouds,
This dew fell on my breast;
O how it bloods
And spirits all my earth...

이것은 「아침의 보초The Morning-watch」의 한 대목인데, '피blood'나 '원기spirit' 같은 평범한 단어를 명사가 아니라 동사로 써서 경이로움과 강렬함을 얻어낸다. '이슬dew' 역시 본에게는 신비주의적인 단어다. 웨일스어로 'Duw'는 신을 뜻하기 때문이다. 그리고 또 다른 걸작 「은밀히 자라는 씨앗The Seed Growing Secretly」에서도 바로 이런 뜻으로 쓰이는 듯하다.

내 이슬, 내 이슬! 내 이른 사랑,
내 영혼의 밝은 양식, 그대의 부재는 죽음.
오래 체공하지는 않기를, 영원한 비둘기여,
그대 없는 삶은 느슨해져 흘러넘치네…….
My dew, my dew! My early love,
My soul's bright food, thy absence kills.
Hover not long, eternal dove,
Life without thee is loose and spills…

여기서도 '느슨하다loose'라든가 '흘러넘치다spill' 같은 단어는 평범하다. 그러나 '삶'과 연관되면 보통 때의 의미를 초월한다.

본의 쌍둥이 형제인 토머스는 '자연 마법'에 관해 해박한 논문을 저술한 연금술사다. 그의 이론이 헨리 본의 시에 녹아들어 있다. 이를테면 자연 세계에 의식이 있다는 생각이 「규범과 교훈Rules and Lessons」에서 나타난다.

세상의 모든 봄
잎사귀 하나까지도 자기만의 아침 찬송가를 가진다. 덤불과 참나무
한 그루 한 그루 모두 '나는 존재한다'는 사실을 안다…….
There's not a spring
Or leaf, but hath his morning-hymn; each bush

And oak doth know I AM…

신이 만물에 빛의 '씨앗'을 심어두었다는 토머스의 믿음은 헨리 본의「수탉 울음Cock-crowing」에 영감을 주었다.

빛의 아버지! 어느 태양의 씨앗,
어느 낮의 눈길을 그대는 이 새 안에
가두어두셨나요? 모든 종 안에
이 분주한 빛을 그대가 할당해두셨군요.
그 빛의 자력이 밤새도록 작동해
낙원과 빛의 꿈을 꿉니다.

그들의 눈은 아침의 색조를 지켜보고
그들의 작은 낟알은 밤을 축출하며
빛을 내며 노래하네, 마치 빛의 집으로 가는
길을 알고 있는 것처럼.
어찌했는지 몰라도,
태양에서 만들어 불을 붙인 것처럼.

Father of lights! What sunny seed,
What glance of day hast thou confined
Into this bird? To all the breed
This busy ray thou hast assigned:
Their magnetism works all night,
And dreams of paradise and light.

Their eyes watch for the morning hue,
Their little grain, expelling night,
So shines and sings, as if it knew
The path unto the house of light.
It seems their candle, howe'er done,
Was tinned and lighted at the sun.

'Tinned'는 불을 붙였다는 뜻이다. 토머스 본도 '하느님의 은밀한 촛불'에 대한 글을 쓰면서 같은 단어를 썼다.

허버트와 달리 본은 영국 내전을 겪었고 짧게나마 왕당파 군대에서 복무했으므로 패배한 쪽이었다. 「그들은 모두 빛의 세계로 가버렸네They Are All Gone into the World of Light」에서 그는 죽은 이들을 눈앞에 그린다. '영광의 공중에서 걷는 그들이 내 눈앞에 보인다'라고. 여기에는 전투에서 사망한 친구들도 포함되어 있을 것이다. 「피정The Retreat」에서처럼 어린 시절을 이상화하는 데에도 전쟁의 슬픔이 배어 있을지 모른다. 이 시는 워즈워스와 블레이크를 예견하는 듯하다.

어렸던 시절은 행복했노라, 내가
천사와 같은 유아기에서 빛을 발하던 때.
두 번째 경주를 달리도록 명 받은
이곳을 이해하기 전,
희디흰 천국의 생각 말고는 내 영혼이
아무것도 꿈꾸지 않도록 가르쳤던 때.
아직 내가 내 첫사랑으로부터
한두 마일밖에 멀어지지 않았을 때,

돌아보면, 그 짧은 사이에,
그의 찬란한 얼굴을 일별할 수 있었지.
금박이 칠해진 구름이나 꽃에
관조하는 내 영혼이 한 시간은 머물곤 했고,
그 미약해진 영광 속에서
영원의 그림자를 엿보았지.

Happy those early days, when I
Shined in my angel-infancy.
Before I understood this place
Appointed for my second race,
Or taught my soul to fancy ought
But a white, celestial thought.
When yet I had not walked above
A mile or two from my first love,
And looking back, at that short space,
Could see a glimpse of his bright face,
When on some gilded cloud or flower
My gazing soul would dwell an hour,
And in those weaker glories spy
Some shadows of eternity.

토머스 트래헌Thomas Traherne(1636~1674)은 헤리퍼드Hereford의 제화공 아들이었고 옥스퍼드의 브래스노스 칼리지에서 공부해 서품을 받고 사제가 되었다. 그의 산문 「명상록Meditations」은 어린아이의 눈으로 본 세계를 영어로 그려내려는, 최초의 현실적인 시도였다. 이 글은 200년간 소실되었다가 1908년에야 출간되었다. 그의 시들도 행방이 묘연해졌다가 1896년 길거리의 손수레에서 발견되었다.

시 몇 편은 「명상록」이 그렇듯 어린 시절을 현실적으로 기억한다. 「물속의 그림자Shadows in the Water」를 예로 들자면, 트래헌은 어렸을 때 물웅덩이에 비친 영상이 실제 사람인 줄 알았던 기억을 떠올린다. 그러나 시 속의 유년기는 보통 실제보다 이상화되게 마련이다. 「준비The Preparative」에서는 신생아였을 때, 자아에서 자유롭고 심지어 제 육신마저 의식하지 못한 순수한 의식 그 자체였던 때를 기억한다. 아니, 기억한다고 상상한다.

그때 내 영혼은 내게 유일한 전부,
살아 있는, 무한한 눈,
하늘보다 훨씬 넓고,
그 힘과 행위와 본질은 보는 것이었지.
나는 내면을 향한 빛의 구球,
혹은 끝없는 시야의 구,
가없고, 살아 있는 날,
주위를 도는 생명의 태양이
모든 삶과 감각의 빛살을 내렸다,
벌거벗은, 단순한, 순수한 지성.
Then was my soul my only all to me,
A living, endless eye,
Far wider than the sky,
Whose power and act and essence was to see.
I was an inward sphere of light,

Or an interminable orb of sight,
An endless and a living day,
A vital sun that round about did ray
All life and sense,
A naked, simple, pure intelligence.

「꿈 Dreams」(「명상록」에서와 같이)에서 트래헌은 현실이 물질적 세계가 아니라 오로지 우리의 생각 속에서만 존재한다는 생각을 발전시킨다.

생각들! 물론 생각들은 현실이다.
사물만큼이나 기쁨을 줄 수 있다.
아니, 사물은 죽었고
그 자체로는 영혼으로부터
분리되어 있고, 우리의 생각 없이는
머리를 채울 수도 없다. 생각이 진짜 사물이고
그곳으로부터 모든 기쁨이, 그곳으로부터 모든 슬픔이 샘솟는다.
Thoughts! Surely Thoughts are true;
They please as much as Things can do:
Nay, Things are dead,
And in themselves are severed
From souls, nor can they fill the head
Without our Thoughts. Thoughts are the real things
From whence all joy, from whence all sorrow springs.

이런 논리적 시행을 통해 트래헌은 신이 인간의 생각에 반영된 상을 통해서만 자신의 피조물을 볼 수 있다는 이론에 도달한다. 분명 독창적인(그 시대에는 위험하리만큼 비정통적인) 생각이었다. 「명상록」은 이 이론을 길게 전개하지만 「생각 2Thoughts II」와 같은 시에서는 간결하고 명료하게 표현하고 있다.

섬세하고 부드러운 생각
그분이 창조하신 모든 것의 본질을 찾을 수 있네,
그분 모든 작품의 결실
그것을 우리가 생각해내어
내어놓고, 베푼다…….
A delicate and tender thought
The quintessence is found of all he wrought,
It is the fruit of all his works,
Which we conceive,
Bring forth, and give...

「수정Amendment」도 이 같은 대담한 아이디어를 펼쳐낸다. 신이 인간에게 의존한다는 생각 자체가 대담하다는 말이다. 트래헌의 시대에는 신성모독으로 여겨질 수도 있을 만한 가설이다.

신의 본질은 태양을 붙잡을 수 없고
하늘도 포획할 수 없으며,
공기도, 땅도, 나무도, 바다도,
별들도 잡을 수 없다. 인간의 영혼이 즐기지 않는다면.
The Godhead cannot prize

The sun at all, nor yet the skies,

Or air, or earth, or tree, or seas,

Or stars, unless the soul of man they please.

그러니 트래헌의 이론에서는 일종의 호혜 관계가 성립된다. 신은 세계를 창조하고, 인류는 그 안에서 기쁨을 찾는다. 그리하여,

이러한 사물들로 우리는 신에게 보상을 바친다.

These are the things wherewith we God reward.

본과 마찬가지로, 트래헌은 시 속에서 자신의 유년기를 완벽했던 시간이었다고 돌아본다(「경이Wonder」).

얼마나 천사처럼 나는 내려왔던가!

How like an angel came I down!

어린 시절의 그는 낙원의 아담처럼 타락하지 않은 존재였다.

나는 그곳에서 아담이었다, 기쁨의……

구球 속에 있는 어린 아담.

I was an Adam there,

A little Adam in a sphere

Of joys…

그러나 자라나는 그에게 어른들은 가치 없는 것들을 높이 평가하

라고 가르쳤다. 돈, 장난감, 놀이용 목마, '무슨 쓸데없는 야한 책' 같은 것들. 「배교Apostasy」에서 설명하듯이, 이런 식으로 그의 영혼은 '빠르게 살해당했다'.

> 그들의 관습에 빠져 죽은 나는
> 꺼져가는 불길처럼 길을 잃고
> 빛나는 하늘에 이방인이 되었네.
> Drowned in their customs, I became
> A stranger to the shining skies,
> Lost as a dying flame.

CHAPTER 13

피안의 세계에서 온 시

존 밀턴

존 밀턴John Milton(1608~1674)은 보통 셰익스피어 이후 가장 위대한 영국 시인으로 여겨진다. 밀턴의 아버지는 법률 문서를 베껴 쓰는 '필경사' 겸 대부업자였다. 또한 연주자이자 작곡가였다. 밀턴 역시 음악가였고, 음악은 그의 시 어디에나 존재한다. 런던의 세인트폴 학교와 케임브리지의 크라이스트처치 칼리지에서 공부한 밀턴은 대학 졸업 후 취직하지 않고 심화 교육 프로그램을 시작했다. 그는 또한 이탈리아로 여행을 가서 천문학자 갈릴레오를 만났고 초기 오페라도 관람했다. 몬테베르디의 작품으로 추정된다.

1645년에 출간된 첫 시집에는 「코무스Comus」라는 가면극이 실려 있었다. 어느 귀족 가문의 어린이들이 연기하도록 쓴 희곡이었다. 밀턴이 개인적으로 아는 가문은 아니었지만, 아버지의 친구인 작곡가 헨리 로스Henry Lawes가 그 집안의 음악 교사였다.

짓궂은 장난기가 발동했는지 젊은 밀턴은 최고의 시행을 귀족 어린이들이 아니라 사악한 유혹자 코무스에게 주었다. 코무스는 호메로스의 「오디세이아」에서 나온 동화적인 캐릭터다. 여자 마법사 키르케의 아들인 코무스는 어머니가 부르는 아름다운 노래가 바다 괴물마저 잠재웠던 기억을 떠올린다.

……스킬라는 흐느껴 울다가,
짖어대는 파도를 꾸짖어 정신을 차리게 했고
음흉한 카리브디스는 부드러운 찬사를 중얼거렸다.
...Scylla wept,
And chid her barking waves into attention,
And fell Charybdis murmured soft applause.

자연계(아이들은 단순히 그 속에서 길을 잃은 무서운 숲이라고만 생각하는 곳)에 시적으로 반응해 밀턴은 물고기가 영국 전통의 원무를 추는 상상을 한다.

지느러미가 달린 물고기 떼, 소리와 바다,
이제 흔들흔들 원무를 추면서 달로 간다…….
The sounds and seas, with all their finny drove,
Now to the moon in wavering morris move...

그리고 자연의 분주한 일꾼들에 대해서도 이를테면 이렇게 표현한다.

빙글빙글 도는 수백만의 벌레들,

초록색 가게에서 매끈한 실로 공단을 짠다.
millions of spinning worms,
That in their green shops weave the smooth-haired silk.

벌레, 심지어 누에가 시 속에서 찬양받는 경우는 거의 없다. 그러나 젊은 밀턴은 굳이 신경 써서 그 벌레들이 일하는 공간까지 상상한다.

1645년에 나온 유명한 시가 한 편 더 있는데 「리시다스Lycidas」다. 난파 사고로 익사한 대학 동창을 추모하는 시다. 밀턴이 그를 아주 잘 알지는 못했던 모양이다. 목가라는 인위적인 양식을 선택해 님프와 양치기가 시중들게 한 걸 보면 말이다. 위대한 18세기의 비평가 존슨 박사는 목가를 싫어해서 '안일하고 천박하고, 따라서 혐오스럽다'고 비난했다. 반면 테니슨은 '시적 취향의 시금석'이라고 칭찬했다. 존슨은 비난했지만 「리시다스」는 「실낙원Paradise Lost」을 미리 엿보게 하는 면이 있다. 예를 들어 콘월의 해안선을 일별하는 다음 대목처럼 말이다.

경계 삼엄한 시의 위대한 풍광이
나만코스와 바요나의 요새를 바라보는 곳.
Where the great vision of the guarded mount
Looks toward Namancos and Bayona's hold.

지극히 미미한 곳까지 관심을 쏟는 코무스의 시선이 「리시다스」에서도 똑같이 복제된 부분이 한 군데 있다. 슬픔에 젖은 꽃들 사이에 '칠흑이 얼룩덜룩한freaked with jet 팬지'가 보이는 것이다. 밀턴은 셰익스피어보다 더 많은 신조어를 만들어냈다. 셰익스피어가 만든 신조어는 229개이지만 밀턴은 무려 630개를 지어냈다. 팬지의 꽃잎에 지저분하게 번진 검은 얼룩을 뜻하는 '얼룩덜룩한freaked'이 그중 하나다.

1645년의 또 다른 시집은 밀턴의 유명한 작품 「탄생 송가Nativity Ode」다. 1629년 크리스마스에 쓴 작품으로, 흔히 볼 수 있는 인자한 예수 대신 일종의 아기 헤라클레스가 나와 이교도 신들의 '저주받은 무리'를 물리친다. 그리고 시행이 짧고 내용이 가벼운 2행 연구couplet*인 「알레그로L'Allegro(기쁜 사람)」와 「펜세로소Il Penseroso(생각에 잠긴 사람)」도 이때 쓰였다. 예상할 수 있겠지만, 고독한 전원의 산책과 밤새도록 책을 읽는 삶을 상상하는 「펜세로소」가 더 밀턴다운 시다.

……한밤의 내 등불이
어딘가 높고 외로운 탑에서 보이게 하라…….
…let my lamp at midnight hour
Be seen in some high lonely tower…

밀턴은 자유를 신봉했다. 세습군주제는 터무니없는 헛소리이며 교회는 사기꾼이고 노동자들이 내는 '십일조'나 세금으로 먹고사는 주교들이 말도 안 되게 화려한 옷을 입고 살며 제 의견에 반대하는 사람들을 벌하는 특별한 교회 재판소를 운영하는 건 부조리라고 믿었다. 주교들을 비난하는 논문을 여러 편 썼는데, 모두 경멸과 혐오로 가득 차 있다. 영국 내전이 발발했을 때 그는 의회파의 편을 들었다.

불행하게도 그는 얼마 전 열여섯 살의 메리 파월과 결혼한 몸이었다. 메리 파월의 가문은 왕당파였고, 메리는 결혼한 지 한 달 만에 집으로 돌아갔다. 그래서 밀턴은 주교들을 비난하는 글을 쓰다 말고 이혼

---

* 각운을 맞춘 두 줄의 시행으로 지은 시.

이 합법화되어야 한다는 논평을 쓰기 시작했다. 이 논문들은 큰 파문을 일으켰고, 밀턴은 가장 유명한 논평인 「아레오파지티카Areopagitica」(1644년)를 써서 언론의 자유를 옹호했다.

이런 온갖 일을 하다 보니 시를 쓸 시간이 별로 남지 않았고, 곧 여유 시간은 더욱 빠듯해졌다. 왕당파가 패배한 후 메리와 파월 가문은 고개를 숙이고 돌아와 빌었고 밀턴은 너그럽게 그들을 받아주었다. 메리는 1646년과 1648년에 딸 둘을 낳았다. 그사이 의회파는 논객으로서 밀턴의 뛰어난 능력을 높이 평가해 크롬웰의 비서로 임명했다. 임무는 찰스 1세의 사형을 공개적으로 정당화하는 것이었다.

1650년대는 밀턴에게 재앙 같은 시간이었다. 메리와 막내아들은 모두 세상을 떠났다. 밀턴은 재혼했지만 두 번째 아내와 갓난아기 딸 역시 사망했다. 몇 년째 약해진 시력은 1652년 완전히 상실하게 되었다. 진심으로 쓰고 싶었던 시는 영영 쓸 수 없을 것만 같았다. 소네트 「내 빛이 어찌 사라졌는지 생각할 때면When I Consider How My Light is Spent」에서는 신의 불의에 반항해 울부짖다가 그 자신도, 또 그의 야심도 신에게는 아무런 의미가 없다는 사실을 깨닫는다.

……신에게는 필요하지 않다,
인간의 일이나 인간의 재능도. 온순하게 굴레를
견디는 자가 신을 가장 훌륭하게 섬기는 자. 그야말로
왕과 같은 상태다. 신이 명령을 내리면 수천이 달려가
쉼 없이 땅과 바다를 건너지만,
가만히 서서 기다리는 자 역시 신을 섬기는 법.
…God doth not need,
Either man's work or his own gifts, who best

Bear his mild yoke, they serve him best; his state
Is kingly. Thousands at his bidding speed
And post o'er land and ocean without rest;
They also serve who only stand and wait.

그래서 밀턴은 기다린다. 그리고 기적이 일어난다. '하늘에서 내려온 뮤즈'라고 부르는 초자연적인 여인이 밤마다 잠든 그에게 시를 들려주었다. 뮤즈가 40행 정도로 부분을 나누어 들려준 시를, 잠에서 깨어난 후에 밀턴이 옆에 있는 사람에게 불러주어 받아쓰게 했다. 이런 식으로 천천히, 여러 해에 걸쳐서 위대한 걸작이 쌓여나갔다.

우리 눈에는 하늘의 뮤즈에 대해서는 밀턴이 좀 잘못 알았고 시의 원천은 밀턴의 정신이었음이 명백해 보인다. 무의식이라고 할 수도 있겠다. 그러나 밀턴은 달리 믿었다. 「실낙원」의 서두에서 밀턴은 자신에게 시를 불러준 뮤즈가 모세에게 창세기의 영감을 주었다고 썼다. 달리 말해 성서에 덧붙인 내용이 많은 「실낙원」의 권위가 성서에 맞먹는다는 뜻이었다. 적어도 밀턴의 생각은 그러했다.

많은 독자가 사탄을 주인공으로 생각했다. 시의 서두에서 사탄은 신의 전능한 권능에 패해 천국에서 추방당하고 지옥의 불타는 호수에 사슬로 묶여 있다. 그러나 사탄은 패배를 인정하려 들지 않는다.

……전장을 잃으면 또 어떻단 말인가?
모든 것을 잃은 건 아니다. 불패의 의지,
끈질긴 복수의 열망, 불멸의 증오,
그리고 용기는 결코 굴종하지도 항복하지도 않으리.
…What though the field be lost?

All is not lost; the unconquerable will,
And study of revenge, immortal hate,
And courage never to submit or yield.

우리 모두 이 대목에서 영웅주의를 알아볼 수 있다. 그리고 이 시는 우리에게 영웅주의가 악惡일 수 있다고 가르친다.

지옥에서 탈출한 사탄은 지구로 날아올라 에덴의 아담과 이브를 보게 된다. 사탄은 그들의 아름다움에 경악하고, 그들의 무구함을 보고 흐느껴 운다. 그러나 그는 그들을 파멸시키겠다고 결심한다.

그런데 내가 그대들의 천진한 순결을 보고
이렇게 마음이 녹아내리더라도, 정당한 이성,
복수로 확장된 명예와 제국,
이 신세계를 정복하면, 이제 나는 어쩔 수 없이
저주받은 지금도, 혐오했을 만한 일을 할 수밖에 없다.
And should I at your harmless innocence
Melt, as I do, yet public reason just,
Honour and empire, with revenge enlarged,
By conquering this new world, compels me now
To do what else, though damned, I should abhor.

그리하여 사탄은 뱀으로 위장하고 이브를 꼬드겨 금지된 선악과를 먹게 만든다. 이브와 그 후손인 온 인류가 죽게 될 거라는 사실을 잘 알면서. 아담도 선악과를 먹는다. 이브가 죽음을 맞는다는 사실을 알고는 도저히 그녀를 잃고 살 수 없어서.

그대 없이 내가 어찌 살 수 있을까, 어떻게
이토록 소중히 결속된 그대와의 다정한 대화와 사랑 없이 어찌,
이 쓸쓸한 야생의 세상에서 다시 어찌 살 수 있을까?
How can I live without thee, how forgo
Thy sweet converse and love so dearly joined,
To live again in these wild woods forlorn?

신은 어째서 그런 일이 일어나게 내버려둘까? 신은 모든 걸 안다. 심지어 미래까지도. 그런데 왜 개입해서 막지 않았을까? 밀턴의 목표는 '인간에게 신의 길을 정당화하는' 일이기 때문에 이 질문들에 대답해야 한다. 그 대답은 신이 아담과 이브에게 자유의지를 주어야만 했다는 것이다. 그렇지 않았다면 인간이 아니라 로봇일 테니까(아니면 밀턴이 「아레오파지티카」에서 같은 질문을 사색할 때 쓴 표현대로 꼭두각시이거나).

밀턴이 시를 쓰고 있을 때 정치적 기류가 변했다. 크롬웰이 죽고 공화국은 붕괴하고 찰스 2세가 복위되었다. 보복의 숙청이 뒤따랐다. 찰스 1세의 사형선고장에 서명한 사람들은 잔인하게 처형당했다. 환희에 들뜬 왕당파에 에워싸인 밀턴도 잠시 투옥되었으니 최악의 사태를 두려워했을 것이다. 제7권에서 뮤즈를 부르며 밀턴은 보호를 청하고 자신을 신화 속 시인 오르페우스에 비유한다. 오르페우스는 술 취한 대중의 손에 갈기갈기 찢겨 죽는다. 어머니가 뮤즈인 칼리오페인데도 말이다.

그러나 로도페에서
트라키아의 시인을 찢어 죽인 미친 난동,
바쿠스와 추종자들의

무도한 불협화음에서 멀리 떠나가라.
그곳의 숲과 바위에는 기쁨을 듣는 귀가 달려 있었으나
야만적인 소음이 하프와 목소리를 다 덮어 죽였고,
뮤즈마저 아들을 변호할 수 없었다. 그러니 그대에게 간청하는 이를 낙심시키지 마소서.
그대는 하늘의 신이고, 그녀는 텅 빈 꿈이니.

But drive far off the barbarous dissonance
Of Bacchus and his revellers, the race
Of that wild rout that tore the Thracian bard
In Rhodope, where woods and rocks had ears
To rapture, but the savage clamour drowned
Both harp and voice, nor could the Muse defend
Her son. So fail not thou who thee implores
For thou art heavenly, she an empty dream.

「실낙원」을 비판할 수 있는 한 가지 길은 신과 신의 아들이 어떤 영적인 힘이 아니라 단순한 군사력으로 사탄을 제압했다는 것이다. 다음 시 「되찾은 낙원 Paradise Regained」은 이를 수정하기 위해 썼다고 해도 좋을 정도다. 이 시는 복음에 쓰인 대로 광야에서 예수를 유혹하는 사탄의 이야기다. 아니, 사실 복음과는 다르고 밀턴이 완전히 개작한 내용이지만, 밀턴은 여전히 자기가 묘사하는 사건들이 실제로 일어났고 다만 성경에서 삭제되었을 뿐이라고 주장한다.

은밀하게 일어난 일이고,
오랜 세월을 거치며 기록에서 누락되었다.

그토록 오래 노래로 쓰이지 않고 있었던 건 안 될 일인데.
in secret done,
And unrecorded left through many an age,
Worthy t' have not remained so long unsung.

이 시의 예수에게는 군사력이 아예 없다. 그저 신을 믿고 침착하게 홀로 광야에 선 인간일 뿐이다. 신의 권능을 휘두르지도 않고 천상에서 신의 아들로 지냈던 기억도 전혀 없다.

사탄은 예수가 누군지 모른다. 예수의 세례식에 참석해 신의 아들이라는 선포를 들었으나 그게 무슨 뜻인지 모른다. 유혹의 목적은 – 밀턴이 추가한 부분뿐 아니라 성경에 쓰인 대목에서도 – 그걸 알아내는 것이다.

그러나 사탄은 실패한다. 그리고 인내심을 잃고 예수를 성전 꼭대기에 데리고 올라가 세워놓고 쓰러져 떨어지기를 기대한다. 사탄은 비웃음을 머금고 시편 91장을 인용한다. 신이 천사를 보내 '행여 너 돌부리에 발을 다칠세라 천사들의 손으로 떠받고 가리라'는 구절이다. 차분하게 화답한 예수는 성경 인용을 돌려준다.

'또한 쓰여 있기를,
그대의 하느님인 주님을 시험하지 말지어다', 그는 이렇게 말하고 일어나 버텼다.
그러나 사탄은 경악에 빠져 추락했다.
'Also it is written,
Tempt not the Lord thy God', he said and stood.
But Satan smitten with amazement fell.

사탄이 추락하는 이유는, 예수가 인용한 성경 말씀(신명기 6장 16절)이 예수는 성전의 꼭대기에 신과 단둘이 있다는 의미이기 때문이다. 천국의 전쟁에서 그를 패퇴시킨 신과 함께 말이다. 그러나 예수의 말뜻이 신성을 주장하는 것인지는 우리가 알 수 없다. 예수는 사탄에게 손가락 하나도 대지 않았고, 신에게 절대적 믿음을 갖고 있기에 어지러운 꼭대기에서 버틸 수 있었다. 아담과 이브에게는 이러한 절대적 신앙이 없었다.

밀턴의 두 번째 걸작 「투사 삼손Samson Agonistes」은 1671년에 「되찾은 낙원」과 함께 출간되었다. 그러나 집필은 그보다 일렀을 수도 있다. 이 시는 판관기에 나오는 삼손의 일화를 다루고 있으나 그리스 비극의 법칙을 따른다. 행위는 삼손의 생애 마지막 하루로 국한된다. 그리고 원형경기장의 기둥을 무너뜨려 자신을 노예로 만들고 눈을 멀게 한 블레셋 사람들과 함께 자살하는 장면에서 절정을 맞는다.

밀턴은 삼손의 입을 빌려 시력상실에 대해 한없이 쓰라린 비탄을 읊조린다.

아 불타는 정오 한가운데 어둡고, 어둡고, 어둡다.
돌이킬 수 없이 어둡다,
낮의 희망을 모두 잃은 완전 일식……
태양은 내게 어둡고
달처럼 고요하다,
그녀 그믐의 텅 빈 동굴에 숨겨진
밤을 버릴 때.
O dark, dark, dark, amid the blaze of noon.
Irrecoverably dark, total eclipse

Without all hope of day…
The sun to me is dark
And silent as the moon,
When she deserts the night
Hid in her vacant interlunar cave.

예전에는 삼손의 블레셋인 학살이 승리한 왕당파를 향한 밀턴의 복수를 대신한다고 해석했다. 어쩌면 그럴지도 모른다. 그러나 드라마의 마지막에 삼손의 아버지 마노아가 학살을 보고 크게 기뻐하는 장면은 끔찍한 장면을 목격한 사람의 증언과는 완전히 다르다.

아 어디로 달려가야 할까, 어느 쪽으로 도망쳐야 할까,
이 무시무시한 풍광으로부터…….
O whither shall I run, or which way fly
The sight of this so horrid spectacle…

어쩌면 아무리 적이라도 학살에 기뻐하지 말라는 경고일지 모른다. 그리고 이는 의회파 장군 페어팩스에게 바친 소네트에서 밀턴이 했던 경고를 상기시킨다.

하지만 전쟁이 끝없는 전쟁 외에 그 무엇을 낳을 수 있으랴.
For what can war but endless war still breed?

CHAPTER 14

신고전주의 시대

드라이든, 포프, 스위프트, 존슨, 골드스미스

소위 신고전주의 시대는 1680년대부터 1740년대까지 이어진다. 누구의 기준을 따르느냐에 따라 달라지지만 말이다. 17세기 말 영국의 권력 기반은 왕의 궁정에서 의회로 옮겨갔고, 새로운 시대에는 정당이 형성되고 정치적 보복이 성행했다. 동시에 소설이 쓰였고 순회도서관이 시작되었다. 커피하우스(역시 새로운 문물이었다)에서는 신문과 잡지를 두고 논쟁이 벌어졌다. 읽을거리에 대한 욕구가 생겨났다는 것은 작가들이 펜으로 살 수 있게 되었다는 의미였다. 그럽 스트리트Grub Street*가 탄생했고 만화가들은 다락방에서 배를 곯는 시인들을 그렸다.

그러나 신고전주의를 선도한 두 시인, 존 드라이든John Dryden(1631~1700)과 알렉산더 포프Alexander Pope(1688~1744)는 배를 곯지 않았다. 둘 다

* 런던에서 가난한 작가와 언론인이 모여 산 거리의 이름.

정치풍자를 썼고, 이는 위험한 일이었다. 드라이든은 로체스터 백작 존 윌모트가 고용한 깡패들에게 폭행을 당했다. 포프는 산책할 때마다 실탄이 장전된 권총 두 정을 들고 초대형 사냥개인 그레이트데인을 데리고 다녔다. 시인으로서 두 사람은 완전히 달랐지만, 둘 다 대체로 '영웅 2행 연구heroic couplets'(2행씩 각운을 맞춘 10음절의 시행으로 이루어진 시) 양식의 시를 썼다. 또한 아우구스투스의 이름을 딴 신고전주의자로 불렸으나 고대 로마 아우구스투스 시대의 시인들과는 전혀 달랐다.

드라이든의 가장 유명한 시 「압살롬과 아키토펠Absalom and Achitophel」(1681년)은 찰스 2세의 형제인 로마 가톨릭 제임스를 왕위 승계 서열에서 배제하려는 의회의 시도를 풍자한 시다. 그러니까 국가의 운명을 바꾸려는 의도로 공적 논쟁에 직접 개입한 셈이고, 그런 면에서 그 이전에도 그 이후에도 영시에서 비슷한 사례를 찾을 수 없다.

드라이든은 구약성서의 일화를 기반으로 풍자를 썼다. 찰스 2세는 다윗 왕, 찰스의 혼외자인 몬머스 공작은 압살롬이다. 그리고 아키토펠은 개신교도였던 몬머스를 왕좌에 앉히고자 했던 반가톨릭주의자 샤프트베리 백작이었다. 드라이든은 샤프트베리 백작을 위험하고 복잡한 인물로 그린다. 어떤 면에서는 밀턴이 쓴 사탄과 조금 유사하다.

이들 중 거짓된 아키토펠이 제일 먼저로,
그 이름은 대대손손 저주를 받을지어다,
정교한 음모와 일그러진 조언에 어울리고
현명하고 대담하고 요동치는 재기의 소유자,
한시도 가만히 있지 못하고, 원칙과 장소에 얽매이지 않고
권력을 가져도 기뻐하지 않고, 굴욕을 참지 못하고
제 길을 꾸며내며, 그 난쟁이 같은 몸이 썩도록

닦달하는 불의 영혼이 흙으로 빚은 몸뚱어리에 너무 많은 정보를 채웠네.

Of these the false Achitophel was first,
A name to all succeeding ages cursed,
For close designs and crooked counsels fit,
Sagacious, bold, and turbulent of wit,
Restless, unfixed in principles and place,
In power unpleased, impatient of disgrace,
A fiery soul which, working out its way,
Fretted the pygmy body to decay,
And o'er informed the tenement of clay.

뛰어난 재능을 지닌 드라이든은 최초의 계관시인이 되었고, 이제는 잊힌 당대의 시사적 문제를 주제로 대부분의 글을 쓰지 않았더라면 오늘날 더 높은 명성을 떨쳤을 것이다.

포프도 시사적인 사건에 대한 글을 썼지만, 우리가 여전히 알아볼 수 있는 보편적인 전형을 창조하는 편이었다. 또한 드라이든보다 관능적이고 격정적이었다. 포프는 열두 살 때부터 골결핵을 앓아 몸이 기형으로 자랐고 발육이 부진했다. 똑바로 서려면 몸통을 코르셋으로 꽁꽁 묶어야 했고 만성통증에 시달렸다. 적들은 드러내놓고 그의 장애를 조롱했다. 부모가 가톨릭교도였기 때문에 법적으로 일반 학교에 진학하거나 대학에 갈 수 없었다.

시련을 겪고 자란 그는 고통받는 존재를 연민하게 되었다. 성미 급한 스포츠맨들이 쏘아 떨어뜨린 종달새들을 보며 슬퍼했다. '새들은 작은 목숨들을 공중에 남겨둔 채 낙하한다.'

거미의 손길, 얼마나 정교하게 섬세한가!
실 한 가닥 한 가닥을 촉각으로 느끼며 줄을 따라 산다.
The spider's touch, how exquisitely fine!
Feels at each thread, and lives along the line.

혹은 「코무스」에 나오는 밀턴의 벌레들을 연상시킬 때도 있다.

그러니 작은 누에는 그 가녀린 실타래를 짜내고
구름처럼 모든 걸 덮어버릴 때까지 일하네.
So spins the silkworm small its slender store,
And labours, 'till it clouds itself all o'er.

그러나 야만적으로 될 때도 있다. 최악으로 잔인한 초상을 들자면, 「아버스노트 박사에게 보내는 서한An Epistle to Dr Arbuthnot」에서 하비 경이라는 궁정 기사를 묘사한 부분이 있다. 포프는 하비 경의 친구인 존 아버스노트가 끼어들어 그렇게 무의미한 존재에게 풍자를 낭비하지 말라고 말하게 함으로써 독설의 강도를 높였다.

스포루스를 떨게 하라 – '뭐라고? 저 실크로 된 물건 말인가?
스포루스, 저 하찮은, 시허연 노새 우유 커드 같은 놈?
풍자 혹은 분별, 안타깝구나, 스포루스는 느낄 수 있는가?
누가 바퀴 위에 나비를 짓이기는가?' –
그러니 내가 금칠한 날개로 이 벌레를 파닥거리게 해다오,
악취 풍기고 침으로 쏘는, 색칠한 흙의 자식,
재사와 정의로운 일을 모두 짜증나게 만드는 윙윙 소리,

그러나 위트는 맛을 보지 않고 아름다움도 즐기지 않는다…….
Let Sporus tremble – 'What? That thing of silk?
Sporus, that mere white curd of ass's milk?
Satire, or sense, alas, can Sporus feel?
Who breaks a butterfly upon a wheel?' –
Yet let me flap this bug with gilded wings,
This painted child of dirt that stinks and stings,
Whose buzz the witty and the fair annoys,
Yet wit ne'er tastes and beauty ne'er enjoys…

그러나 이 독설은 악의적일 뿐 아니라 부정확하기도 했다. 헨리 하비는 결혼해서 슬하에 여덟 명의 자식을 두었으며, 바람도 여러 번 피웠기 때문이다.

포프의 걸작 「머리카락의 강간The Rape of the Lock」에서는 풍자와 연민이 뒤섞인다. 1711년, 당시 스무 살이었던 성미 급한 바람둥이 피터 경이 젊은 사교계 미녀의 머리카락을 가위로 잘라 큰 풍파를 일으켰다. 이 시에서 그 여성의 이름은 '벨린다'이다. 그러나 실제 삶에서는 열여섯 살의 애러벨라 퍼머였다. 다친 감정을 진정시키고 객관적으로 상황을 조감하기 위해 포프는 유사영웅시 스타일로 시를 썼다. 벨린다는 실프라는 요정 무리의 수호를 받고 화장대는 이국적인 보물로 가득 차 있다.

이 함에 인도의 빛나는 보석들을 담고
저 상자에서는 아라비아 전체가 숨 쉬며
여기에는 거북과 코끼리가 합체하여

빗으로 변했네, 얼룩 빗과 흰색 빗.

This casket India's glowing gems unlocks,
And all Arabia breathes from yonder box,
The tortoise here and elephant unite,
Transformed to combs, the speckled and the white.

이것은 부와 사치, 상업 제국 영국의 팽창에 바치는 찬가다. 보통은 포프의 비난을 살 만한 주제들이 모두 여기서는 그를 매혹한다.

경박한 벨린다를 바라보는 포프의 태도는 이중적이다. 어지러운 화장대에 '성경'을 슬쩍 끼워 넣은 건 – '퍼프, 분, 패치, 성경, 연애편지들' – 신성한 것들을 홀대하는 벨린다를 비난하려는 의도처럼 보인다. 그러나 벨린다가 카드 게임을 위풍당당하게 관장하는 모습을 묘사할 때는 그 자신도 신성한 성물을 써서 농담을 한다. '스페이드가 트럼프 패가 되도록 하라, 그녀가 말하자 그리되었다'라는 표현은 창세기 1장 31절 '빛이 있으라, 신이 말하자 그리되었다'의 패러디이다. 유사영웅시의 구조는 진지함을 웃음거리로 삼는다. 실프의 공기 같은 몸은 밀턴의 「실낙원」에 나오는 천사들처럼 상처가 나도 저절로 치유된다.

벨린다는 순결에 대해서도 크게 신경 쓰지 않는 것처럼 보인다. 피터를 꾸짖을 때도 그녀는 성적인 여지를 두며, 심지어 추파를 던지는 듯하다.

아, 잔인하군요, 그대가 좀 눈에 덜 띄는 털을
움켜쥐는 데서 만족했더라면, 아니 이 머리카락 말고 그 어떤 털이라도 괜찮았을 텐데!

Oh hadst thou, cruel, been content to seize
Hairs less in sight, or any hairs but these!

포프는 이것도 벨린다의 매력이라고 암시한다. 그러나 「여자들의 성격에 대한 서한Epistle of the Characters of Women」에서 젊은 바람둥이들과 그네들의 미래를 바라보는 태도는 그렇게 너그럽지 못하다.

세계가 노장들에게 어떻게 보답하는지 보라!
경박한 놀이로 보낸 청춘, 카드로 보내는 노년,
어떤 목표에도 정의롭지 못하고, 아무 목적 없이 기교가 뛰어나고
애인 없는 젊음, 친구 없는 늙음,
꾸미는 데 열정을 바치지만, 돌아오는 보상은 술고래,
살아 있을 때는, 웃음거리이고, 죽어서는, 잊힌다.
See how the world its veterans rewards!
A youth of frolics, an old age of cards,
Fair to no purpose, artful to no end,
Young without lovers, old without a friend,
A fop their passion, but their prize a sot,
Alive, ridiculous, and dead, forgot.

「코브험에게 보내는 서한Epistle to Cobham」(포프의 말로는 사실에 근거했다고 한다)에 나오는 죽음의 장면은 여자가 마지막까지 허영을 포기하지 않는 신조로 표현한다.

'흉측해라! 울이라니! 성자라도 도발할 거야!'

그게 불쌍한 나르시사가 마지막으로 내뱉은 말이었다.

'아니! 매력적인 친츠*와 브뤼셀 레이스가

내 차가운 팔다리를 휘감고 생명 없는 얼굴에 그늘을 드리우게 해줘.

당연한 말이지만, 죽고 나서 끔찍한 몰골이 되길 원하는 사람이 어디 있어 –

그리고 – 베티 – 이 뺨을 살짝 붉게 칠해줘.'

'Odious! In woollen! 'Twould a saint provoke!'

Were the last words that poor Narcissa spoke,

'No! Let a charming chintz, and Brussels lace,

Wrap my cold limbs and shade my lifeless face:

One would not, sure, be frightful when one's dead –

And – Betty – give this cheek a little red.'

포프는 사랑에 빠진 적이 있을까? 그렇다. 마사 블라운트를 사랑했던 것 같다. 그녀는 가톨릭 상류 계급으로, 1705년 둘 다 10대였을 때 만났다. 마사 블라운트는 파리에서 교육을 받았고, 포프는 그녀를 위해 시 한 편을 써서 볼테르 문집과 함께 보냈다. 그리고 「머리카락의 강간」도 보냈다. 「대관식 이후 도시를 떠나는 미스 블라운트에게 보내는 서한Epistle to Miss Blount on her Leaving the Town after the Coronation」에서 포프는 자신이 그녀의 '노예'라면서 런던의 북새통 가운데 '멍하니 넋을 잃고' 서서 그녀를 생각하고 있다고 토로한다. 포프는 유언장을 통해 그녀에게 자신의 책들과 1,000파운드를 남겼다. 그 당시에는 거액이었다. 두 사람이 연인이었는지는 확인할 수 없다.

* 작은 무늬를 화려하게 날염한 평직 면포.

포프는 스스로 도덕주의자라고 여겼다.

내가 어떤 자극을 받았는지 물어보는 거요?
악을 향한 선의 강력한 반발심.
진실이나 미덕이 모독을 당하면,
그 모욕은 내 것이요, 친구여, 그리고 당신 것이기도 해야 한다오……
그래요, 나는 오만하오,
신을 두려워하지 않는 인간이, 나를 두려워하게 만들려면
오만해야만 한다오.
Ask you what provocation I have had?
The strong antipathy of good to bad.
When truth or virtue an affront endures,
The affront is mine, my friend, and should be yours...
Yes, I am proud, I must be proud to see
Men not afraid of God, afraid of me.

아마 이것이, 일부 풍자시의 잔인함을 스스로 정당화하는 논리였던 모양이다.

포프는 도덕주의자였지만, 그 이전에 시인이었다. 그리고 시인으로서 자신이 비난해야 할 대상에 매료되곤 했다. 「머리카락의 강간」에서도 그렇고, 「바보열전The Dunciad」에서도 이런 일이 일어난다. '멍청함'에 대한 풍자로 계획된 포프의 유사서사시는 동시대의 작가를 떼로 모아 – 그가 알고 또 경멸했던 작가들 – 영웅서사시 놀이를 음탕하게 패러디한 글 속에서 신랄하게 비판한다. 작가들은 배설물 속에서 몸을 뒤척이고 '김이 펄펄 나는' 소변 물줄기를 허공으로 뿌리고 템스 강의

끔찍하게 오염된 진흙탕에 다이빙하기 경연을 벌인다.

포프는 거침없이 이런 장면을 묘사하는데, 상당히 설득력 있는 일설에 따르면 「바보열전」은 동세대 작가들에 대한 비판이라기보다 신고전주의 문화의 특성에서 탈출구를 찾고자 하는 시도라고도 한다. 그 덕분에 포프는 똥과 육체성에 수치나 금제가 없었던 어린 시절의 세계에 가닿을 수 있었다. 글을 모르는 유아기로 돌아감으로써 포프는 언제나 매혹을 느꼈던 베들람 정신병원과 광기, 그리고 프로이트의 무의식에 가까이 다가갔다.

육체의 기능에 대한 혐오와 매혹의 혼재는 조너선 스위프트Jonathan Swift(1667~1745)의 글에서도 자주 눈에 띈다. 특히 「침소에 드는 아름다운 젊은 님프A Beautiful Young Nymph Going to Bed」와 같은 시에서는 잔인하리만큼 명백하다. 그러나 독보적으로 눈에 띄는 스위프트의 시 두 편은 「그 아침의 묘사A Description of the Morning」와 「도시에 내린 소나기의 묘사A Description of a City Shower」다. 두 편 모두에서 스위프트는 일상의 사물에 주목한다. 아침 풍경에서는 거리의 노점상이 호객 행위를 하고 '몰'은 능란하게 빗자루를 휘두르며 '현관과 계단을 청소할 준비를 한다', 그리고

……베티는 주인의 침대에서 재빨리 도망쳐
살금살금 몰래 돌아가 제 잠자리를 흐트러뜨린다.
…Betty from her master's bed has flown,
And softly stole to discompose her own.

두 번째 시에서 비를 예감한 고양이들은 '사색'에 잠긴다. '무뚝뚝한 수전은 빨랫줄에 걸린 빨랫감을 걷고' 치맛자락을 걷어 올린 재봉

사는 '다급한 발걸음'으로 걷고, '물줄기가 기름 먹인 우산을 타고 흘러내린다'.

새뮤얼 존슨Samuel Johnson(1709~1784)은 1737년 런던에 왔을 때 이름 없고 가난한 시골 소년이었고, 그의 시 「런던London」(1738년)은 대도시에서 가난한 사람들이 마주치는 경멸과 학대와 신체적 위협을 그리고 있다. 런던에서 '모든 범죄는 안전했으나 가난은 미움을 받았다'. 이 시는 고대 로마의 풍자 시인 유베날리스를 본떠 썼고, 이는 존슨의 「인간 소망의 헛됨The Vanity of Human Wishes」(1749년) 역시 마찬가지다. 이 시는 희망을 풍자의 대상으로 삼는다. 존슨에게 희망은 미덕이 아니라 저주다. 희생자들을 속여 거창한 야심을 품게 만들기 때문이다. 아무리 성공하더라도 수난은 피할 수 없는 보편성이라고 존슨은 경고한다.

그러나 슬픔이나 위험에서 자유로운 삶을 꿈꾸지 말라,
그대를 위해 인간의 운명이 역전되리라는 생각도 집어치워라!
Yet hope not life from grief or danger free,
Nor think the doom of man reversed for thee!

오만과 영예에 대한 존슨의 (아주 영국적인) 혐오는 「로버트 레빗 박사의 죽음에 부쳐On the Death of Dr Robert Levett」에서 사적인 표현을 찾는다. 이 시는 런던의 빈자들 가운데서 치료비조차 사양하며 일했던 수줍은 무명의 의사를 추모한다. 종지부에서 재능의 우화를 언급하는 대목에 존슨의 깊은 기독교 신앙이 투영된다.

그의 미덕은 좁고 둥근 길을 빙빙 돌아 걸었고
쉬지도 않았고, 여백을 남기지도 않았다,

분명 영원한 주군은
그 하나의 재능이 훌륭하게 사용되었음을 알았다.
His virtues walked their narrow round,
Nor made a pause, nor left a void,
And sure the Eternal Master found
The single talent well employed.

오만과 화려한 영예는 올리버 골드스미스Oliver Goldsmith(1728~1774)의 표적이기도 했다. 아일랜드 목사의 아들이었던 올리버 골드스미스는 존슨의 계파였고 유명한 희극 「그녀는 정복하고자 허리를 굽히네She Stoops to Conquer」를 썼다. 시 「버려진 마을The Deserted Village」은 18세기에 막대한 부를 지닌 대부호들 사이에서 벌어진 광적인 정원 조경 열풍을 바라본다. 이 광풍은 오늘날 우리가 찾아가서 경탄하며 구경하는 영국 내셔널트러스트의 문화유산을 만들어냈다. 이 거대하고 쓸모없는 쾌락의 정원을 창조하기 위해서, 유서 깊은 마을들이 철거되고 부드러운 리듬을 지녔던 시골의 삶이 촛불처럼 허망하게 꺼졌다. 그리고 생존자들은 무수한 이민자의 대열에 합류해 미국의 황야에서 불안한 미래를 맞게 된다. 그 시의 마을('오번Auburn')은 1756년 제1대 하코트 백작이 철거해 다른 곳으로 옮긴 옥스퍼드 근교의 뉴넘커트네이였을지도 모른다. 하코트 백작은 그 자리에 '유능'이라는 별명을 지녔던 브라운이 설계한, 사냥터가 딸린 아테네 신전 풍의 빌라를 지었다.

그러나 희생자에게 연민을 표하면서도 골드스미스는 시골 생활의 한계를 지적하지 않을 수 없었다. 몇 마디 안 되는 시구에서 촌철살인으로 포착하고 비판하는 것이다. 이를테면 '텅 빈 정신을 말하는 시끌벅적한 웃음소리'라는 표현이라든가 학교 선생의 말을 들을 때 마을 사람들이 '그 작은 머리에 그가 아는 모든 걸 어떻게 다 담고 다닐까' 궁금해하는 대목이 그러하다. 이런 비웃음의 요소까지 품은 이 시는 신고전주의 시를 떠받친 두 대들보인 도덕주의와 조롱을 아우른다.

CHAPTER 15

또 다른 18세기

몬태규, 에저튼, 핀치, 톨레트, 리퍼, 이어즐리, 바볼드, 블래마이어,
베일리, 위틀리, 덕, 클레어, 톰슨, 쿠퍼, 크래브, 그레이, 스마트

신고전주의 문학사를 설명할 때는 여성 작가들을 빠뜨리는 경우가 많지만, 18세기에는 그 어느 때보다 더 많은 여성 작가의 작품이 출간되었다. 영국에서 가장 유명한 여성 시인은 레이디 메리 워틀리 몬태규Lady Mary Wortley Montagu(1689~1762)였다. 귀족 가문에서 태어나 어린 시절 라틴어를 독학하고 열다섯 살 때에는 이미 앨범 두 권을 시로 가득 채웠다. 그녀의 남편은 대영제국의 콘스탄티노플 대사가 되었고, 노골적인 묘사가 담긴 『대사관 서한집Embassy Letters』에는 오토만 여성들의 아름다움과 환대, 그리고 직접 터키탕을 체험한 기록이 담겨 있다. 터키탕에서는 그녀의 코르셋이 굉장한 놀림감이 되었고, 서구의 남자들이 여성을 가두기 위해 만든 동물 우리 취급을 받았다고 한다.

몬태규는 터키 사람들로부터 수두 예방법을 배워 자식들에게 접종했으며, 웨일스 공비 캐롤라인도 그렇게 하도록 설득했다. 몬태규의

「소도시의 목가Town Eclogues」에는 수두의 희생자인 '불쌍한 플라비아'가 망가진 미모를 슬퍼하는 장면이 나온다. 그러나 어렸을 때 수두를 앓은 적이 있는데도 몬태규의 초상화들에는 흉터가 하나도 그려져 있지 않다. 아마 모델의 비위를 맞추려고 생략했을 것이다. 훗날 몬태규는 유럽을 여행하며 프란체스코 안가로티 백작과 연인이 되어 베네치아에서 함께 살았다.

사라 파이지 에저튼Sarah Fyge Egerton(1668~1723)은 「여성의 옹호The Female Advocate」를 쓴 열네 살 때 처음 명성을 얻었다. 이 글은 왕정복고 시대의 시인 로버트 굴드Robert Gould가 쓴 여성 풍자에 대한 반박문이었다. 여성이 오만하고 정욕 넘치며 변덕이 심하다는 굴드의 주장을 거부하고 여자가 우월하다고 논하면서, 남자들이야말로 '보잘것없는 불임의 성'이라고 주장했다. 「경쟁심Emulation」 같은 후기 시는 여성의 교육을 부정하고 여성을 '모든 면에서 노예'로 만드는 '폭군 같은 인습'을 비난한다.

페미니즘을 지지하고 여성의 정신적·영적 동등성을 주장한 다른 여성 작가로는 윈첼시 백작 부인 앤 핀치Anne Finch(1661~1720)와 엘리자베스 톨레트Elizabeth Tollet(1694~1754)가 있다. 이들은 종교적이고 철학적인 시를 썼을 뿐 아니라 고전을 번역하고 교육받은 여성을 두려워하는 남성을 비웃었다. 메리 리퍼Mary Leapor(1722~1746) 역시 같은 논지를 폈으나, 실제로는 정규교육을 거의 받지 못했다. 정원사의 딸이었던 리퍼는 주방의 하녀로 일하면서 여기저기서 지식을 주워 독학했다. 근무시간에 읽고 쓴다는 이유로 해고당한 적도 있다. 「여성에 관하여Essay on Women」라는 에세이는 교육받은 여자가 남성과 여성 모두에게서 기피 대상이 되는 현상에 주목한다.

젊은 여인들은 악의에 찬 눈길을 보내고
남자들은 그토록 현명한 님프를 보고 당황하네.
The damsels view her with malignant eyes,
The men are vexed to find a nymph so wise.

리퍼는 젊은 나이에 홍역으로 세상을 떠났고, 그녀의 시는 친구의 손을 거쳐 사후에 출간되었다. 노동계급의 여성 작가로 『노예제도의 비인간성에 관한 시A Poem on the Inhumanity of the Slave Trade』(1788년)를 비롯해 네 권의 시집을 출간한 브리스톨의 젖 짜는 하녀 앤 이어즐리Ann Yearsley(1752~1806)도 있다. 「무관심한 양치기 처녀가 콜린에게The Indifferent Shepherdess to Colin」에서 화자는 자신을 결혼의 덫에 빠지게 만들 수 있다고 자신하는 연인을 꾸짖는다.

애첩이 되느니
차라리 심장이 부서지는 게 나아요,
난 일말의 관심도 없고
그대를 위해 덫을 놓을 생각도 없어요.
집에 가요, 나의 친구, 그리고
사랑과 자유를 위해 얼굴을 붉혀요.
My heart shall sooner break
Than I a minion prove,
Nor care I half a rush,
No snare I spread for thee;
Go home, my friend, and blush
For love and liberty.

하지만 이어즐리는 어느 자작농과 결혼해 슬하에 여섯 자녀를 두었다.

신고전주의뿐 아니라 낭만주의의 해설에서도 여성 작가들이 생략되기 일쑤다. 그러나 여성 작가의 역할은 결정적이다. 애나 래티시아 바볼드Anna Laetitia Barbauld(1743~1825)는 남편과 함께 1785년 혁명 중인 프랑스를 여행했고, 열띤 반응을 보여 워즈워스와 콜리지에게 영감을 주었다. 비록 훗날 두 사람이 바볼드에게 등을 돌렸지만 말이다. 바볼드의 시 「일천팔백십일년Eighteen Hundred and Eleven」(1812년)은 유베날리스 풍의 풍자시로 프랑스와의 전쟁을 비난하고 영국의 코앞에 재앙이 닥쳐왔다고 경고한다('지진의 충격과 같은 패망이 여기 도래했다'). 그런 일은 일어나지 않았지만, 미국이 세계의 패권국가로 영국을 대체하리라는 이 시의 예언은 당시 우스갯소리로 여겨졌으나 결국 현실이 되었다. 이제는 걸작으로 인정받게 된 이 시는 당시 끔찍하게 잔인한 비판에 맞닥뜨렸고, 바볼드는 살아생전 다시는 작품을 출판하지 않았다.

낭만주의는 혁명적 변화에 대한 요구와 변함없는 자연에 대한 욕망 사이에서 갈등을 일으킨다. 잉글랜드 컴브리아의 시인 수자나 블래마이어Susanna Blamire(1747~1794)의 시에서는 자연이 승리한다. 블래마이어는 낭만주의 시대의 가장 위대한 여성 시인이라는 평가를 받지만, 시를 거의 출간하지 않았고 사적으로 지인들 사이에서 돌려보게 했다. 블래마이어는 집 밖으로 나가 정원의 시냇가에서 글을 쓰기를 좋아했고, 가끔은 기타나 플래절렛flageolet*을 연주하고, 시를 써서 나무에 붙여놓곤 했다. 가장 사랑받는 작품 「스토클워스Stoklewath」는 컴브리아에 있는 어느 마을의 삶을 그리면서, 이를 자연과 조화를 이루고 산다는

* 플루트 계통의 목관악기.

점에서 비슷한 미국의 토착원주민 공동체의 삶에 비유했다(미국 독립 전쟁에서 돌아온 노병의 기록을 참조한 것이다). 「수녀의 귀환The Nun's Return」(1790년)은 프랑스 혁명에 열렬한 지지를 표하며, 훨씬 전작으로 스무 살 때 사랑에 실패하고 쓴 「행복한 청년을 위한 애도Lament for the Happy Swain」는 워즈워스와 콜리지가 태어나기도 전에 이미 낭만주의를 예고했다는 평가를 받는다.

더 젊은 낭만주의자로 시인 겸 희곡작가인 조애너 베일리Joanna Baillie(1762~1851)는 부모님이 런던으로 이주하기 전 스코틀랜드의 전원을 배회하던 어린 시절의 기억을 되살려 상상의 세계를 구축했다. 스코틀랜드 교회 목사의 딸이었던 베일리는 고집이 셌다. 기억할 만한 시는 「잠에서 깨어나는 갓난아이에게 어머니가 하는 말A Mother to Her Waking Infant」이다. 이 시에서 어머니는 생각과 말과 타인을 위한 배려 같은 인간의 자질이 안타깝게도 없는 갓난아기를 경멸한다. 이 시는 아기들을 보고 감상을 쏟는 유의 태도에 강력한 해독제 노릇을 한다.

이어즐리와 같은 페미니스트 시인들은 노예제도에 반대하는 목소리를 높이며 캠페인을 벌였지만 필리스 위틀리Phillis Wheatley(1753~1784)는 실제로 노예 출신으로, 최초로 이름을 떨친 아프리카계 미국인 여성 시인이다. 서아프리카에서 태어나 일곱 살 때 노예로 팔려 미국으로 실려 간 위틀리는 보스턴의 부유한 가문에 하녀로 팔려 가서 교육을 받았다. 위틀리는 열두 살 때 라틴어와 그리스어 고전을 읽었고 보스턴 가문 사람을 따라 런던으로 여행했으며 그곳에서 『종교적이고 윤리적인 주제에 관한 시Poems on Subjects Religious and Moral』를 출간했다. 보스턴에서는 이 시집을 출간해줄 출판사를 찾을 수 없었던 탓이다. 영국 문단의 지도자들로부터 환영받은 위틀리는 조지 3세를 알현할 허락을 받았지만, 실제로 알현이 성사되기 전에 미국으로 돌아왔다. 이후 보스턴의 가족과 계속 함께 살면서 독실한 기독교인이 되었고, 「아프리카에서 아메리카로 끌려온 이야기On Being Brought from Africa to America」와 같은 시에서는 같은 기독교인들을 훈계하고 있다.

기억하세요, 기독교인들이여, 카인처럼 검은 니그로들도
정제되어 천사의 대열에 합류할 수 있답니다.
Remember, Christians, Negroes, black as Cain,
May be refined, and join the angelic train.

이처럼 독보적인 위틀리의 사연에 대적할 남자 시인은 찾아볼 수 없다. 그러나 18세기 계급구조의 장애물을 뛰어넘은 시인으로는 스티븐 덕Stephen Duck(1705~1756)이 있다. 윌트셔 농경 노동자 가문에서 태어난 덕은 열세 살 때 자선 학교를 박차고 나와 밭일을 했다. 그의 시 「도리깨질하는 사람의 노동The Thresher's Labour」(1730년)은 잔혹한 노동조건을 강력하게 묘사하고 있다. 이 시는 교육을 받지 않은 타고난 천재의 산물로 인정받았고 노동계급 작가들이 일상을 묘사하는 새로운 장르를 개척했다. 덕은 캐롤라인 왕비의 후원을 받았고, 서품을 받았으며, 서리의 바이플릿 목사로 임명되었다.

다음 세기에서 더 위대한 시인인 존 클레어John Clare(1793~1864)가 나타나 빛을 발하지 않았다면, '농부 시인'의 위상을 차지한 덕이 지금보다 더 유명해졌을지 모른다. 노동자의 아들인 존 클레어는 어렸을 때부터 농경 노동자가 되었다. 노샘프턴셔 방언으로 표준 문법과 철자법을 무시하고 글을 쓴 클레어는 자연과 야생의 생물, 즉 새, 곤충, 동물을 그 어떤 낭만주의 시인보다도 예리하고 날카롭게 관찰했다. 가장 유명한 시 「나는 존재한다 – 그러나 내가 누구인지 아무도 신경 쓰지 않고 알지도 못한다I am–yet what I am none cares or knows」는 노샘프턴 종합정신병원에 입원해 있을 때 쓴 말년의 작품이다.

클레어처럼 독보적인 시인이 제임스 톰슨James Thomson(1700~1748)의 「사계절The Seasons」을 읽고 시의 매력에 빠져들었다니 신기한 일이다. 밀턴의 무운시無韻詩, blank verse와 난해한 시적 표현을 형편없이 모방한 작품이기 때문이다. 그러나 톰슨의 시는 굉장히 인기가 있었고, 클레어뿐 아니라 요제프 하이든과 화가인 토머스 게인즈버러, J. M. W. 터너에게도 영감을 주었다.

좀 더 독창적인 시인 윌리엄 쿠퍼William Cowper(1731~1800)는 의식의 흐름에 가까운, 특유의 두서없는 대화체로 쓴 여섯 권짜리 무운시 「작업The Task」(1785년)으로 영시에 새로운 방향성을 제시했다. 다양한 주제를 놓고 자신의 견해를 메들리로 엮은 글로서 노예제의 폐단, 피비린내 나는 스포츠의 잔인함, 정원 가꾸기, 신의 섭리, 전원생활의 기쁨('신이 전원을 만들었고, 인간이 도시를 지었다') 등을 다루고 있다. 제인 오스틴은 소설에서 이 시를 자주 인용했고, 그 격 없는 소탈함이 낭만주의 시의 자양분이 되었다. 콜리지는 그 '신성한 잡담'을 사랑했다.

사제의 아들인 쿠퍼는 두 차례에 걸쳐 광기의 시간을 보냈는데, 자신이 인간 중에서 특별히 뽑혀 영원한 저주를 받을 몸이라는 믿음에 시달렸던 탓이다. 이것은 그의 시 「조난자The Castaway」의 주제다. 이는 쿠퍼가 읽은 실제 사건을 다룬 시로, 갑판에서 파도에 휩쓸린 한 선원이 지독한 사투와 구조 요청 끝에 결국 익사하는 이야기다. 죽음을 앞둔 남자의 끔찍한 수난이 시의 대부분을 차지한다. 그러나 마지막에 쿠퍼는 그 선원의 운명을 자기 운명에 빗댄다.

우리는 사멸했다, 각자 혼자서,

그러나 나는 그보다 더 험한 바다 밑에 있고
더 깊은 만에 에워싸여 있었다.
We perished, each alone,
But I beneath a rougher sea
And whelmed in deeper gulfs than he.

이러한 자기 연민은 숨이 막힐 정도이고, 이는 쿠퍼의 광기가 얼마나 깊었는지를 보여준다.

조지 크래브George Crabbe(1754~1832)는 「마을The Village」(1783년)에서 시의 또 다른 방향을 찾는다. 크래브는 외과의사였다가 목사가 되었기에, 삶의 가장 기초적 면모를 보았다. 그는 냉소를 섞어 '시골의 안락을 찾는 온화한 영혼들'을 시의 독자로 상정한다. 그리고 중·하층 계급의 시골 생활에 대해 현실적인 묘사를 한다. 바이런은 크래브를 '자연을 가장 엄격하게, 그러나 최고로 잘 그리는 화가'라고 일컬었다. 크래브는 결과적으로 영웅 2행 연구로 단편을 쓴 셈이 되었고, 이 같은 서사 쪽으로의 방향 전환은 소설 읽기와 순회도서관이 시의 독자층을 상당 부분 잠식한 새로운 시대상을 보여준다.

한편 후대의 사유와 언어에 훨씬 더 깊이 아로새겨진 18세기의 시인은 토머스 그레이Thomas Gray(1716~1771)다. 그레이는 완벽주의자였고 불과 열세 편의 시를 출간했을 뿐이다. 그리고 케임브리지 대학에서 고전을 읽으며 조용하게 일생을 보냈다. 「교회 뜰에서 쓴 비가Elegy Written in a Country Churchyard」는 1751년에 출간된 이래로 가장 인기 있는 영시의 위상을 지켜왔다. 보편적이고 영원한 주제 – 바로 세속적 영광의 허망함이다.

문장의 자부, 권력의 허세,
그리고 그 모든 아름다움, 부가 선사하는 모든 것,
모두 불가피한 시간을 기다릴 뿐
영광의 길은 오로지 무덤으로 통한다.
The boast of heraldry, the pomp of power,
And all that beauty, all that wealth e'er gave,
Await alike the inevitable hour,
The paths of glory lead but to the grave.

간결하고 지혜로운 라틴어의 힘을 빌려 친숙한 인용문을 지어낸 그레이의 천재성은 고전의 연구에서 그 일부가 나왔다고 할 수 있다. 속담에 버금가는 경구가 된 문장들도 있다. 이를테면 '무지가 복된 곳에서는 / 우매가 지혜다'는 「이튼 칼리지의 먼 미래를 내다보는 송가Ode on a Distant Prospect of Eton College」(여성용 모자를 만들어 파는 어머니의 노동으로 다닐 수 있었던 학교다)에서 나온 것이다. 그리고 '광란하는 대중의 굴욕적 투쟁에서 멀리 떨어져서'의 출전은 「비가」다. 그러나 「비가」는 단순히 격언 모음집이 아니다. 지도자들처럼 범죄를 저지르지 않으므로, 보잘것없어 보이는 사람들도 존중받아 마땅하다는 주장을 펼치는 논증이다.

18세기는 이성의 시대로 알려져 있다. 따라서 위대한 종교시, 그것도 정신병원에서 쓰인 종교시는 기대하기 어렵다. 그러나 이것이 바로 크리스토퍼 스마트Christopher Smart(1722~1771)의 업적이다. 케임브리지 졸업생인 스마트는 글 삯을 받아 생활하는 가난한 저널리스트였으나 1757년 불치의 행려 정신병자로 런던 베스널그린의 세인트루크 종합병원에 입원했다. 이곳에서 스마트는 걸작 「주빌라테 아그노Jubilate Agno(어린 양 안에서 기뻐하라)」를 썼다. 이 시는 1939년이 되어서야 출판되었으며, 통상적인 신고전주의 시의 엄격한 양식에서 화려하게 넘쳐흐른다. 그리고 여러 다른 피조물(쥐, 새, 곤충, 꽃, 물질의 입자)과 함께 정신병원에서 유일한 위로를 준 고양이를 묘사한다.

내 고양이 제프리를 생각하리라.
그는 살아 있는 신의 종으로, 날마다 마땅히 그를 섬기므로.
동쪽 신의 영광을 처음 일별하면 제 방식으로 신을 숭배하는데,
우아하고 재빠르게 일곱 번 나뒹굴며 몸을 뒤채는 것이다.

For I will consider my Cat Jeoffry.
For he is the servant of the Living God, duly and daily serving him.
For at the first glance of the glory of God in the East he worships in his way.
For is this done by wreathing his body seven times round with elegant quickness.

이건 뜬금없는 변덕처럼 보일지 몰라도, 확실히 성서에 바탕을 두고 있다. 시편 148장에서 신은 모든 피조물은 각자의 방식으로 신을 섬기라고 명령한다. 고양이 제프리처럼.

CHAPTER 16

민중시

대중 담시와 찬송가

담시와 찬송가는 음악과 가사를 결합하니, 시가 아니라 노래의 책에서 다뤄야 한다고 생각할 수도 있다. 그러나 중세 담시 가수들의 노래를 듣던 사람들이나 그 후 교회에서 찬송가를 부르던 사람들은 평생을 살아도 시와 접촉할 가능성이 없다시피 했다. 그러니 담시와 찬송가는 민중의 시였고, 따라서 이 책에서 한자리를 차지할 자격이 있다.

담시는 시기를 추정하기 어렵지만, 17세기와 18세기에 다수가 창작되었다고 여겨진다. 다른 유럽 나라로 퍼져나가고, 이민자를 따라 심지어 미국까지 진출한 국제적인 노래도 있다. 구전으로 전해졌고 가수들이 각자 나름대로 변화를 주었기에 복수의 판본으로 남아 있는 경우가 많다. 표준이 되는 선집은 프랜시스 제임스 차일드Francis James Child의 『잉글랜드와 스코틀랜드의 대중 담시English and Scottish Popular Ballads』(1882~1898년)로 305편의 담시가 수록되어 있다.

담시는 모두 이야기를 들려주며 주제는 불행한 사랑이 많다. 예를 들어 「어여쁜 바버라 앨런Bonny Barbara Allen」에서는 여자가 쌀쌀하게 거절하자 사랑에 빠진 남자가 실연을 이기지 못하고 죽는다. 그러자 여자도 후회에 휩싸여 죽는다. 그러나 담시는 대체로 이렇게 온화하지 않다. 보통의 주제는 섹스와 폭력이다. 강간, 살인, 근친상간과 복수심에 불타는 오빠나 아버지가 저지르는 '명예살인'이 다반사다. 캐릭터는 보통 왕, 백작, 영주, 기사 등의 높은 신분이지만 실제의 역사적 인물을 다루는 일은 거의 없다. 그들은 마치 동화 속의 허구적 귀족 같은 모습이다.

이런 주제를 여럿 혼합한 담시가 「레이디 메이즈리Lady Maisry」다. 여주인공의 이름이 여러 가지로 다르게 나타나는 복수의 판본으로 지금까지 전해지는 것으로 보아 매우 인기가 높았던 모양이다. 기본적인 이야기는 여자가 임신하고 참사랑인 기사를 버리지 않겠다고 고집을 부린다는 것이다. 가족은 이 기사를 못마땅하게 여기고 여자를 산 채로 불에 태워 죽인다. 기사의 시종이 상황을 알리자 기사는 그녀를 구하러 가지만 이미 너무 늦었다.

그리고 장화와 박차, 온 힘을 다해 내달려,
불 속으로 그는 뛰어들었다,
그녀의 몸이 갈라지는 순간
어여쁜 그 입술에 한 번의 키스,
오, 그대를 위해서라면 나는 불타 죽어도 좋아, 메이즈리,
당신의 여동생과 당신의 남동생,
그리고 내가 그대를 위해 불타리, 메이즈리,
당신의 아버지와 당신의 어머니,

그리고 내가 그대를 위해 불타리, 메이즈리,
그대 친족의 수장,
그리고 내가 마지막 모닥불을 피워
내 몸을 던지리.
And boots and spurs, all as he was,
Into the fire he leapt,
Gave one kiss to her comely mouth
While her body gave a crack,
O I'll gar burn for thee, Maisry,
Your sister and your brother,
And I'll gar burn for thee, Maisry,
Your father and your mother,
And I'll gar burn for thee, Maisry,
The chief of all your kin,
And the last bonfire that I'll come to,
Mysel' I will cast in.

담시의 설화는 보통 초자연적이다. 엘프를 위시한 요정들이 주기적으로 나타나는데 대체로 위장한 모습이다. 대중적인 '수수께끼 담시'에서는 한 캐릭터가 다른 캐릭터에게 수수께끼를 내면서 답을 요구한다(틀리면 아이를 잃는다든가 하는 무서운 대가가 따르기도 한다). 수수께끼를 내는 쪽의 정체는 초자연적인 존재일 때가 많고 간혹 악마 본인일 때도 있다. 인어와 기타 반인半人도 자주 등장하지만, 고위층의 시처럼 평범한 시적 장식에 그치지는 않는다. 유령도 자주 나온다. 유령은 불길할 때도 있지만 「어셔스웰의 부인The Wife of Usher's Well」에서처럼 아무런 해를 끼치지 않기도 한다. 이 시에서는 아들들이 죽었다는 소식을 들은 어머니가 그들이 돌아오게 해달라고 기도한다. 아들들은 와서 어머니에게 기도를 멈추고 평안히 쉬게 해달라고 청한다.

담시 설화에서는 마녀들도 한 역할을 담당하는데 일반적으로는 사악하게 나온다. 민간 약품을 나눠 주고 시골에서 유용한 서비스를 제공했지만, 마녀로 몰려 화형당하기 일쑤였던 '현명한 여인들'과는 다르다. 계모들은 대체로 항상 악하게 나오고 마녀일 때도 많다. 오크니에서 처음 생겨났다고 추정되는 담시 「흉측한 벌레와 바다 고등어The Laily Worm and the Machrel of the Sea」에서도 그렇다. 'Laily'라는 단어는 혐오스럽다는 뜻이고, 'Worm(벌레)'은 뱀을 의미한다. 그리고 'machrel'은 'mackerel', 즉 고등어다. 그리고 마법에 걸린 소년이 화자인 이 담시는 계모가 소년과 여동생에게 주문을 건 이야기를 들려준다.

그녀는 나를 흉측한 벌레로 바꿨어요,
그건 나무 기둥 발치에 있어요,
그리고 내 동생 메이즈리는
바다 고등어가 되었죠,

그리고 토요일마다 정오에
고등어가 내게 와요,
그리고 내 흉측한 머리를 잡고
제 무릎에 올려놓죠,
은 빗으로 머리를 빗기고
바닷물로 씻어줘요.

She turned me to the laily worm,
That lies at the foot of the tree,
And my sister Maisry
To a machrel of the sea,

And every Saturday at noon
The machrel comes to me,
And she takes my laily head
And lays it on her knee,
And combs it with a silver comb,
And washes it in the sea.

이 초자연적이고 애틋한 판타지를 꿈꾼 시인은 기억에 남아 마땅하지만, 담시 시인이 다 그러하듯 까맣게 잊히고 말았다.

담시 시인들은 초자연적 요소에 매력을 느꼈지만, 자연계와 야생동물에는 별다른 관심이 없었다. 전원을 만끽한 낭만주의자들의 기쁨은 시골에서 나는 산물로 생계를 꾸려가야 하는 청중에게는 우습게만 느껴졌을 것이다. 이례적으로 야생동물을 배제하지 않은 담시는 「갈까마귀 두 마리The Twa Corbies」다. 가장 널리 퍼진 담시 중 하나였다. 앵글로색슨 시의 정신을 환기하는 이 시에서는 시체를 먹는 새들이 전장 위를 빙글빙글 돈다. 오로지 이 시에서만 새들에게 목소리와 인격이 부여된다. 새들은 죽은 기사를 발견하고 한 마리가 다른 새에게 이렇게 말한다.

당신은 저 사람의 흰 목에 앉아,

나는 파랗고 예쁜 눈을 파낼 테니,
저 금빛 머리카락이 다 빠지면
우리 둥지로 가져가자.
Ye'll sit on his white hause bane,
And I'll pike out his bonny blue e'en,
With ae lock of his gowden hair
We'll theek our nest when it grows bare.

담시에 주목할 만한 특징이 있다면, 종교에 아무런 관심이 없다는 점이다. 「유다Judas」와 「부자와 나사로Dives and Lazarus」를 비롯한 한두 편은 개략적으로 성서의 일화에 근거하고 있으나, 담시의 캐릭터들은 서로 욕설을 내뱉기 일쑤다. 게다가 기독교의 영향을 전혀 받지 않은 느낌이다.

반면 찬송가는 수백 년에 걸쳐 종교 생활의 일환이었다. 그리고 연대 의식을 고취하기 위해 함께 노래하고 연도煉禱를 읊는 행위는 선사시대까지 거슬러 올라간다. 교회에서 찬송가를 부르는 행위는 개신교의 발전이다. 종교개혁 이전의 가톨릭교회에서는 성가대가 노래했고 신도들은 침묵을 지켰다. 마르틴 루터Martin Luther가 이를 변화시켰다. 그는 「코랄Chorales」을 썼고 성서 구절을 운이 맞는 시로 번역해 회중이 노래할 수 있게 했다. 그래야 교육받지 못한 사람들도 성경 말씀을 머리와 가슴으로 외울 수 있었다. 가장 유명한 찬송가인 「우리 하느님은 강력한 요새이니A Mighty Fortress Is Our God」는 시편 46장의 말씀을 기반으로 1529년에 작곡되었고, '종교개혁의 전송가戰頌歌'로 유명해졌으며 가장 많은 언어로 번역되었다.

영국 교회에서 초기에 불린 찬송가들 역시 시편을 원전으로 삼았다. 예를 들어 시편 23장을 다시 쓴 조지 허버트의 시 「사랑의 하느님 내 목자시니The God of Love My Shepherd Is」가 있다. 비국교도 전도사 아이작 왓츠Isaac Watts(1674~1748)는 몇백 편에 달하는 찬송가를 썼고, 아직도 불리는 노래가 많다. 그중 일부는 시편을 번역한 것이다. 「오 하느님 오랜 세월 기다린 우리의 구원O God Our Help in Ages Past」의 출처는 시편 90장이다. 왓츠는 또한 독창적인 새 찬송가를 쓰기도 했다.

> 영광의 군주께서 돌아가신
> 기적의 십자가를 바라볼 때
> 내가 얻은 최고의 보화는 오로지 상실이라 셈하고
> 내 모든 오만에 멸시를 쏟아붓네.
> When I survey the wondrous cross
> On which the prince of glory died,
> My richest gain I count but loss,
> And pour contempt on all my pride.

4연은 가장 사적이고 열정적이며 시적인데, 찬송가가 교회에서 불리게 되면서 배제되었다. 그 감정의 열띤 밀도가 교회에 어울리지 않는다는 판단이었으리라.

> 가운처럼 붉은 죽음이
> 나무 위에 걸린 그 몸에 퍼지고
> 이제 나는 온 세상에 죽은 몸이요
> 온 세상이 내게 죽었음이라.
> His dying crimson, like a robe,

Spreads o'er his body on the tree,

Now I am dead to all the globe,

And all the globe is dead to me.

감리교의 창시자인 존 웨슬리John Wesley의 동생 찰스 웨슬리Charles Wesley(1707~1788)는 왕성하게 찬송가를 다작한 작가다. 그중에는 「예수, 내 영혼의 연인Jesus, Lover of My Soul」, 「오라, 그대 애타게 기다린 예수Come, Thou Longexpected Jesus」, 그리고 크리스마스 캐럴인 「천사 찬송하기를Hark, The Herald Angels Sing」이 있다. 감리교 목사들은 노동계급과 범죄자들에게 손을 뻗었다. 믿는 자라면 누구나 구원을 보장받을 수 있다고 가르쳤고, 이승에서 완벽해질 수 있다고 했다. 영국 국교는 이런 믿음을 용인할 수 없었고, 웨슬리의 찬송가는 국교의 찬송가집에 수록 허가를 받기 전에 수정되어야 했다. 가장 유명한 찬송가 「하느님의 사랑, 모든 사랑을 뛰어넘네Love Divine, All Loves Excelling」는 존 드라이든의 「가장 아름다운 섬, 모든 섬을 뛰어넘네Fairest Isle, All Isles Excelling」를 기독교식으로 개작한 것으로, 헨리 퍼셀Henry Purcell의 오페라 「아서 왕King Arthur」(1691년)에서 비너스가 부르는 노래다.

초기 감리교 개종자는 어거스터스 톱레이디Augustus Toplady(1740~1778)였다. 그는 멘딥 언덕을 걷는 중에 갑작스러운 폭풍우에 갇혀 바위틈에 몸을 피했다고 한다. 그곳에서 그는 시의 첫머리를 끼적거렸다. 그리고 근처의 찻집에서 시상을 계속 고민했다. 이 시는 가장 사랑받는 찬송가가 되었다. 이 시에서는 톱레이디가 몸을 피한 바위가, 십자가에 매달리고 창에 찔려 피 흘리는 그리스도의 편으로 바뀐다.

나를 위해 갈라진 유구한 반석,

그 안에 나 숨게 해주오,
당신의 갈라진 옆구리에서
흘러나온 물과 피,
이중으로 내 죄를 치유해
죄의 굴레와 권능으로부터 나를 구하소서.
Rock of ages, cleft for me,
Let me hide myself in thee,
Let the water and the blood,
From thy riven side which flowed,
Be of sin the double cure,
Save me from its guilt and power.

영국 시인 윌리엄 쿠퍼와 목사였던 존 뉴턴John Newton(1725~1807)은 1778년에 『올니 찬송가Olney Hymns』를 출간했다. 쿠퍼의 작품으로는 「오 하느님 곁에 더 가까이 걷고자O for a Closer Walk with God」가 있지만, 결국 세계적으로 유명해진 찬송가는 뉴턴의 「놀라운 은총Amazing Grace」이었다. 뉴턴은 대서양 노예무역상이었지만 1748년 해상에서 폭풍우를 만난 후 영적인 개종을 겪었다. 그는 버킹엄셔 올니의 부목사가 되었고, 1773년에 「놀라운 은총」을 작곡했다. 미국 독립 전쟁 당시 「놀라운 은총」은 해방 가요로 채택되었고, 해리엇 비처 스토Harriet Beecher Stowe의 반反노예제 소설 「톰 아저씨의 오두막Uncle Tom's Cabin」(1852년)에서 톰 아저씨가 부르게 된다.

놀라운 은총. 달콤한 그 소리
나와 같은 죄인을 구원하였네.

한때 나는 길 잃었으나 나 이제 길 찾았네,
눈멀었으나 이제 앞이 보이네.
Amazing grace. How sweet the sound
That saved a wretch like me.
I once was lost but now am found,
Was blind but now I see.

19세기 옥스퍼드 운동의 목적은 국교회를 로마 가톨릭에 더 가까이 끌어오려는 것이었다. 지도자 중 한 명인 존 키블John Keble(1792~1866)은 옥스퍼드의 영시 교수였고, 그의 시집『기독교인의 한 해The Christian Year』(1827년)에는「새로운 매일 아침은 사랑New Every Morning Is the Love」을 포함한 찬송가가 여러 편 실려 있다. 그러나 이 운동으로 등장한 가장 유명한 찬송가는 존 헨리 뉴먼John Henry Newman(1801~1890)의 작품이다. 뉴먼은 훗날 가톨릭으로 개종해 추기경이 되었다. 청년 시절 이탈리아를 여행하다가 병에 걸렸던 그는 오렌지 화물을 싣고 마르세유로 가는 범선에 탔다. 그리고 코르시카와 사르데냐 사이의 해협에서 바람이 불지 않아 배가 멈추었을 때「인도하라, 친절한 빛이여Lead, Kindly Light」를 썼다. 이 찬송가는 배를 인도해주길 청하지만, 또한 사후에 사별한 사랑하는 이들과 재회하기를 고대한다.

오래도록 그대 권능에 나 축복받았으니, 당연히 여전히
나를 인도하리라,
황무지와 늪지를 건너, 암초와 격류를 건너,
밤이 사라질 때까지
그리고 아침과 함께 천사의 얼굴들이 미소를 지으리,

내가 오래도록 사랑했고, 오래도록 잃었던 그 얼굴들.
So long thy pow'r hath blest me, sure it still
Will lead me on,
O'er moor and fen, o'er crag and torrent, till
The night is gone,
And with the morn those angel faces smile
Which I have loved long since, and lost awhile.

1909년 더럼의 웨스트스탠리 탄광이 폭발해 166명의 남자 어른과 아이들이 죽었다. 그러나 28명의 생존자가 에어포켓을 발견했고 칠흑 같은 어둠 속에 앉아 있었다. 그때 한 사람이 「인도하라, 친절한 빛이여」를 부르기 시작했고 나머지 사람들도 가사를 따라 부르기 시작했다. 찬송가를 부르는 사이 한 소년이 부상으로 사망했으나 열네 시간 후 다른 사람들은 모두 구조되었다.

힘들고 위험한 시기에 사람들이 마음을 의탁했던 또 다른 찬송가는 「나와 함께 있으소서Abide with Me」다. 뉴먼과 달리 이 노래의 작가는 유명인이 아니었고, 무명의 시골 목사 헨리 프랜시스 라이트Henry Francis Lyte(1793~1847)였다. 라이트는 죽어가는 목사의 임종을 지키다가 영적으로 개심했다. 라이트는 다른 찬송가도 많이 썼는데, 시편 103장에서 따온 「찬미하라 내 영혼아 천국의 왕을Praise My Soul the King of Heaven」도 그중 하나다. 그러나 「나와 함께 있으소서」가 걸작이다. 그는 결핵을 앓았고 살 수 있는 기후를 찾아 남프랑스로 이사했지만, 「나와 함께 있으소서」를 임종을 앞두고서야 쓰게 된다. 타이타닉 호가 침몰할 때 선상에서 악사들이 이 곡을 연주했다는 이야기도 있다. 1927년 이래로 FA컵 결승전에서 킥오프 전에 처음과 마지막 구절을 부르는 것이 전통으로 내려온다.

나와 함께 있으소서, 저녁녘은 빠르게 다가오고
어둠은 깊어가니, 주님 나와 함께 있으소서,
다른 구조자들이 실패하고 안락이 모두 떠날 때
무력한 자를 돕는 주님, 나와 함께 있으소서…….

감기는 내 눈앞에 그대 십자가를 치켜드시고
어둠을 뚫고 빛나시어 내게 하늘을 가리키소서,
천국의 동이 트고 지상의 헛된 그림자들은 도망치네,
살아서도, 죽어서도, 오 주님, 나와 함께 있으소서.

Abide with me, fast falls the eventide,
The darkness deepens, Lord with me abide.
When other helpers fail and comforts flee,
Help of the helpless, Lord, abide with me…

Hold thou thy cross before my closing eyes,
Shine through the gloom and point me to the skies,
Heaven's morning breaks, and earth's vain shadows flee,
In life, in death, O Lord, abide with me.

CHAPTER 17

『서정담시집』, 그 이후

워즈워스와 콜리지

윌리엄 워즈워스William Wordsworth(1770~1850)는 레이크 디스트릭트에서 성장했고 이는 그에게도, 그의 시에도 심오한 영향을 끼쳤다. 워즈워스는 호크스헤드 그래머스쿨과 케임브리지 대학의 세인트존스 칼리지를 다녔다. 혁명이 이미 시작된 후였다. 워즈워스는 혁명의 명분에 동조했고 자서전적 시 「서곡The Prelude」에서 미래가 새로운 세상의 희망을 약속하는 것만 같았다고 회상한다. '그 새벽에 살아 있음은 축복이었지만 / 젊음은 천국 그 자체였다!'

그는 젊은 프랑스 여인 아네트 발롱과 사랑에 빠졌고, 1792년에 두 사람의 딸 캐롤라인이 태어났다. 그러나 돈이 모자라서 1793년에 영국으로 돌아와야 했고, 정치적 상황 때문에 아네트와 캐롤라인을 다시 만나 함께 살 수 없었다. 그들은 그 후 다시는 한 가족으로 살지 못했고, 1802년 그는 어린 시절의 친구 메리 허친슨과 결혼했다.

1795년 워즈워스는 새뮤얼 테일러 콜리지Samuel Taylor Coleridge(1772~1834)를 만났다. 천재적이지만 불안정한 청년 콜리지는 케임브리지에서 수학했고 1798년 워즈워스와 함께 익명으로 『서정담시집Lyrical Ballads, With a Few Other Poems』을 출간했다. 이 시집은 영시의 궤적을 바꾸었다.

스무 편의 시 중 네 편을 제외하고 모두 워즈워스의 작품이었다. 2쇄의 서문도 그가 썼다. 이 글에서는 시를 '강력한 감정의 즉흥적 분출'로 정의하고 새로운 시의 목표를 설정했다. 새로운 시는 '사람들이 실제로 쓰는 언어'를 쓰고 18세기에 흔히 사용하는 '시어詩語, poetic diction'를 피한다는 것이었다.

그는 가난한 사람, 늙은 사람, 추방된 사람을 시의 주제로 다루었다. 「구디 블레이크와 해리 길Goody Blake and Harry Gill」은 살아서 겨울을 나기 위해 땔감을 훔쳐야 하는 할머니의 이야기다. 「그 여자의 눈빛은 거칠다Her Eyes Are Wild」는 아이에게 젖을 물리는 떠돌이 여자에 대한 시다.

빨아라, 어린 아가, 아, 다시 빨아라,
내 피가 식어, 내 뇌가 식어,
네 입술이 느껴져, 아가, 네 입술이
내 심장에서 고통을 빨아내.
Suck, little babe, oh suck again,
It cools my blood, it cools my brain,
Thy lips I feel them, baby, they
Draw from my heart the pain away.

「늙은 컴벌랜드 거지The Old Cumberland Beggar」에 나오는 거지는 뭔가를 먹으면서 '인적 없는 황량한 야산'에 앉아 있고, '중풍에 걸린 손'은 주위를 에워싸고 기운 없이 '정해진 끼니'를 기다리는 '작은 산새들'에게 빵 부스러기를 흩뿌린다. 「바보 소년The Idiot Boy」에 나오는 가난한 시골 여자 베티 포이는 길을 잃고 밖에서 하룻밤을 보내게 된 장애아의 어머니다. 다시 찾은 아들은 놀랍게도 부엉이와 달의 말을 하고 있었다, 정확히 무슨 말인지 알지도 못한 채로. '수탉은 투후 – 투후 하고 울었고 / 해는 너무나 차갑게 빛났어요!' 이전에는 아무도 이런 사람들에 대한 시를 쓰지 않았다.

『서정담시집』에서 새로운 또 하나는 아이를 다룬 시다. 어른은 어린아이를 이해하지 못한다. 「아버지들을 위한 일화Anecdote for Fathers」에서 한 소년은 어른의 논리를 거부하고 「우리는 일곱이에요We Are Seven」에서는 오빠가 죽은 어린 여자아이가 아직도 오빠를 가족의 일원으로 셈한다. 어린 시절이 우월하다는 워즈워스의 믿음은 자신의 유년기를 회상하는 「불멸에 바치는 송가Immortality Ode」(1802년)에서 가장 도전적으로 드러난다.

그럴 때가 있었지, 초원과 숲과 시내,
땅과 흔한 모든 풍경이
내게는
천국의 빛을 입은 듯 보였던
꿈의 영광과 생기.
There was a time when meadow, grove and stream,
The earth, and every common sight
To me did seem,
Apparelled in celestial light,
The glory and the freshness of a dream.

그러나 성장하면서 '비전의 빛'은 사라졌고, 시의 설명에 따르면 이는 우리 영혼이 탄생 이전 어딘가 다른 곳에 존재했기 때문이다. 그리고 우리는 이 사실을 기억한다.

우리 탄생은 꿈이고 망각일 뿐,
우리와 함께 일어나는 영혼, 우리 삶의 별은,
다른 곳에 그 배경을 두고 있고
멀리서 온다.
온전한 망각이 아니라
철저한 나신으로가 아니라
영광의 구름을 끌며 우리는 온다,
우리 고향인 신으로부터.
우리 어린 시절 우리 주위에 천국이 있다!
감옥의 그림자는 자라나는 아이를
서서히 옥죄고 덮는다…….
Our birth is but a sleep and a forgetting,
The soul that rises with us, our life's star,
Hath had elsewhere its setting,
And cometh from afar.
Not in entire forgetfulness,
And not in utter nakedness,
But trailing clouds of glory do we come
From God who is our home.
Heaven lies about us in our infancy!
Shades of the prison house begin to close

Upon the growing boy...

『서정담시집』에 드러나는, 가난한 자들에 대한 워즈워스의 공감은 프랑스에서의 경험을 반영한다. 워즈워스는「서곡」에서 혁명 동지가 산책하다가 만난 수척한 소녀를 가리키며 이렇게 선언했다고 쓴다.

우리는 바로 '저것'에 반대해
싸우는 거야.
'Tis against *that*
That we are fighting.

「서곡」 중 한 권인 '런던의 숙소Residence in London'에서 워즈워스는 팔에 아픈 아이를 안고 있는 가난한 남자를 본 기억을 떠올린다.

아이 위로 고개를 숙여
그가 찾으러 온
태양과 공기 모두가 두려운 듯
불쌍한 아기를 말할 수 없는 사랑으로 바라보았네.
Bending over it,
As if he were afraid both of the sun,
And of the air which he had come to seek,
Eyed the poor babe with love unutterable.

가난한 사람의 슬픔은 뇌리에 새겨져 기억에서 사라지지 않고 가장 위대한 시 몇 편에 영감을 주었다.「폐허가 된 오두막The Ruined

Cottage」은 전쟁 속에서 남편을 잃고 남편의 귀환을 소망하며 기다리는 여자의 이야기다. 『서정담시집』의 1800년 판본에 수록된 「마이클Michael」은 아들이 운을 시험하러 도시로 간 양치기의 사연을 전한다. 아들은 마이클이 수년간 지어온 양우리의 첫 초석을 놓고 떠난다. 그러나 아들은 도시의 삶에 타락해 영영 돌아오지 않는다. 오랜 세월이 지난 후 시골 사람들은 마이클이 여전히 그 양우리로 일하러 가곤 했다고 회상한다. '그리고 모두가 믿었다 / 그는 오래오래 날마다 거기로 갔고 / 돌 하나도 들지 않았다.'

『서정담시집』에 포함된 「이른 봄에 쓴 시행Lines Written in Early Spring」은 자연에 의식이 있다는 워즈워스의 믿음을 표현한다. '그러하다 나의 믿음은, 모든 꽃은 / 호흡하는 공기를 향유한다는 것.'

이 시집에 수록된 작품들 중 자연 시인의 권능을 끌어온 시는 한 편뿐이지만, 그 시는 워즈워스 최고의 걸작이다. 「틴턴 수도원Tintern Abbey」은 1798년 7월 13일 여동생 도로시와 함께 도보 여행을 하며 쓴 시다. 이 시에서 워즈워스는 어렸을 때 자연은 자신에게 '철저히 모든 것'이었다고 말한다.

> 나는 그려낼 수 없다,
> 그때 내가 어떠했는지. 물소리 흐르는 폭포가
> 열정처럼 나를 사로잡았다…….
> I cannot paint,
> What then I was. The sounding cataract
> Haunted me like a passion…

그러나 지금 '생각 없는 어린 시절'은 지나고, 자연에서는 '인간성의 고요하고 슬픈 음악'이 들린다.

그리고 나는 느꼈다.
고양된 사유의 기쁨으로 나를 흔드는 열정,
훨씬 더 깊이 뒤엉킨 숭고한 감각,
그 거주지는 지는 해의 빛과
둥근 바다와 살아 있는 공기,
그리고 파란 하늘, 그리고 인간의 마음에 있네.
모든 산 것을 추동하는
동작과 영혼, 모든 사유의 모든 사물,
그리고 만물과 함께 구르네.
And I have felt
A passion that disturbs me with the joy
Of elevated thought, a sense sublime
Of something far more deeply interfused,
Whose dwelling is the light of setting suns,
And the round ocean and the living air,
And the blue sky, and in the mind of man;
A motion and a spirit that impels
All living things, all objects of all thought,
And rolls through all things.

이 의식으로, 그는 인식한다.

자연과 감각의 언어에서

내 가장 순수한 사유의 닻, 나를 키워준 유모,
안내자, 내 모든 도덕적 존재에서
내 심장과 영혼의 수호자.
In nature and the language of the sense
The anchor of my purest thoughts, the nurse,
The guide, the guardian of my heart and soul,
Of all my moral being.

자연이 도덕교육자라는 믿음은 또 다른 『서정담시집』의 시 「판은 뒤집혔다The Tables Turned」에서 숨 막히도록 강렬하게 드러난다.

푸른 숲에서 단 하나의 충동,
세상 모든 현인보다
사람에 대해 더 많이 가르쳐줄 수 있지,
도덕적 악과 선에 관해.
One impulse from a vernal wood,
May teach you more of man,
Of moral evil and of good,
Than all the sages can.

「서곡」의 유명한 한 대목은 자연이 도덕의 수호자 역할을 하는 예를 제시한다. 어느 여름날 저녁 젊은 워즈워스는 주인의 허락 없이 나룻배를 타고 노를 젓는데……

거대한 봉우리, 검고 어마어마하게 큰 봉우리가

자발적인 힘의 본능을 지닌 듯이
고개를 쳐들었다.
A huge peak, black and huge,
As if with voluntary power instinct,
Upreared its head.

봉우리는 성큼성큼 걸어 그를 뒤쫓아오는 듯 보였고, 그는 처음 나룻배를 발견한 곳으로 돌아온다. 죄책감에 시달리지 않을 때도 「서곡」의 소년 워즈워스는 자연을 살아 있는 존재로 의식한다.

나는 외로운 야산들 사이에서
나를 쫓아오는 나직한 숨소리와
구분할 수 없는 움직임의 소리, 그들이
밟는 땅만큼이나 조용한 발소리를 들었다.
I heard among the solitary hills
Low breathings coming after me, and sounds
Of indistinguishable motion, steps
Almost as silent as the turf they trod.

자연이 교육자라는 믿음은 루시Lucy 연작시 저변에 깔린 단일한 생각이다. 워즈워스는 여동생 도로시와 함께 독일에서 살고 있을 때인 1798년에 루시 연작시를 썼다. 도로시는 워즈워스와 아주 가까웠고, 예를 들어 유명한 「수선화Daffodils」('나는 구름처럼 외롭게 배회했네') 같은 몇 편의 시는 그녀가 일기에 쓴 내용을 근거로 하고 있다. 루시에 대해 다음과 같은 글을 썼을 때 워즈워스는 도로시를, 그리고 자연에 민감한 도로시의 감수성을 생각하고 있었을지도 모른다.

한밤의 별들은 그녀에게
소중할 테고, 그녀는 귀를 기울일 것이다.
수많은 비밀의 장소에서
물방울들이 제멋대로 춤을 추고,
웅얼거리는 소리에서 태어난 아름다움이
그녀의 얼굴로 스쳐 지나가리라.
The stars of midnight shall be dear
To her, and she shall lean her ear
In many a secret place,
Where rivulets dance their wayward round,
And beauty born of murmuring sound
Shall pass into her face.

그러나 도로시가 워즈워스보다도 오래 산 반면, 상상 속의 루시는 죽어 자연의 일부가 된다.

이제 그녀에겐 아무 움직임도, 아무 힘도 없고
듣지도 보지도 못하고,
지구가 날마다 거치는 궤적을 따라 돈다,
바위와 돌과 나무들과 함께.
No motion has she now, no force,
She neither hears nor sees,
Rolled round in earth's diurnal course,

With rocks, and stones, and trees.

워즈워스와 콜리지는 함께 새로운 종류의 무운시를 발전시켰다. 셰익스피어나 밀턴의 무운시보다 더 일상적인 대화를 닮은 형식이었다. 워즈워스는 「틴턴 수도원」과 「서곡」(임시 제목이 '콜리지에게 바치는 시'였다)에서 이를 활용하고 있다. 아마도 이 형식의 창안자였을 콜리지는 「이 라임나무 정자, 나의 감옥This Lime-tree Bower, My Prison」(끓는 우유를 쏟는 바람에 발을 데여 집 밖으로 나가지 못할 때 쓴 시다)과 같은 소위 '대화시'에서 이를 쓰고 있다. 어린 아들에게 쓴 「한밤의 서리Frost at Midnight」에서는 미래의 자연 애호가를 상상한다.

그러므로 모든 계절이 네게 달콤할 거야,
여름이 온통 땅에 초록 옷을 입히거나
근처 이엉에서 따뜻한 햇볕에 녹아 김이 오르는데
이끼 낀 사과나무 헐벗은 가지에 쌓인 눈 사이에
개똥지빠귀가 앉아 노래할 때도,
몽환적인 눈보라 속에서만 들리는
처마 빗방울이 떨어지거나,
서리를 관장하는 은밀한 기관이
고요한 고드름으로 만들어 걸어두어,
조용한 달을 향해 소리 없이 빛날 때도.
Therefore all seasons shall be sweet to thee,
Whether the summer clothe the general earth
With greenness, or the redbreast sit and sing
Betwixt the tufts of snow on the bare branch

Of mossy apple-tree, while the nigh thatch
Smokes in the sun-thaw; whether the eave-drops fall,
Heard only in the trances of the blast,
Or if the secret ministry of frost
Shall hang them up in silent icicles,
Quietly shining to the quiet moon.

아마 모르고 보았다면, 워즈워스가 쓴 게 아니라는 사실을 알아채기 어려웠을 것이다.

그러나 콜리지의 가장 위대한 걸작은 워즈워스의 범주를 훌쩍 넘어선다. 「늙은 수부의 노래The Rime of the Ancient Mariner」는 가장 유명한 영어로 쓴 작품 중 하나이고, 목에 앨버트로스를 감는다는 말은 속담이 되다시피 했다. 이 시는 『서정담시집』에 수록되었으나, 워즈워스는 두 번째 판본에서 하마터면 이 시를 빼버릴 뻔했다. 고딕호러 같은 사건 전개 탓에(콜리지의 미완성 시 「크리스타벨Christabel」에서는 훨씬 더 섬뜩하게 침습적侵襲的이다) 이 시집에 실린 다른 시들과 불협화음을 이루었기 때문이다.

반면 '색칠한 바다 위 / 색칠한 배처럼 나른하게'나 '물, 물, 사방에 물 / 마실 물은 한 방울도 없네'와 같은 언어의 단순성은 워즈워스가 추구하는 새로운 시에 부합했다. 이 시의 도덕적 절정 역시 자연에 대한 외경畏敬과 잘 맞았다. 수부는 배의 그림자 속에서 헤엄치는 물뱀들-'파랑, 반들거리는 초록과 벨벳 같은 검정'-을 지켜보고 '샘 같은 사랑이 내 심장에서 솟아났고 / 나는 부지불식간에 그들을 축복'했다. 즉시 목을 휘감고 있던 앨버트로스가 떨어져 '납처럼 바닷속으로' 가라앉는다.

콜리지의 또 다른 걸작 「쿠블라 칸Kubla Khan」을 최고의 영시로 꼽는 사람이 꽤 많을 것이다. 다른 표현으로 바꿔 쓰려 하면 문법적으로는 말이 되더라도 이상하게 우스꽝스러워진다는 근거를 들면서 말이다. 콜리지는 이런 말을 한 적이 있다. 셰익스피어나 밀턴의 시에서 단어를 하나라도 바꾸려 드는 건 맨손으로 피라미드에서 돌을 빼내는 것과 같아서, 미세하게 말뜻이 달라지거나 이전 시보다 훨씬 못한 글이 될 수밖에 없다고. 이 말은 「쿠블라 칸」에도 적용된다.

잘 알려진 대로, 콜리지는 몽골의 황제 쿠빌라이 칸의 이야기를 여행서에서 읽고 아편에 취해 꿈을 꾸었는데, 꿈의 내용을 적어 내려가기 시작했을 때 '폴록(근처의 마을)에서 볼일이 있어 찾아온 사람'의 방해를 받아 기억이 끊기고 만다. 완성되지 못한 시의 의미에 대해 확실히 말할 수 있는 것이 하나 있다면, 이 시가 창조력과 폭력, 위험과 축복을 연결하고 있으며 그 위험과 축복이 마지막을 지배한다는 사실이다.

그녀의 교향곡과 노래를
내 안에 되살릴 수 있다면
그 깊은 기쁨으로 나를 데려다주리라,
우렁차고 긴 음악으로
나는 허공의 돔을 지으리라,
그 햇빛 가득한 돔! 그 얼음의 동굴들!
그리고 그 음악을 들은 모든 사람이 거기서 보게 되리라,
그리고 모두 외치리라, 조심하라! 조심하라!
그의 섬광처럼 번득이는 눈, 그의 부유하는 머리!
그 주위로 세 번 원을 그려라,
그리고 신성한 두려움으로 눈을 감아라,
그는 꿀이슬을 먹고 살았고

낙원의 젖을 마셨으니.

Could I revive within me
Her symphony and song,
To such a deep delight 'twould win me,
That with music loud and long,
I would build that dome in air,
That sunny dome! Those caves of ice!
And all who heard should see them there,
And all should cry, Beware! Beware!
His flashing eyes, his floating hair!
Weave a circle round him thrice,
And close your eyes with holy dread,
For he on honey-dew hath fed,
And drunk the milk of paradise.

CHAPTER 18

2세대 낭만주의자들

키츠와 셸리

존 키츠John Keats(1795~1821)는 가난한 집안 출신의 런던 청년이었다. 아버지는 말을 대여하는 일로 생계를 꾸렸다. 학교를 졸업한 후 키츠는 의학도가 되었고 가이 병원에서 외과의 보조로 일했다. 그는 같은 동네의 젊은 여인 패니 브라운Fanny Brawne을 사랑하게 되었고, 그녀에게 보낸 열정적이고 필사적인 연애편지는 이제 고전이 되었다. 1818년에 동생 톰이 결핵으로 세상을 떠났고, 동생을 간호하던 키츠도 결핵에 걸렸다. 송가 연작(「가을에게To Autumn」, 「그리스 단지에 관하여On a Grecian Urn」, 「나이팅게일에게To a Nightingale」, 「우울에 관하여On Melancholy」, 「나태에 관하여On Indolence」, 「프시케에게To Psyche」)을 비롯한 최고의 걸작들은 단 1년, 바로 1819년 한 해 동안 쓰였다. 키츠는 건강 회복을 소망하며 요양차 갔던 로마의 스페인 계단을 내려다보는 집에서 세상을 떠났고, 그 집은 이제 순례자의 성지가 되었다.

키츠의 시는 비평가들에게 혹독한 조롱을 당했는데, 어느 정도는 사회적 신분(그는 런던 변두리인 '코크니' 시인이라고 불렸다)이 원인이었다. 그래서 키츠는 무덤의 묘석에 이름도 날짜도 새기지 않고 '물로 이름을 쓴 이가 여기 누워 있다Here lies One whose Name was writ in Water'라는 글귀만 새기길 원했다. 로마의 개신교도 공동묘지에 있는 키츠의 무덤에도 순례자의 행렬이 끊이지 않는다.

키츠는 편지에서 시론을 펼치며 감각을 예찬한다. '오, 사유가 아니라 감각의 삶을 위하여'라고. 그리고 시인은 타인의 감정을 제 것처럼 취할 수 있는 '카멜레온'이라고 말한다. '참새가 내 창가에 찾아온다면, 그 존재의 일부가 되어 자갈밭을 돌아다니며 모이를 쪼다'면서. 이야기시 중에서 가장 위대한 걸작인 「성 아그네스 축일 전야」에서는 겨울밤 황무지의 효과를 기록하는 첫머리부터 이런 자질이 뚜렷하게 드러난다. '깃털이 빽빽한 부엉이마저도 시리게 추웠다', '달달 떠는 토끼는 다리를 절며 얼어붙은 풀밭을 헤치고 갔다'.

이 시는 두 연인의 이야기다. 포피로와 매들린은 로미오와 줄리엣처럼 가족의 원한으로 함께할 수 없는 사이다. 포피로는 대담하게도 원수의 성에 들어가 매들린의 침실에 몸을 숨기고 옷을 벗는 그녀의 모습을 바라본다. 키츠는 한숨과 소리뿐 아니라 온도를 기록한다. 매들린은 '따끈한 보석'의 잠금쇠를 풀고 드레스가 무릎을 스치며 떨어지자 '해초를 걸친 인어처럼' 살짝 한기를 느끼며 서 있다가 침대로 들어간다.

잠자는 그녀를 바라보며 포피로는 방 안에 관능을 산더미로 쌓아 올린다.

……사탕을 바른 사과, 모과, 자두와 박,

크림 커드보다 부드러운 젤리에
계피 향이 살짝 밴 투명한 시럽,
모로코 페즈에서
상선으로 운송한 만나와 대추야자,
온갖 향신료의 진미, 모두가
실크의 사마르칸트부터 삼나무 무성한 레바논까지에서 온.

그는 이런 산해진미를 빛나는 손으로 쌓아올렸네,
황금 접시와 은으로 꼰 찬란한 바구니 위에
후미진 밤의 고요 속에
싸늘한 방을 가벼운 향기로 채우고 있었네.

…candied apple, quince, and plum, and gourd,
With jellies soother than the creamy curd,
And lucent syrops tinct with cinnamon,
Manna and dates, in argosy transferred
From Fez, and spiced dainties, every one,
From silken Samarcand to cedar'd Lebanon.

These delicates he heap'd with glowing hand
On golden dishes and in baskets bright
Of wreathed silver, sumptuous they stand
In the retired quiet of the night,
Filling the chilly room with perfume light.

그리고 포피로는 매들린을 깨운다. 그녀는 그의 꿈을 꾸고 있었지만 살아 있는 남자는 꿈속보다 '핏기 없고, 차갑고, 쓸쓸해' 보인다. 그녀는 제발 떠나지 말라고 그를 붙잡고, 두 사람이 나누는 사랑은 서로 다른 향기가 뒤섞이는 것 같다.

> 그녀의 꿈속으로 그는 녹아들었네, 장미가
> 바이올렛과 향기를 섞듯이,
> 달콤한 용액…….
> Into her dream he melted, as the rose
> Blendeth its odour with the violet,
> Solution sweet...

키츠의 가장 유명한 시 「가을에게」 역시 이에 못지않게 농밀하고 관능적이며, 사물의 촉감('이끼 낀' 사과나무, '끈적한 벌집')뿐 아니라 움직임까지 전달한다. '간혹 이삭 줍는 사람처럼 당신은 가누네 / 개울 위로 무거운 머리를'에서는, 행이 바뀌며 이삭 줍는 사람이 잠시 휘청거리는 느낌을 받는다.

키츠의 시가 지닌 감각적 힘은 시각과 청각뿐 아니라 촉각까지 아우른다. 우리가 두 가지의 서로 다른 금속성 마찰을 구분할 수 있게 해줄 정도다. 「라미아Lamia」의 조선소 장면을 먼저 살펴보자.

> ……이제 그의 범선이
> 에이나 섬 겐그레아 항에서……
> 황동 뱃머리로 선창의 표석을 긁었다.
> ...his galley now

Grated the quay-stones with her brazen prow
In port Cenchreas from Egina isle...

그리고 이를 소네트 「잠에게To Sleep」의 결말과 비교해보라.

기름칠한 자물쇠에 넣고 민첩하게 열쇠를 돌려
내 영혼의 숨죽인 궤를 봉인하라.
Turn the key deftly in the oiled wards,
And seal the hushed casket of my soul.

그러나 키츠의 시에서 작용하는 또 하나의 압력은 상상력이다. 상상력은 감각 인지로부터 멀어지도록 시를 잡아끈다. 키츠는 편지에서 다음과 같이 선언한다. '내가 확신하는 건 심장의 애정과 상상력의 진실이 지닌 신성함뿐이다. 상상력이 아름다움으로 포착하는 것은 예전에 존재했든 아니든 상관없이 반드시 진실일 수밖에 없다.' 상상력은 키츠가 육체의 감각을 초월하게 해주고, 우리는 이를테면 「그리스 단지에 대한 송가The Ode on a Grecian Urn」에서 그 광경을 목격하게 된다. 단지에 그려진 인물의 형상을 바라보며 키츠는 그들이 누구인지 상상한다.

희생 제단으로 오는 이들은 누구인가?
어느 초록빛 제단으로, 오 신비로운 사제여,
그대는 그 어린 암소를 끌고 가는가,
비단처럼 부드러운 허리를 화환으로 꾸미고
하늘을 향해 울부짖고 있는데.
Who are these coming to the sacrifice?

To what green altar, O mysterious priest,
Lead'st thou that heifer, lowing at the skies,
And all her silken flanks with garlands dressed?

이는 더 깊은 생각으로 이어진다. 이 사람들이 누구일까가 아니라 어디서 왔을까 생각하고, 그 생각은 감각을 지나쳐 순수한 상상이 된다.

어느 작은 마을에서, 강변이나 해변,
아니 평화로운 요새로 산에 지어진 마을이,
이 경건한 아침에, 사람들이 사라졌을까?
그리고 작은 마을이여, 그대의 거리는 영원히
고요할 테고, 마을이 버려진 이유를 말해줄 사람은 영영
아무도 돌아올 수 없네.
What little town, by river or sea-shore,
Or mountain-built, with peaceful citadel,
Is emptied of its folk, this pious morn?
And, little town, thy streets for evermore
Will silent be, and not a soul to tell
Why thou art desolate, can e'er return.

그런 작은 마을은 없고, 존재한 적도 없다. 그러나 키츠의 상상이 그 텅 비고 고요한 마을을 창조했으므로, 그 마을은 '예전에 존재했든 아니든 상관없이' 우리 독자들을 위해 실제로 존재한다. 「그리스 단지에 대한 송가」는 이런 점에서 특이하지 않다. 송가들은 모두 감각적 민감성과 감각을 넘어 비상하는 상상의 충동 사이에서 요동친다.

퍼시 비시 셸리Percy Bysshe Shelley(1792~1822)는 준남작의 아들이었다. 그는 이튼 칼리지에서 잔혹한 학교 폭력을 당했는데, 아마도 이 때문에 평생에 걸쳐 폭력과 폭력에 근거한 권위를 증오했을 것이다. 그는 「무신론의 필요성The Necessity of Atheism」이라는 소논문을 써서 이튼 칼리지에서 퇴학당했고, 열아홉 살 때는 여동생의 학교 친구였던 열여섯 살의 해리엇 웨스트브룩과 야반도주해 슬하에 아들 하나, 딸 하나를 두었다. 1814년 그는 급진적 철학자인 『정치적 정의Political Justice』의 저자 윌리엄 고드윈William Godwin을 방문했고 고드윈의 열여섯 살짜리 딸과 사랑에 빠진다. 훗날 『프랑켄슈타인Frankenstein』의 작가가 되는 메리였다. 해리엇을 버린 셸리는 메리와 함께 스위스로 이주해 그곳에서 바이런을 만난다. 1816년 해리엇은 하이드파크의 서펜타인 호수에 몸을 던져 자살했다. 셸리와 메리는 3주일 후 결혼해 베네치아에서 바이런을 만나 나중에 피렌체로 이사한다. 1822년 7월 셸리의 소형 범선 돈주앙 호가 스페치아 만에서 급작스런 태풍을 만나 침몰한다. 그리고 이 사고로 셸리는 익사한다. 키츠의 시 한 편이 사체의 호주머니에서 발견되었다.

셸리는 이상주의자였다. 달리 말해 세상을 완벽한 장소로 만들 수 있다고 믿으며, 목표와 사상을 품었다는 말이다. ('시인은 아무도 알아주지 않는 세계의 입법자들이다'라고 그는 썼다.) 그래서 있는 그대로의 세계에 반응하는 감각 인지를 키츠만큼 중요하게 여기지 않았다. 「종달새에게To a Skylark」에서 새는 첫 두 행에서 물리적 존재를 빼앗긴다. '만세, 명랑한 정기여 / 그대는 한 번도 새인 적 없었지.' 키츠를 추모하는 시 「아도네이스Adonais」에서는, 키츠에게 그토록 중요했던 색채가 완벽한 영원의 세계에서 추방된다. '삶은, 색색의 유리 돔과 같아서 / 영원의 백색 광휘에 얼룩을 남긴다.'

셸리가 거듭 반복해 활용했던 상징 – 달, 별, 바람, 구름 – 은 모두 영원을 표상한다. 보이거나 느껴지지 않을 때도 끈질기게 존재한다. 「구름The Cloud」은 이를 명명백백하게 드러낸다. '나는 바다와 해변의 숨구멍을 헤치고 지나친다 / 나는 변하지만, 죽을 수 없다.' 그래서 「서풍에 바치는 송가Ode to the West Wind」에서도, 바람은 가을에 씨앗을 흩뿌리지만, 씨앗은 해마다 봄에 영원히 새로 태어난다. 셸리는 자신의 사상이 이와 비슷한 불멸성을 획득하길 바랐다. '내 죽은 사상들을 날려 우주를 가로지르게 하라 / 그리하여 시든 낙엽처럼 새로운 탄생을 촉발하게 하라!'

그 이상에는 자유로운 사랑과 성평등('여자가 노예라면 남자가 자유로울 수 있나?' 그는 「이슬람의 봉기The Revolt of Islam」에서 그렇게 묻는다), 그리고 결혼 폐지와 기독교 폐지도 포함되어 있다. 예수가 완벽한 인간이지만 신은 아니라고 믿었고, 예수의 이름으로 행해진 잔혹 행위를 증오했다. 셸리가 그리스 비극을 모방해서 쓴 「풀려난 프로메테우스Prometheus Unbound」의 코러스는 무뚝뚝한 간명함으로 이를 표현한다.

혈기 왕성한 땅에서 미소 지으며
부드러운 가치에서 나온 사람.
그의 말들이 속성 독약처럼 그보다 오래 살았고
진실, 평화와 연민을 말려 죽었네.
One came forth of gentle worth,
Smiling on the sanguine earth.
His words outlived him, like swift poison
Withering up truth, peace and pity.

셸리는 폭정을 증오했다. 가장 유명한 시 「오지만디아스Ozymandias」는 폭군들의 오만과 무용함을 비웃는다. 이 시는 1818년 고대 이집트 통치자 람세스 2세의 석상의 거대한 일부가 대영박물관으로 운송된다는 소식을 듣고 쓴 것이다. 시에서 한 여행자가 셸리에게 말해준다. 사막에서, 다리와 얼굴만 남은 거대한 석상의 잔해를 보았다고.

> 그리고 받침에는 이런 말들이 새겨져 있었지요.
> '내 이름은 오지만디아스, 왕 중의 왕이다,
> 강대한 자들이여, 내 위업을 보고 절망하라!'
> 그 외에는 아무것도 남아 있지 않았습니다. 그 거대한 폐허의
> 쇠락을 둘러싸고, 가없고 벌거벗은,
> 외롭고 평평한 모래만 아득하게 펼쳐져 있었지요.
> And on the pedestal these words appear:
> 'My name is Ozymandias, king of kings,
> Look on my works, ye mighty, and despair!'
> Nothing beside remains. Round the decay
> Of that colossal wreck, boundless and bare,
> The lone and level sands stretch far away.

셸리는 곧 더 가까운 고국에서 폭정이 일어나고 있다는 풍문을 듣는다. 피털루의 학살 사건이었다. 1819년 8월 16일 맨체스터 세인트 피터 광장에서 5만 명이 집회를 열고 의회 개혁을 요구했다. 치안판사들은 맨체스터 의용병에게 집회 해산을 명령했다. 군은 발포했고 시위 참가자 열여덟 명이 사망했다. 셸리의 「무정부 상태의 가면The Mask of Anarchy」은 국회의장 캐슬리어 경을 위시한 국가 지도자들에게 책임을

묻는다.

나는 길에서 '살인'을 만났네 –
그는 캐슬리어를 닮은 가면을 쓰고 있었지 –
I met Murder on the way–
He had a mask like Castlereagh–

그리고 해리엇과 결혼하여 낳은 두 자식의 양육권을 빼앗아간 대법관 엘든도 비판했다. 엘든은 이 잔인한 판결문을 읽으며 흐느껴 울었다고 한다.

그다음에는 '사기'와 마주쳤지.
흡사 엘든처럼 담비 털 가운을 걸치고 있더군.
워낙 잘 울어서, 닭똥 같은 눈물이
떨어지며 맷돌로 변했다네,
그리고 그의 발치에서 노닐던 어린아이들은
그 눈물방울들이 보석이라고 생각했다가
머리에 맞아서 뇌가 깨졌다네.
Next came Fraud, and he had on
Like Eldon, an ermined gown:
His big tears, for he wept well,
Turned to millstones as they fell,
And the little children, who
Round his feet played to and fro,
Thinking every tear a gem,

Had their brains knocked out by them.

이 시는 복수를 부르짖지 않는다. 셸리는 무력을 수동적 저항(셸리 나름의 시민 불복종은 톨스토이와 간디에게 영향을 미쳤다)과 병용하라고 조언한다.

팔짱을 끼고, 흔들림 없는 눈길로,
두려움 없이, 놀라움은 더 없이,
학살하는 그들을 바라보라,
그들의 분노가 잦아들어 사라질 때까지.
With folded arms, and steady eyes,
And little fear, and less surprise,
Look upon them as they slay,
Till their rage has died away.

'늙고, 미치고, 눈멀고, 조롱받고 죽어가는 왕'으로 시작하는 셸리의 1819년 소네트는 조지 3세의 영국을 풍비박산 내는 비난이다.

그러나 셸리는 흥분을 억누를 줄도 알았다. 「줄리언과 마달로Julian and Maddalo」에서 바이런과의 우정을 추억하는 셸리는 정감이 가는 느긋한 목소리를 찾는다.

나는 어느 날 저녁 마달로 백작과 함께 말을 달렸지,
베네치아로 향하는 아드리아 해의 물결을 부수는
둑 위에서…….
I rode one evening with Count Maddalo
Upon the bank of land which breaks the flow

Of Adria towards Venice…

「피터 벨 3세Peter Bell the Third」에서는 자연을 묘사하는 워즈워스의 무성無性적인 설명을 짓궂으리만큼 장난스럽게 다룬다.

그는 자연의 옷자락 솔기를 건드리곤
기절해버렸네 – 그리고 감히 다시는
바로 곁에 있는, 모든 걸 가리고 있는 가운을
걷어 올리지 않았지.
He touched the hem of Nature's shift,
Felt faint–and never dared uplift
The closest, all-concealing tunic.

삶의 이상은 사랑이라고 열렬하게 옹호했지만, 사실 셸리는 사랑의 기쁨보다 아픔에 대해 더 강렬한 시를 썼다. 「판의 찬송Hymn of Pan」에서 목신 판은 님프인 시링크스가 구애하는 자신을 피하려고 갈대로 모습을 바꾸었던 일을 회상한다.

나는 처녀를 쫓았으나 갈대를 손아귀에 쥐었네,
신들과 인간들, 우리는 모두 이처럼 망상에 빠져 있지.
그것이 우리 가슴속에서 부서지면, 우리는 피를 흘리네…….
I pursued a maiden, and clasped a reed,
Gods and men, we are all deluded thus;
It breaks in our bosom, and then we bleed…

서정적인 시 「등잔이 산산이 깨어지면When the Lamp is Shattered」에서는 두 연인이 사랑하다가 한쪽이 사랑을 끝냈을 때, 여전히 사랑하면서 쓸쓸히 홀로 남는 사람의 마음을 그렸다.

사랑의 열정이 그대를 뒤흔들리,
폭풍이 높은 가지의 까마귀들을 흔들듯이.
밝은 이성이 그대를 조롱하리,
겨울 하늘에 뜬 해처럼,
그대의 둥지 서까래는
남김없이 썩을 테고, 그대의 독수리 집은
낙엽이 떨어지고 찬바람이 불면
무방비로 그대를 비웃음에 노출하리라.
Its passions will rock thee
As the storms rock the ravens on high;
Bright reason will mock thee,
Like the sun from a wintry sky,
From thy nest every rafter
Will rot, and thine eagle home
Leave thee naked to laughter,
When leaves fall and cold winds come.

CHAPTER 19

낭만적인 괴짜들

블레이크, 바이런, 번즈

윌리엄 블레이크William Blake(1757~1827)는 시인이며 동시에 신비주의자였고 그래픽 아티스트였다. 블레이크는 런던에 있는 양품점 주인의 아들로 태어나 판화 기술을 배웠다. 사진 촬영 이전에 판화는 상업적 이미지를 복제하는 통상적인 수단이었다. 그러나 블레이크는 판화 기술로 실험을 했고 판화를 손으로 채색해 자신의 시에 삽화로 쓸 독창적인 예술 작품을 창조했다.

어린 시절부터 블레이크는 신, 천사, 여타 초자연적 존재의 환각을 보았다. 한번은 친구에게 자신이 지은 책과 그림은 이승의 삶이 시작되기 전 '영원의 시대'에 창작되어 천국의 대천사한테 검수를 받았다고 말한 적이 있다. 워즈워스를 위시해 많은 사람은 그가 미쳤다고 생각했다. 그러나 그의 작품은 라파엘전파의 수많은 작가와 화가는 물론 1960년대의 비트 시인들*, 그리고 그 이후까지 영향을 미쳤다.

다른 낭만주의자들과 마찬가지로 블레이크의 사상도 자유를 중심에 두었다. 미국과 프랑스의 혁명에 영감을 받았고, 노예제 반대 운동을 펼쳤다. 현재는 '예언서Prophetic Books'라는 제목으로 알려진 난해하고 종종 장황해지는 시에서 그는 자신이 창안한 신화적 인물들이 나오는 새로운 윤리와 새로운 종교를 발명했다. 학자들은 여전히 이 글들의 의미를 놓고 논쟁 중이다.

그러나 명료한 것들도 있다. 블레이크는 '이성'과 '에너지'가 정반대라고 본다. 블레이크는 '이성'을 밀턴의 「실낙원」에 나오는 구약성서의 신과 연관 짓고, '에너지'는 밀턴의 사탄과 연관 짓는다. 에너지는 선하다. 반면 이성은 악하다. 에너지는 성적 욕망과 성적 희열로 표현된다.

남자들이 여자들에게 요구하는 것은 무엇인가?
충족된 욕망의 행태들.
여자들이 남자들에게 요구하는 것은 무엇인가?
충족된 욕망의 행태들.
What is it men in women do require?
The lineaments of gratified desire.
What is it women do in men require?
The lineaments of gratified desire.

그러나 신과 교회는 성적 욕망을 비난한다. 그래서 「사랑의 정원The Garden of Love」에서 시인은 이렇게 생각한다.

---

* 제2차 세계대전 이후에 등장하여 시를 통해 사람들의 생각을 바꾸고자 했던 시인들을 말하며, 그들이 시에서 다룬 주제는 당대의 문화와 쟁점들이었다.

……검은 가운의 사제들은 순찰을 돌면서,
가시넝쿨로 내 기쁨과 욕망을 옭아매고 있었지.
…priests in black gowns were walking the rounds,
And binding with briars my joys and desires.

「아, 해바라기Ah, Sunflower」에서도 '욕망으로 피폐해진 청년'과 '눈의 수의를 걸친 파리한 처녀'가 삶을 말려 죽이는 정절의 증례로 제시된다. 그리고 「병든 장미The Sick Rose」 역시 정절의 불건전한 효과를 보여 준다. 블레이크의 삽화에서 장미는 빽빽한 가시로 몸을 보호하며 벌레한테 잎을 갉아 먹히고 있다.

아 장미여, 그대는 병들었구나,
밤에 날아다니는
보이지 않는 벌레가,
울부짖는 폭풍 속에서,

진홍빛 기쁨이 있는
그대의 침대를 찾았구나.
그리하여 그의 어두운 비밀 사랑이
당신의 생명을 파괴하네.

O rose, thou art sick,
The invisible worm
That flies in the night,
In the howling storm,

Has found out thy bed
Of crimson joy;
And his dark secret love
Does thy life destroy.

블레이크에게 자기 절제는 파괴적이다. 「독나무A Poison Tree」가 그 치명적인 효과를 보여준다.

나는 내 친구에게 화가 났고,
내 분노를 말했고, 내 분노는 끝이 났네,
나는 내 적에게 화가 났고,
내 분노를 말하지 않았고, 내 분노는 자라났네…….

분노는 밤낮으로 자라나
반짝이는 사과를 맺었고 –
내 적은 빛나는 사과를 지켜보고
내 것임을 알았네,

그리고 밤이 극을 베일로 가렸을 때
내 정원으로 몰래 들어왔네.
아침에 나는 기뻤네,
나무 아래 쭉 뻗은 내 적을 보고.

I was angry with my friend,
I told my wrath, my wrath did end,

I was angry with my foe,
I told it not, my wrath did grow...

And it grew both day and night
Till it bore an apple bright—
And my foe beheld it shine,
And he knew that it was mine,

And into my garden stole,
When the night had veiled the pole.
In the morning glad I see
My foe outstretched beneath the tree.

이성과 에너지의 대립은 『천국과 지옥의 결혼The Marriage of Heaven and Hell』에서 균형으로 대체된다. 이성과 에너지는 둘 다 '인간의 존재에 필요'하다. 그러나 작품의 힘은 「지옥의 속담Proverbs of Hell」의 대담한 역설에서 나온다. '사자와 황소를 위한 하나의 법은 억압이다', '실행하지 못한 욕망을 키우느니 요람에서 아기를 살해하는 게 차라리 낫다'. 이런 경구들이 우리에게 충격과 공포를 던진다. 그러나 충격과 공포를 느끼는 것은 우리가 이성적이기 때문이라고, 블레이크는 아마 그렇게 답할 것이다. 그리고 『천국과 지옥의 결혼』에 나오는 신은 밀턴과 달리 이성으로 환원할 수 없다. 맹폭하고 잔인하고 욕정에 찬 신이다. '염소의 욕정은 신의 선물이다. 사자의 분노는 신의 지혜다.' 「호랑이, 호랑이, 찬란하게 불타네Tiger, Tiger, Burning Bright」에서, '어린 양을 만드신 그분이, 너를 만들었니?'라는 질문에 대한 답은 '그렇다'이다. 신은 호랑이 같을 수도, 어린 양 같을 수도 있다. '상반된 것들이 없다면 진보는 없다.' 그러나 신은 단순히 이성적이지 않다. 현명하기 때문이다. '분노의 호랑이들은 훈육의 말들보다 현명하다.'

블레이크는 순수한 이성을 불신했기에 계몽주의와 과학을 불신했다. 상상력이 선사하는 힘에 적대적이라고 믿기 때문이다.

> 한 톨의 모래에서 세계를 보고
> 야생화 한 송이에서 천국을 보고자,
> 손바닥 안에 무한을 품고
> 한 시간에 영원을 담으라.
> To see a world in a grain of sand
> And a heaven in a wild flower,
> Hold infinity in the palm of your hand
> And eternity in an hour.

「조롱하라, 계속 조롱하라, 볼테르여, 루소여Mock on, Mock on, Voltaire, Rousseau」에서는 계몽주의의 가치와 '빛의 입자'에 관한 뉴턴의 이론을 일축한다. 「예루살렘Jerusalem」에서는 영국을 피폐하게 만드는 산업혁명의 '시커먼, 사탄 같은 공장'이 다 그들 탓이라고 비난하고 쓸어버려야 한다고 주장한다.

> 나는 정신적 싸움을 그치지 않으리,
> 내 칼이 손안에서 잠들지도 않으리,
> 영국의 푸르고 쾌적한 땅에
> 우리가 예루살렘을 지을 때까지.

I will not cease from mental fight,
Nor shall my sword sleep in my hand,
Till we have built Jerusalem,
In England's green and pleasant land.

바이런 경, 조지 고든George Gordon, Lord Byron(1788~1824)은 블레이크와 닮은 점이 전혀 없다. 방종한 아버지와 불안정한 어머니의 아들인 바이런은 선천성 내반족內反足*으로 태어났고 언제나 자의식을 갖고 있었다. 그는 열 살 때 삼촌으로부터 '바이런 경'이라는 작위를 물려받았다. 양성애자였던 바이런은 학창 시절부터 시작해 남자와 여자 모두와 헤아릴 수 없는 연애 사건을 벌였고, 어디를 가나 추문을 달고 다녔다.

그는 해로 스쿨과 케임브리지 대학을 다녔고, 졸업 후에는 동성 간의 성애가 더 쉬운 해외로 여행을 떠나 포르투갈, 스페인, 알바니아, 그리스, 콘스탄티노플(바이런이 헬레스폰트를 헤엄쳐 건넌 것으로 유명한 곳이다)을 방문했다. 『해럴드 공자의 순례 여행Childe Harold's Pilgrimage』의 첫 두 권은 1812년에 출판되어 큰 파문을 일으켰다. '어느 날 아침 일어나보니 나는 유명해져 있었다'고 그는 회상했다.

1811~1816년에는 유행에 민감한 런던에서 흥청망청 방탕하게 살면서 레이디 캐롤라인 램(그녀는 바이런을 '알아서 좋을 것 없는 미치고, 나쁘고, 위험한 남자'라고 불렀다)과 불륜을 저지르고 어느 상속녀의 돈을 보고 결혼했다. 그 상속녀는 둘 사이에 낳은 딸을 데리고 곧 바이런을 떠났고, 바이런은 이복 여동생과 근친 연애를 했다는 뜬소문(풍문은 사실이었다)이 무성한 가운데 1816년에 영원히 영국 땅을 떠났다. 그리고 이탈리아에

* 발이 안쪽으로 휘는 병.

서 젊은 귀치올리 백작 부인과 함께 살면서 「돈주앙Don Juan」을 썼다. 백작 부인은 바이런과 함께 살기 위해 남편을 떠나왔다. 바이런은 독립 전쟁을 벌인 그리스인들을 위해 자발적으로 참전했으나 전투 한 번 보지 못하고 메솔롱기온에서 열병으로 사망했다.

『해럴드 공자의 순례 여행』의 첫 2칸토canto에서, 누가 봐도 바이런 자신인 주인공 해럴드 공자는 고전 문명의 잃어버린 영광을 애통하게 한탄한다. 여기에는 여자를 다루는 방법에 대한 조언도 포함되어 있다.

> 무뚝뚝한 자신감이 여자를 다루는 데는 여전히 최고다.
>
> 번갈아가며 그녀를 도발했다가 달래면 곧 열정이 그대의 희망에 왕관을 씌우리라.
>
> Brisk confidence still best with woman copes:
>
> Pique her and soothe in turn, soon passion crowns thy hopes.

그리고 그런 '초라한 상'은 받을 만한 가치가 없다고 덧붙인다.

후반부 칸토에는 워털루 전투에 대한 유명한 대목이 있고 전투 전야에 리치먼드 공작 부인의 무도회에 참석한 웰링턴과 사관들의 극적인 장면이 나온다. '밤에는 흥청거리는 연회 소리가 들렸다.' 바이런은 나폴레옹을 우러러보았고, 그 패배를 안타깝게 여겼고, 낡은 질서의 복권을 개탄했다. 또 유명한 대목은 콜로세움에서 죽어가고 있는 검투사를 그린 부분이다. '로마의 휴일을 만들어주기 위해 도륙당하다.' 무지한 대중의 갈채를 받는 무의미한 학살의 또 다른 예다.

「베포Beppo」(1817년)에서 바이런은 새로운 연聯 양식을 시도하는데, 언뜻 통명스러워 보이는 조롱을 완벽하게 전달한다.

정말이다, 당신의 꽃피는 아가씨는 아주 매혹적이지만,
처음에는 수줍고 서툴러 보이고,
얼마나 겁에 질렸는지 겁이 날 정도다.
모두 낄낄 웃으며, 얼굴을 붉히고, 반은 당돌하고 반은 입을 비쭉 내밀고
당신이, 그녀가, 그것이, 그들이 하는 일에
뭔가 해될 일이 있을까 '엄마' 눈치를 흘끗 본다,
유아실에서는 아직도 혀 짧은 말만 뱉고
언제나 빵과 버터 냄새가 난다.

'Tis true, your budding Miss is very charming,
But shy and awkward at first coming out,
So much alarmed that she is quite alarming,
All giggle, blush; half pertness and half pout,
And glancing at *Mamma*, for fear there's harm in
What you, she, it, or they, may be about,
The nursery still lisps out in all they utter–
Besides, they always smell of bread and butter.

이것이 「돈주앙」에서 쓰는 시의 양식이다.

처음에 주앙은 부모님과 함께 리스본에 사는 소년이다. 성적으로 조숙한 주앙이 해로운 길로 들어서지 않도록 부모님은 그를 해외로 보내버린다. 난파를 당한 그가 정신을 차려보니, 굶주린 선원들에 에워싸인 채 배 위에 있었다. 선원들은 제비뽑기를 해서 가정교사인 페드릴로를 잡아먹는다. 해적들에게 붙잡혀 노예로 팔린 주앙은 여자로 위장한 모습으로 술탄의 하렘으로 팔려간다. 그러다 도망쳐 러시아 군대

에 합류해 터키 요새 함락 당시의 학살과 강탈을 목격한다. 이후 카트린 대제(그에게 욕정을 품는다)의 궁정에 나갔다가 영국에 특사로 파견되어 여러 귀족 부인과 희롱을 즐긴다. 그러다 이야기는 바이런의 죽음으로 중간에 끊긴다.

바이런은 눈부시게 근사한 스타일로 이런 모험들을 이야기한다. 그리고 입만 열면 금언을 줄줄 내뱉는다.

> 남자들이 신사의 범절凡節이라 부르고, 신들이 불륜이라 부르는 것은
> 기후가 후덥지근한 곳에서 훨씬 더 흔하다.
> What men call gallantry, and gods adultery,
> Is much more common where the climate's sultry.

그리고 등장인물의 행동을 위트 넘치는 초연한 태도로 지켜본다.

> 잠시 그녀는 발버둥치다가, 크게 뉘우치고,
> '절대로 순순히 넘어가지 않을 거야'라고 말하며 순순히 넘어갔다.
> A little while she strove, and much repented,
> And whispering, 'I will ne'er consent'–consented.

그리고는 인간의 본성에 관해 (몹시 남자다운) 일반화를 내놓는다.

> 남자의 사랑은 남자의 삶과는 별개의 것이지만
> 여자에게는 온 존재다.
> Man's love is of man's life a thing apart,
> 'Tis woman's whole existence.

그러나 이런 형식에서 어조가 무관심하고 둔감하게 들리지 않기란 어려운 일이다. 주앙의 가정교사를 잡아먹은 선원들은 굶주림과 갈증으로 죽음을 맞는다.

그러나 대체로는 자기 학살의 종,
페드릴로를 소금물로 씻어내려버린.
But chiefly from a species of self-slaughter,
In washing down Pedrillo with salt water.

다정함 역시 어렵다. 에게 해의 해적 딸인 하이디를 향한 주앙의 사랑은 계속해서 우스꽝스럽게만 느껴진다. 그들은 열정적으로 포옹한다.

그렇게 그들은 상당히 고풍스러운 무리를 형성한다,
반라에, 사랑에 빠진, 자연스럽고 그리스적인.
And thus they form a group that's quite antique,
Half-naked, loving, natural and Greek.

하이디는 임신한 채 죽음을 맞는데, 바이런은 동정심을 일으킨다. 다른 데서는 거의 볼 수 없는 장면이다.

그녀는 죽었다, 그러나 혼자가 아니었다, 몸 안에
두 번째 삶의 원칙을 품고 있었다, 어쩌면
어여쁘고 죄 없는 죄의 아이로 떠올랐을지도 모를,
그러나 빛 없이 작은 존재를 닫아버렸네.

She died, but not alone, she held within
A second principle of life, which might
Have dawned a fair and sinless child of sin,
But closed its little being without light.

로버트 번즈Robert Burns(1759~1796)는 스코틀랜드의 국민 시인으로 알려져 있다. 또한 유럽인의 신분을 지닌 낭만주의 시인이다. 만성적인 부채에 시달리는 에어셔 소작농의 아들로 태어나 어린 시절 형제자매와 가족을 먹여 살리느라 노동을 해야 했다. 그가 교육을 받지 못했다는 이야기는 과장된 것이다. 그는 학교에서 프랑스어, 라틴어, 수학을 배웠고 열다섯 살 때부터 시를 쓰기 시작했다.

번즈는 성적으로 활발했고 하녀들과의 사이에 적어도 두 명의 혼외자를 두었다. 1788년에 그와 결혼한 진 아머는 아홉 명의 자식을 낳았는데, 이미 혼전에 임신하고 있었다. 교회는 이런 행위를 마뜩찮게 여겼고 번즈는 교회에서 공개적으로 참회해야 했다. 그는 노예 농장의 장부 담당 자리를 제안받고 자메이카로 이민할 계획을 세웠으나 여행비를 구하지 못해 포기했다.

1786년에 출간된 『시Peoms』는 즉시 성공을 거두었고, 번즈는 에든버러에서 크게 환대받았으며 월터 스콧Walter Scott을 만났다. 번즈는 글을 썼을 뿐 아니라 스코틀랜드의 민요와 음악도 수집했다. 「올드 랭 사인Auld Lang Syne」을 포함한 가장 유명한 시들은 전통적인 선율에 맞춰 지은 것이다.

번즈의 가장 뛰어난 재능은 진정성이었다. 다른 낭만주의자들은 노동계급을 연민하고 공감했다. 그러나 그는 노동계급이었다. 그가 쓴 스코틀랜드 방언은 스코틀랜드 국민임을 보여주는 여권과 같았다.

「저 개들The Twa Dogs」은 바이런의 계급에 속한 사람들에 대해 명랑하게 냉소적인 관점을 드러낸다.

오페라와 연극에서 뻐기고 행진하며,
저당잡고, 도박하고, 가면무도회를 하고.
At operas and plays parading,
Mortgaging, gambling, masquerading.

「정직한 가난Honest Poverty」에서는 작위와 높은 관직을 비웃으며 그런 가난이 마치 금화의 금과 같다고 말한다.

계급은 기니 금화에 찍힌 인장과 같고,
인간은 그 금과 같다.
The rank is but the guinea's stamp,
The man's the gowd for a' that.

「홀리 윌리의 기도Holy Willie's Prayer」에서와 같은 풍자는 무시무시하다. 굳이 화낼 필요도 없는 인간이라는 듯이, 겉보기에는 일상적이고 악의 없는 유머로 윌리의 허풍과 위선을 폭로하기 때문이다.

대체로 그는 다른 생명체를, 특히 힘없는 존재를 부드럽게 대한다. 예를 들어 「사랑으로 낳은 딸을 시인이 환영하며The Poet's Welcome to his Love-begotten Daughter」에서처럼 말이다.

얼마든지 환영한다, 내겐 어린아이, 불행,
너나, 네 엄마가 조금이라도

나를 놀라게 하거나 감탄하게 할 때,
내 다정한 작은 숙녀,
네가 내게 와 아빠, 빠빠라고 불러
내 얼굴을 붉히더라도.
Thou's welcome, wean, mishanter fa' me,
If aught of thee, or of thy mammy
Shall ever daunton me, or awe me,
My sweet wee lady
Or if I blush when thou shalt ca' me
Tit-ta or daddy.

사투리를 무시하더라도 바이런이나 다른 낭만주의 시인들이 그런 시를 쓴다는 상상은 하기 힘들다.

다른 생명체에 대한 다정함은 또한 「쟁기로 둥지의 쥐를 파내며 쥐에게 쓴 시, 1785년 11월 To a Mouse on Turning Her Up in Her Nest with the Plough, November 1785」을 이끈다.

작고, 매끈하고, 겁먹고, 소심한 짐승,
아 그 가슴에 얼마나 큰 공포가 있을까.
Wee, sleekit, cow'rin', tim'rous beastie,
O what a panic's in thy breastie.

그리고 연민은 민중의 지혜로 확장된다.

생쥐와 인간이 꾸민 최선의 계획이

잘못 돌아가는 일은 흔하디흔하지.
The best laid schemes o' mice an' men
Gang aft a-gley.

차분한 도덕적 권위는 「머릿니에게To a Louse」에서도 다시 들려온다.

아 큰 힘으로 우리에게 재능을 주소서,
타인이 우리를 보듯 우리 자신을 볼 재능을.
O wad some pow'r the giftie gie us
To see oursels as others see us.

그의 시는 너무나 자연스럽게 흘러 그의 예술을 놓치기 쉽다. 그의 가장 위대한 사랑시는 무력하다시피 한 소박함으로 시작한다.

내 사랑은 붉고, 붉은 장미와 같아
My love is like a red, red rose

그러나 두 번째 연의 서두에서는 땅이 뒤흔들리는 힘을 응축한다.

바다가 마를 때까지, 내 사랑,
바위가 해와 함께 녹아내릴 때까지,
그래도 나는 여전히 그대를 사랑하리, 내 사랑,
생명의 모래가 흘러내리는 사이.
Till a' the seas gang dry, my dear,
And the rocks melt wi' the sun,

And I will luve thee still, my dear,
While the sands o' life shall run.

CHAPTER 20

낭만주의에서 모더니즘까지, 독일의 시

괴테, 하이네, 릴케

독일은 1871년까지 국가가 되지 못했다. 그러나 독일 시는 그보다 훨씬 전부터 유럽 전역에 영향력을 미쳤다. 낭만주의를 '발명'한 사람이 누구냐고 물으면, 많은 사람이 요한 볼프강 폰 괴테Johann Wolfgang von Goethe(1749~1832)라고 대답할 것이다. 괴테는 소설가, 문화비평가, 시인이었을 뿐 아니라 식물학, 해부학과 색채 이론에 관해 논문을 저술한 과학자이기도 했다. 프랑크푸르트에서 태어나 법률가 수련을 받은 그는 1775년 작센 바이마르 공국으로 이사해 국가공무원으로 여러 직책을 수행하고 실질적인 총리 자리에 올랐다. 극장 지배인으로서는 친구였던 프리드리히 폰 실러Friedrich von Schiller(1759~1805)의 낭만적인 드라마를 제작했다.

1774년에 쓴 첫 소설 「젊은 베르테르의 슬픔The Sorrows of the Young Werther」으로 괴테는 일약 유명인이 되었다. (일련의 서한으로 이루어진) 이 소설은 예민한 젊은 예술가 하인리히 베르테르가 아름답고 친절한 샬럿을 사랑하게 되는 이야기다. 그러나 샬럿은 나이가 많은 남자 알베르트와 약혼하고 결혼한다. 베르테르는 알베르트의 권총을 빌려 자살한다. 출간에 이어 불어닥친 '베르테르 열풍'으로 자살이 유행병처럼 번졌다. 베르테르처럼 옷을 차려입고 비슷한 권총을 구해 자살하는 사람들도 있었고, 결국 책은 여러 나라에서 판매가 금지되었다. 이 작품은 실러의 「강도들 The Robbers」(1781년)처럼 낭만주의의 전신으로서 계몽주의적 이성에 대한 반작용으로 야성적 감정과 폭력적 행위를 조장한 '질풍노도' 운동의 일부로 보이게 되었다.

괴테의 작품들 중에서 가장 유명한 것은 2부작 비극인 「파우스트 Faust」다. 작품의 서두에 신은 사탄의 대리인 메피스토펠레스와 파우스트의 일탈을 두고 내기를 한다. 신은 파우스트가 탈선할 리 없다는 쪽을 택한다. 그러나 파우스트는 찰나가 영원히 이어지길 바랄 정도의 쾌락을 준다는 조건이라면 메피스토펠레스에게 영혼을 팔겠다고 한다.

> 그 순간을 향해 내가
> '멈춰! 너는 너무나 아름다워!'라고 말한다면
> 그때 나를 족쇄로 채워도 좋아.

이어지는 모험에서 파우스트는 순진한 젊은 처녀 마거릿(그레첸)을 유혹하고, 그녀의 오빠와 장검으로 결투를 벌여 살해한다. 마거릿은 미쳐서 갓 태어난 아들을 물에 빠뜨려 죽여 사형선고를 받고, 파우스트와 함께 달아나 목숨을 구하라는 제안을 뿌리친다. 그러나 1부의 마지막에 하늘에서 내려온 목소리가 그녀의 '구원'을 선포한다.

「파우스트 2부」(괴테의 사후에 출간되었다)는 4막의 시적 환상곡으로

1부와 거의 관련이 없다. 황제의 궁정에서 본 환상적인 환각 속에서 파우스트는 아름다움의 '이상적인 형상'인 트로이의 헬렌을 불러내고 그녀와 사랑에 빠진다. 메피스토펠레스와 함께 파우스트는 그리스 신화에 나오는 신과 괴물들을 만나고 지하 세계를 방문한다. 마지막 막에서 늙은 권력자가 된 파우스트는 백성의 삶을 어떻게 더 낫게 만들까 계획하는 동안 잠시 지고한 행복의 순간을 맛보고는 그 즉시 죽음을 맞는다. 메피스토펠레스는 파우스트의 영혼을 요구한다. 그러나 천사들이 그 악마에게 불타는 장미 꽃잎을 떨어뜨리고 파우스트의 영혼을 천국으로 데려가며, 그레첸을 비롯해 성녀가 된 여러 여인이 천국에서 그를 반긴다. 결말에서 '신비로운 합창'이 우리에게 이 점을 재확인시켜준다.

영원한 여성이
우리를 하늘로 이끄네.

괴테의 짧은 시들 중에서 가장 잘 알려진 작품은 「마왕Erlking」이다. 전통 담시에 근간을 둔 이 시는 슈베르트가 멜로디를 붙여 가곡으로 만들었다. 이 시에서는 한 아버지가 어린 아들을 품에 꼭 안고 밤을 가르며 질주한다. 아들은 유령들을 보지만, 아버지는 안개나 바스락거리는 나뭇잎이라고 대수롭지 않게 말한다. 마지막에 아이는 '마왕'이 자신을 해칠 거라며 비명을 지르고 죽어버린다.

그런데 더 걸출한 작품은 스물네 편의 「로마 비가Roman Elegies」다. 화려하게 관능적이고 우아한 이 시들은 오비디우스처럼 고전적인 사랑의 비가를 표방하고 기발하게 라틴어의 운율을 보존했다. 괴테의 이탈리아 여행(1786~1788년)을 회상하는 내용으로, 괴테가 만나 사랑에 빠진 여러 여인과의 이야기를 그리고 있다.

우리는 진실하고 벌거벗은, 큐피드의 기쁨으로 만족하고 –
흔들리는 침대의 기가 막힌 삐걱거림에 젖었네.

이 시들은 괴테 생전에 출간하기엔 너무 음란하다는 평가를 받았다.

하인리히 하이네Heinrich Heine(1797~1856)는 괴테와 마찬가지로 낭만주의 시인으로 출발했으나 낭만주의를 저버렸다. 뒤셀도르프의 유대인 가정에서 태어났으나 '유럽 문화에 입장하기 위한 티켓'을 받기 위해 개신교로 개종했다. 대부분의 전문직은 유대인을 배제했다. 심지어 이 티켓으로도 생계를 꾸릴 수 없었지만 운 좋게도 백만장자 은행가였던 숙부의 후원을 받았다. 사랑과 그 슬픔을 다룬 초기의 시들이 가장 유명한데 슈만, 슈베르트를 비롯한 여러 작곡가가 음악을 붙였다. 대다수의 낭만주의자가 그러했듯 하이네는 자연 세계에 심오하게 반응했다. 『북해North Sea』에서는 바다의 '신비스러운 스릴' 덕분에 '거의 낫지 않은 심장'이 '소중한 입술'의 키스로 열리는 느낌을 받는다. 『하르츠 산맥Harz Mountains』의 시들은 농민을 낭만적으로 미화한다. 눈을 무서워하는 매혹적인 소녀, 햇볕 아래서 꾸벅꾸벅 졸며 꿈을 꾸는 양치기 소년.

그러나 성숙기의 작품을 규정하는 특징은 풍자와 아이러니다. 그의 표적은 프러시아의 군국주의, 민족주의, 외국인 공포증, 지배계급의 탐욕이다. 또 한편으로 그는 사워크라우트sauerkraut*와 소시지 외에는 아무 관심이 없는 독일 민족의 무감각에 절망한다. 해방자로서 나

* 양배추를 싱겁게 절여서 발효시킨 독일식 김치.

폴레옹을 숭상했고 바이런과 마찬가지로 그의 실각을 비통하게 생각했다(「척탄병The Grenadiers」에 이런 마음이 잘 드러난다). 이런 정치적 견해가 권력층의 심기를 불편하게 했고, 하이네는 일신의 안전을 위해 1831년에 파리로 이사한다. 그곳에서 철없고 문맹인 열아홉 살의 마틸드를 만나 결국 1841년에 결혼하게 된다.

파리에서 하이네는 먼 친척인 칼 마르크스Karl Marx도 만났다. 마르크스는 방직공 파업을 다룬 하이네의 시 「실레지아의 방직공들The Silesian Weavers」을 자신이 발행하는 잡지 〈전진!Forwards!〉에 실었다. 하지만 하이네는 공산주의를 불신했고 프롤레타리아의 '거친 주먹'이 자신이 '사랑하는 예술의 세계'를 파괴하리라는 예감에 두려워했다. 이런 양면적인 감정은 하이네의 최고 걸작인 17칸토의 서정 풍자시 「아타 트롤Atta Troll」로 표현된다. 다수 대중을 표상하는 '주인공'인 거대한 북극곰은 족쇄를 풀어버리고 산속으로 도망쳐 평등을 설파한다. 모든 동물은 평등하며 인간과 다를 바 없다는 주장이다. 누구나 총리가 될 수 있어야 하고, 사자도 황소처럼 옥수수를 짊어지고 방앗간으로 운반해야만 한다. 곰의 열변을 통해 좌파의 주장을 풍자하지만, 하이네는 악령 같은 곰의 적 라스카로도 증오한다. 라스카로는 마녀의 아들로, 밤마다 마술 연고를 발라 새로운 힘을 얻는다. 라스카로는 미신의 힘으로 버티는 독재정권의 죽어가는 영혼을 표상한다고 추정된다. 시의 악역은 라스카로이지만, 하이네는 또한 완전한 평등이라는 곰의 이상이 '인간성의 고고한 품격에 대한 대역죄'라고 비난한다. 이런 점에서 「아타 트롤」은 자유주의 지식인의 영원한 딜레마를 보여준다.

하이네는 죽기 전 8년 동안 부분적인 신체 마비를 겪었고(납중독으로 추정된다) 신의 정의를 따지는 시 「나사로의 시Lazarus Poems」를 썼다. 이 시를 칭찬한 친구에게 하이네는 '그래, 나도 알지. 이 시들은 무시무시하게 아름다워. 무덤에서 흘러나온 비가 같거든'이라고 답했다.

그런데 독일 시를 새로운 차원으로 끌어올린 시인은 괴테도 하이네도 아니었다. 라이너 마리아 릴케Rainer Maria Rilke(1875~1926)였다. 프라하에서 오스트리아 부모 슬하에서 태어난 릴케는 프라하와 뮌헨에서 철학과 문학을 공부했고, 러시아의 정신과의사 겸 작가인 기혼녀 루 안드레아스 살로메를 만나 사랑에 빠졌다. 살로메는 프로이트와 함께 연구했고 릴케에게 정신분석을 소개했다. 릴케는 살로메와 함께 이탈리아와 러시아를 여행했고, 러시아에서는 톨스토이를 만났다. 1901년 그는 조각가인 클라라 베스토프와 결혼했고 그해 하반기에 딸 루스가 태어났다. 1902~1910년에는 파리에서 잠시 조각가 오귀스트 로댕August Rodin의 조수로 일하기도 했다. 이 기간에 『신시집New Poems』(1907~1908년)이 세상에 첫선을 보였다. 1912년에는 트리에스테 근처의 두이노 성에 머물며 「두이노 비가Duino Elegies」(사실 비가가 아니라 사색적인 철학시였다)를 쓰기 시작했다. 제1차 세계대전 발발 당시 뮌헨에 있던 릴케는 징집 명령을 받았지만, 기초적인 군사훈련을 견뎌내지 못하고 무너졌다. 친구들의 청원으로 금세 제대할 수 있었지만 이후 몇 년간 시를 쓰지 못했다. 전쟁이 끝난 후 릴케는 스위스로 이주했고, 1922년에 잠시 활발한 창작 기간을 맞았다. 그리하여 「두이노 비가」를 완성하고 3주일 만에 55편의 「오르페우스에게 바치는 소네트Sonnets to Orpheus」를 써냈다. 릴케는 백혈병으로 죽었다.

그의 시는 난해한데, 그 이유는 형용할 수 없는 것을 형용하려 시도하기 때문이다. 평범한 언어로는 할 수 없는 일이다. 그래서 릴케는 평범한 언어가 얄고 환원적이라고 생각했다. 초기 시에서 릴케는 사람들이 어휘를 활용하는 방식이 '모든 단어를 지나치게 선명하게 발음하기 때문에' 소름이 끼친다고 아이러니하게 말했다.

릴케가 표현하고 싶었던 것은 우리가 상상할 수 있는 것보다 더 순수하고, 깊고, 풍부한 의식이라는 관념이다. 이런 의식을 소유한 존재를 그는 '천사'라고 부른다. 릴케의 설명에 따르면 이들은 성서에 나오는 천사들과 다르고, 오히려 문제적 존재다. 천사들은 시간과 물질성의 한계를 초월하고, 그들 안에서 '보이는 것이 보이지 않는 것으로 변화'하는 과정이 완전히 마무리된다. 릴케는 또한 이 천사들이 무시무시하다schrecklich고 경고한다.

별들 뒤에서, 지금 대천사가, 위험하게,
우리를, 위로 펼쳐진, 우리 심장을 향해 한 발이라도 내려와,
도약하며 퍼덕인다면, 우리를 쳐 죽일 수도 있다.

천사들과 달리, 우리는 이성과 이해로 축소되고 보호받는 '해석된' 세상에 살고 있다. 그 세상은 우리를 완전한 의식과 차단하고, 릴케는 우리에게 이 세상을 떠난다는 게 어떠할지 상상해보라고 부탁한다.

……고장 난 장난감을 버리듯, 자기 이름을
쓰는 법조차 놓아버리려고.

릴케의 비전에서, 인간의 삶은 부적절하고 열등하기에 죽음은 그에게 특별한 의미를 띤다. 그 의미가 무엇인지는 모호하게 남지만 말이다.

우리는 과일 껍질, 그리고 잎사귀일 뿐이므로.
우리 각자가 품고 있는 위대한 죽음은,

세계가 중심에 두고 공전하는 그 과일.

모호하든 아니든, 릴케가 죽음에 대해 글을 쓰는 필력은 힘차다. 시 「오르페우스 에우리디케 헤르메스Orpheus Eurydice Hermes」에서처럼 오르페우스를 따라 지하 세계 밖으로 빠져나오는 길에, 에우리디케는 추상화되고 '그녀 무덤을 덮은 긴 자락에 발이 걸린다'. 겉으로는 에우리디케가 다시 삶으로 돌아오고 싶은 마음이 없어 보인다.

……그녀 죽음의 상태는
그녀를 충만처럼 채우고 있었다.
모든 달콤함을 품은, 어두운 과실처럼
그녀 역시 어마어마한 죽음으로 가득했다,
새로워 차마 감당할 수 없는 죽음으로.

릴케의 시에 표현된 그의 사적인 상징체계에서는 '천사'가 아니라도 어떤 존재들은 보통 사람들보다 우월한 의식을 지니고 있다. 여기에는 태어나지 않은 아이들, 요절한 사람들, 보답받지 못할 사랑을 하는 사람들, 영웅과 성인이 포함되어 있다. 동물들도 이 집단에 속한다. 그들의 정신은 우리와 달리 세계를 포착하고 질서로 환원하는 '덫'이 아니고, 완벽하게 열려 있다.

……죽음에서 자유롭다.
그것, 우리만 볼 수 있다. 자유로운 동물은
쇠퇴를 항구적으로 등지고
앞에는 신을 두고, 그 움직임은

영원 안에서, 솟아오르는 샘물처럼 움직인다.
우리는, 단 하루도, 우리 앞에
가없는 꽃들이 필 순수한 공간을 두지 못한다.

「두이노 비가」의 8편에 나오는 대목이다. 그 전에 파리에서는 동물들에 대해 훨씬 객관적으로 글을 썼다. 어쩌면 로댕의 영향 때문이었는지 모른다. 가장 유명한, 그리고 가장 많이 번역된 시는 파리의 동물원에 갇혀 서성거리는 흑표범을 다룬다.

그 눈은 스치는 쇠창살들에 너무나 지쳐버려
그 저수지에 더는 아무것도 담을 수 없네.
쇠창살은 수천 개로 보이고
수천 개 쇠창살 너머 졸음 속에, 세계는 없네.

신화 속 오르페우스는 노래로 나무, 바위, 강물이 살아나게 했고, 릴케는 그런 오르페우스를 「오르페우스에게 바치는 소네트」의 중심에 놓았다. 그의 시는 인간 언어의 한계를 벗어나고, 우리는 그 언어를 따르도록 권유받는다.

감히 사과라는 말로 무엇을 뜻하는지 말해보라.
강렬하게 짙어져 맛으로 떠오르고 선명해지는
그 달콤함을 말하라.

고요하게, 깨어나라, 투명하게.
모호하게 햇빛 찬란하고, 흙 같고, 현존하는 –

아, 감정, 기쁨, 경험…… 거대하다!

언어만으로는 이런 목적을 이룰 수 없다.

과일에서 발견되는 맛을 춤추라!……

오렌지를 춤추라. 더 따뜻한 풍경을
너희 자신 밖으로 내던져, 고향의 산들바람 속에
농익어 은은히 빛나게 하라!

신화 속 오르페우스는 바쿠스의 숭배자인 술 취한 여자들 무리의 폭행에 갈기갈기 찢겨 죽는다. 그리고 「소네트」는 이를 기록한다.

그러나 그대 소리는 사자들과 암벽 속에
나무와 새 속에서 머물렀네. 그대는 여전히 그곳에서 노래하고 있네.

릴케가 묘비명으로 선택한 시는 그의 또 다른 상징인 '장미'를 쓰고 있다. 그가 종종 그러듯, 장미 꽃잎을 눈꺼풀에 비유하고 그의 시의 핵심인 모순을 찬양한다. 늘 그렇듯, 정확히 무슨 뜻인지 파악하기는 어렵다.

장미, 아, 순수한 모순이여, 기쁨,
그리 많은 눈꺼풀 아래
누구의 잠도 아니어라.

CHAPTER 21

러시아 문학의 형성

푸시킨, 레르몬토프

알렉산더 푸시킨Alexander Pushkin(1799~1837) 이전에는 러시아 문학이라고 할 만한 것이 없었다. 러시아의 상류층은 프랑스어로 말했고 모국어를 경멸했다. 푸시킨은 귀족 가문에서 태어났고, 황립 제국 고등학교Imperial Lyceum에 진학했다. 그러나 그는 사회개혁 운동에 이끌렸다. 유럽과 아메리카 지역 대부분과 달리 러시아는 여전히 중세에 머물러 있었다. 차르는 독재자였고, 전국적인 노예제도나 다름없는 봉건제가 건재했다.

푸시킨은 초기의 정치적 시들을 자필 원고로 유포했지만, 차르의 정보 네트워크가 그 시들을 가로막았고 그는 수도 상트페테르부르크에서 추방당했다. 처음에는 크림 반도와 캅카스로 갔다가 모스크바 북부의 어머니 영지로 갔다. 1825년 반동적인 니콜라스 1세가 차르로 즉위하는 사태를 막으려 일어난 데카브리스트 봉기Decembrist uprising*에 푸시킨의 지인 여럿이 연루되었고, 참혹하게 진압당했다. 1831년 그는 차르와 다른 남자들의 사랑을 한몸에 받은 궁정의 미녀 나탈리아 곤차로바와 결혼해 슬하에 자식 넷을 두었다. 그러나 아내의 불륜에 대한 뜬소문에 시달리다가, 아내의 연인이라는 풍문이 도는 프랑스 사관에게 결투를 신청해 치명적인 상처를 입었다.

푸시킨은 시인이었을 뿐 아니라 소설가이자 희곡작가였고 단편소설도 썼다. 그리고 푸시킨의 주제와 문체는 그의 유산을 이은 모든 위대한 러시아 작가에게 영향을 미쳤다. 그중에는 도스토옙스키Dostoyevsky도 있었는데, 그는 '우리가 가진 모든 건 푸시킨에게서 왔다'는 말을 남겼다. 푸시킨 자신은 바이런, 특히 「돈주앙」의 영향을 크게 받았다. 푸시킨이 개발한 문체는 구체적이면서도 묘사적인 스타일로 시각적으로 강렬하지만, 은유와 비유적 언어를 최소화하고 평범한 발화의 리듬을 모방해서 가끔은 거의 산문처럼 느껴진다. '민중의 말에 귀를 기울이라'는 게 푸시킨의 조언이었다. 이것이 그의 어휘에도 영향을 미쳤고, 비평가들은 그 어휘가 '천박'하다고 불평했다.

무모한 난봉꾼이었던 푸시킨이 지나간 자리에는 버려진 여인이 무수히 많았다. 그러나 그의 글은 여자들의 감정에 심오하리만큼 예민하게 반응했고, 그 여자들과 자신의 감정을 사랑시에서 보기 드문 심리적 리얼리즘과 정직성으로 묘사했다. 예를 들어 한때 미친 듯이 사랑했던 여자가 이탈리아에서 결핵에 걸려 세상을 떠났다는 말을 들은 그는 아무런 슬픔도 느낄 수 없음에 충격을 받고, 그 마음을 솔직히 인정하는 시를 썼다. 푸시킨의 아내는 성정이 차갑고 매정했는데, 그는 자기 품에 안겨 격정적인 교성을 내지르며 몸을 뒤트는 여자들보다 그

* 러시아 제국의 일부 청년 장교들이 니콜라스 1세의 즉위에 반대해 입헌군주제를 실현하고자 봉기했다.

쪽이 훨씬 흥분된다고 말하는 시를 아내에게 쓰기도 했다.

「가브릴리아드The Gavriliad」라는 신성모독적 시는 푸시킨이 자기가 쓴 시라고 인정한 적이 없으나 모두가 푸시킨의 작품임을 알고 있었다. 이 시에서 그는 (비둘기의 모습을 한) 신, (뱀의 모습으로 나타난) 악마, 그리고 (아름다운 남자의 형상을 한) 천사 가브리엘이 다 같이 동정 마리아와 사랑을 나누고, 동정 마리아는 쾌감을 즐기는 모습을 그렸다. 방자한 외설에도 불구하고 마리아가 느끼는 쾌락과 어여쁜 나신에 대한 자부심이 아름답고도 세심하게 전달된다.

푸시킨의 늙은 유모(유모도 자기만의 시를 받았다)는 그에게 옛 러시아 민담을 들려주었고, 그는 시 속에 그 이야기를 짜 넣었다. 「루살카Rusalka」는 원한을 품은 물의 님프가 인간이 되었을 때 자신을 유혹했다가 저버린 왕자에게 복수하는 이야기다. 저울의 반대쪽 끝에는 위트 넘치는 현대적 이야기 「눌린 백작Count Nulin」이 있다. 권태로운 젊은 부인은 남편과 친구가 말을 타고 사냥 나가는 모습을 바라본다. 그녀는 방문자를 갈망한다. 어떤 방문자든 찾아와주기를 소망한다. 그때 그녀는 다리 옆에서 마차가 전복되는 소리를 듣고 생존자들을 환영할 생각에 즉시 기분이 좋아진다.

아니나 다를까, 어느 백작과 하인이 멀쩡한 모습으로 정문에 도착한다. 백작은 방금 외국 여행에서 돌아온 젊은 멋쟁이이고, 저녁 식탁에서 파리 극장에서 벌어지는 일들을 재잘거린다. 잠자리에 든 후, 백작은 여주인이 자신의 유혹을 반길지 모른다는 생각을 하게 된다. 그래서 어두운 회랑을 더듬어 그녀의 방으로 간다. 여기서 푸시킨은 셰익스피어의 「루크레치아의 강간」에 나오는 무서운 타르퀴니우스에 대한 인용을 슬쩍 끼워 넣는다. 그러나 이건 농담이다. 구식 멜로드라마가 설 자리는 없다. 젊은 부인은 자다가 놀라 깨서 '타르퀴니우스'의 얼굴에 따귀를 날리고 그는 슬그머니 다시 자기 침대로 기어 돌아간다. 다음 날 아침 그는 수리가 끝난 마차를 타고 일찍 떠나지만, 부인은 친구들 모두에게 그날의 모험담을 떠벌린다. 푸시킨은 가장 큰 소리로 웃어대는 사람이 스물네 살의 이웃 영지 지주였다고 덧붙여 쓴다. 젊은 부인의 현 애인인 것이 분명했다고.

낭만주의의 핵심적 화두인 야생과 문명의 대조는 푸시킨의 「집시들The Gypsies」에 깔려 있다. 우리는 로마군의 숙영지에서 출발하게 된다. 모닥불 빛, 저녁 식사 요리, 풀을 뜯는 말들, 꾸벅꾸벅 졸고 있는 길들인 곰. 로마 소녀 젬피라는 낯선 남자 알레코와 함께 도착한다. 법망을 피해 달아나는 도시 남자였다. 걱정 없는 무탈한 나날을 보내며 젬피라는 알레코와 연인이 된다. 그러나 그녀는 곧 그에게 염증을 내고 (셈할 수 없는 여자의 변덕은 푸시킨이 좋아하는 주제였다) 다른 애인을 찾는다. 질투에 미친 알레코가 두 사람을 모두 죽인다. 젬피라의 아버지인 노인은 품위 있는 절제심으로 반응한다.

> 우리를 떠나라, 오만한 사내여! 우리는 자연 그대로이고, 우리는 법이 없으며,
> 우리는 사람을 고문하지 않고, 사람을 죽이지도 않는다 –
> 우리에겐 피와 신음이 필요 없다 –
> 그러나 살인자와는 함께 살고 싶지 않다.

그러나 에필로그에서 푸시킨은 자신이 캅카스의 로마에서 보낸 나날을 회상하며, 심지어 야생의 삶마저도 번뇌로 얼룩진 꿈과 치명적인 열정을 피할 수는 없음을 경고한다.

셰익스피어 비극을 쓰려는 푸시킨 나름의 시도였던 「보리스 고두

노프Boris Godunov」는 혼란스럽고 셰익스피어 풍과는 거리가 멀었다. 그러나 오히려 푸시킨의 '소소한 비극들'은 심리적 리얼리즘의 연구이고 훨씬 더 성공적이었다. 가장 유명한 「모차르트와 살리에리Mozart and Salieri」(피터 셰퍼의 「아마데우스Amadeus」에 영감을 주었다)에서 모차르트를 살해한 살리에리의 동기는 질투가 아니라(적어도 자기 말로는 그렇다. 비록 질투심을 인정하지만) 예술의 품위에 대한 근심 때문이다. 모차르트 같은 어릿광대한테 천재성이 내려 예술의 품격을 위협하고 있다는 것이다.

푸시킨의 가장 유명한 시 「청동의 기수The Bronze Horseman」는 독자들에게 문제를 낸다. 이 시의 배경은 1820년대의 상트페테르부르크, 차르 표트르 대제Tsar Peter the Great(1672~1725)의 명에 따라 노동자 수천 명의 목숨을 대가로 치르고 네바 강가의 습지에 지어진 도시다. 푸시킨은 도시의 반짝이는 아름다움을 찬양하면서도 가난한 사무원 예브게니의 이야기를 들려준다. 예브게니의 집은 도시에 강물이 범람했을 때(흔한 일이었다) 파괴되었다. 설상가상으로 예브게니는 자신의 여자친구 집도 망가졌고 여자친구와 그녀의 가족이 익사했다는 사실을 알게 된다. 그는 슬픔으로 미쳐버리고 노숙자가 된다. 그러나 어느 날, 억울함에 괴로워하던 그는 우연히 성 베드로 광장으로 들어서고, 표트르 대제의 청동 기마상 – '세계 절반의 지배자' – 을 올려다보고는 악문 이 사이로 광란의 독설을 쏟아낸다. 그러고는 자신의 만용에 스스로 겁을 먹고 도망친다. 그는 등 뒤에서 쫓아오는 청동 말발굽 소리를 듣고, 나중에는 어느 적막한 섬의 다 쓰러져가는 오두막에서 그의 시신이 발견된다.

우리는 이 시를 어떻게 해석해야 할까? 현대의 러시아 시인 요세프 브로드스키는 평범한 인간의 운명을 무정하게 좌우하는 표트르 대제를 비판하는 시라고 믿었다. 니콜라스 1세의 억압적 체제에 대한 푸시킨의 항의라고 보는 사람들도 있다. 그러나 소련에서는 개인의 수난보다 사회의 발전을 우선하는 스탈린과 같은 강력한 지도자를 칭송하는 시로 읽혔다.

푸시킨의 걸작인 운문소설 「예브게니 오네긴Eugene Onegin」은 복잡한 14행으로 된 389개의 연으로 구성되어 있으며, '남성적인' 단음절의 각운(slam/cram)을 '여성적인' 각운(middle/riddle)과 혼합했다. 이 시는 다른 대다수의 푸시킨 작품보다 더 번역하기 어렵다. 이야기는 비교적 단순하다. 이기적이고 냉소적인 멋쟁이 오네긴이 시골의 영지를 상속한다. 시골에서 그는 이상주의자인 청년 시인 렌스키와 친구가 된다. 수줍음이 많고 열정적인 열일곱 살의 타티아나는 영주의 딸이다. 그녀는 오네긴을 사랑하게 되고 편지로 고백한다. 그러나 오네긴은 섣부른 그녀의 행동을 질타하고, 결혼하면 자신은 권태에 빠질 거라고 말한다. 렌스키는 오네긴을 시골 무도회에 초대한다. 그러나 오네긴은 투박한 일행 때문에 짜증이 복받쳐, 고의적으로 렌스키의 약혼자인 타티아나의 여동생 올가에게 추파를 던지며 렌스키를 도발한다. 렌스키는 오네긴에게 결투를 신청한다. 격식을 차려야 한다는 강박에 결투를 수락한 오네긴은 렌스키를 쏴 죽인다.

그 후 오네긴은 외국으로 여행을 떠나고 타티아나는 오네긴의 빈 저택을 방문해 책과 서류를 살펴보다가 예브게니 오네긴은 실존하는 사람이 아니라 상상 속에서 꾸며낸 바이런 같은 허구라는 결론을 내린다. 세월이 흐른다. 오네긴이 돌아온다. 모스크바의 화려한 연회장에서 그는 대공과 결혼한 타티아나를 만난다. 걷잡을 수 없는 사랑을 느낀 오네긴은 사적인 만남을 시도하고 함께 야반도주하자고 타티아나에게 애원한다. 타티아나는 여전히 오네긴을 사랑한다고 인정하면서도 자기 인생을 망치는 선택을 거부한다.

「예브게니 오네긴」을 그토록 눈부신 걸작으로 만든 것은, 드라마의 액션보다는 팽팽한 스토리텔링과 날카롭고 사실주의적인 세부 묘사다. 예를 들어 결투 장면에서는 회색빛 도는 화약이 가느다랗게 흘러 권총에 들어가는 장면부터 총신에 탄환을 삽입하고, 산등성이에 눈이 서서히 내리고 설원이 햇빛을 받아 섬광처럼 번쩍이는데, 렌스키가 소리 없이 가슴에 손을 대고 쓰러지는 순간까지 낱낱이 가차 없는 정확성으로 해부된다.

미하일 레르몬토프Mikhail Lermontov(1814~1841)는 푸시킨처럼 귀족 가문에서 태어났다. 어머니는 세 살 때 죽었고, 방종하고 부유한 할머니가 그를 양육했다. 훌륭한 교육을 받은 레르몬토프는 프랑스어, 독일어, 영어를 유창하게 구사했으며 재능 있는 화가였다. 그러나 어떤 종류의 통제도 견디지 못하는 성정 탓에 모스크바 대학을 2년 다니고 중퇴해 기병대 사관학교에 입학했다. 그는 황궁 근위대의 경기병 사관으로서 사치와 환락의 삶을 살았고, 바람둥이로 악명을 떨쳤으며, 잔인한 독설과 위트로 유명했다.

푸시킨은 그의 우상이었고, 1837년 1월 푸시킨을 죽음으로 내몬 결투가 벌어지고 며칠이 지나지 않아 「시인의 죽음The Poet's Death」이라는 시가 자필 원고로 유포되었다. 이 시는, 많은 사람의 짐작대로 이 재앙의 책임은 차르 니콜라스의 비밀 내부자 모임인 '왕좌를 둘러싸고 꿈틀거리는 탐욕스러운 자들의 무리The greedy pack who swarm around the throne'에 있다고 비난했다. 레르몬토프가 그 시의 저자였고, 저항을 선동한 죄로 체포되어 짧은 기간 구금되었다가 캅카스의 용기병연대에 파견되었다.

그러나 그건 레르몬토프에게 형벌이 아니었다. 그는 그 산맥과 거친 산사람들을 사랑했다. 어린 시절의 행복했던 휴일을 기억했기 때문이다. 전투에서 무모하리만큼 용맹을 떨쳐 이름을 날린 그는 코사크

포병대원들에게 인기가 좋았다. 1840년 발레리크 강의 전투 이후 군의 공식 공문에서도 그의 '걸출한 용맹'을 치하하게 된다. 그러나 니콜라스 1세는 훈장 수여를 거부했다. 이듬해 그는 신랄한 독설을 더는 견딜 수 없었던 동료 사관과의 결투에서 살해되었다. 존 키츠와 똑같이 스물여섯 살에 죽은 것이다.

레르몬토프가 푸시킨의 생생하고 적나라한 진정성에 가장 가까이 다가간 것은 전쟁 시인으로서 「발레리크Valerik」에서 전투 체험을 묘사할 때였다. 그는 전투를 기다리는 대기 시간을 묘사한다. 코사크의 말들이 고개를 숙인 채 빽빽하게 도열하고, 병사들이 옛날을 회상하며, 서슬 퍼런 총검이 햇빛을 받아 반짝인다. 육탄전을 묘사하는 부분은 공식 기록에 버금가지만, 그는 무의미한 학살을 혐오한다.

우리는 침묵 속에 살해했다, 짐승처럼, 가슴을 맞대고.
분노에 휩싸여, 산더미처럼 쌓인 시체들이 냇물의 목을 졸랐다.
열기와 피로에, 나는 그 물을
마시려 했다 – 냇물은 진흙탕에, 뜨끈하고 붉었다.

그러나 대체로 레르몬토프의 시는 (바이런을 이어) 죽어가는 검투사와, 잃어버린 낙원을 애통하게 그리워하는 어린아이들의 낭만주의적 애상과 캅카스 산봉우리들의 낭만적인 장관 사이를 오간다. 1837년 옥중에서는 자기중심적 관점을 탈피하려는 듯한 태도도 눈에 띈다.

내가 알 수 없는 친애하는 외로운 이웃이여,
수난과 번뇌 속 내 감방의 친우여…….

그러나 갈수록 그는 외로운 영웅의 역할에 젖어든다. 돌팔매와 야유를 당하는 예언자, 추방당한 겁쟁이, 전원으로 도망쳐 나와 맨손으로 흑표범을 때려잡는 수련 수사(「수련 수사 The Novice」), 수녀를 유혹하는 데 성공하지만 마지막 순간에 나타난 구원의 천사 때문에 실패하는 악마(「악마 The Demon」).

레르몬토프는 시뿐만 아니라 실험적인 심리소설 「우리 시대의 영웅 A Hero of Our Time」(1839~1840년)으로도 우리에게 기억된다는 말을 덧붙여야겠다. 권태와 환멸에 젖은 젊은 귀족에 대한 소설인데, 레르몬토프와 퍽 많이 닮았다.

CHAPTER 22

위대한 빅토리아인들

테니슨, 브라우닝, 클러프, 아놀드

테니슨 경 앨프리드Alfred, Lord Tennyson(1809~1892)는 링컨셔 목사의 아들이었다. 그는 케임브리지 대학의 트리니티 칼리지에 다녔다. 초기의 시는 여성적이라는 이유로 조롱을 받았지만, 그는 1850년에 워즈워스로부터 계관시인의 자리를 물려받았다. 아마도 가장 유명한 「경기병 여단의 진격」은 실수로 전달된 명령 탓에, 발라클라바 전투 중에 러시아 포격대로 돌격한 경기병대의 용맹을 기리는 시다.

이유를 따지는 건 그들 몫이 아니었고
행하고 죽는 것이 그들의 몫이었다.
죽음의 계곡으로
600명이 말을 달렸다.
Theirs not to reason why,

Theirs but to do and die:

Into the valley of Death

Rode the six hundred.

지금도 시를 낭송하는 테니슨의 목소리를 왁스 실린더 녹음으로 선명하게 들을 수 있다.

그는 우울증 성향이 있었고, 아버지가 상속에서 배제되는 바람에 영지가 방계인 테니슨 데인코트 쪽으로 넘어가 울분을 품고 있었다. 그는 자신이 왕족의 후예라고 믿었고 웨스트민스터 사원을 자주 방문해 플랜태저넷 왕가의 무덤에서 자신과 닮은 꼴을 찾아보곤 했기에 마음의 상처가 특히 컸다. 1884년에 그는 작위를 받았는데, 시를 써서 귀족 신분을 얻은 첫 번째(그리고 지금까지는 유일한) 시인이었다.

테니슨의 시는 듣기 좋은 선율로 유명했으나, 사실 시적 천재성은 선율을 훌쩍 넘어섰다. 테니슨은 관점과 정확성의 거장이다. 이 두 가지의 특징은 「독수리The Eagle」에서 뚜렷하게 드러난다.

굽은 손으로 험준한 바위를 움켜쥐었다,

외로운 땅에서 태양 가까이,

하늘빛 세계에 에둘러 그는 선다.

그 아래 주름진 바다가 기고,

그는 산의 벽에서 지켜보다가,

번개처럼, 떨어진다.

He clasps the crag with crooked hands,

Close to the sun in lonely lands,
Ring'd with the azure world he stands.

The wrinkled sea beneath him crawls,
He watches from his mountain walls,
And like a thunderbolt, he falls.

슬픔과 상실은 끈질기게 등장하는 주제다.

눈물, 하릴없는 눈물, 무슨 뜻인지 나는 모르네,
어떤 신성한 절망의 깊이에서 우러나는 눈물.
Tears, idle tears, I know not what they mean,
Tears from the depth of some divine despair.

그는 내면의 절망에 맞는 외부의 표상을 찾는다.

부서져라, 부서져라, 부서져라,
그대의 차가운 회색 돌들 위에, 아 바다여!
Break, break, break,
On thy cold gray stones, O sea!

「티토누스Tithonus」에서, 불멸이라는 저주를 받은 화자는 시들어가는 세계를 본다.

숲은 썩고, 숲은 썩고, 쓰러진다,

안개는 무거운 짐을 흐느껴 울어 땅으로 떨어뜨리고
사람은 오고, 논밭을 갈고, 그 아래 눕는다,
그리고 여러 번 여름이 지나면 백조는 죽는다.
The woods decay, the woods decay, and fall,
The vapours weep their burthen to the ground,
Man comes, and tills the field, and lies beneath,
And after many a summer dies the swan.

「율리시스Ulysses」에서, 이타카로 돌아온 호메로스의 늙은 영웅은 마지막 한 번의 여행을 갈망한다.

석양 너머로, 서쪽 모든 별이 잠기는 물을 넘어,
내가 죽을 때까지.
To sail beyond the sunset, and the baths
Of all the western stars, until I die.

테니슨은 그 어떤 영국 시인보다도 「오디세이아」의 영향을 많이 받았다. 「연꽃 먹는 사람들The Lotos-eaters」은 몽환적인 망각을 경이롭게 그려낸다.

오후에 그들이 닿은 땅에서는
언제나 오후인 듯 보였다…….
In the afternoon they came unto a land
In which it seemed always afternoon...

테니슨은 또한 여자들의 고통도 상상한다. 남자들이 모든 액션을 담당하고 여자들은 지켜보고 기다리는 일밖에 할 수 없는 사회에 사는 고통 말이다. '그늘이 반쯤 지겨워진half sick of shadows' '레이디 샬롯The Lady of Shallot'은 제한된 삶을 탈출하고, 죽음을 맞는다. '마리아나Mariana'는 다시는 오지 않을 연인을 기다리고, 그사이 그녀 주위의 환경은 쇠락해 폐허로 변한다.

박공벽에 배를 묶어둔
매듭에서 녹슨 못들이 떨어졌네,
부서진 헛간들은 슬프고 이상해 보였다…….
The rusted nails fell from the knots
That held the pear to the gable-wall,
The broken sheds looked sad and strange…

1833년에 테니슨의 대학 친구 헨리 핼럼이 스물두 살의 나이에 뇌출혈로 죽었고, 테니슨은 흔히 걸작으로 꼽히는 장시 「인 메모리엄In Memoriam」에서 그를 애도했다.

그는 여기 없고, 아득히 멀리 있다.
삶의 소음이 다시 시작된다,
부슬부슬 내리는 비 사이로 섬뜩하게
반질거리는 거리 위에 여백의 하루가 동튼다.
He is not here, but far away
The noise of life begins again,
And ghastly thro' the drizzling rain

On the bald street breaks the blank day.

「인 메모리엄」이 애도하는 건 핼럼뿐만이 아니었다. 19세기 초반에 지질학자들은 지구가 성경에 암시된 것보다 수백만 년 더 오래되었고, 광활한 땅덩어리는 상시 변화하고 있으며, 인류뿐 아니라 인류가 존재했다는 모든 흔적이 어느 날 지워질 거라는 사실을 밝혀냈다. 「인 메모리엄」은 이 무서운 발견을 기록한다.

언덕들은 그림자이고, 형태를 바꾸어가며
흘러가고, 아무것도 버티지 못한다,
그들은 안개처럼 녹아내린다, 단단한 땅,
구름처럼 형상을 취하고 떠나간다.
The hills are shadows, and they flow
From form to form, and nothing stands,
They melt like mist, the solid lands,
Like clouds they shape themselves and go.

많은 사람이 이런 앎 앞에서 기독교 신앙을 지키기 어렵다는 사실을 깨달았다. 테니슨도 그중 한 명이었던 것으로 보인다.

최후의 위대한 시였던 「모드Maud」(1855년)에서는 상속 배제로 인한 데인코트에 대한 격분과, 과거에 그를 퇴짜 놓은 은행가의 딸 로사 베어링과의 쓰라린 기억이 살인적인 독설로 폭발한다. 빅토리아 시대의 상업과 산업에서 엄청난 재산을 축적한 졸부들을 향한 비난이었다. 그 맹폭함은 거의 광적이다. 「모드」의 '차갑고 반듯하게 깎은 듯한 얼굴'을 꿈꾸다 깨어난 화자는 밤길을 휘적휘적 걷는다.

이제 광활하게 부서져 배를 난파시키는 파도의 포효를 들으며
물살에 끌려 내려오는 미친 해변의 비명을 들으며 이제
섬뜩한 빛을 받은 겨울바람 속을 걸었네, 그리고 찾았네,
반짝이는 수선화는 죽고, 무덤 속 낮게 깔린 오리온을.
Listening now to the tide in its broad-flung ship-wrecking roar,
Now to the scream of a maddened beach dragged down by the wave,
Walked in a wintry wind by a ghastly glimmer, and found
The shining daffodil dead, and Orion low in his grave.

열정적인 섹슈얼리티는 테니슨과 빅토리아 시대의 시에 대한 기존 관념을 뒤집는다.

그녀가 온다, 내 여자, 내 연인,
아무리 가벼운 발걸음이라도
내 심장이 그녀를 듣고 두근거리리,
두덩의 흙이라 해도
내 먼지가 그녀를 듣고 두근거리리,
내가 1세기 동안 죽어 누워 있었다 해도
그녀 발밑에서는 소스라쳐 떨어,
보랏빛과 빨강으로 꽃 피우리라.
She is coming, my own, my sweet,
Were it ever so airy a tread,
My heart would hear her and beat,

Were it earth in an earthy bed;
My dust would hear her and beat,
Had I lain for a century dead;
Would start and tremble under her feet,
And blossom in purple and red.

로버트 브라우닝Robert Browning(1812~1889)은 비국교도 가문 출신이라 대학을 다닐 수가 없었다. 그러나 브라우닝의 아버지는 부유했고 굉장한 장서를 소장하고 있었다. 그래서 브라우닝은 집에서 교육을 받았고, 테니슨과 마찬가지로 직업을 구할 필요도 없었다. 그는 이미 시인으로서 명성을 쌓은 여섯 살 연상의 엘리자베스 배럿과 사랑에 빠졌고, 엘리자베스 배럿은 1846년 윔폴 스트리트에 있는 아버지의 집에서 탈출해 브라우닝과 함께 사랑의 도피를 했다. 두 사람은 피렌체에 정착했다. 브라우닝은 르네상스 예술과 역사에 푹 빠졌고 이탈리아가 자신의 '대학'이라고 했다.

가장 좋아하는 시인은 존 던이었고, 던처럼 그 역시 '극적 독백'을 썼다. 극적 독백은 상상 속 캐릭터들의 발화를 꾸며내어 쓴 시다. 화자는 뒤틀리고 악의적인 심리를 가진 경우가 많고 이야기를 통해 자기 정체를 드러낸다. 「스페인 수도원의 독백Soliloquy of the Spanish Cloister」에서 화자는 독 같은 증오에 시달리고 있다.

으으…… 저기 간다, 내 심장이 증오하는 추악한 인간!
저주받은 화분에 물을 주어라, 어서!
증오가 사람을 죽인다면, 로런스 수사,
신의 피, 내 증오가 너를 죽이면 얼마나 좋을까!

Gr-r-r– there go, my heart's abhorrence!
Water your damned flower-pots, do!
If hate killed men, Brother Lawrence,
God's blood, would not mine kill you!

뒤로 갈수록 로런스 수사는 죄가 없고, 수도원의 정원을 사랑하며, 모두가 나눠 먹을 과일을 기른다는 사실이 명백히 드러난다. 증오하는 이를 괴롭히는 건 바로 이런 그의 미덕에 대한 생각이다. 종교의 허울을 두른 악에서 영감을 받은 또 다른 시는 「주교가 성 프락시드 교회에 자신의 무덤을 주문하다The Bishop Orders his Tomb at Saint Praxed's Church」다. 이 시에서 죽음을 앞둔 가톨릭의 고위직 사제가 아들들에게(독신의 사제로서 원래는 아들이 있으면 안 된다) 앞으로 화려한 추모비를 건립하라고 지시한다.

아, 하느님, 커다란 청옥석 덩어리도,
목울대에서 자른 유대인의 머리처럼 커다랗고,
마돈나의 가슴을 가로지른 핏줄처럼 푸르른.
Some lump, ah God, of *lapis lazuli*,
Big as a Jew's head cut off at the nape,
Blue as a vein o'er the Madonna's breast.

음탕하고 잔인한 비유들이 화자의 진짜 정체를 폭로한다.

반면 「내 마지막 공작 부인My Last Duchess」은 좀 더 복잡하고 불길하다. 어느 귀족이 방문객에게 미술품 전시장을 구경시켜주면서 커튼을 걷어 젊은 여자의 초상화를 보여준다. 공작이 마지막으로 결혼했던 부인이라고 설명하면서. 그녀의 잘못은 지나친 친절이었다. 그녀는 아무한테나 미소를 지어 보였다.

……흡사 900년의 이름을 지닌 내 선물을
아무나 준 선물과
동등하게 급을 매기는 것처럼.
...as if she ranked
My gift of a nine-hundred-years-old name
With anybody's gift.

그래서 귀족은 그녀의 살인을 교사한다.

……나는 명령을 내렸다,
그러자 모든 미소가 한꺼번에 그쳤다.
...I gave commands,
Then all smiles stopped together.

손님과 함께 전시장을 나오면서 그는 다른 미술작품을 가리킨다.

……하지만 저 넵튠을 보세요,
해마를 길들이고 있는 모습, 귀한 것이라고들 생각하지요,
인스브루크의 클라우스가 나를 위해 청동으로 주조해준 것이랍니다.
...Notice Neptune, though,
Taming a sea-horse, thought a rarity,
Which Claus of Innsbruck cast in bronze for me.

이 미술 애호가는 아내의 초상화를 실제 살아 있는 아내보다 더 좋아한다. 살아 있는 아내는 자기만의 의지가 있기 때문이다. 해마를 길들이는 넵튠에게 마음이 끌리는 것도 길들이는 행위가 자연적인 활력을 빼앗기 때문이다. 청동으로 주조하는 행위도 그렇고 말이다. 짐짓 겸손한 척하는 '귀한 것이라고들 생각하지요'라는 표현('사실 값을 매길 수 없이 귀한 물건이다'라는 뜻이다)은 이 캐릭터에 완벽하게 들어맞는다. 사람들이 말하고 움직이고 옷을 입는 방식과 외양은 브라우닝의 예술에 결정적으로 중요하다. 심지어 카타르catarrh*에 잘 걸리는 체질까지도.

그가 웃을 때면 후두에서 꾸르륵거리는 소리가 났다,
그 깊은 곳에서 기름에 튀겨지는 튀김이 있는 것처럼.
A-babble in the larynx while he laughs,
As he had fritters deep-down frying there.

이는 「반지와 책The Ring and the Book」에 나오는 구절이다. 로마의 살인 사건을 다룬 브라우닝의 서사시는 사건에 대한 서로 상충하는 견해가 진실의 개념을 어떻게 흐리는지를 보여준다. 요즘은 잘 읽히지 않지만, 역사를 통틀어 가장 뛰어난 언어적 기예의 기적 중 하나다.

「프라 리포 리피Fra Lippo Lippi」에서는 브라우닝이 자기 자신처럼, 리얼리즘의 선구자로 보았던 15세기 피렌체의 화가를 화자로 내세운다. 그는 종교예술의 고정관념에 반대해, 살아 있는 사람들의 생생한 모습을 묘사한다. 이 시에서 수사修士 리포는 야경꾼(지역 경찰)에게 체포되어 그들의 얼굴을 재빨리 스케치해야 하니 분필이나 목탄 한 조각만 달라

---

* 분비물을 유리하는 점막의 염증.

고 애원하고 있다. 지금 그리고 있는 세례 요한의 성화에서 성자의 머리채를 잡아 잘린 머리를 들고 있는 잔인한 멍청이로 완벽하게 어울리는 얼굴이라면서.

브라우닝의 심리적 통찰과 그의 작품 속에서 스스로 자신을 드러내는 화자들은 아서 휴 클러프Arthur Hugh Clough(1819~1861)에게 영향을 미쳤을 것이다. 리버풀 면화 상인의 아들인 클러프는 사우스캐롤라이나에서 어린 시절을 보냈지만, 영국으로 돌아와 교육을 받았다. 한동안은 아내의 친척인 플로렌스 나이팅게일Florence Nightingale을 위해 무급 비서로 일하기도 했다. 가장 유명한 시는 서정시 「아무리 애써봤자 소용없다고 말하지 말아요Say not the Struggle nought Availeth」다. 제2차 세계대전의 암흑기에 윈스턴 처칠이 대국민 방송에서 이 시를 인용하기도 했다. 그러나 클러프의 걸작은 「여행의 사랑Amours de Voyage」이다. 운문으로 쓴 중편소설로, 로마에서 휴일을 보내고 있는 예민하고 경박한 청년 클로드가 영국에 있는 친구에게 보낸 편지로 이루어져 있다(클로드는 로마가 '쓰레기 같다'고 표현한다).

그는 젊은 영국 여자를 만나 매력을 느끼고, 그녀 역시 그에게 이끌린다. 그러나 어느 정도는 운이 없어서, 그리고 어느 정도는 클로드의 우유부단함 때문에 아무 일도 일어나지 않는다. 애잔하고 은근하고 예리한 이 시는 놀라울 만큼 현대적이고, 마치니와 가리발디가 단명한 로마 공화국을 수립하던 1849년 로마 길거리의 삶을 생생하게 그려낸다. 결말에서 클로드는 미래에는 더욱 단호하게 행동하겠다고 다짐한다.

> 밖을 똑바로 내다보고, 현실을 보고, 회피하지 않으려 노력할 거다.
> 내게 사실은 사실일 것이고, 진실은 진실일 것이다.
> 융통성 있고, 변화할 수 있고, 모호하고, 다중의 형태를 띠고, 회의하

면서.

I will look straight out, see things, not try to evade them;
Fact shall be fact for me, and the Truth the Truth, as ever
Flexible, changeable, vague, and multiform, and doubtful.

씁쓸한 3행은 테니슨을 크게 동요시켰던 지리적 발견이 당시 지구상에서 가장 거대한 제국이었던 나라의 심장부에서 광범하게 퍼지고 있던 확신의 상실, 그 일부였음을 보여준다.

매튜 아놀드Matthew Arnold(1822~1888)는 유명한 교육개혁가이자 럭비스쿨(토머스 휴즈의 1857년 소설 「톰 브라운의 학창 시절Tom Brown's School Days」에 묘사된 학교다)의 교장 아들이었다. 럭비스쿨과 옥스퍼드에서 클러프와 친하게 지냈고, 1861년 친구가 피렌체에서 말라리아로 세상을 떠나자 추모의 비가 「티르시스Thyrsis」를 썼다. 옥스퍼드의 전원을 노래한 아놀드의 다른 시 「학자 집시The Scholar Gipsy」처럼 「티르시스」 역시 행복을 과거에 두고 있다.

……삶은 반짝이는 템스 강처럼 명랑하게 흘러갔다,
진저리나는 성마름, 분열된 목표,
현대의 삶이라는 이 이상한 질병 이전의 삶은.
…life ran gaily as the sparkling Thames,
Before this strange disease of modern life,
With its sick hurry, its divided aims.

아놀드는 문화비평가였고, 여러 문학작품이 널리 읽혔다. 비극적 시 「소랍과 루스툼Sohrab and Rustum」에서는 아버지가 자신도 모르는 사이에 친아들을 죽인다. 이 시는 페르시아 시인 피르다우시Firdawsi(940~1020)의 서사시에 나오는 일화에 근거한다. 역시 비극인 「버림받은 인어The Forsaken Merman」는 바다를 다스리는 왕과의 사이에서 자식을 낳은 인간 어머니를 다룬다. 그녀는 바다의 가족을 버리고 인간의 삶으로 돌아간다. 어린 인어 아이들은 밤에 육지로 몰래 올라와 묘석을 딛고 서서 교회 유리창 안을 엿보며 어머니가 기도하는 모습을 본다. 그러나 그녀는 돌아오지 않는다.

아놀드의 시에 젖어든 슬픔은 「도버 해변Dover Beach」에서 가장 기억에 남게 체감된다. 이 시는 19세기에 서서히 사라지고 있던 종교적 신앙을 사색한다. 시를 쓴 연도는 1851년으로 추정된다. 다윈의 『종의 기원The Origin of Species』이 출간되어 이 시가 개탄하는 과정을 가속하기 8년 전이었다.

아, 사랑아, 우리는 서로에게
충실하기로 하자, 세계가
꿈의 땅처럼 우리 앞에 펼쳐져 있는 듯하니
너무나 다채롭고, 너무나 아름답고, 너무나 새로운 꿈,
그곳에 사실은 기쁨도, 사랑도, 빛도,
확신도, 평화도, 고통의 도움도 없어서,
그래서 어두워지는 평원에 선 듯 여기 우리가 있다,
무지한 군대가 밤에 충돌할 때
분투와 도망의 혼란스러운 경종에 휩쓸려서.
Ah love, let us be true
To one another, for the world which seems
To lie before us like a land of dreams,

So various, so beautiful, so new,
Hath really neither joy, nor love, nor light,
Nor certitude, nor peace, nor help for pain,
And we are here as on a darkling plain,
Swept with confused alarms of struggle and flight,
Where ignorant armies clash by night.

CHAPTER 23

개혁, 결단과 종교 : 빅토리아 시대의 여성 시인들

엘리자베스 배럿 브라우닝, 에밀리 브론테, 크리스티나 로제티

엘리자베스 배럿 브라우닝Elizabeth Barrett Browning(1806~1861)은 신동이었다. 네 살 때부터 시를 쓰기 시작했고, 열두 살 때 마라톤 전투에 대한 서사시를 썼다. 그리스어와 히브리어를 배웠고 아이스킬로스Aeschylus의 「결박된 프로메테우스Prometheus Bound」를 번역했다.

사회정의에 대한 헌신에도 주저함이 없었다. 배럿 아버지의 부富는 자메이카의 사탕수수 농장에서 왔지만, 결연하게 노예제 반대 운동을 벌였다. 「국가를 위한 욕설A Curse for a Nation」에서는 한 천사가 명령을 내려, 바로 그녀의 가문처럼 착취로 먹고사는 사람들을 욕하라고 명령한다. 감사와 혈연의 유대가 있으니 그럴 수 없다고 천사에게 애원하지만, 천사는 자기가 욕설을 대신 써주겠다고 한다. 1833년 영국의 모든 식민지에서 노예제가 폐지되었을 때 배럿 집안의 재산은 큰 손해를 입었다.

1842년의 시 「아이들의 울음The Cry of the Children」은 광산과 공장에서 아동노동의 규제를 촉구하는 성공적인 캠페인의 일환이었다. 배럿은 또한 메리 울스턴크래프트Mary Wollstonecraft의 「여성의 권리 옹호A Vindication of the Rights of Woman」에서 영감을 받았고, 운문소설 「오로라 리Aurora Leigh」(1856년)에서는 여자들은 시를 못 쓴다는 남자 친척의 주장에 분노한 여주인공이 런던으로 가서 직업 시인이 된다. 이건 터무니없는 상상이 아니었다. 오로라의 성공은 배럿 브라우닝 자신의 성공을 거울처럼 투영한다. 그녀의 시는 평단의 찬사를 받았고, 워즈워스의 사후에는 테니슨 대신 그녀가 계관시인이 될 거라는 예상이 득세했다.

페미니스트 비평가들은 일정 시기 동안 배럿을 소홀히 대했으나 곧 평판을 되살렸다. 그러나 그녀의 시 몇 편은 한 번도 잊힌 적이 없다. 「포르투갈 사람들에게서 온 소네트Sonnets from the Portuguese」의 소네트 43인 「내가 당신을 어떻게 사랑하느냐고요? 그 방법을 헤아려보아요How do I love thee? Let me count the ways」는 결혼식에서 단골로 낭독되었다. (소네트들은 사실 '포르투갈 사람들에게서 온' 것이 아니라 그녀가 로버트 브라우닝에게 쓴 독창적인 시였다. 그 시들을 출간하면서 두 사람은 그 시들의 사적인 본질을 숨기기로 했다.) 배럿의 종교시들(예를 들어 「나의 구원자여, 내게 나지막하게 말해주오, 낮고 달콤한 목소리로Speak low to me, my Saviour, low and sweet」가 있다) 역시 일종의 사랑시다. 심지어 소네트 43조차 종교적인 색채를 띠고 결말을 맺는다.

……신께서 허락한다면,
죽음 이후에 나는 그대를 더 많이 사랑할 거예요.
...if God choose,
I shall but love thee better after death.

배럿의 가장 힘찬 시는 「악기A Musical Instrument」라고 생각하는 이가 많다. 이 시는 또한 배럿의 마지막 시였고, 사후에 출판되었다. 이 시는 그녀 자신이 예전에 썼던 거의 모든 시에 대한 비평, 아니 남성 뮤즈의 잔인성과 폭력에 맞서 자신의 온화한 시들을 옹호하는 변론이라고 할 수 있다.

그는 무엇을 하고 있었나, 위대한 목신 판은,
강가의 갈대밭 속에서?
폐허를 퍼뜨리고 금지를 흩뜨리고
염소의 발굽으로 첨벙거리고 물장구치고
강물 위에서 잠자리와 떠다니는
황금 백합꽃들을 가르며.

그는 갈대 한 대를 뽑았다, 위대한 목신 판은,
강의 깊고 차가운 바닥에서,
맑은 물이 휘몰아치며 흐르고,
꺾인 백합들이 누워 죽어가고,
그가 강물 밖으로 꺼내 오기 전에
잠자리는 이미 날아가버렸고.

강변 높은 곳에 위대한 목신 판이 앉아 있었고,
강물은 휘몰아치며 흘렀고,
위대한 신은 온 힘을 다해 단단하고 음산한 칼날로
참을성 있는 갈대를 난도질하고 베었고,
결국, 강물에서 싱싱하게 돋아난,

잎새 한 장 흔적도 남지 않았다.

그는 갈대를 짧게 잘랐다, 위대한 목신 판이 그랬다,
(강물 위로 얼마나 길게 자라나 서 있었는지),
그리고 갈대 껍질로부터 사람의 심장처럼
심을 찬찬히 뽑았고,
강가에 앉아서 불쌍한, 메마른, 텅 빈 껍질에
구멍을 팠다.

'이렇게 하는 거지', 위대한 목신 판은 웃었다,
(강가에 앉아서 소리 내어 웃었다),
'유일한 길이지, 신들이 달콤한 음악을 만들기 시작한 이래로,
유일한 성공의 길.'
그러다 갈대의 구멍에 입을 대고
강의 힘을 불어넣었다.

달콤하고, 달콤하고, 달콤하구나, 오, 판이여!
강가에서 달콤하게 꿰어 찌르는구나!
눈이 멀어버릴 정도로 달콤하구나, 오, 위대한 목신 판이여!
언덕의 태양은 죽음을 잊었다.
그리고 백합들은 되살아났고, 잠자리는
강 위로 돌아와 꿈을 꾸었다.

그러나 위대한 목신 판은 절반이 짐승이어서
강가에 앉아 웃으며

사람을 시인으로 만들었고
참된 신들은 그 대가와 고통에 한숨을 쉬었다,
다시는 강의 갈대와 함께 갈대로 자라나지 못할
갈대를 위해서.

What was he doing, the great god Pan,
Down in the reeds by the river?
Spreading ruin and scattering ban,
Splashing and paddling with hoofs of a goat,
And breaking the golden lilies afloat
With the dragon-fly on the river.

He tore out a reed, the great god Pan,
From the deep, cool bed of the river;
The limpid water turbidly ran,
And the broken lilies a-dying lay,
And the dragon-fly had fled away
Ere he brought it out of the river.

High on the shore sat the great god Pan,
While turbidly flowed the river,
And hacked and hewed as a great god can
With his hard, bleak steel at the patient reed,
Till there was not a sign of a leaf indeed,
To prove it fresh from the river.

He cut it short, did the great god Pan,
(How tall it stood in the river),
Then drew the pith, like the heart of a man,
Steadily from the outside ring,
And notched the poor, dry empty thing
In holes, as he sat by the river.

'This is the way', laughed the great god Pan,
(Laughed as he sat by the river),
'The only way, since the gods began
To make sweet music, they could succeed.'
Then, dropping his mouth at a hole in the reed,
He blew in power by the river.

Sweet, sweet, sweet, O Pan!
Piercing sweet by the river!
Blinding sweet, O great god Pan!
The sun on the hill forgot to die.
And the lilies revived, and the dragon-fly
Came back to dream on the river.

Yet half a beast is the great god Pan
To laugh as he sits by the river,
Making a poet out of a man,
The true gods sigh for the cost and pain,

For the reed which grows nevermore again
As a reed with the reeds in the river.

에밀리 브론테Emily Brontë(1818~1848)는 브론테 가의 여섯 아이 중 다섯째였고, 아버지 패트릭이 부목사로 재직하던 헤이워스 교회 목사관에서 형제자매와 함께 자랐다. 세 살 때 어머니를 여의었고 두 여동생은 어려서 죽었다. 언니 샬럿의 소설 「제인 에어Jane Eyre」에서 묘사된 코완브릿지의 학교에 잠시 다녔고, 1842년에는 샬럿과 함께 브뤼셀에 있는 콘스탄틴 헤거의 학교에 다닌 적도 있다. 헤거는 에밀리 브론테의 '고집스럽고 끈질긴 의지'에 대해 말한 적이 있고 에밀리가 '남자였어야 한다'고 생각했다. 공식 교육은 받지 못했지만 독일어와 피아노를 독학했고, 심지어 몇 달간 교편을 잡기도 했다. 그러나 엄정한 일과와 향수병을 견디지 못하고 그만두었다.

브론테 가의 아이들은 판타지 속에서 살았다. 상상의 영토인 앵그리아와 곤달의 역사를 산문과 운문으로 썼는데, 여기에 나오는 인물들은 남동생 브랜웰의 장난감 병정 상자에 착안해 창작했다. 자전적으로 보이는 에밀리의 시들도 곤달의 캐릭터를 연상시킬 때가 있다. 1846년 샬럿, 에밀리, 앤은 각자 쓴 시를 한 권의 시집으로 엮어 출간했다. 제목은 남자의 필명을 써서 '커러, 엘리스, 액턴 벨의 시집Poems by Currer, Ellis and Acton Bell'이라고 붙였다. 이 시집은 단 두 권이 팔렸다고 한다.

사후에 퍼진 이야기들에서 에밀리는 야성적이며 자연 친화적이었던 모습으로 회상되었다. 황야를 산책하다가 새끼새나 어린 토끼를 데리고 와서, 당연히 자기 말을 알아들을 거라고 믿고 말을 걸었다고 한다. 그녀는 격분을 터뜨릴 수도 있었다. 불 마스티프 교배종이었던 그녀의 개 키퍼가 하얀 침대보에 누워 말을 듣지 않으면, 개가 '반쯤 눈이 멀 정도로' 끔찍하게 주먹질을 했다고 한다. 1848년 겨울, 결핵으로 죽어가던 그녀는 약을 먹지 않았고 '독을 먹이는 의사'가 제 곁에 오지도 못하게 했다.

에밀리의 시는 용기와 종교적 신앙을 표현한다.

겁쟁이 영혼은 내 것이 아니다,
폭풍이 불어닥치는 세계의 반구에서 떠는 사람이 아니다,
천국의 영광이 빛나고,
신앙이 똑같이 빛나며 나를 무장해, 공포로부터 나를 지켜주리라.
No coward soul is mine,
No trembler in the world's storm-troubled sphere,
I see heaven's glories shine,
And faith shines equal, arming me from fear.

샬럿은 훗날 이것이 에밀리 브론테의 마지막 시였다고 말했지만, 그건 분명 사실이 아니었다. 현대의 비평가들은 샬럿이 에밀리를 '신화화'한다고 비난했고, 심지어 몇 편을 고쳐 썼다는 혐의도 두었다. 그렇다 해도 변하지 않을 사실은, 이 시들에 투영된 인격이 「폭풍의 언덕Wuthering Heights」의 작가에게서 기대할 만한 것이었다는 점이다. 황량한 풍경의 매혹과 잃어버린 사랑의 아픔은 끈질기게 깔려 있다.

흙 속에서 차가운데, 그대 위에 깊은 눈이 첩첩이 쌓이고
멀리, 멀리, 음울한 무덤 속에 차갑게, 후미진 곳에!
단 하나의 내 사랑아, 모든 걸 가르는 시간의 파도로 마침내 헤어져
나 그대를 사랑하는 것을 잊었나?

이제, 혼자 있을 때도, 내 생각은 산맥 위,
저 북부의 바닷가를 떠돌지 않고,
히스와 고사리 잎사귀가 그대의 고결한 심장을 영원히,
영원히 뒤덮은 곳에 그 날개를 접어 쉬네.

Cold in the earth, and the deep snow piled above thee,
Far, far, removed, cold in the dreary grave!
Have I forgot, my only Love, to love thee,
Severed at last by Time's all-severing wave?

Now, when alone, do my thoughts no longer hover
Over the mountains, on that northern shore,
Resting their wings where heath and fern leaves cover
Thy noble heart forever, ever more?

헤이워스에서 멀리 있을 때 그녀를 덮친 향수병은 「잠시A Little While」에 잘 드러난다. 고향이라는 말은 특별히 매혹적으로 들리지 않기 때문에 여기에 없다. 그래서 훨씬 더 힘찬 시다.

말 없는 새가 돌 위에 앉아 있고,
짙은 이끼 벽에서 뚝뚝 떨어지네.
앙상한 가시나무, 웃자란 오솔길,
그들을 사랑한다 – 그 모든 걸 얼마나 사랑하는지!
The mute bird sitting on the stone,
The dark moss dripping from the wall.

The thorn-trees gaunt, the walks o'ergrown,
I love them–how I love them all!

사랑받지 못하는 외톨이라는 참담한 자각도 있다.

나는 어느 혓바닥 하나 묻지 않고, 어느 눈 하나 슬퍼하지 않을
그런 운명을 지닌 단 한 사람,
태어난 이후 단 한 번도
우울한 생각 하나, 기쁨의 미소 하나 불러일으킨 적 없네.
I am the only being whose doom
No tongue would ask, no eye would mourn,
I never caused a thought of gloom,
A smile of joy, since I was born.

그러나 이 외로움은 선택한 것이다.

나는 내 천성이 이끄는 곳으로 걸어가리,
다른 안내인을 선택하자니 마음이 어지럽네,
고사리 우거진 협곡에서 회색 양떼가 풀을 뜯고 있는 곳,
거센 바람이 산등성이에 불어오는 곳으로.
I'll walk where my own nature would be leading,
It vexes me to choose another guide,
Where the grey flocks in ferny glens are feeding,
Where the wild wind blows on the mountain side.

크리스티나 로제티Christina Rossetti(1830~1894)는 문학인 가문에서 태어났다. 아버지는 시인이었고 이탈리아에서 온 정치적 망명자였다. 어머니의 형제는 최초의 뱀파이어 소설을 쓴 바이런의 친구 존 윌리엄 폴리도리John William Polidori였다. 크리스티나 로제티의 오빠는 라파엘전파 시인이자 화가였던 단테 가브리엘 로제티였고, 크리스티나는 오빠의 가장 유명한 그림들에서 모델이기도 했다. 열네 살 때부터 신경쇠약을 앓았고 나중에는 갑상선 장애 때문에 외모도 달라졌다. 신앙심이 깊었고, 말년에는 시가 아닌 종교 산문을 썼다. 1859년부터 1870년까지는 전직 매춘부를 위한 보호소에서 자원봉사 활동을 했다.

그녀의 걸작은 1862년에 출간된 「도깨비 시장Goblin Market」이다. 다른 영시와는 전혀 다르게, 화려하게 관능적이고 기교적으로 천재적이었으며 겉으로는 단순해 보여도 시행의 길이, 각운과 리듬을 정교하게 활용했다. 기만적으로 꾸밈이 없어서, 언뜻 보면 어린아이를 위한 동화 같다. 그것만으로도 남자 빅토리아 문인이 썼을 법한 그 어떤 시와도 다르다.

이 시에는 로라와 리지라는 젊은 두 여자, 매혹적인 소리를 지르며 호객 행위를 하는 과일 파는 도깨비들이 나온다.

> 어서 와서 사세요, 와서 사세요,
> 사과와 모과,
> 레몬과 오렌지,
> 새가 쪼아 먹지 않은 통통한 체리,
> 멜론과 라즈베리,
> 꽃처럼 볼이 탐스러운 복숭아,
> 가무잡잡한 머리의 멀베리,

야생에서 자유롭게 태어난 크랜베리,
꽃사과, 듀베리,
파인애플 블랙베리…….
Come buy, come buy,
Apples and quinces,
Lemons and oranges,
Plump unpecked cherries,
Melons and raspberries,
Bloom-down-cheeked peaches,
Swart-headed mulberries,
Wild free-born cranberries,
Crab-apples, dewberries,
Pine-apples blackberries…

무자비하리만큼 탐스러운 과일의 폭격이 이렇게 계속 이어진다. 리지는 '저들의 사악한 선물이 우리를 해칠 거'라고 경고하고, 가까이서 보면 정말로 도깨비들이 불길해 보인다. 한 도깨비의 얼굴은 고양이이고, 또 다른 도깨비는 꼬리가 있으며, 하나는 쥐 같고, 또 달팽이 같은 도깨비도 있다. 그러나 생각 없는 로라는 황금빛 머리카락이 든 로켓을 주고 과일을 사고, 꿀보다 달콤하고 와인보다 독한 그 아름다운 즙을 빨고 빨고 또 빤다.

리지는 겁이 덜컥 난다. 도깨비한테서 과일을 산 친구 지니가 시름시름 앓다가 죽은 기억이 떠오른다. 아니나 다를까, 로라는 곧 경솔함의 대가를 치른다. 다음에 도깨비들이 나타났을 때, 리지에게는 그들의 노래가 들린다. 하지만 로라는 그 노래를 듣지 못하고, 더는 과일을 사지 못한다. 로라는 쇠약해지고 머리카락도 회색으로 변한다. 용감한 리지는 로라를 구하겠다고 결심하고, 은 동전으로 로라를 위해 도깨비의 과일을 사려 한다. 그러나 도깨비들은 과일은 그 자리에서 먹어야 한다고 고집을 부리고, 리지가 거절하자 리지를 때리고 할퀴고 옷을 찢는다. 도깨비들은 리지의 입을 강제로 열려 하고, 그녀의 얼굴과 목에 과일을 짓이겨 과즙 범벅을 만든다.

영특한 리지가 계획한 대로였다. 리지는 집에 있는 로라에게 달려가 외친다. '내게 키스해, 내 과즙을 빨아…… 나를 먹어, 나를 마셔, 나를 사랑해.' 그래서 로라는 키스하고 빨아대지만, 과즙은 이제 쓰디쓴, 끔찍한 맛으로 변했다. 로라는 열이 올라 잠이 들고, 리지는 간호한다. 아침에 로라는 깨끗하게 나은 순수한 모습으로 잠에서 깬다. 머리카락도 다시 빛나는 황금빛으로 돌아와 있었다. 수년이 흐른 후, 둘 다 누군가의 아내가 되어 아이들을 낳아 기르게 되었을 때, 로라는 가끔 어린 아이들을 한데 모아 사악한 도깨비들과 생명을 구한 리지의 사랑 이야기를 들려준다.

「도깨비 시장」에는 많은 의미가 있지만, 뭐니 뭐니 해도 이 시는 페미니스트의 시다. 여자들 사이의 사랑이 사악한 유혹으로부터 서로를 구할 수 있음을 가르쳐주며, 리지의 '나를 먹어, 나를 마셔, 나를 사랑해'라는 말은 확실히 여자들 사이의 사랑을 그리스도와 성찬식의 빵과 와인에 연결 짓는다. 또한 로제티가 전직 매춘부 보호소에서 일하며 보고 들은 바가 이 시에 반영되어 있다고 볼 수도 있다.

「도깨비 시장」 외에 로제티의 가장 유명한 작품으로 꼽히는 시는 단순하게 '노래Song'라는 제목을 갖고 있다.

내가 죽으면, 내 소중한 사람,

나를 위해 슬픈 노래를 부르지 말아요,
내 머리맡에 장미도
그늘진 사이프러스 나무도 심지 말아요.
나를 덮은 푸른 잔디가 되어줘요,
소나기와 이슬에 젖은 잔디,
그대 그러고 싶다면, 기억해요,
그대 그러고 싶다면, 잊어줘요.

나는 그림자를 보지 못할 거예요,
나는 비를 느끼지 못할 거예요,
뜨지도 지지도 않는
황혼을 가로질러 꿈꾸며
아픈 데가 있는 것처럼 끝없이 노래하는,
나이팅게일 소리를 듣지도 못할 거예요,
어쩌면 내가 기억할지도 모르지요,
어쩌면 내가 잊을지도 모르지요.

When I am dead, my dearest,
Sing no sad songs for me,
Plant thou no roses at my head,
Nor shady cypress tree.
Be the green grass above me,
With showers and dewdrops wet;
And if thou wilt, remember,
And if thou wilt, forget.

I shall not see the shadows,
I shall not feel the rain,
I shall not hear the nightingale
Sing on, as if in pain;
And dreaming through the twilight
That doth not rise nor set,
Haply I may remember,
And haply may forget.

로제티 연구자들은 두 번째 연에 드러나는 의심이 그저 영혼이 죽음과 부활 사이에서 의식이 있는지 여부에 대한 것이며, 로제티의 기독교 신앙은 그 이상의 의심을 불허했으리라 주장한다. 그러나 기독교 신자가 아닌 독자들은 그런 확언이 없어도 강력한 호소력을 느낄 수 있으리라.

CHAPTER 24

미국의 혁명가들

월트 휘트먼, 에밀리 디킨슨

최초의 미국 시인들은 영국 이민자였다. 그중에 청교도 시인인 앤 브래드스트리트Anne Bradstreet(1612~1672)와 또 다른 청교도 시인 에드워드 테일러Edward Taylor(1642?~1729)가 있었는데, 에드워드 테일러의 시는 20세기가 되어서야 발견되어 출간되었다. 미국에서 태어난 시인 중에는 철학자이자 종교 사상가인 랠프 왈도 에머슨Ralph Waldo Emerson(1803~1882), 오지브와족의 전설에 근거해 비극적 서사시 「히아와사의 노래The Song of Hiawatha」를 쓴 헨리 워즈워스 롱펠로Henry Wadsworth Longfellow(1807~1882), 그리고 에드거 앨런 포Edgar Allan Poe(1809~1849)가 있었다. 포는 다방면에서 천재성을 보여주었다. 「모르그 가의 살인 사건The Murders in the Rue Morgue」은 최초의 탐정소설이었고, 다른 단편들과 함께 『미스터리와 상상력의 이야기들Tales of Mystery & Imagination』에 수록되어 사후에 출간되었다. 그는 또한 걸출한 비평가였다. 그의 시 중에서 유명한 작품은 「갈까마귀The Raven」, 눈부시게 선율이 아름다운 사랑 시인 「애너벨 리Annabel Lee」, 그리고 「헬렌에게To Helen」가 있다.

헬렌, 네 아름다움은 내게
먼 옛날의 니케아 배들과 같아,
향기로운 바다 위에 부드럽게 떠가는,
그 지친, 여행에 지쳐버린 방랑자를 싣고
고향 바닷가로 데려다주는.
Helen, thy beauty is to me
Like those Nicean barks of yore,
That gently o'er a perfumed sea,
The weary, way-worn wanderer bore
To his own native shore.

그러나 과거의 낡은 틀을 모두 박살낸 미국 시인 두 명은 휘트먼과 디킨슨이었다.

월트 휘트먼Walt Whitman(1819~1892)은 브루클린에서 성장했다. 가족은 가난했고, 열한 살 때 학교에서 나와 주로 독학을 했다. 휘트먼은 동성애자였다. 아니, 양성애자였을 수도 있다. 그는 평생에 걸쳐 성인 남자, 소년들과 강렬한 관계를 맺었으나 혼외 자식을 여섯이나 두었다고 주장하기도 했다. 휘트먼은 식자공이자 인쇄업자로 일하다가 훗날 신문 편집자로 일했다. 남북전쟁 때는 군 병원에서 간호사로 자원봉사를 했다. 1855년에는 시집 『풀잎Leaves of Grass』을 자비로 출간했다. 서문에서 그는 자신을 '거친 계급의 일원, 무질서하고, 육체적인, 관능적인 어떤 우주'라고 표현했다.

그 책을 읽고 어떤 사람들은 경악했다. 어느 비평가는 '쓰레기 같고, 속되고 음란한' 책이며 작가는 '허영심에 전 멍청이'라고 폄훼했다. 그러나 이제 그 시집은 미국 문학의 초석을 이룬 텍스트로 인정받고 있다. 가장 긴 시 「나 자신의 노래Song of Myself」는 새로운 아메리카의 서사시다. 길고 역동적인 자유 운문으로 쓰인 이 시는 미국의 서사시를 전통적인 연과 운율 규칙으로부터 해방시켰다. 대륙 전체와 그 너머의 모든 우주를 아우르는 거대한 의식이 화자로 등장해, 독자들에게 그들이 자신의 일부라고 말해준다.

나는 나 자신을 찬양하고, 나 자신을 노래한다,
내가 가정하는 바를 당신도 가정할 것이니,
내게 속한 모든 원자가 당신에게 속한 것이나 다름없기 때문이다.
I celebrate myself, and sing myself,
And what I assume you shall assume,
For every atom belonging to me as good belongs to you.

그는 격정적인 사랑을 기억한다.

그대가 내 골반을 가로질러 머리를 두고 부드럽게 내게로 돌아누워,
내 가슴뼈에서 셔츠를 벗기고, 그 혀를 벌거벗겨진 심장에 던져넣은 이야기.
How you settled your head athwart my hips and gently turn'd over upon me,
And parted the shirt from my bosom-bone, and plunged your tongue to my bare-stript heart.

그는 또한 자신의 노래에, 망망한 땅덩어리 미국의 삶을 자기 자아의 일부로 짜 넣는다. 모피를 좇는 사냥꾼들, 머나먼 서부의 원주민들, 도움을 주고 있는 도망 노예, '소떼 가운데 사는 사람들과 바다와 숲의 맛', 매춘부, 부두로 몰려드는 새 이민자들. '나는 모든 색과 카스트, 모든 계급과 종교에 속한다.' 불가능한 말로 들린다 해도 시인은 개의치 않는다.

> 나는 자신을 옹호하거나 이해받기 위해 내 영혼을 괴롭히지 않는다,
> 원초적 법은 사과하는 법이 없음을 안다.
> I do not trouble my spirit to vindicate itself or be understood,
> I see that the elementary laws never apologize.

일관성 역시 전혀 개의치 않는다.

> 내 말의 앞뒤가 맞지 않는가?
> 그래도 좋다, 얼마든지 모순되는 말을 하겠다,
> (나는 크다, 내 안에 무수한 무리를 품을 수 있다.)
> Do I contradict myself?
> Very well then I contradict myself,
> (I am large, I contain multitudes.)

그는 바다와 한 몸이다. '폭풍우를 떠내는 국자'다. 바람은 '부드럽게 간질이는 성기'를 그에게 문지른다. 그는 '육신과 육욕'을 믿는다. 그에게는 '번식이라고 해서 죽음보다 더러울 게 없다'. 겨드랑이 냄새는 '기도보다 세련된 향기'다. 그의 신앙은 논리나 배움이 아니라 자연에

있다.

나는 풀잎 하나가 별들의 여정보다 적지 않으며,
개미는 한 톨의 모래, 굴뚝새 알과 똑같이 완벽하며,
청개구리는 가장 높은 이를 위한 최고의 진미이고
굴러가는 블랙베리는 천국의 마루를 장식할 것이며,
내 손의 가장 작은 관절이 모든 기계를 무색하게 하며,
고개 숙이고 씹고 있는 소가 그 어느 조각상보다 뛰어나며,
생쥐 한 마리가 백경의 불신자들을 휘청거리게 할 만큼 굉장한 기적이라고 믿는다.

I believe a leaf of grass is no less than the journey-work of the stars,
And the pismire is equally perfect, and a grain of sand, and the egg of the wren,
And the tree-toad is a chef d'oeuvre for the highest,
And the running blackberry would adorn the parlors of heaven,
And the narrowest hinge in my hand puts to scorn all machinery,
And the cow crunching with depress'd head surpasses any statue,
And a mouse is miracle enough to stagger sextillions of infidels.

그리고 동물들과도 행복하게 어우러져 살 수 있다고 느낀다.

그들은 자신의 처지를 놓고 땀 흘리고 칭얼거리지 않는다,
그들은 어둠 속에서 깨어나 자신의 죄를 한탄해 느껴 울지 않는다,
그들은 신에 대한 의무를 논하며 나를 역겹게 하지 않는다.
They do not sweat and whine about their condition,
They do not lie awake in the dark and weep for their sins,
They do not make me sick discussing their duty to God.

그는 이미 모든 것을 보았다. '내 곁에 아름답고 온화한 신을 두고 유대의 옛 야산'을 걸었다. 그는 전투와 조난, 순교와 마녀 화형과 재앙을 알았고 모두 받아들인다.

이 모든 것 나는 삼킨다, 좋은 맛이 난다, 내 마음에 썩 든다, 내 것이 된다,
내가 그 사람이다, 나는 수난을 겪었다, 나는 거기 있었다.
All this I swallow, it tastes good, I like it well, it becomes mine,
I am the man, I suffered, I was there.

결말에서(물론 이런 시는 정말로 끝이 나지 않지만) 매 한 마리가 휙 날아 내려와 '갈고리를 한탄'한다.

나 역시 조금도 길들지 않았고, 나 역시 번역이 불가능하다,
나는 세계의 지붕 위로 야만적인 함성을 지른다.
I too am not a bit tamed, I too am untranslatable,
I sound my barbaric yawp over the roofs of the world.

휘트먼의 시는 예외 없이 「나 자신의 노래」와 같은 역동성과 환희를 품고 있다. 그 믿음 체계와 한계 없는 낙관주의 역시 품고 있다. 「한 여자가 나를 기다린다A Woman Waits for Me」에서는 반려자에게 말을 걸며, 성행위와 가늠할 수 없는 그 결과를 찬송한다.

너를 통해 나는 나 자신의 고갈된 강물을 빼고
네 안에서 나는 수천의 전진하는 세월을 감싸 동이고
네 위에서 나는 나와 아메리카의 가장 사랑받는 이들을 접목하고
내가 네 위에서 증류하는 물방울을 네가 치열하게 기르리, 그리고 운동하는 소녀들, 새로운 예술가들, 음악가들과 가수들.
Through you I drain the pent-up rivers of myself,
In you I wrap a thousand onward years,
On you I graft the grafts of the best-beloved of me and America,
The drops I distil upon you shall grow fierce and athletic girls, new artists, musicians and singers.

「브루클린 페리를 건너며Crossing Brooklyn Ferry」(현재 브루클린 브리지가 있는 자리를 다니던 페리다. 휘트먼이 일상적으로 이용했다)에서 그는 무수한 미래의 군중이 승객들 사이에 끼여 몸싸움하고 있다는 느낌을 받는다.

나는 당신들과 함께 있다, 당신들 한 세대의 남녀, 앞으로 다가올 무수한 세대의 남녀.
I am with you, you men and women of a generation, of ever so many generations hence.

그는 무한의 시인이지만, 또한 절망의 시인이다. 자신이 노래하는 자아가 한 곡의 노래라는 제한에 얽매일 수 없음을 알기 때문이다.

내 위에서 움츠러드는 메아리의 모든 횡설수설 가운데 한 번도 나는 내가 누구인지 무엇인지 한 번도 조금도 알지 못했음을 알고 있지만
내 모든 오만한 시들 이전에 진정한 '내'가 아직도 손길 타지 않은 채, 이야기되지 않은 채, 총체적으로 닿지 않은 채 버티고 있다.
저 멀리 물러선 채, 짐짓 축하한다는 듯 손짓을 하고 고갯짓을 하며 나를 비웃으며,
내가 쓴 모든 단어에 아득하게 아이러니한 폭소를 터뜨리면서.
Aware now that amid all the blab whose echoes recoil upon me I have not once had the least idea who or what I am,
But that before all my arrogant poems the real Me stands yet untouch'd, untold, altogether unreach'd.
Withdrawn far, mocking me with mock-congratulatory signs and bows,
With peals of distant ironical laughter at every word I have written.

이 대목은 「나 삶의 대양과 함께 썰물 질 때As I Ebb'd with the Ocean of Life」에서 나왔다. 그는 물론 시 쓰기를 그만두지 않았고, 죽을 때까지 『풀잎』의 재판본에 추가와 수정을 반복했다.

군 간호사로서 자신의 경험을 회상한 시는 「상처에 붕대를 감는 사람The Wound-dresser」이다.

앞으로, 앞으로 나는 간다 (시간의 열린 문들이여! 열린 병원 문들이여!)

짓이겨진 머리에 나는 붕대를 감는다, (불쌍하고 미친 손이여 붕대를 찢어발기지 말라,)

총알이 완전히 관통한 기병의 목을 나는 살핀다,

숨은 힘겹게 헐떡이고, 이미 눈은 멀겋게 번들거리지만, 삶은 힘겹게 분투한다,

(오라 달콤한 죽음이여! 부디 마음을 돌려달라, 오 아름다운 죽음이여! 자비를 베풀어 빨리 오라.)

On, on I go (open doors of time! open hospital doors!)

The crush'd head I dress, (poor crazed hand tear not the bandage away,)

The neck of the cavalry man with the bullet through and through I examine,

Hard the breathing rattles, quite glazed already the eye, yet life struggles hard,

(Come sweet death! be persuaded O beautiful death! In mercy come quickly.)

1865년 4월 14일 성금요일, 남북전쟁이 끝을 향해 치닫고 있을 무렵 에이브러햄 링컨Abraham Lincoln이 암살당했다. 휘트먼은 링컨을 애도하는 비가를 두 편 썼다. 첫 작품인 「오 캡틴, 나의 캡틴O Captain, My Captain」은 운율을 맞춘 연을 갖추고 있는 비교적 관습적인 시다. 자유 운문으로 쓴 두 번째 시는 「라일락이 마지막으로 문 앞에 피었을 때When Lilacs Last in the Dooryard Bloom'd」로, 휘트먼이 쓴 가장 유명한 시 중 한

편이다. 링컨의 이름이 나오지는 않지만, 그의 죽음을 떨어진 낙엽의 죽음과 계속 이어지는 삶, '봄의 초원, 그리고 곡식을 준비하는 농부들', '붉은꼬리지빠귀의 노래와 라일락의 개화'와 융합한다.

에밀리 디킨슨Emily Dickinson(1830~1886)은 휘트먼과 극단적으로 달랐지만 단 하나의 공통점이 있었다. 새로운 종류의 시를 발명했다는 사실이다. 디킨슨은 매사추세츠 주 애머스트의 유복한 가정에서 태어났고, 평생 그곳에서 살았다. 그녀는 애머스트 아카데미를 다녔고 마운트 홀리오크 신학대학으로 진학했다. 독서 목록에는 워즈워스, 「제인 에어」, 셰익스피어의 작품이 있었다(디킨슨은 '그 밖의 다른 책이 대체 왜 필요하지요?'라고 물었다). 그녀는 은둔자였고, 흰옷을 즐겨 입었으며, 사람들이 괴짜라고 생각했고, 말년에는 거의 침실 밖으로 나오지 않았다. 그러나 그녀는 예리한 정원사이자 식물학자였고 엄청난 프레스플라워 컬렉션을 소장했다. 열다섯 살 때 애머스트의 종교 부흥회에서 '구세주를 찾았다'고 말했지만, 시에서는 회의적인 지성인의 모습이 드러난다. 디킨슨의 장례식에서는 그녀가 가장 좋아했던 에밀리 브론테의 「겁쟁이의 영혼은 내 것이 아니다No Coward Soul is Mine」가 낭송되었다.

에밀리 디킨슨은 (1,800편에 달하는) 자신의 시를 자필로 옮겨 써서 책으로 엮었고, 이 책은 그녀가 죽은 후에야 발견되었다. 편집과 교정을 거친 선집은 1890년에 디킨슨의 가족이 엮어 출간했다. 모든 작품을 수록한 전집은 무려 1955년까지 출간되지 못했다.

많은 시는 죽음을 다룬다. 가끔은 음울하고도 아이러니한 어투로 시인 자신의 죽음을 상상한다.

> 죽음을 위해 발걸음을 멈출 수 없었기에 –
> 죽음이 친절하게도 나를 위해 멈춰 섰네 –

Because I could not stop for Death–
He kindly stopped for me–

그녀와 죽음은 '마차Carriage'(사실 알고 보면 이것은 장례 마차다)를 함께 타고 달려 '집House'에 도착하는데, 이 집은 그저 '부풀어 오른 땅a Swelling of the Ground'이다.

그때부터 – 몇 세기가 지났다 – 하지만
하루보다 짧게 느껴진다
처음에 나는 말들의 머리가
영원을 향해 있다고 짐작했다 –
Since then–'tis Centuries–and yet
Feels shorter than the Day
I first surmised the Horses' Heads
Were toward Eternity–

더 서늘하게 구체적인 시는 「나는 파리가 윙윙거리는 소리를 들었다 – 그때 나는 죽었다 – I heard a Fly buzz–when I died–」이다. 이 시에서 디킨슨은 추모객들에게 에워싸여, 기다리는 자신의 모습을 상상한다.

그 최후의 시작을 위해 – 왕이
목격될 때 – 방 안에서 –
나는 내 유품들을 어찌할지 유언장을 적었네 – 할당 가능한
나의 부분들은 서명해서
나눠 주었네 – 그때

거기 파리 한 마리가 끼어들었네 –

파란색 – 불분명한 – 비틀거리는 윙윙 소리 –
빛과 – 나 – 사이에 –
그때 창들이 말을 듣지 않았고 – 그리고 –
나는 보아도 볼 수 없었네 –

For that last onset – when the King
Be witnessed – in the Room –
I willed my Keepsakes – Signed away
What portion of me be
Assignable – and then it was
There interposed a Fly –

With Blue – uncertain – stumbling Buzz –
Between the light – and me –
And then the Windows failed – and then
I could not see to see –

가끔 상상 속 죽음은 디킨슨이 아닌 다른 사람의 죽음일 수도 있다. 우리는 어느 쪽인지 분간할 수 없다. 상상 속 죽음이 실제로 일어나는 건지, 아니면 상상인지도 불분명하다. 가장 유명한 시 중 한 편인 다음 시에서는 분명 뭔가 끔찍한 충격을 받아 수난자가 마비 상태에 빠지지만, 그런 와중에도 삶의 일과를 수행하고 있다. 그 충격이 결국 죽음으로 이어질지, 아니면 충격을 극복하고 '살아남을지'는 우리의 상상에 맡긴다.

엄청난 고통 다음에, 형식적인 감정이 온다 –
신경은 의례적으로 있다, 무덤처럼 –
딱딱한 심장은 묻는다, 버티고 있는 것이 그냐고,
그러면 어제, 아니면 수 세기 전에?

기계적인 발, 빙빙 돈다 –
나무 길
땅, 공기, 아니면 무엇에라도 –
어쨌든 자라난,
석영의 만족, 돌 같은 –

이것이 납의 시간이다 –
극복하고 살아남지 못한다면, 기억된,
얼음처럼 찬 사람들처럼, 눈을 회상하라 –
먼저 – 한기 – 그다음에 무감각 – 다음에는 체념 –

After great pain, a formal feeling comes –
The Nerves sit ceremonious, like Tombs –
The stiff Heart questions was it He, that bore,
And Yesterday, or Centuries before?

The feet mechanical, go round –
A wooden way
Of Ground, or Air, or Ought –
Regardless grown,

A Quartz contentment, like a stone–

This is the Hour of Lead–
Remembered, if outlived,
As Freezing persons, recollect the Snow–
First–Chill–then Stupor–then the letting go–

때로는 누군가 다른 사람의 의식이 겪는 마지막 찰나가 상상이든 현실이든, 관찰과 의문의 대상이 된다.

죽어가는 눈이
방 안을 빙글빙글 도는 것을 본 적이 있지 –
무언가를 찾아서 – 그런 듯 보였어 –
그러다 더 흐릿해지고 –
다음에는 – 안개로 불투명해지고 –
다음에는 – 땜질을 한 듯 꽉 닫혀
축복으로 본 광경이 무엇인지
말할 수 없게 되었지 –
I've seen a Dying Eye
Run round and round a Room–
In search of Something–as it seemed–
Then Cloudier become–
And then–obscure with Fog–
And then–be soldered down
Without disclosing what it be

'Twere blessed to have seen–

죽어가는 눈이 '축복으로' 본 광경은 무엇이었을까? 우리는 짐작만 할 수 있을 뿐이다. 의심은 그녀의 시에 붙박여 있다.

그러나 기쁨의 시들도 있다.

영혼은 도피의 순간들을 갖는다–
모든 문을 부수고–
폭탄처럼 춤춘다, 외국에서,
그리고 시각들에 맞춰 흔들린다.
The Soul has moments of escape–
When bursting all the doors–
She dances like a Bomb, abroad,
And swings upon the Hours.

그러나 기쁨의 시들에서도 종종 아이러니와 이질성이 묻어난다. 「담가지지 않은 독주를 맛보았지 – I taste a liquor never brewed–」에서 디킨슨은 어느 '몰트 블루'의 여름날에 꿀벌과 나비들과 함께 이슬을 마시고 '취하는' 상상을 한다.

천사들이 눈 같은 모자들을 흔들고–
성인들이 – 창가로 몰려들어 –
태양에 – 기댄 – 작은 술주정뱅이를
구경하네.
Till Seraphs swing their snowy Hats–

And Saints – to windows run –

To see the little Tippler

Leaning against the – Sun –

이쯤 되면 단순히 즐거운 여름날에 대한 시가 아니게 되어버린다.

내면의 세계가 그녀의 주제였다. 그녀는 또한 외부의 일상적 세계에 대해서도 훌륭하게 쓸 수 있었다. 기차에 대한 이 시가 보여주듯이.

수 마일을 도는 그것을 보는 게 좋다 –
계곡들을 핥아 오르고 –
탱크들에 멈춰 서서 먹이를 먹고 –
그리고 – 첩첩 산맥을 돌아
굉장한 계단
그리고 거만한 동료
판잣집들에 – 길가에
그리고 채석장에

옆구리를 맞춰
사이를 기어가며
내내 불평한다
끔찍한 – 경적을 울리는 스탠자 –
그리고 언덕을 따라 추적해 내려간다 –

그리고 보아너게*처럼 울부짖는다 –
다음엔 – 별보다 더 재빨리 –

멈춘다 – 온순하고 전능하게
자기만의 마구간 문간에 –

I like to see it lap the Miles –
And lick the Valleys up –
And stop to feed itself at Tanks
And then – prodigious step
Around a Pile of Mountains –
And supercilious peer
In Shanties – by the sides of Roads
And then a Quarry pare

To fit its sides
And crawl between
Complaining all the while
In horrid – hooting stanza –
Then chase itself down Hill –

And neigh like Boanerges –
Then – prompter than a Star
Stop – docile and omnipotent
At its own stable door –

* 우레의 아들. 예수님의 제자 야고보와 요한의 별명이다. 성격이 불같이 급하고 과격하다는 뜻이다.

CHAPTER 25

근간을 흔들다

보들레르, 말라르메, 베를렌, 랭보, 발레리, 딜런 토머스, 에드워드 리어, 찰스 도지슨, 스윈번, 캐서린 해리스 브래들리, 이디스 에마 쿠퍼, 샬럿 뮤, 오스카 와일드

19세기를 매듭짓는 수십 년 동안 유럽 문화는 파편화되기 시작했다. 그 이유는 다양했다. 1871년 프랑스-프로이센 전쟁에서 프랑스가 무참하게 패배하자 유럽의 권력 지도가 불길하게 재편되었다. 19세기 내내 산업과 상업이 도시의 삶을 변모시켰고, 많은 사람의 눈에 예술은 곁가지로 밀려나는 듯했다. 유럽의 인구는 두 배 이상 늘어났고 사람들은 군중과 군중의 힘에 불만을 품기 시작했다. 또 다른 발전은 교육의 확산이었다. 1900년에는 국가가 지원하는 초등교육이 글을 읽을 줄 아는 대중을 창출해냈다. 더불어 대량으로 유통되는 신문과 잡지가 생겨났다. 작가들의 반응은 다양했다. 창작물을 유통할 새로운 시장을 반기는 이들도 있었다. 그러나 경멸하는 이들도 있었다.

시장을 경멸한 초기 시인은 프랑스의 샤를 보들레르Charles Baudelaire(1821~1867)였다. 그의 시들은 비정상적인 수준으로 타인에 대한 증오에

서 영감을 받았다. '폭도들이 내 심장의 왕궁을 더럽혔다'고 그는 불평했다. 보들레르에게는 원한을 품을 사적인 이유가 있었다. 사치와 호사를 사랑하고 당연히 자신이 누려야 할 몫이라고 여겼으며 민주주의가 '부조리'하다고 생각했다. 그러나 그의 어머니와 계부는 생활비를 인색하게 주었다. 이에 보복이라도 하듯, 그는 가히 영웅적인 규모의 '저주받은 시인 Poète maudit'으로 변모했다. 술을 마시고 해시시와 아편을 피우고 자살을 시도하고 까막눈인 혼혈 댄서 잔느 듀발 Jeanne Duval을 정부 情婦로 삼았다. '검은 비너스' 잔느 듀발은 노골적으로 보들레르를 멸시했다. 「베아트리체 The Beatrice」에서 보들레르는 자신과 자신의 시를 조롱하는 '음란한 우중'과, 추파를 던지고 깔깔 웃어대는 그녀를 상상한다.

보들레르의 자기 연민은 물릴 정도다. 「아벨과 카인 Abel and Cain」에서 그는 진흙과 오물 속을 기어 다니는 카인의 후예에 자기 자신을 비유한다. 「성 베드로의 부인 The Denial of Saint Peter」에서 신은 보들레르의 계부 같은 자족적이고 강력한 부르주아다. 신은 천국의 그에게까지 올라가 닿는 순교자들의 흐느낌을 즐기면서 사형집행인들이 자기 아들의 손발에 못을 박을 때 너털웃음을 터뜨린다. 그러나 똑같은 자기 연민이 「앨버트로스 The Albatross」 같은 시를 창조하기도 한다. 이 시는 재미로 '구름의 군주'인 앨버트로스 한 마리를 포획해 갑판에 놓고 '거대한 날개 탓에 걷지 못하고' 우스꽝스럽게 절뚝거리는 모습을 구경하는 선원들의 이야기다.

보들레르의 사랑시는 관능성을 한껏 만끽한다. 「보석 The Jewels」에서 '낭랑하게 울리는 보석'만 걸치고 나체로 선 잔느는 '행복한 나날을 보내는 무어의 노예 여인들'을 연상시킨다. 그는 '이런저런 포즈'를 취하는 그녀를 지켜보는 사이 통나무 장작불 빛이 '그 호박색 피부 위를 피처럼 흘렀던' 기억을 떠올린다. 「독The Poison」에서는 그녀에게 와인도 아편도 '무서운 기적 같은 당신의 산酸 같은 타액'에 비길 수는 없다고 말한다. 「지나치게 명랑한 그녀에게To Her Who is Too Gay」에서 그는 어느 날 밤 그녀를 '매질하고' '멍들게' 하고 싶다고 고백한다.

그리고 네 경악한 옆구리에
넓고, 깊은 상처를 긋고

그리고 – 오 눈이 멀어버릴 듯한 황홀이여 –
더 원색적이고 더 아름다운,
저 새 입술 사이로
내 독을 네게 주입하리라, 나의 누이여.

And open in your astonished side
A wide, deep wound.

And – O blinding rapture –
Through those new lips,
More vivid and more beautiful,
Infuse my poison into you, my sister.

제목이 암시하듯 1857년의 『악의 꽃Les Fleurs du mal』은 소란을 피울 의도로 출간한 시집이었고, 실제로도 성공했다. 시인, 출판업자, 인쇄업자 모두가 미풍양속을 해친 죄로 유죄판결을 받았고 벌금형을 받았다. 여섯 편의 시(「보석」과 「지나치게 명랑한 그녀에게」도 포함되어 있었다)는 판매

금지 조치를 받았다.

'상징주의' 시인들은 보들레르의 추종자라고 자처했다. 그러나 사실은 보들레르와 전혀 닮지 않았을 뿐 아니라 서로 비슷하지도 않았다. 대표적으로 스테판 말라르메Stéphane Mallarmé(1842~1898), 폴 베를렌Paul Verlaine(1844~1896), 아르튀르 랭보Arthur Rimbaud(1854~1891)가 있다. '상징주의자'는 이들의 본질을 오도하는 칭호다. 시인은 모두 상징을 활용한다. 예컨대 보들레르의 앨버트로스는 시인의 상징이었다. 그러나 이런 유의 짝짓기는 상징주의 시인들의 목표가 아니었다. 그들이 공통으로 추구한 목표가 하나 있다면, 이전의 모든 시에서 벗어나 과거와 단절하는 것이었다.

누구보다 놀라운 시인은 랭보다. 랭보는 열아홉 살 때까지 시를 모두 다 썼다. 육군 대위의 아들이었던 랭보는 학업 성적이 뛰어난 우등생이었으나 파리로 도망쳐 베를렌을 만나 광적인 사랑에 빠졌다. 임신한 열일곱 살의 아내를 버리고 1871년 베를렌은 랭보와 함께 전쟁으로 만신창이가 된 파리에서 벨기에로 도망쳤다가 다시 런던으로 향한다. 압생트와 해시시를 연료로 태워 불붙은 두 사람의 방랑 생활은 다시 브뤼셀로 돌아와 베를렌이 리볼버 권총을 사서 랭보를 쏘아 경상을 입히는 사태로 끝난다. 이 일로 베를렌은 18개월 동안 교도소에 갇혔다. 베를렌은 출소한 후 가톨릭으로 개종했으나, 이 무렵 랭보는 시를 포기하고 아프리카로 가서 커피와 총을 거래했다. 랭보는 뼈암으로 젊은 나이에 세상을 떠났다.

랭보는 10대 때 쓴 편지들에서, 시의 목표는 새로운 진실에 도달하는 것이라고 밝혔다. '모든 감각을 교란해 미지에 다다르는 관념'이라면서. 랭보의 시에서는 서로 다른 감각(이를 '공감각'이라고 한다)이 뒤섞여 마음을 잡아채는 순간들을 만들어낸다. '별들의 꽃 같은 달콤함'(「신비Mystique」) 같은 구절처럼 말이다. 그러나 의미의 일관성마저 저버렸기에 그 시들은 자유연상의 결과물처럼 읽힌다. 마침 그 무렵에 빈에서는 프로이트가 정신분석학적 목적으로 자유연상법을 연구하고 있었다.

한 예로 랭보가 열여섯 살 때 쓴 「취한 배Le Bateau ivre」를 들 수 있다. 선원들이 살해당하고 표표히 바다로 떠밀려간 배가 이 시의 화자다. 이 시의 심상 중 일부는 쥘 베른의 「해저 2만 리Twenty-thousand Leagues Under the Sea」(1870년)에서 따온 것이다. 그러나 랭보의 배가 보는 비전은 대중적으로 인기를 누린 베른의 모험소설과는 천양지차다.

> 나는 넋 잃은 눈의 초록빛 밤을, 서서히 바다의 눈으로 차오르는 키스를, 꿈도 꾸어보지 못한 수액의 유통을, 노래하는 노랗고 파란 인燐을 꿈꾸었다.
>
> I have dreamed of the green night of the dazzled snows, the kiss rising slowly to the eyes of the seas, the circulation of undreamed-of saps, and the yellow-blue awakening of singing phosphorous.

시인 폴 발레리Paul Valéry(1871~1945)는 심오하고 탐색적인 철학시 두 편의 저자다. 바로 「바다의 무덤Le Cimetière marin」과 「젊은 운명의 여신La Jeune Parque」이다. 발레리는 '기존에 알려진 문학은 모두 상식의 언어로 쓰였다. 오로지 랭보만이 예외다'라고 말한 적이 있다.

랭보의 걸작으로 통용되는 『일뤼미나시옹Illuminations』의 일부는 런던에서 베를렌과 동거하던 시절에 창작되었다. 「취한 배」와 마찬가지로, 이 시집에 수록된 42편의 산문시와 두 편의 자유 운문시는 합리적 설명으로는 도저히 그 의미를 포착할 수 없고, 간혹 무의미한 말장난으로 이루어진 시처럼 느껴지기까지 한다. 예컨대 「폭우가 쏟아진 후After the Deluge」의 도입부는 다음과 같다.

> 폭우의 생각이 잦아들자마자
>
> 토끼 한 마리가 토끼풀과 흔들리는 꽃-종 속에서 멈췄고, 거미줄을 통해 무지개에 기도를 올렸다.
>
> As soon as the idea of the Deluge had subsided,
>
> A hare stopped in the clover and the swaying flower-bells, and said a prayer to the rainbow through the spider's web.

상징주의 시 선언으로 읽는 경우가 많은 「아르스 포에티카Ars Poetica」에서 베를렌은 일관성의 부재를 시작詩作의 원칙으로 권유한다. '당신의 시가 무목적의 우연이 되도록 하라.' 베를렌은 또한 단어의 음악성이 의미보다 더 중요하다고 주장했다. '음악이 먼저이고 최우선이다.' 상징주의 시는 종종 이 점을 조명하는데, 아마도 이 때문에 음악가들의 마음을 사로잡는 것 같다. 말라르메의 백일몽 「목신의 오후L'après-midi d'un faune」는 부담스럽게 난해해서 거의 읽히지 않지만, 사람을 홀리는 드뷔시의 「프렐류드Prelude」에 영감을 주어 수백만 명에게 기쁨을 선사했다.

말라르메의 시적인 모호성은 의도적인 것이고, 그 목적을 달성하기 위해 복잡하게 얽힌 문법과 당혹스러운 시제 변화를 활용한다. 시인 자신이 말하기를, 이는 신문이나 읽어야 할 사람들이 꼬이지 않도록 가로막는 장벽과 같다고 한다. 「창The Windows」에서는 임종을 앞둔 시인이 '천사'가 되어 '꿈'을 '왕관'처럼 쓰고는 오만하게, 행복에 '젖어 뒹굴며' 아내와 자식을 먹여 살리려 '똥'이나 긁어모으는 '천박한 영혼을 지닌 남자'를 거부하는 상상을 한다.

상징주의는 당시 영국이나 미국으로 번지지 않았다. T. S. 엘리엇은 훗날 말하기를, 1908년 영국 시인 아서 시먼스Arthur Symons(1865~1945)가 상징주의를 다룬 저서를 읽지 않았다면 아마 상징주의라는 말은 들어보지도 못했을 거라고 했다. 그러나 위대한 웨일스 시인 딜런 토머스Dylan Thomas(1914~1953)는 상징주의의 영향을 인정했고, '쿰돈킨 드라이브의 랭보'를 자처했다. 「파멸하는 여름의 소년들을 보네I see the boys of summer in their ruin」나 「황혼에 제단을 향해Altarwise by Owl-light」 소네트처럼 당혹스럽게 난해한 토머스의 시들은 영시가 프랑스의 상징주의에 가장 근접한 사례다. 반면 딜런 토머스에게 세계적 명성을 안겨준 시들은 누구나 이해할 수 있었다. 그중에 「서류에 서명한 손The Hand that Signed the Paper」, 「나의 기예 또는 침울한 예술In My Craft or Sullen Art」, 「초록빛 퓨즈로 꽃을 추동하는 힘The Force that through the Green Fuse Drives the Flower」, 그리고 아버지의 죽음을 생각하는, 가장 유명한 시가 있다.

> 그 좋은 밤으로 순순히 가지 마세요,
> 하루가 저물녘에 노년은 불타고 악써야 합니다.
> 빛이 죽어감에 저항해 격분하세요, 분노하세요…….
> Do not go gentle into that good night,
> Old age should burn and rave at close of day;
> Rage, rage against the dying of the light...

토머스는 자신에게 가장 큰 영향을 미친 시들은 부모님이 어렸을 때 가르쳐준 '어미 거위' 동요들이었다고 말했다. 유아들을 위한 동시와 동요에 보존된, 뜻 없는 말장난 시의 원초적 힘은 19세기 후반 영국에서 등장한 두 천재 시인이 불어넣은 것이다. 그들은 에드워드 리어Edward Lear(1812~1888)와 '루이스 캐럴'이라는 필명으로 더 잘 알려진 찰스 도지슨Charles Dodgson(1832~1898)이다. 두 사람 모두 아웃사이더였다. 리어는 동성애자였고 간질 환자였다. 도지슨은 헐벗은 어린 소녀들에게 취약했다. 상징주의자들과 달리, 그들이 무의미한 말장난을 활용한 목적은 독자를 어리둥절하게 만드는 게 아니라 기존의 규범을 전복하는 데 있었다. 리어의 애틋한 시 「부엉이와 고양이The Owl and the Pussy Cat」는 영원히 행복하게 살았다는 동화의 해피엔딩을 부드럽게 조롱한다. 그리고 도지슨의 「재버워키Jabberwocky」는 영웅시를 비웃는다.

도도방자한 생각을 하듯 서서
재버워키는 화염의 눈빛으로
음둠한 숲을 가로질러 훽훽
웅얼거리며 왔다!

하나, 둘! 하나, 둘! 그리고 푹푹
보팔의 장검이 쉭 휙 휘둘렀다!
죽은 채 그를 버려두고, 머리를 챙겨
투덜휘적 돌아왔다.

And, as in uffish thought he stood,
The Jabberwock, with eyes of flame,
Came whiffling through the tulgey wood,
And burbled as it came!

One, two! One, two! And through and through
The vorpal blade went snicker-snack!
He left it dead, and with its head
He went galumphing back.

상징주의 시인들과 같은 전위적 외국 작가들을 영국 언론에서 일컫은 단어는 '데카당트decadent'였다. 그러나 1880년대 프랑스의 데카당스를 별개의 예술적 운동으로 보는 학자들도 있다. 그 원류는 보들레르와 '예술을 위한 예술'의 선구자 테오필 고티에Théophile Gautier(1811~1872)까지 거슬러 올라간다. 상징주의 시인 중에서는 베를렌이 「권태Langueur」에서 후기 로마 제국의 데카당스를 담았다.

나는 데카당스의 끝에 다다른 제국,
위대한 금발의 야만인들이 지나치는 광경을 보며
방만한 글자 수수께끼를 짓네,
태양의 권태가 춤추는 황금의 문체로.
I am the Empire at the end of the decadence,
Watching the great blond barbarians pass,
As I compose indolent acrostics
In a golden style where the languor of the sun dances.

영국에서는 앨저넌 찰스 스윈번Algernon Charles Swinburne(1837~1909)의 『시와 담시Poems and Ballads』가 열광적인 인기를 누렸다. 관점에 따라 추문을 일으켰다고 할 수도 있다. 그가 다룬 '데카당트'한 주제 중에는 「페르세포네에게 바치는 송가Hymn to Proserpine」('그대는 정복했네, 오 파리한 갈릴리 사람이여, 세계는 그대 숨결에 잿빛으로 변했네')의 이교주의, 「돌로레스, 우리 고통의 성모Dolores, Our Lady of Pain」의 마조히즘, 사포를 기리는 시들에 드러난 레즈비어니즘, 소설 「레즈비아 브랜든Lesbia Brandon」(1952년까지 출간되지 못했다)의 채찍질 등이 있다.

영국의 레즈비언 시인으로 주목할 만한 사람은 캐서린 해리스 브래들리Katharine Harris Bradley(1846~1914)와 그녀의 조카 이디스 에마 쿠퍼Edith Emma Cooper(1862~1913)다. 두 사람은 '마이클 필드'라는 가명으로 시를 출간했고 서로에게 열렬한 사랑시를 쓰며 거의 40년간 동거했다. 그러나 시인으로서는 샬럿 뮤Charlotte Mew(1869~1928)가 두 사람의 재능을 훌쩍 뛰어넘는다. 가장 위대한 영국 여성 시인으로 꼽히는 샬럿 뮤는 토머스 하디, 버지니아 울프, 에즈라 파운드의 존경을 받았다. 뮤는 언제나 남장을 하고 머리를 짧게 자르고 다녔으나 성적 경험에 대해서는 알려진 바가 없다. 뮤의 형제자매 중 여럿이 미쳤고, 그녀와 여동생은 자식들에게 광기의 유전자를 물려줄까 두려워 결혼하지 않았다. 동생의 죽음 이후 우울증에 걸린 뮤는 소독제 리졸을 마시고 자살했다.

뮤의 시들은 기술적으로는 전위적이며 독창적이고 감정적으로는 심오하다. 가장 훌륭한 시로 꼽히는 작품으로는 「교회의 매들라인Madeleine in Church」과 「나무들이 쓰러졌네The Trees Are Down」가 있다. 논란의 여지는 있지만, 최고의 걸작은 「농부의 신부The Farmer's Bride」다. 섹스를 끔찍하게 무서워하는 젊은 아내를 둔 남자가 이 시의 화자다.

저 위 다락방에 혼자서, 잔다오,
불쌍한 여자. 우리 사이에는
계단 하나밖에 없는데. 아! 맙소사! 그 솜털,
부드럽고 젊은 그녀의 솜털, 갈색,

그녀의 그 갈색 – 그녀의 눈, 그녀의 머리카락, 머리카락이라니!
She sleeps up in the attic there
Alone, poor maid. 'Tis but a stair
Betwixt us. Oh! my God! the down,
The soft young down of her, the brown,
The brown of her – her eyes, her hair, her hair!

최첨단의 영국 '데카당트' 오스카 와일드Oscar Wilde(1854~1900)의 초창기 명성은 도일리 카트의 희극 오페라 「인내심Patience」의 영향을 크게 받았다. W. S. 길버트W. S. Gilbert(1836~1911)가 지은 천재적인 오페라 가사가 데카당스를 희화화했기 때문이다. 와일드의 재판과 투옥이 던진 충격은 동성애자 사회에 공포와 분노를 자아냈다. 가장 유명한 시 「레딩 감옥의 노래The Ballad of Reading Gaol」는 와일드가 출소한 후 지은 것이다. 오스카 와일드의 수감 기간에 왕실 기마 근위대의 포병 찰스 울드리지가 내연녀의 목을 칼로 그어 살해한 죄로 교수형을 당했다. 이 유명한 시에서 그 장면을 묘사한 대목은 다음과 같다.

그러나 사람은 각자 사랑하는 것을 죽인다,
각자의 귀로 이 말을 듣게 하라.
누구는 원한 어린 표정으로 저지르고
누구는 듣기 좋은 말로 저지른다.
겁쟁이는 키스로 하고
용감한 자는 칼로 한다.
Yet each man kills the thing he loves
By each let this be heard.

Some do it with a bitter look,
Some with a flattering word.
The coward does it with a kiss,
The brave man with a sword.

CHAPTER 26

시대의 끝에 선 새로운 목소리들

하디, 하우스먼, 키플링, 홉킨스

빅토리아 여왕 시대의 말년에 – 여왕은 1901년에 서거했다 – 네 명의 새로운 시인이 부상했다. 그중 가장 나이가 많은 토머스 하디Thomas Hardy(1840~1928)는 도싯 지방 석공의 아들이었고 소설가로 더 유명하다. 그러나 하디는 평생에 걸쳐 시를 썼고, 첫 시집(총 여덟 권을 펴냈다) 『웨식스 시집Wessex Poems』은 1898년에 출간되었다.

시인으로서 하디는 의도적으로 관습을 타파했다. 영시를 혁신하려면 파격적인 조치가 필요하다는 사실을 T. S. 엘리엇이나 에즈라 파운드보다 일찍 깨달았던 것 같다. 그래서 하디는 예쁘거나 장식적인 요소를 무조건 배제했고, 낯선 단어가 뒤죽박죽 섞인 시어를 썼다. 사투리에서 온 말도 있고 '균열의chasmal', '썰물에 발이 묶인beneaped', '가득 참fulth', '떨어지는 물방울stillicide', '가득 슬픔tristfulness' 등 아예 시인이 만들어낸 말도 있었다. 여기에 '수권hydrosphere'*이나 '유람 마차wagonette' 같은 근대의 신조어도 썼다.

그는 소재와 주제도 현대화했다. 하디의 많은 시는 집필하지 않은 소설의 플롯 요약처럼 읽힌다. 「길거리 매춘부의 비극A Trampwoman's Tragedy」이나 풍자적인 「신세 망친 처녀The Ruined Maid」('신세를 망쳤'다지만 천만다행히 매우 잘 살아가는 처녀의 이야기다)처럼 말이다. 이 짧고 극적인 장면 포착에서는 하디의 습관적인 비관주의가 말투에 투영되는 경우가 종종 있다. 그리고 「무채색Neutral Tones」에서처럼 쓸쓸하게 드러날 수도 있다.

그대 입에 걸린 미소는 그 무엇보다도 죽어서
간신히 죽을 힘만 생명에 붙어 있어…….
The smile on your mouth was the deadest thing
Alive enough to have strength to die...

이런 시들은 단어 몇 개로 일평생을 눈앞에 펼쳐낼 수도 있다. 「서재에서In the Study」는 사회적 관찰의 걸작 소품이다. 에즈라 파운드는 이 시가 스무 편의 소설을 먼저 써낸 강점을 잘 보여준다고 평가했다.

타이타닉 호의 침몰을 다룬 「둘의 충돌The Convergence of the Twain」은 숙명론으로 잘 알려져 있다. 그러나 하디의 위대한 시 중 일부는 종교적 신앙을 잃은 슬픔을 노래하고 있다. 「어둠 속의 지빠귀The Darkling Thrush」에서 새의 노래는 공명하는 듯하다.

저 새는 알고
나는 몰랐던 어떤 복된 희망과.

---

* 지표면과 대기 중에 물이 분포된 영역을 통칭하는 말.

Some blessed Hope, whereof he knew,
And I was unaware.

「황소들The Oxen」에서는 소들이 크리스마스이브에 그리스도의 탄생을 기리기 위해 무릎을 꿇는다는 시골의 믿음을 되짚어본다. 그리고 누군가가 와서 구경하라고 초대했다면,

어둠을 틈타 함께 갔을 것이다,
실제로 그러기를 바라면서.
I should go with him in the gloom,
Hoping it might be so.

하디는 에마 기퍼드와의 결혼 생활이 행복하지 않았지만, 1912년 아내의 죽음은 엄청난 충격이었다. 「떠남The Going」에서 그는 경고도 없이 죽어버린 아내를 비난한다.

작별 인사도 하지 않고
입술로 한없이 나직한 부름조차 없이…….
Never to bid goodbye
Or lip me the softest call...

하디는 「목소리The Voice」, 「비니 절벽Beeny Cliff」, 「보테럴 성에서At Castle Boterel」 같은 시에서 아내를 추억한다. 보테럴 성에서 그는 처음 그녀를 사랑했다. '공기처럼 파란 가운'을 걸치고 풀어 내린 머리를 바람에 휘날리며 '배회하는 서쪽 바다의 오팔과 사파이어'를 따라 말 달리던 아

내의 모습. 이제 그는 혼자 남아 망자의 기억에 시달린다.

그리하여 나는, 비틀거리며 나아간다.
내 주위에 떨어지는 낙엽.
북쪽에서 가시를 헤치고 가느다랗게 스미는 바람,
그리고 그 여자의 부름.
Thus I; faltering forward.
Leaves around me falling.
Wind oozing thin through the thorn from norward,
And the woman calling.

보어 전쟁(1880~1881년)에서 영국이 입은 큰 피해는 국민의 분노를 유발했다. 그러나 하디의 뇌리에는 평범한 군인들이 있었다. 「북 치는 병사 호지Drummer Hodge」에서는 '웨식스의 고향'을 떠나 머나먼 곳에서 벌어진 무의미한 전투에서 전사한 소년병을 애도한다. 「그가 죽인 남자The Man He Killed」에서는 어느 병사가 전쟁이 얼마나 이상한 일인지를 생각한다. 그는 총으로 어떤 남자를 쏴 죽였지만, 만일 술집에서 만난 사람이었다면 아마 술을 한잔 샀을 것이다.

그러나 평범한 병사에게 진짜 목소리를 준 시인은 러디야드 키플링Rudyard Kipling(1865~1936)이었다. 1892년 『병영 막사의 노래Barrack-room Ballads』를 출간했을 때, 그는 갓 결혼한 미국인 아내 캐리와 함께 버몬트에 살고 있었다. 그 당시 영국에서 군인은 최하층민 취급을 받았다. 절실하게 필요해지기 전까지는.

맥주 한 파인트 마시러 술집에 갔어,

술집 주인이 일어나더니 말하는 거야, '빨강 코트*한테는 술 안 팔아.'

바 뒤의 여자애들은 배를 쥐고 웃다가 죽을 것 같았지,

나는 다시 거리로 나와 혼잣말을 했어.

아, 토미**는 이렇고 토미는 저렇고, 그러다 '토미는 저리 꺼져'.

하지만 밴드가 연주를 시작하면 '감사합니다, 앳킨스 씨'가 된단 말이야.

I went into a public-'ouse to get a pint o' beer,

The publican 'e up an' sez, 'We serve no red-coats here.'

The girls be'ind the bar they laughed an' giggled fit to die,

I outs into the street again an' to myself sez I:

O it's Tommy this, an' Tommy that, an' 'Tommy, go away';

But it's 'Thank you, Mister Atkins', when the band begins to play.

이건 「토미Tommy」에서 발췌한 대목이지만, 이러한 촌철살인의 비판적 목소리는 『병영 막사의 노래』 전편에서 들을 수 있다. 「대니 디버Danny Deever」에서 어리둥절한 다른 계급들은 도열한다. '왜 나팔 소리가 울리는 거지?' 줄을 서서 행렬을 이룬 병사들이 말한다. 알고 보니 나팔 소리는 동지의 교수형을 구경하라는 신호였다.

키플링의 토미는 지혜, 경험, 적에 대한 존경심, 아름다움과 낭만을 느낄 줄 아는 감정 등 'h' 발음도 잘 못하는*** 사병에겐 없다고 여겨지던 여러 훌륭한 자질이 있다.

---

* 영국군의 제복.

** 영국군 사병을 부르는 별명.

*** 'h' 발음을 잘 못하는 것이 런던 하층민 사투리의 특징이다.

몰멘의 오래된 탑 옆에서, 게으르게 바다를 바라보고 있으면,
앉아 있는 버마 소녀가 있고, 나는 그녀가 내 생각을 한다는 걸 안다.
바람이 종려나무에 걸리고, 사찰의 종이 말하고 있으니,
'돌아와라, 그대 영국의 병사여, 만달레이로 돌아와라!'
그대 만달레이로 돌아와라,
옛 전단이 포진한 곳,
라군에서 만달레이로 가는 그 배들의 노 젓는 소리가 들리지 않는가?
날아다니는 물고기들이 노닐고
중국 변방에서 만까지 가로질러
새벽이 천둥처럼 밝아오는 곳 만달레이로 가는 길.

By the old Moulmein Pagoda, lookin' lazy at the sea,
There's a Burma girl a-settin', and I know she thinks o' me.
For the wind is in the palm-trees, and the temple-bells they say:
'Come you back, you British soldier, come you back to Mandalay!'
Come you back to Mandalay,
Where the old Flotilla lay,
Can't you 'ear their paddles chunkin' from Rangoon to Mandalay?
On the road to Mandalay
Where the flyin'-fishes play
An' the dawn comes up like thunder outer China 'crost the Bay!

경이로운 마지막 행은 시가 아니라면 어떤 의미도 가질 수 없고, 표준영어로 썼다면 그리 훌륭하지도 않았을 것이다. 토미의 화법이기 때문에 '천둥처럼'이라는 비유가 고의적인 시어가 아니라 기가 막힌 즉흥성으로 읽힌다.

시인 앨리슨 브래큰버리Alison Brackenbury는 키플링이 '시의 디킨스'라고 생각했다. '소리와 발화를 듣는 무적의 귀를 지닌 외부인이자 저널리스트'라면서. 키플링의 시와 시구는 일상생활의 대화에 많이 스며들었다. '오로지 영국만 아는 그들이 영국에 대해 무엇을 알아야 한단 말인가?', '동쪽은 동쪽이요, 서쪽은 서쪽이니, 둘은 영원히 만나지 못하리라', '종의 암컷은 수컷보다 치명적이다', '당신은 나보다 좋은 사람이요, 겅가 딘'(이 마지막 시구는 자신의 목숨을 희생해 영국 군인의 목숨을 살린 비천한 인도의 물지게꾼을 찬미하는 시에서 나왔다).

키플링은 제국주의자였다. 그러나 「퇴장 송가Recessional」에서는 모든 제국의 무상함을 노래했다.

먼 부름에, 우리 해군들은 녹아 사라졌다.
사구와 곶 위로 포화가 떨어진다.
보라, 어제의 우리 허장성세는 모두
니네베*와 티레**와 하나 되었다!
국가들의 심판관이여, 아직은 우리를 살려두시길,
우리가 잊지 않도록 – 잊지 않도록!
Far-called, our navies melt away;
On dune and headland sinks the fire;

---

* 이라크 북부에 있던 고대 아시리아 제국의 가장 번창한 도시.
** 레바논 남부의 항만도시. 카르타고 제국의 수도였다.

Lo, all our pomp of yesterday
Is one with Nineveh and Tyre!
Judge of the Nations, spare us yet,
Lest we forget–lest we forget!

이 시는 1887년 빅토리아 여왕의 재위 50주년 기념행사를 위해 쓰였다. A. E. 하우스먼A. E. Housman(1859~1936)도 같은 주제로 시를 써서 자신의 시집 『슈롭셔의 청년A Shropshire Lad』(1896년)의 서문으로 실었다. 키플링과 마찬가지로 하우스먼도 병사의 편이었다. '신이여 여왕님을 구하소서God Save the Queen'라는 외침에, 여왕을 구한 것은 싸우다 죽은 병사들이지 신이 아니라고 답하기도 했다. 훗날 쓴 시 「어느 용병 부대의 묘비명Epitaph on an Army of Mercenaries」은 1914년 독일의 진군을 저지하다가 몰살당한 영국 원정군의 직업군인들에게 바치는 헌사다.

그들의 어깨가 하늘을 떠받쳐 멈추자
그들은 일어섰고, 땅의 토대가 버티었다.
신은 버렸으나 이들이 지켜냈고
대가로 사물의 총합을 구했다.
Their shoulders held the sky suspended;
They stood, and earth's foundations stay;
What God abandoned, these defended,
And saved the sum of things for pay.

청년 시절 하우스먼은 두 번의 큰 충격적인 일을 겪었다. 옥스퍼드에서 이성애자인 조정선수 모지스 잭슨을 사랑하게 되었지만 퇴짜를 맞았다. 비슷한 시기에 기말시험의 시험관들이 그에게 낙제 점수를 주었다. 하우스먼은 그 세대를 통틀어 가장 탁월한 고전학자였지만, 수강 과목 가운데 따분한 부분을 빼먹었기 때문이다.

이 두 번의 불의에 대해 하우스먼은 평생 울분을 떨치지 못했다. 그는 자연을 사랑했다.

여기서는 내게 말하지 말아요, 말할 필요가 없어요,
부드러운 9월의 여파 속에
혹은 하얗게 빛바래는 산사나무 아래
매혹적인 여자 마술사가 어떤 선율을 연주하는지,
그녀와 나는 오래전부터 절친한 사이고
나는 그녀의 모든 술수를 알고 있으니까요.

Tell me not here, it needs not saying,
What tune the enchantress plays
In aftermaths of soft September
Or under blanching mays,
For she and I were long acquainted
And I knew all her ways.

그러나 그는 그 '무정하고 무식한 자연'이 자기 걱정을 전혀 하지 않는다는 걸 안다. 신, 혹은 '누군지 몰라도 이 세상을 만든 잔인한 짐승이나 불한당'에게서 일말의 호의도 기대하지 않는다. 그의 시 속 청년들은 무수히 목숨과 희망을 잃고 시들어 죽어간다. 「젊은 나이에 죽어가는 운동선수에게To an Athlete Dying Young」에서는 지하 세계의 유령들이 둘러서서 죽어가는 청년의 '새순 월계관을 쓴 머리'를 내려다본다.

그런데 소녀의 것보다도 명이 짧은 화환이
그 곱슬머리 위에서 시들지 않았다.
And find unwithered on its curls
The garland briefer than a girl's.

오스카 와일드에 대한 시 –「오 손목에 수갑을 찬 저 젊은 죄인은 누구인가 Oh who is that young sinner with the handcuffs on his wrists?」– 는 자기 본성에 합당한 일을 했을 뿐인 남자를 박해하는 사회를 신랄하게 조롱한다. '오, 저들은 그의 머리카락 색깔을 트집 잡아 감옥으로 끌고 가는구나.'

고전문학 교수였던 하우스먼은 학문적인 엄정함과 동료들에 대한 야만적인 비평으로 유명했다. 호라티우스의 우아함과 간결함을 숭상했고, 자신의 시에서도 대체로 한두 음절로 끝나는 단어를 썼다.『슈롭셔의 청년』전권에 걸쳐 4음절의 단어는 일곱 개밖에 없다.

하우스먼은 '의미는 지성에서 나오지만 시는 그렇지 않으며', '시는 말해진 것이 아니라 말하는 방식'이라고 믿었다. 그러나 자신의 시에서는 말하는 방식을 의미와 떼어 생각할 수 없는 경우가 많다.『더 많은 시들 More Poems』의「시 VII Poem VII」을 살펴보자.

별들, 나는 별들이 떨어지는 것을 보았지,
그러나 별들이 떨어져 죽어도
별이 총총히 박힌 저 하늘에서는
잃어버리는 별 하나 없네.
존재하는 모든 것의 수고는
태초의 잘못을 돕지 못하지.

바다로 비가 내려도
여전히 바다는 소금이네.
Stars, I have seen them fall,
But when they drop and die
No star is lost at all
From all the star-sown sky.
The toil of all that be
Helps not the primal fault;
It rains into the sea,
And still the sea is salt.

『슈롭셔의 청년』의 「시 XI Poem XI」도 있다.

내 심장으로 날 죽이는 공기가
저 아득히 먼 전원에서 불어든다.
저 푸르른 기억 속 언덕들은 무엇인가,
저 첨탑, 저 농장들은 무엇인가?

저것이 잃어버린 풍요의 땅이다,
선명하게 빛나는 그 모습이 보인다,
내가 갔으나 다시 갈 수 없는
행복한 대로들.

Into my heart an air that kills
From yon far country blows:

What are those blue remembered hills,
What spires, what farms are those?

That is the land of lost content,
I see it shining plain,
The happy highways where I went
And cannot come again.

여기서 언급할 네 번째 시인은 제라드 맨리 홉킨스Gerard Manley Hopkins (1844~1889)다. 그 역시 1870년대와 1880년대에 걸쳐 새로운 종류의 시를 썼다. 하지만 이 시들은 그가 죽은 후에야 빛을 보았다.

홉킨스는 옥스퍼드에서 고전을 공부했고 로마 가톨릭으로 개종해 예수회에 들어갔다. 1875년 그는 『도이칠란트 호의 난파The Wreck of the Deutschland』를 썼다. 걸작으로 꼽히는 이 시집은 다섯 명의 프란치스코 수도회 수녀가 독일의 반가톨릭 법을 피해 도망치다가 물에 빠져 죽은 사건을 다루었다. 홉킨스의 혁명적인 시작詩作 스타일이 돋보이는 시였지만, 출판사를 구할 수가 없었다. 이로 인해 홉킨스는 자신감을 잃었다. 게다가 그는 시를 출판하는 행위가 오만의 죄를 범하는 것과 같다고 생각했다. 그래서 무명의 시인으로 죽었다. 지금은 누구보다 위대한 시적 혁신을 이룬 시인으로 추앙받게 되었지만 말이다.

홉킨스의 새로운 스타일 중에 이른바 '도약률sprung rhythm'이 있었다. 「베오울프」의 운문 형식으로 일부 회귀하면서 '일상 발화의 리듬'을 전복하는 독특한 시의 리듬이었다. 각 시행에서 방점의 위치와 음절의 숫자를 다양하게 변주해서, 평범한 시가 쓰는 '똑같고 길든'(그가 'same and tame'이라고 표현한) 리듬 효과를 피하려는 목적이었다. 어지럽힌 단어의 순서, 신조어, 고어, 복합형용사와 울림 자음과 모음은 스타일의 격렬한 풍부함 위에 웨일스의 컹하네드cynghanedd(소리-배치)를 모방했다. 「황조롱이The Windhover」의 첫머리는 그 가능성을 보여준다.

나는 잡았다 오늘 아침 아침의 총아 백주 왕국의 황태자, 얼룩-새벽-무늬진 매, 제 아래 든든한 공기 타고
구릉진 평원 위를 달리며, 저기 높은 곳에서 성큼성큼
머리를 덮는 날개의 고삐를 어찌나 틀어쥐던지
황홀경에 빠져!

I caught this morning morning's minion, king-dom of daylight's dauphin, dapple-dawn-drawn Falcon, in his riding
Of the rolling level underneath him steady air, and striding
High there, how he rung upon the rein of a wimpling wing
In his ecstasy!

이 강렬한 시적 감정에는 종교적인 목적이 있었다. 그는 신의 피조물 저마다가 지닌 본질(그가 중세 신학자 둔스 스코투스에게서 빌려온 용어로는 '내면 풍경inscape')을 포착해 그 내면 풍경을 '안에서 강조'하고자 했다. 그래서 평범한 사물도 그 손이 닿으면 기적으로 변했다. 금속 조각을 든 대장장이는 '위대한 회색 짐마차 말에게 반짝이고 두드리는 샌들을 맞춰' 준다. 또는

호사스럽게 꾸민, 화려한 모자를 쓴 달팽이는
살점 폭발하라는 입놀림에
팍!

A lush-kept, plush-capped sloe
Will, mouthed to flesh-burst,
Gush!

옥스퍼드 시는 '뻐꾸기 메아리치고, 종소리 꿈틀거리고, 종달새 매료하고, 까마귀에 시달리고, 강에 에워싸여' 있으며,

목신거품 바람 찬 보닛
물웅덩이 위로
돌고 휘몰린다.
A windpuff-bonnet of fawn-froth
Turns and twindles over the broth
Of a pool.

홉킨스는 우울증을 앓았고, 지금은 양극성 장애가 있었을 가능성도 제기되고 있다. 그의 시들은 「얼룩진 것들에 신의 영광 있기를Glory be to God for Dappled Things」의 황홀경으로부터 「잠에서 깨어 낮이 아니라 어둠이 내렸음을 알았네I wake and feel the fell of dark, not day」의 공포까지를 오간다. 한동안 그는 친구인 로버트 브리지스의 남자 사촌을 깊이 사랑했고, 동성애에 대한 죄책감이 그의 번뇌를 부채질했을지도 모른다.

그의 스타일의 목적은 역동성이었다. 만물에 내재한 보이지 않는 경이로움을 터뜨려 해방하고자 했다. 그러나 종교적으로는 더 고요한 순간들도 있다. 예컨대 「천국 안식처Heaven Haven」의 부제는 '수녀가 베일을 쓰다A Nun Takes the Veil'이다.

나는 가기를 소망해왔네
샘물이 끊이지 않는 곳으로,
날카롭고 비뚤어진 우박 하나 날리지 않고
백합꽃 나팔 없는 벌판으로.

그리고 있으라 청을 받았네
폭풍우가 오지 않는 곳,
초록빛 구릉이 가짜 안식처가 아니고,
바다의 변덕에서 벗어난 곳에.

I have desired to go
Where springs not fail,
To fields where flies no sharp and sided hail
And a few lilies blow.

And I have asked to be
Where no storms come,
Where the green swell is in the havens dumb,
And out of the swing of the sea.

CHAPTER 27

조지 시대의 시인들

에드워드 토머스와 로버트 프로스트, 루퍼트 브룩, 월트 드 라 메어, W. H. 데이비스, G. K. 체스터턴, 힐레어 벨록, W. W. 깁슨, 로버트 그레이브스, D. H. 로런스

'조지 시대의 시인들'이라는 호칭은 1910년 조지 5세의 통치가 시작될 무렵에 등장해 하나의 그룹을 이룬 시인들을 일컫는다. 그중 일부는 런던의 데번셔 스트리트의 '시 서점Poetry Book Shop'에서 모임을 가졌다. 그곳에 들렀던 다른 시인들 중에는 T. S. 엘리엇도 포함된다. 1912~1922년에 『조지 시대의 시선집Georgian Poetry』 다섯 권이 출판되었다.

조지 시대의 시인들은 빅토리아니즘과 모더니즘 사이에 샌드위치처럼 낀 어정쩡한 무리로 평가받곤 했다. 반전의 계기는 급격하게 높아진 에드워드 토머스Edward Thomas(1878~1917)의 평판이었다. 에드워드 토머스는 하마터면 시인이 되지 못할 뻔했다. '나? 목숨을 구해준대도 시는 한 줄도 못 쓸 것 같아.' 그는 1913년 10월 친구에게 그렇게 말했다고 한다. 그를 구원해준 건 교환학생으로 온 어느 미국인과의 만남

이었다.

그 미국인은 로버트 프로스트Robert Frost(1874~1963)였고, 지금은 「가지 않은 길The Road Not Taken」, 「벽 수리하기Mending Wall」(답이 'Frost'*로 나오는 현대적인 수수께끼 시다), 그리고 「눈 내리는 저녁 숲가에 멈춰 서서Stopping by Woods on a Snowy Evening」와 같은 시로 세계적인 명성을 누리고 있다.

> 숲은 사랑스럽고, 어둡고 깊다,
> 그러나 나는 지켜야 할 약속이 있고,
> 잠들기 전 가야 할 길이 수 마일 있다,
> 잠들기 전 가야 할 길이 수 마일 있다.
> The woods are lovely, dark and deep,
> But I have promises to keep,
> And miles to go before I sleep,
> And miles to go before I sleep.

영국에서 3년을 지내고 프로스트는 미국으로 돌아와 뉴햄프셔에 정착한다. 그곳에서 농부로 일하며 이른 아침에 시를 썼다. 토머스 하디의 영향을 받아 꾸밈없는 일상의 말과 농촌의 삶을 소재로 삼았다. 「사과를 딴 후에After Apple-picking」에서는 일이 끝나고 오래 지난 후까지도 발등으로 '둥근 사다리의 압력'을 느낀다. 프로스트는 미국에서 제대로 평가받지 못했는데, 영국 비평가 에드워드 가넷Edward Garnett이 〈애틀랜틱 먼슬리〉에서 휘트먼 이후 가장 뛰어난 미국 시인으로 칭찬한 것을 계기로 비로소 인정받는다.

---

* 시인의 이름인 프로스트이기도 하고 '서리'라는 뜻도 된다.

가장 위대한 시 중 한 편인 「꺼져라, 꺼져라 – Out, Out–」는 뉴햄프셔에서 프로스트가 알던 한 소년이 열여섯 살 때 사고로 톱에 손이 썰린 후 출혈로 죽은 사건을 다루었다. 제목은 셰익스피어의 「맥베스Macbeth」('꺼져라, 꺼져라, 허망한 촛불이여')에서 따왔고, (나중에 나올 제임스 조이스James Joyce의 「율리시스Ulysses」처럼) 평범한 사람들도 전설적인 영웅 못지않게 위대한 문학으로 기릴 가치가 있음을 암시한다.

1913년 10월 프로스트가 만났던 에드워드 토머스는 절망적으로 불행했다. 젊은 나이에 결혼했고 일자리를 구하지 않겠다고 거부하며 글을 써서 생계를 유지하겠다고 고집했다. 돌아온 건 잡다한 글쓰기와 가난이었다. 그는 영국 전원을 주제로 돈벌이용 글을 수없이 써냈다. 그리고 '저주받은 삼류 글쟁이'의 삶을 비탄했다. 글로스터셔의 마을 이웃이었던 프로스트가 그에게 방향을 돌려 시를 써보라고 권유했다(「가지 않은 길」은 이 대화에서 나온 시다). 두 사람 모두 시가 좀 덜 '시적'이기를 바랐고, 일상적 발화의 억양을 따르고자 했다. 프로스트는 일상의 말을 듣는 가장 좋은 자리는 문 뒤라고 했다. 단어는 알아들을 수 없지만, 방점과 억양은 들리기 때문이라면서.

가장 사랑받는 토머스의 시는 「애들스트롭Adlestrop*」이고, 1914년 6월 아내 헬렌과 함께 맬번으로 향하는 기차 안에서 끼적거린 메모에서 나왔다. '그때 우리는 애들스트롭에 정차했고, 12시 45분에 버드나무 사이로 찌르레기 노래가 연달아 들려왔고 한 마리 지빠귀가 있었고 사람은 하나도 보이지 않았다.' 시에서는 이렇게 된다.

그리고 그 순간 지빠귀가 노래했다,

* 코츠월드 언덕의 소도시.

바로 곁에서, 그 주변에서,
멀리 더 멀리, 옥스퍼드셔와 글로스터셔의
모든 새가.
And for that minute a blackbird sang
Close by, and round him, mistier,
Farther and farther, all the birds
Of Oxfordshire and Gloucestershire.

일단 창작하기 시작하자 토머스는 시를 쏟아냈다. 1914년 12월에는 열다섯 편의 시를 썼다. 1915년 1월에는 20일 만에 열여섯 편을 썼다. 1916년에 입대한 그는 11월 왕립 포병대에 배치되었다. 프랑스 파견을 자원한 그는 1917년 부활절 월요일에 아라스에서 전사했다. 반세기가 지난 후, 테드 휴즈는 '그가 우리 모두의 아버지'라고 썼다.

시인으로서 에드워드 토머스의 목소리는 발군이었다. 부드럽고도 회한에 젖은 목소리였다. 어느 시에서는 자신을 바람에 흔들리는 은사시나무에 비유했다.

끝없이, 비합리적으로 슬퍼한다,
아니 다른 나무를 사랑하는 남자들이 그렇게 생각한다.
ceaselessly, unreasonably grieves,
Or so men think who like a different tree.

두 번째 줄 – 양보하듯, 초연한 – 은 전형적이다. 그는 조용한 시인이었지만, 체념한 억양은 잊히지 않는다. 시골에 대한 시를 쓰긴 했어도, 토머스는 전원의 풍경보다 비와 잡초에 마음이 이끌렸다. 폭풍의 소음–'이 포효하는 평화'라고 그는 불렀다–이 자신을 잊는 데 도움을 주었던 모양이다. 잡초, 특히 쐐기풀은 허영을 부리거나 희망을 품지 않아서 매력적이었던 것 같다.

> 어떤 꽃송이보다도
> 나는 쐐기풀에 앉은 먼지가 좋다, 소나기의
> 달콤함을 증명하기 위해서가 아니라면 소실되지 않으니까.
> As well as any bloom upon a flower
> I like the dust on the nettles, never lost
> Except to prove the sweetness of a shower.

불확실성과 어둠이 그의 마음을 끌었고, 시에서 다양한 모습으로 나타났다. 「노인Old Man」에서는 아무것도 확신할 수 없는 식물의 향기다('노인'은 회녹색 잎을 지닌 덤불이고, 장뇌 같은 냄새다).

> 나는 포말을 킁킁거려 맡고
> 아무것도 생각하지 않는다. 아무것도 보이지도 들리지도 않는다.
> 그러나 또한, 귀 기울이고 있는 듯도 하다, 기다리면서
> 내가 기억해야 하지만, 결코 기억할 수 없는 무언가를…….
> I sniff the spray
> And think of nothing; I see and I hear nothing;
> Yet seem, too, to be listening, lying in wait
> For what I should, yet never can, remember...

아니면 그 불확실성은 그 자신에 대한 것일 수도 있다. 「그리고 당

신, 헬렌And You, Helen」에서는 아내에게 글을 쓰면서 그녀에게 주고 싶은 것을 나열한 뒤 이렇게 끝맺는다.

그리고 나 자신도 줄게, 어디에 숨어 있는지 알아내거나
친절한 사람으로 판명된다면.
And myself, too, if I could find
Where it lay hidden and it proved kind.

그는 벽 틈새나 오소리('영국의 짐승 중에서 가장 오래된 브리턴족') 굴처럼 어두운 곳에 매료되었다. 「스웨드Swede*」에서는 어두운 공간이 스웨드 더미다. (스웨드는 커다란 순무로, 시골 사람들은 겨울에 저장해놓고 먹기 위해 순무 위에 흙을 덮어두었다.)

그들은 태양을 들여보냈다,
햇빛을 받지 못한
하얗고 금빛에 보랏빛 곱슬곱슬한 무청에.
They have let in the sun
To the white and gold and purple of curled fronds
Unsunned.

그리고 이를 다음과 같은 순간에 비유한다.

왕의 무덤이 있는 계곡에서

* 순무와 비슷한 뿌리채소. 스웨덴순무라고도 한다.

한 소년이 파라오의 무덤으로 기어 들어간다.
처음에는 기독교인들의 무덤이었던, 그리고 미라를 본다,
신과 원숭이, 전차와 왕좌와 화병,
파란 도자, 석고와 금.
in the Valley of the Tombs of Kings,
A boy crawls down into a Pharaoh's tomb
And, first of Christian men, beholds the mummy,
God and monkey, chariot and throne and vase,
Blue pottery, alabaster and gold.

「소등Lights Out」에서는 어둠의 유혹이 다른 만사를 위압한다.

어떤 책이라도
아무리 다정한 얼굴이라도
지금부터 미지로 들어가고자 하는
내가 등 돌리지 못할 것은 없다.
There is not any book
Or face of dearest look
That I would not turn from now
To go into the unknown.

「바깥 어둠 속에서Out in the Dark」에서, 그에게 '시각視覺의 전 우주'는 '약하고 하찮다'.

사랑하지 않더라도,

밤의 힘 앞에서는.

Before the might,

If you love it not, of night.

마지막 행은 자기처럼 밤을 사랑한다면, 시각의 전 우주는 탈바꿈할 것이라고 말하는 듯하다. 그러나 그것조차 불확실하다.

조지 시대의 다른 시인들도, 토머스처럼 위대하지는 않아도 기억에 남을 만한 시를 썼다. 블룸즈버리 그룹의 골든 보이 루퍼트 브룩Rupert Brooke(1887~1915)은 버지니아 울프와 나체로 목욕을 한 적이 있다(아니, 적어도 버지니아 울프의 자랑에 따르면 그랬다). 루퍼트 브룩은 케임브리지 재학 당시 살았던 집인 '그랜체스터의 낡은 목사관The Old Vicarage, Grantchester'에 대해 이렇게 썼다.

……10시에서 3시까지 교회 시계를 견딘다,

그런데 아직도 차에 넣을 꿀이 있나?

…Stands the church clock at ten to three,

And is there honey still for tea?

브룩의 「병사The Soldier」(1914년)는 제1차 세계대전에서 사랑하는 이를 잃었으나, 아직 움직일 힘이 남은 수많은 이들을 위로해주었다.

내가 만일 죽는다면, 나에 대해 이 생각 하나만 해주오.

이국의 벌판 어딘가 후미진 곳에는

영원히 잉글랜드인 데가 있다고…….

If I should die, think only this of me,

That there's some corner of a foreign field,
That is for ever England...

루퍼트 브룩은 군에 입대해 갈리폴리 상륙작전을 위한 진군 과정에 죽었다. 벌레에 물린 상처가 패혈증으로 번졌다. 그의 무덤은 그리스 섬 스카이로스의 올리브 숲에 있다.

월터 드 라 메어Walter de la Mare(1873~1956)는 꿈같은 「고갯짓Nod」과 유령이 나오는 「듣는 사람들The Listeners」을 썼다.

'거기 누구 있어요?' 여행자가 말했다,
달빛 물든 문을 두드리면서…….
'Is there anybody there?' said the Traveller,
Knocking on the moonlit door...

랠프 호지슨Ralph Hodgson(1871~1962)은 생태학적 시의 전신인 「우매의 거리Stupidity Street」를 썼다. 노숙자 시인 W. H. 데이비스W. H. Davies(1871~1940)는 「여가Leisure」를 썼다.

근심이 가득해, 우리가 서서 바라볼 시간조차 없다면
이 삶은 무엇인가?
What is this life if full of care,
We have no time to stand and stare?...

데이비스의 시 중에서 조금 덜 유명하지만 뇌리에서 떨칠 수 없는 시는 「사인 규명The Inquest」이다. 데이비스는 4개월 된 여자아이의 사인을 규명하기 위한 배심원 일을 했던 기억을 돌이킨다.

> 눈꺼풀이 노란, 한쪽 눈은
> 꼭 감고 있었다 – 입도 다물었지만, 미소 짓고 있었다.
> 왼쪽 눈은 떠서, 밝게 반짝였다 –
> 조숙한 아이였던 모양이다.
> 내가 그 한쪽 눈을 들여다보자
> 소리 내어 웃는 것 같았단 말이다, 아니면 기쁨에 젖어 말하길,
> '내 사인이 무엇인지 결코 알지 못할 거예요,
> 어쩌면 우리 엄마가 날 죽였을지 모르죠'…….
> One eye, that had a yellow lid,
> Was shut – so was the mouth, that smiled;
> The left eye open, shining bright –
> It seemed a knowing little child.
> For as I looked at that one eye
> It seemed to laugh, and say with glee:
> 'What caused me death you'll never know,
> Perhaps my mother murdered me'…

G. K. 체스터턴G. K. Chesterton(1874~1936)은 성지주일에 예수 그리스도를 태우고 갔던 당나귀를 화자로 등장시킨 「당나귀The Donkey」와 장려하고 울림이 아름다운 전투시 「레판토Lepanto」를 지었다. 역시 다작가였던 그의 친구 힐레어 벨록Hilaire Belloc(1870~1953)은 「총선에 관하여On a General Election」를 썼다.

특권 속에 선 저주받은 권력

(여자, 샴페인, 브리지 게임과 잘 어울린다)

무너지고 – 민주주의가 다시 통치를 시작했다.

(브리지 게임, 여자, 샴페인과 잘 어울린다).

The accursed power which stands in Privilege

(And goes with Women, and Champagne and Bridge)

Broke – and Democracy resumed her reign:

(Which goes with Bridge, and Women and Champagne).

W. W. 깁슨W. W. Gibson(1878~1962)은 실제로 일어났던 미제 사건에 근거해 「플래넌 섬Flannan Isle」(1912년)을 썼다. 세 명의 등대지기가 실종된 사건이었다.

나중에 계관시인에 오른 존 메이스필드John Masefield(1878~1967)는 주목할 만한 장시 「미장이Dauber」(1913년)를 썼다. (메이스필드처럼) 선원으로 일하는 예술가가 야만적인 동료 선원들에게 괴롭힘을 당하는 이야기였다. 「바다 열병Sea Fever」에서 드러난 유명한 갈망의 표현에도 – '난 다시 바다로 내려가야만 한다, 외로운 바다와 하늘로' – 메이스필드는 바다라면 진저리를 쳤다. 속물주의도 증오했다. 그의 시 「화물Cargoes」은 가상의 미학적 과거를 상상하며 예술과 아름다움에 대한 현대의 – 특히 현대 영국에 횡행한 – 멸시를 대조한다. '저 멀리 오빌*로부터 온 니네베의 퀸커림선**Quinquireme of Nineveh from distant Ophir'과 '옛날의 장엄한 스페인 갤리언선***Stately Spanish galleon'이 공작새, 보석, 향

* 구약성서의 전설적 황금의 나라. 부유하고 풍부하다는 뜻이다.

** 카르타고와 로마 군대가 즐겨 사용한 헬레니즘 시대의 전투용 대형 갤리선.

*** 15~17세기에 사용된 스페인의 대형 범선.

료와 여러 이국적인 보물을 가지고 왔다. 그러나 '소금이 더덕더덕 붙은 더러운 굴뚝이 있는 영국의 연락선Dirty British coaster with a salt-caked smoke-stack'은 납덩어리, 철기, 싸구려 양철 접시만 잔뜩 싣고 온다.

로버트 그레이브스Robert Graves(1895~1985)는 1914년 여름에 첫 시를 쓰고 조지 시대의 시인 그룹으로 시작했으나 곧 완전히 다른 분야로 나아갔다. 전쟁이 시작되자마자 입대해 솜 전투에서 죽은 거나 다름없다고 다들 포기할 정도로 중상을 입었다. 그는 나중에 펴낸 시선집에서 전쟁시들을 삭제했다. '전쟁시 붐'에 편승하고 싶지 않다는 이유에서였다.

로버트 그레이브스는 전쟁 회고록 『그 모든 것에 안녕Goodbye to All That』(1929년)으로 유명하며, 논쟁적인 『백색의 여신The White Goddess』(1948년)은 '참된' 시의 원류를 거슬러 고대의 어머니 신 컬트까지 짚어 올라간다. 또한 역사소설 『나, 클라우디우스I, Claudius』(1934년)와 후기 소설들 역시 널리 알려져 있다. 시인으로서의 평판은 이제 전만큼 확고한 것 같지 않다. 그러나 (비록 자신이 소속된 왕립 웨일스 경보병연대에는 무한한 자긍심을 품고 있었지만) 웨일스 사람들에 대한 아주 우스꽝스러운 시인 「웨일스 사건Welsh Incident」과 시작詩作의 불가능성에 대한 시인 「서늘한 거미줄The Cool Web」을 썼다. 논쟁의 여지는 있어도 이 두 시는 그의 걸작으로 알려져 있다.

아이들은 날이 얼마나 더운지,
여름 장미의 향기가 얼마나 후끈한지,
저녁 하늘의 검은 쓰레기가 얼마나 끔찍한지,
드럼 치며 지나치는 키 큰 병사들이 얼마나 무서운지 말하지 못한다.

그러나 우리는 성난 하루를 싸늘하게 식힐 말이 있다,
장미의 잔인한 향기를 둔하게 할 말이 있다,
우리는 무겁게 드리운 밤의 철자를 써서 쫓는다,
병사와 공포의 철자를 써서 쫓는다.

우리를 휘감은 서늘한 언어의 거미줄이 있다,
너무 큰 기쁨이나 너무 큰 두려움으로부터 물러서라…….

Children are dumb to say how hot the day is,
How hot the scent is of the summer rose,
How dreadful the black wastes of evening sky,
How dreadful the tall soldiers drumming by.

But we have speech to chill the angry day,
And speech to dull the rose's cruel scent,
We spell away the overhanging night,
We spell away the soldiers and the fright.

There's a cool web of language winds us in,
Retreat from too much joy or too much fear…

그러나 우리가 언어의 족쇄를 벗어던져버리면,

죽음이 올 때가 아니라 죽음을 맞기 전에,
아이들의 낯 그 활짝 넓은 빛을 마주하고,

장미, 어두운 하늘, 드럼을 마주하고,
우리는 당연히 미칠 테고 그런 식으로 죽으리라.
Before our death, instead of when death comes,
Facing the wide glare of the children's day,
Facing the rose, the dark sky, and the drums,
We shall go mad no doubt and die that way.

가장 놀라운 조지 시대의 시인 그룹의 일원은 D. H. 로런스D. H. Lawrence(1885~1930)다. 그의 시 「뱀Snake」은 『조지 시대의 시선집』 5권에 수록되어 다른 모든 시를 빛바래게 했다. 이 시에서 그는 시칠리아에 있을 때 뱀을 본 기억을 회상한다. '흙-금빛'의 뱀은 그의 구유에서 흘러넘치는 물을 마시고 있었다. 그는 뱀을 죽여야 한다는 걸 알았다. 그러나 '그 똑바른 입으로' 물을 할짝거리다가 '신처럼' 돌아보는 뱀을 보면서 '영광'이라는 느낌이 들었고, 그래서 망설였다. 벽에 뚫린 구멍으로 뱀이 다시 미끄러져 들어갔을 때, 그는 용기를 끌어모아 뱀에게 통나무를 던졌다. 뱀은 번개처럼 사라졌다.

그리고 즉시 나는 후회했다.
얼마나 초라하고, 얼마나 천박하고, 얼마나 비열한 행위였는지 생각했다!
나 자신과 내 저주받은 인간 교육의 말소리를 경멸했다.

그리고 나는 앨버트로스를 생각했다,
그리고 나는 그가 돌아오기를 바랐다, 나의 뱀.

그는 내게 또다시 왕처럼 보였기에,
추방당한 왕, 지하 세계에서 왕관을 벗었으나,
이제 다시 왕관을 쓸 때가 된 왕.

그래서, 나는 생명의 군주와 하나가 될 기회를 놓쳤다.
내게는 속죄할 것이 하나 있다.
치졸함.

And immediately I regretted it.
I thought how paltry, how vulgar, what a mean act!
I despised myself and the voices of my accursed human education.

And I thought of the albatross,
And I wished he would come back, my snake.

For he seemed to me again like a king,
Like a king in exile, uncrowned in the underworld,
Now due to be crowned again.

And so, I missed my chance with one of the lords
Of life.
And I have something to expiate:
A pettiness.

CHAPTER 28

제1차 세계대전의 시

스태들러, 톨러, 그렌펠, 새순, 오웬, 로젠버그, 거니, 콜, 캐넌, 싱클레어, 맥크레이

많은 사람이, 노소를 막론하고, 영국과 독일을 막론하고, 심지어 시인들까지도 전쟁이 발발하자 환호했다. '전쟁이 왔고 모든 시인의 심장에 불이 붙었다.' 1914년 독일 소설가 토마스 만Thomas Mann은 이렇게 썼다. '그건 정화였다'라고. 그리고 에른스트 스태들러Ernst Stadler(1883~1914)는 시 「각성The Awakening」에서 '비처럼 내리는 총탄들'은 '지구상에서 가장 영광된 소리'를 낼 거라고 썼다. 스태들러는 1914년 10월에 전사했다. '우리는 감정의 황홀경 속에 살고 있다'라고 또 다른 독일 시인 에른스트 톨러Ernst Toller(1893~1939)는 선언했다. 또 영국 시인 줄리언 그렌펠Julian Grenfell(1888~1915)은 프랑스에서 고향으로 쓴 편지에서 '나는 전쟁을 숭모한다'고 말했다. 그의 시 「전투에 들어가며Into Battle」에서 그는 전투의 '희열'을 고대한다고 했다. 그리고 그렌펠은 1915년 5월에 전사했다.

영국 시인 지그프리트 새순Siegfried Sassoon(1886~1967)과 윌프레드 오웬Wilfred Owen(1893~1918)은 영광스럽고 애국적인 전쟁이라는 인식에 도전장을 던졌다. 새순은 부유한 유대인 가문 출신으로, 전쟁 전에는 거의 사냥과 크리켓으로 시간을 보냈다. 철도 노동자의 아들이었던 오웬은 가정교사로 일하면서 근근이 생계를 꾸렸다. 두 사람 모두 폭격의 충격으로 외상후증후군에 시달리며 귀국했고, 에든버러 근교의 크레이그록하트 군병원에서 만났다. 오웬은 새순을 우상처럼 받들었고 그에게서 많은 것을 배웠다. 「저주받은 청춘을 위한 국가Anthem for Doomed Youth」('가축처럼 죽어가는 이들을 위해 어떤 조종이 울리는가')와 「둘체 에 데코룸 에스트Dulce et Decorum Est」(이 아이러니한 제목은 호라티우스의 시에서 인용했으며, '조국을 위해 죽는 것은 달콤하고도 적절하도다'로 번역된다)를 포함한 몇 편의 자필 원고에는 새순의 손 글씨로 주해가 달려 있다.

새순은 군 고위층에게 당혹스러운 골칫거리였다. 뛰어나게 용맹한 사관으로 부하들에게 '미친 잭'이라는 별명까지 얻었고 무공훈장도 받았는데, 프랑스 귀환을 거부하고 사령관에게 공개편지까지 보냈기 때문이다. 새순은 이 전쟁이 '방어와 해방'이 아니라 '공격과 정복'의 전쟁이 되어버렸다고 성토했다. 사령부에서 그를 크레이그록하트 병원으로 보낸 건 군사재판을 피하기 위해서였다. 1918년 새순과 오웬은 둘 다 프랑스로 돌아갔고, 오웬은 정전협정 1주일 전에 전사했다.

새순의 전쟁시는 원한에 차고 풍자적인 경우가 많다. 고국의 국민에게 울분을 품기도 한다. 이를테면 행복한 극장의 관객('나는 객석을 밀고 내려오는 탱크를 보고 싶다'), 병사들이 행진해 지나쳐갈 때 환호하는 '군중의 잘난 척하는 얼굴들', 전쟁을 영광으로 포장하는 타블로이드 신문 기자들이다. 「끝장으로 가는 전투Fight to a Finish」에서는 자신이 이끄는 '우울한 보병들'이 총검을 장착하고 '신음하고 비명을 지르는' 기자들의 무리를 공격하는 상상을 한다. 또 새순은 군 고위 사령부의 무능함에 울분을 토한다. 「장군 The General」에서 두 사병은 자기네 사령관이 '명랑한 늙은이'라고 생각하면서도 '사령관의 공격 계획 때문에 둘 다 망했다'고 토로한다.

참호전의 잔혹상은 그의 시에서 역겨우리만큼 생생하게 그려진다. 시체들이 '악취 나는 진흙탕에 얼굴을 처박고 / 모래를 대충 채운, 짓밟힌 모래 포대들처럼 나뒹굴었다'든가, 독일 군인들이 '자비를 베풀어달라고 비명을 지르고' 공포에 질려 얼굴이 '초록빛으로' 변했지만, '우리 동료들은 돼지처럼 그들에게 칼을 찔렀다'는 이야기. 고국의 보통 사람들은 그런 진실을 알지 못하고 안전하게 보호받아야 한다. 어떤 시에서는 대령이 어느 병사의 어머니에게 아들의 영광스러운 죽음을 전한다. 사실 그놈은 '겁쟁이, 아무 쓸모없는 돼지 새끼'였을 뿐인데.

전쟁 전에 오웬의 시는 낭만적이었고, 전쟁시는 새순만큼 무자비하지 않다. 그는 죽은 뒤 출간된 시집의 서문에서 이렇게 썼다. '내 주제는 전쟁이고 전쟁에 대한 연민이다. / 시는 그 연민 속에 있다.' 「장애 Disabled」에서는 휠체어에 앉은, 불구가 된 젊은 병사의 마음속으로 들어가려 한다.

> 오늘 밤 그는 여자들의 눈길이
> 그에게 머물다 온전하고 강한 남자들에게로 옮겨가는 걸 느낀다.
> Tonight he noticed how the women's eyes
> Passed from him to the strong men that were whole.

「헛수고 Futility」('그를 양지로 옮겨라')에서는 한 병사가 살해당한다. '친절한 오랜 태양'으로 그를 살리려는 노력은 가망이 없다. 두 시에서는 연민이 흠뻑 배어난다.

공포도 있다. 「둘체 에 데코룸 에스트」에서 독가스를 마신 병사의 '거품에 썩은 폐에서 쿨렁거리며' 피가 쏟아진다. 「초병Sentry」에도 겁에 질리고 눈이 먼 남자가 나온다. 이 작품들은 새순의 작품에 못지않게 가혹하다. 마음의 각오를 단단히 하고 읽어야 하는 시들이다. '이제 나는 이런 것들을 기억하지 않으려고 노력한다.' 오웬은 그렇게 썼다.

친구가 될 수도 있었을, 모르는 사람들끼리 죽고 죽이는 전쟁의 불합리성에 영감을 받은 시가 오웬의 위대한 예언적 시 「이상한 만남Strange Meeting」이다. 이 감동적인 시에서 총검에 찔린 독일인의 말투를 들으면 마치 네 손에 죽게 되어 미안하다는 느낌이 들 정도다. '나는 총검을 막았으나, 내 손이 추하고 차가웠다.' 오웬은 새순처럼 사관이었고, 「사찰Inspection」에서는 자신을 겨눈 시를 썼다. 행진할 때 그는 군복에 흙이 묻었다는 이유로 한 병사를 야단친다.

> 그는 내게 나중에 말했다, 빌어먹은 얼룩은
> 피였다고, 자신의 피, '뭐, 피도 흙이지'라고 나는 말했다.
> He told me afterwards, the damned spot
> Was blood, his own, 'Well, blood is dirt', I said.

병사는 터무니없는 소리를 듣고 비웃는다. 오웬이 전쟁의 세계를 부조리하고 왜곡된 것으로 전달하는 기술적 장치는 불완전 운율half-rhyme*의 활용이다. 예를 들어 「노출Exposure」의 첫 연에서 '우리에게 칼

* 강세가 있는 음절의 모음 또는 자음 중 어느 한쪽을 똑같이 맞추는 압운.

질을 하다knive us'를 '불안한nervous'과, '조용한silent'을 '핵심적인salient'과 짝짓는 식이다.

전장에서 사병으로 복무한 시인은 두 명이 있다. 아이작 로젠버그Isaac Rosenberg(1890~1918)와 아이버 거니Ivor Gurney(1890~1937)다. 로젠버그의 부모는 가난한 리투아니아 유대인 이민자로 런던의 이스트엔드에 살고 있었다. 재능 있는 화가였던 그는 슬레이드 미술학교에서 수학했다. 그의 자화상은 현재 영국의 국립초상화박물관에 걸려 있다. 그는 '전쟁은 무엇으로도 정당화될 수 없다'고 믿었지만, 그래도 '골칫거리는 해결해야 한다고 생각하기' 때문에 입대했다.

그는 사관이 신경 쓰지 않았을 만한 장면들을 기록했다. 예를 들어 「이 사냥Louse Hunting」에서 벌거벗은 병사들이 모닥불 가에서 몸에 들러붙는 해충을 잡으면서 '섬뜩한 희열에 젖어 소리 지르는' 장면을 들 수 있다. 가장 유명한 시 「참호에서 동이 트다Break of Day in the Trenches」에서 어둠은 '부스러기처럼 허물어져 사라지고' 다른 모든 건 변함없이 그대로 있다.

오로지 살아 있는 것만 내 손을 뛰어넘는다,
희한한, 비웃는 듯한, 생쥐 한 마리가
흉벽의 양귀비 한 송이를 꺾어
내 귀에 꽂을 때.
익살스러운 생쥐, 저들은 네 세계주의자적인 연민을 안다면
네게 총을 쏘아댈 거야.
이제 네가 이 영국인의 손을 건드렸으니
독일인에게도 똑같이 하렴.
분명, 머지않아, 네 마음이 내키면

그 사이에서 잠자고 있는 초록빛 평원을 건너게 될 거야.
Only a live thing leaps my hand,
A queer, sardonic rat,
As I pull the parapet's poppy
To stick behind my ear.
Droll rat, they would shoot you if they knew
Your cosmopolitan sympathies.
Now you have touched this English hand
You will do the same to a German
Soon, no doubt, if it be your pleasure
To cross the sleeping green between.

음악가이자 작곡가였던 아이버 거니는 사병으로 입대했고 전방에서 시를 썼다. 대중 언론의 '양아치들이 바보들을 위해 쓴' 전쟁에 대한 '허튼소리'를 증오했고, 프레이벤토스 콘비프 통조림이나 '참호에서 토미의 쿠커에 끓인 카페오레'(「라벤티Laventie」) 같은 소소한 것들을 눈여겨보았다. 그러나 이런 일상적 순간들은 파괴적 현실의 참상을 더욱 강렬하게 보여줄 뿐이다. 「그의 연인에게To His Love」는 시인의 어린 시절 친구인 윌 하비의 연인에게 바치는 시다. 아이버 거니는 셋이서 글로스터셔의 전원을 함께 산책하며 조용히 양들을 구경하던 때를 회상한다.

그리도 활기 넘치던 그의 몸은
그가 세번 강에서
푸른 하늘을 이고

우리 작은 배의 노를 젓던 그때
당신이 알던 것이 아니에요.

이제 당신은 그를 알지 못하겠지만,
그래도 여전히 그는 고결하게 죽었어요,
그러니 세번 강변에서 보랏빛으로
자라난 긍지의 바이올렛으로
그를 덮어주세요.

덮어주세요, 빨리 그를 덮어주세요!
빽빽하게 자라난
기억 속 꽃 무리로 -
내가 어쨌든 잊어야만 할
그 붉고 축축한 것을 가려줘요.

His body that was so quick
Is not as you
Knew it on Severn river
Under the blue,
Driving our small boat through.

You would not know him now,
But still he died
Nobly, so cover him over
With violets of pride

Purple from Severn side.

Cover him, cover him soon!
And with thick-set
Masses of memoried flowers–
Hide that red wet
Thing I must somehow forget.

1918년 4월에 전사한 로젠버그와 달리 거니는 전쟁이 끝날 때까지 생존했으나, 가스 공격에서 부상당하고 포로로 잡혔으며, 생애 마지막 15년을 정신병원에서 보냈다.

아주 최근까지도 전쟁으로 인해 여자들이 전례 없는 규모로 시를 창작했다는 사실은 잘 밝혀지지 않았다. 사서 캐서린 라일리Catherine Reilly의 연구가 이 사실을 밝혀냈다. 그녀는 시선집『내 심장에 새겨진 흉터Scars Upon My Heart』에서 여성 시인 80명의 시를 한데 엮었다. 그들은 각양각색의 사회적·교육적 배경을 갖고 있었다. 일부는 훗날 명성을 얻었다. 베라 브리튼Vera Brittain(1893~1970), 엘리너 파전Eleanor Farjeon(1881~1965), 로즈 매콜리Rose Macaulay(1881~1958), 앨리스 메이넬Alice Meynell(1847~1922)과 산아제한의 선구자 마리 스토프스Marie Stopes(1880~1958)다. 그러나 대다수는 지금도 거의 알려져 있지 않다.

영국뿐 아니라 미국에서도 여성 시인들이 활동했다. 에이미 로웰Amy Lowell(1874~1925), 사라 티즈데일Sara Teasdale(1884~1933), 그리고 미국 최초로 온전히 시에 지면을 할애한 잡지 〈포이트리Poetry〉를 창간한 티즈데일의 친구 해리엇 먼로Harriet Monroe(1860~1936)가 그들이다.

사랑하는 이들을 잃은 비탄이 이들 여성 시인의 공통 주제다. 마거릿 포스트게이트 콜Margaret Postgate Cole(1893~1980)의 「훗날Afterwards」은 그들이 다시는 함께 나누지 못할 사치스러운 아이스케이크 같은 특별한 진미를 기억한다. 케임브리지 대학의 거튼 칼리지에서 수학한 콜은 평화주의자였고 징집 반대 운동에 참여했다. 양심적 병역 거부자였던 남동생은 투옥되었다. 마거릿 포스트게이트는 전후 사회주의 정치 운동가로 활약하다가, 정치이론가였던 G. D. H. 콜과 결혼했다. 그녀의 가장 유명한 전쟁시 「떨어지는 낙엽The Falling Leaves」은 전쟁의 사상자들에 대한 노래이고, 「참전 용사The Veteran」도 마찬가지다.

우리는 양지바른 곳에 앉아 있는,
전쟁으로 눈먼 그를 마주쳤다가, 떠났다. 그리고 울타리를 지나니
핸드앤플라워 펍에서 젊은 군인들이 와서
경험 많은 그에게 조언을 구했다.

그러자 그는 이런저런 말을 하고 그들에게 이야기를 들려주었고,
텅 빈 머리 하나하나에 담긴 악몽이 모두
공기 중으로 바람처럼 불려 나왔다. 그리고, 그는 옆에 있는 우리 소리를 듣고는
'딱한 녀석들, 실상이 어떤지 어떻게 알았을까?' 하고 말했다.

그리고 우리는 거기 서 있었다, 그리고 앉아 있는 그를 바라보았다,
그들이 사라진 곳으로 눈이 있던 구멍을 돌리는 그를.
문득 우리 중 누군가 정신이 들어 물었다, '그런데 – 연세가 어떻게 되세요?'
'5월 3일이면, 열아홉이 되지요.'

We came upon him sitting in the sun,
Blinded by war, and left. And past the fence
There came young soldiers from the Hand and Flower,
Asking advice of his experience.

And he said this and that, and told them tales,
And all the nightmares of each empty head
Blew into air; then, hearing us beside,
'Poor chaps, how'd they know what it's like?' he said.

And we stood there, and watched him as he sat,
Turning his sockets where they went away,
Until it came to one of us to ask 'And you're–how old?'
'Nineteen, the third of May.'

여성 시인들은 또한 참전하지 않은 남자들에게 흰 깃털을 건네 수치를 주려 했던 여자들을 비난하는 시도 썼다. 전쟁이 여자를 전통적 성역할에서 해방해 군수품 공장 노동자, 버스 기사, 그리고 물론 간호사로 일하게 했다는 점을 지목한 시인들도 있다. 여성 참정권 운동가였던 시슬리 해밀턴Cicely Hamilton(1872~1952), 희곡작가 위니프레드 레츠Winifred Letts(1882~1972), 역사학자 캐롤라 오먼Carola Oman(1897~1978)은 구급 간호 봉사대Voluntary Aid Detachment, VAD나 적십자에 자원해 일했다.

사교계의 거물이었던 서덜랜드 공작 부인 밀리슨트Millicent(1867~1955)는 나뮈르 포위 공격 때 구급차 부대를 조직해 활동했으나 적군 진영에 갇혔다가 탈출했다. 배경이 그만큼 화려하지 않은 자원봉사자로는 M. 위니프레드 웨지우드M. Winifred Wedgwood(1873~1963)와 에바 도벨Eva Dobell(1876~1963)이 있다. 웨지우드의 시로는 「VAD 부엌방 하녀의 노래The VAD Scullery Maid's Song」와 「1916년 크리스마스, VAD 병원 주방에서의 단상Christmas 1916, Thoughts in a VAD Hospital Kitchen」이 있다. 그리고 도벨의 시로는 「야간 당직Night Duty」과 「축음기의 노래들Gramophone Tunes」이 부상자와 죽어가는 사내로 가득한 병동을 배경으로 한다.

메이 웨더번 캐넌May Wedderburn Cannan(1893~1973)은 시 「루앙Rouen」에서, 프랑스에서 보낸 시간을 회상한다. 열여덟 살이었던 당시에 캐넌은 옥스퍼드 구급 간호 봉사대에 들어갔다(그녀의 아버지는 옥스퍼드 트리니티 칼리지의 학장이었다). 그녀는 병사들을 위한 철도 옆 배급소에서 일했고, 부상자로 가득 찬 기차가 '인동덩굴'과 '명랑하고 가슴 무너지게 슬픈 기쁨'을 안고 날마다 들어오던 때를 회상한다. 그 이전 세대에서는, 여성 참정권 운동가였던 메이 싱클레어May Sinclair(1865~1946)가 이미 소설가로 활동하고 있다가, 전쟁의 시작되자 벨기에의 구급차 부대에 자원했다. 독일인들이 앤트워프를 점령하고 영국군이 퇴각하는 중이었다. 당시의 회상이 「퇴각하는 야전 구급차Field Ambulance in Retreat」에 담겨 있다.

판석이 깔린 곧은길이 부서져 흙먼지가 되고, 고운 흰 구름이 되고,
차근차근 퇴각하는 연대의 발치에
질질 끌리는 소총들, 검은 장례식 천에 싸인 기치들.
그들은 서두르지 않고, 당당하게 후퇴하며,
적십자 구급차가 다급하게 지나치면 미소를 짓는다.
(퇴각하는 군대의 그 미소를 보지 못했다면 당신은
아름다움과 절망에 대해 아무것도 알지 못한다.)
The straight flagged road breaks into dust, into a thin white

cloud,

About the feet of a regiment driven back league by league,

Rifles at trail, and standards wrapped in black funeral cloths.

Unhasting, proud in retreat,

They smile as the Red Cross Ambulance rushes by.

(You know nothing of beauty and of desolation who have not seen

That smile of an army in retreat.)

이 시인들은 종교를 거의 거론하지 않지만, 루시 휘트멜Lucy Whitmell(1869~1917)의 「플랑드르의 그리스도Christ in Flanders」는 교회 제단에서 많이 낭송되고 선집에도 많이 실렸으며, 소책자 형태로 수천 부가 팔렸다.

로젠버그가 귀 뒤에 꽂았던 것과 같은 양귀비는 전장에 흐드러지게 피어났다. 포격이 땅을 찢어 씨앗이 빛을 받았기 때문이었다. 양귀비가 전쟁과 전사자의 표상으로 채택된 계기는 존 맥크레이John McCrae(1872~1918)의 시 한 편이었다. 맥크레이는 캐나다인이었고 토론토 대학에서 의학을 공부한 후 포병 훈련을 받았다. 제2차 보어 전쟁(1899~1902년) 때 캐나다 야전포병대에서 복무했고, 제1여단의 군의관으로 1915년 이프르에서 부상자를 치료했다. 친구였던 알렉시스 헬머 대위는 전투 중에 사망했고, 그의 장례식에 영감을 받아 「플랑드르의 벌판에서In Flanders Fields」가 탄생했다. 이 시는 1915년 〈펀치Punch〉에 처음 게재되었다. 이 시의 화자는 죽은 사람이다.

플랑드르의 벌판에는 양귀비들이 폭발한다.

열을 지어 선 십자가들 사이로,

우리 자리를 표시하는 십자가, 그리고 하늘에는
종달새들이, 아직도 용감하게 노래하며, 날지만
저 아래 총성에 묻혀 거의 들리지 않는다.
In Flanders fields the poppies blow
Between the crosses, row on row,
That mark our place, and in the sky
The larks, still bravely singing, fly
Scarce heard amid the guns below.

맥크레이는 불로뉴의 제3호 캐나다 종합병원을 지휘하다가 종전 직전 폐렴으로 사망했다.

CHAPTER 29

위대한 도피주의자

W. B. 예이츠

『옥스퍼드 현대 시선집Oxford Book of Modern Verse』(1936년)에서 아일랜드 시인 윌리엄 버틀러 예이츠William Butler Yeats(1865~1939)는 자신이 편찬한 시선詩選에서 전쟁 시인을 모두 배제한 근거를 다음과 같이 들었다. '수동적 수난은 시의 주제가 아니다. 모든 위대한 비극에서, 비극은 죽는 사람에게 기쁨이다. 그리스에서 비극의 코러스는 춤을 추었다.' 이보다 더 바보스러운 논평은 상상하기도 어렵다. 그러나 예이츠에게 전쟁 시인은 그저 지나치게 현실적이었을 뿐이다. 시인으로서 그의 일평생은 현실로부터 도피해 예술, 신화, 마법의 세계로 들어가고자 하는 시도로 점철되었다.

예이츠는 어머니의 가족과 함께 슬라이고에서 어린 시절을 보냈다. 예이츠의 외가는 프로테스탄트 어센던시Ascendancy(토착 아일랜드 가톨릭과 거리를 두었던 영국인의 후손들)였다. 아버지는 유명한 화가였고, 가족이 런던으로 이사해 예이츠는 그곳에서 학교에 다니다가 미술대학에 진학하기 위해 더블린으로 돌아왔다. 1887년 런던에서 예이츠는 '황금여명회Hermetic Order of the Golden Dawn'에 가입했다. 이 비밀결사는 의례적 의상을 갖추고 의식을 치르며 '이시스-우라니아'를 섬기는 사원이 있었다. 은둔 결사는 마법, 신비주의, 영성주의, 점성술, 연금술, 기타 초자연적 현상을 연구하고 교령회*를 가졌다.

초자연적 현상 쪽에서 신기원을 이룬 사건은 예이츠의 인생 후반부에 일어났다. 예이츠는 1917년 쉰두 살의 나이에 스물다섯 살의 조지 하이드 리즈와 결혼한다. 그녀는 결혼 후 자신이 무아지경 상태에서 영적 안내자와 접촉하고 '자동(무의식적)' 기술로 그들의 말을 기록할 수 있음을 알게 되었다. 영령들은 조지에게 역사와 인간의 삶에 대한 복잡한 설명을 들려준다. 이 설명은 달의 28시기에 근거하는데, 이에 따르면 교차하는 '나선(원뿔)'들이 2,000년의 역사 시기를 표상하고, 인간은 연속적인 윤회를 하게 된다고 한다. 예이츠의 후기 시 중 상당수는 이 체계에 근거하며, 예이츠는 이 체제 자체를 설명하는 시집 『어떤 비전A Vision』을 1925년에 출간했다.

W. H. 오든을 위시한 일부 비평가는 예이츠가 마법을 믿는다는 사실을 개탄했고, 지적인 성인에게 어울리지 않게 유치하다고 생각했다. 그러나 예이츠에게 이 믿음은 불가결했다. 그는 마법이 '꾸준한 연구'이며, '신비주의적 삶은 내가 하는 모든 일의 중심에 있다'고 말했다.

조지와의 결혼은 성공적이었다. 슬하에 두 아이를 두었고, 조지는 그의 불륜을 여러 번 눈감아주었다. 그러나 그의 인생에서 가장 열렬한 사랑은 훨씬 과거의 일이었다. 1889년 스물네 살 때, 예이츠는 영국

* 산 사람들이 죽은 이의 혼령과 교류를 시도하는 모임.

의 상속녀 모드 곤과 미칠 듯 사랑에 빠졌다. 보통은 예이츠의 후기 시를 가장 위대한 걸작으로 많이 꼽는다. 그러나 뜨겁게 몰아닥친 모드를 향한 첫사랑으로 썼던 초기의 시에 비견할 작품은 없다. 「세계의 장미The Rose of the World」(1893년 출간)에서는 모드를 트로이의 헬렌과 동일시한다. '트로이가 단 한 번 드높게 치솟은 장례식 불길 속에 사라진' 건 '모드의 붉은 입술'을 위해서였다. 마지막 연에서 그녀는 신성한 존재가 된다.

> 고개를 숙여라, 대천사들이여, 그대들의 어두운 처소에서,
> 그대들이, 아니 그 어떤 뛰는 심장이라 해도,
> 그의 보좌 옆에 머무는 지치고 친절한 이였기 전에,
> 주님께서 이 세상을 푸른 풀의 길로 만드시어
> 그녀의 배회하는 발아래 놓으셨네.
> Bow down, archangels, in your dim abode,
> Before you were, or any hearts to beat,
> Weary and kind one lingered by His seat;
> He made the world to be a grassy road
> Before her wandering feet.

초기 시들의 마법 같은 매력은 슬라이고에서 유년 시절을 보내는 동안 예이츠가 배운 아일랜드의 전설과 민담에서도 기인한다. 「방황하는 앵거스의 노래The Song of Wandering Aengus」에서 시인은 개암나무 지팡이(신화적인 아일랜드의 사랑 신인 앵거스의 상징)를 들고 베리를 미끼로 낚싯줄에 걸어 '작은 은빛 송어'를 잡는다. 그러나 잡은 송어를 바닥에 놓자 송어는,

……은은히 빛나는 소녀가 되었다.
머리카락에 사과 꽃을 꽂고
내 이름으로 나를 부르고 달려가
환히 밝아지는 공기 중으로 서서히 사라졌지.
…a glimmering girl
With apple blossom in her hair
Who called me by my name and ran
And faded through the brightening air.

그래서 그는 그녀를 찾겠다고 맹세하고 그녀에게 키스하며 손을 잡는다.

그리고 얼룩덜룩한 긴 풀밭 사이로 걸어
시간이 될 때까지 시간들이 다 끝날 때까지 땄지,
달의 은빛 사과들을,
해의 금빛 사과들을.
And walk among long dappled grass,
And pluck till time and times are done
The silver apples of the moon,
The golden apples of the sun.

마법에 대한 예이츠의 믿음에 불만이 있는 비평가들은 그의 상상력에 이토록 무한하고 초자연적인 자유를 준 것이 바로 이 믿음임을 보지 못한다. 마법이 '시간과 시간들'로부터 그를 자유롭게 해주어, 「당신이 늙으면When You Are Old」에서 실제로는 스물일곱 살인 모드는

'늙고, 은발에, 잠이 많아' '모닥불 가에서 꾸벅꾸벅 조는' 모습으로 그려진다. 그녀는,

중얼거리리라, 약간 슬프게, 사랑이 도망친 사연을,
사랑은 저 머리 위 산맥 사이를 바삐 서성거리다가
별 무리 사이에 얼굴을 숨겼다.
Murmur, a little sadly, how love fled,
And paced among the mountains overhead
And hid his face amid a crowd of stars.

마지막 두 행의 득의양양한 도피주의는 예이츠 초기 시의 전형적인 특징이다. 예이츠가 느슨하게 번역하고 있는 프랑스 시인 피에르 드 롱사르Pierre de Ronsard(1524~1585)의 소네트도 따라올 수 없다. 롱사르에서도 그렇지만, 예이츠에게서도 신화의 존재들은 시간에 묶인 인간들로부터 힘을 인수할 채비가 늘 되어 있다. 초기 시에서는 자연 세계 역시 풍요롭고 생생하게 살아 있다. '여름이 황금빛 벌들을 수없이 만들어내면'(「골 왕의 광기The Madness of King Goll」)이나 '벌 소리 요란한 협곡'과 '홍방울새 날개로 가득한 저녁'이 있는 「이니스프리 호수The Lake Isle of Innisfree」 같은 호화로운 시행들에서 자연의 풍요가 느껴진다. 그러나 자연스러운 것은 언제나 초자연적인 것이 되는 경계에 서 있다. 「비밀의 장미The Secret Rose」에서 여자의 머리카락 한 가닥은 찬란하게 '빛나는 사랑스러움'이다.

그래서 남자들은 삼단 같은 땋은 머리 옆에서 옥수수를 털었네,
훔쳐 온 작은 머릿단.

That men threshed corn at midnight by a tress,

A little stolen tress.

모드 곤을 숭모하지 않았다면, 이 초기 시는 한 편도 쓰이지 않았을 것이다. 그러나 모드 곤은 열렬한 아일랜드 민족주의자(아일랜드가 영국 영토가 아니라 독립국가가 되기를 바랐다는 의미다)였고, 예이츠는 폭력을 싫어하고 민족주의자들을 하층 계급으로 깔보는 경향이 있었다. 예이츠는 모드에게 여러 번 청혼했지만 모드는 계속 거절하다가 1903년에 유명한 민족주의자 존 맥브라이드 소령과 결혼했다. 이 결혼이 파국에 이르자 예이츠는 다시 모드에게 청혼했으나 역시 거절당했다.

그리고 1916년 부활절 봉기The Easter Rising*가 닥쳤다. 무장한 민족주의자들은 더블린의 건물을 점령하고 공화국을 선포했다. 영국군은 압도적인 무력을 내세워 잔인무도하게 봉기를 진압했고 맥브라이드를 비롯해 열다섯 명의 '괴수'를 공개적으로 총살했다. 예이츠는 「1916년, 부활절Easter, 1916」에서 그들을 기리고 아일랜드 공화국의 명분을 떠받들었다.

나는 시로 쓴다 –
맥도너와 맥브라이드,
커널리와 피어스는
지금도, 앞으로 존재할 시간에도
초록빛 옷을 입는 어디에서나
변화했네, 철저히 변화했네,

* 1916년 4월 아일랜드 독립을 목표로 일어난 봉기. 봉기 자체는 실패로 끝났지만, 이후 성립된 아일랜드 공화국 실현의 기점이 되었다.

무서운 아름다움이 탄생했다네.
I write it out in a verse–
MacDonagh and MacBride,
And Connolly and Pearse
Now and in time to be,
Wherever green is worn,
Are changed, changed utterly,
A terrible beauty is born.

시의 앞부분에서 예이츠는 맥브라이드가 '허영심에 젖은 시끄러운 술주정뱅이'라고 생각했고 다른 민족주의 지도자들을 '조롱하는 이야기나 야유'로 넘겨버렸음을 인정한다. 그러나 이제 그들은 '철저히 변화'했다. 이 시는 그들에게 신화의 영광을 부여한다. 모드 곤을 트로이의 헬렌으로 상상하면서 신화적 영광을 부여했듯이.

정말로 그가 민족주의자들을 높이 우러러보았을까? 아무래도 마음이 갈렸던 것 같다. 나중에 모드의 민족주의에 관해 논할 때는 '분노의 바람으로 가득 찬 낡은 풀무'처럼 '무식한 사내들에게 지독하게 폭력적인 방법들'을 가르쳤다고 말했다. 그는 또한 민족주의 지도자 콘스탄스 마르키에비츠(결혼 전 이름은 '고어 부스'였다)에 대해서도 비판적이었다. 콘스탄스 마르키에비츠는 상류층에서 태어난 젊은 여자였지만 폴란드인과 결혼해 부활절 봉기에서 싸웠고 사형선고를 받았으나 집행유예로 수감되었다. 「어느 정치범에 관하여On a Political Prisoner」에서는 마르키에비츠가 '무지한 자들 사이에서 음모를' 꾸민다고 비판했다. 예이츠에 따르면 마르키에비츠는 자신의 정신이,

……악에 받친, 추상적인 물건이 되도록 방기했다.
그녀의 생각은 뭔가 인기 있는 적개심이 되었다.
눈먼 자와 눈먼 자들의 지도자
그들이 누워 있는 더러운 시궁창 물을 마시고 있네.

…a bitter, an abstract thing
Her thought some popular enmity:
Blind and leader of the blind
Drinking the foul ditch where they lie.

그러나 바로 이들이 「1916년, 부활절」에서 영예롭게 포장하고 있는 영웅들이다.

'우리는 타인들과의 말다툼에서 수사를 얻고, 우리 자신과의 말다툼에서 시를 얻는다.' 예이츠는 그렇게 썼다. 아일랜드 민족 정체성(훗날 그는 아일랜드 의회에서 상원의원이 되었다)에 대한 존경심과 아일랜드 우중에 대한 경멸은 자기 자신과 이른바 '반反자아'의 다툼이었다. 그는 상류층의 족보에 자긍심이 있었고, 자신의 선조들이 '가게 주인의 허리를 한 방울도 관통하지 않은' 혈통을 물려주었다고 자랑했다. 그리고 더블린의 애비 시어터를 함께 세운 레이디 그레고리의 영지 쿨파크처럼 유서 깊은 선조들의 아일랜드 저택을 사랑했다. 그는 말을 좋아하는 영국계 아일랜드 가문들이 이탈리아 르네상스 예술을 후원한 위대한 귀족 가문에 견줄 만하다는 상당히 허황한 생각을 하고 있었다. 반면 예술과 문화를 싫어한다는 이유로 더블린의 평민들을 멸시했다.

예이츠의 정치적 견해는 나이가 들면서 점점 우파로 기울어졌다. 1930년대 유럽의 파시즘 운동을 무지한 대중을 상대로 거둔 정치적 질서의 승리라고 보았다. 아일랜드에도 인도 같은 카스트 제도를 도입해야 하며 '인도의 지식인을 구원한 건 카스트 제도'라고 믿었다. 이러한 정치적 견해 때문에 예이츠를 좋아하는 많은 이들이 좌절했다. 그러나 이런 믿음을 근거로 강력한 시들이 탄생한 것도 사실이다. 러시아의 볼셰비키 혁명 이후에 쓴 「두 번째 재림The Second Coming」은 유럽 문명의 몰락에 대한 비탄이다.

점점 넓어지는 나선 속에 돌고 돌아
매는 매잡이의 소리를 듣지 못한다.
만물은 해체된다. 중심은 버티지 못한다.
그저 무정부 상태가 세상에 풀려난다,
피로 짙게 물든 조수가 밀려와, 사방에
순수의 의례가 익사한다.
가장 훌륭한 이들은 모든 확신을 잃고, 가장 저열한 이들은
치열한 열정으로 충만하다.
Turning and turning in the widening gyre
The falcon cannot hear the falconer;
Things fall apart; the centre cannot hold;
Mere anarchy is loosed upon the world,
The blood-dimmed tide is loosed, and everywhere
The ceremony of innocence is drowned;
The best lack all conviction, while the worst
Are full of passionate intensity.

'나선'은 『어떤 비전』에 나오는 역사의 한 단계를 표상한다. 이 시에 등장하는 '거친 짐승'은 '사자의 몸과 인간의 머리'를 하고 '태어날

베들레헴을 덮치고자 웅크리고' 있다. '태양처럼 공허하고 무자비한' 눈길은 영령들이 부인 조지 예이츠에게 말해준 2,000년 기독교 시대의 종말을 고한다. 그러나 이 시는 이런 학문적 세부 사항을 초월한 보편적인 무엇을 표현한다.

「두 번째 재림」은 예이츠가 어떻게 정치적 현실을 신화로 바꾸는지 잘 보여준다. 또한 그는 반대로 신화를 채택해 현실로 바꿀 줄도 안다. 백조로 변한 제우스가 레다를 강간하는 신화를 인용한 시인과 예술가는 수백 명에 달한다. 그러나 예이츠의 「레다와 백조Leda and the Swan」는 감각적이고 심리적인 현실성을 부여한다. 레다의 '겁에 질려 막막한 손가락'이 '깃털이 덮인 영광'을 밀어내려 한다는 상상이 펼쳐진다. 레다가 체념하면서 '힘이 빠지는 허벅지'를 상상하고, 제 몸에 닿는 그 생물의 '이상한 심장 박동'을 느끼는 상상을 한다. 예이츠는 또한 제우스의 느낌을 상상하고, 그가 욕구를 충족한 후 '무관심한 부리'로 레다의 몸을 툭 내려놓는 상상도 한다.

강간당한 레다는 트로이의 헬렌을 낳는다. 그래서 이 시에서 '사타구니의 떨림이' 트로이의 몰락과 아가멤논의 죽음을 '잉태'한다는 표현이 나오는 것이다. 예이츠의 순환되는 역사관에서 레다의 강간은 '그리스의 토대를 다진 수태고지'였다. 동정녀 마리아의 수태고지(그리고 그리스도의 탄생 – 이는 예이츠가 「마법사The Magi」에서 '야만적 토대 위 통제 불가능한 미스터리'라고 일컫는 사건이다)가 기독교 시대의 초석을 놓았듯이 말이다.

『어떤 비전』에서 예이츠는 이상적인 역사적 장소와 시간으로 유스티누스 황제가 소피아 성당을 건설한 500년경의 비잔티움을 선택한다. 그곳에서 일하는 모자이크 기술자들과 금을 다루는 대장장이들은 영령의 세계와 가까웠다. 「비잔티움으로의 항해Sailing to Byzantium」에서 그들은 '두드린 금과 금박'으로 새 한 마리를 만들어 황금 가지 위에서

홰를 치고 노래 부르게 한다. 이 시는 자연을 예술과 대조한다. 자연은,

> 서로의 품에 안긴
> 젊은이들, 나무의 새들이다.
> The young
> In one another's arms, birds in the trees.

예술은 황금새이고, 독자는 자연과 예술의 매력을 모두 느끼게 된다. 그러나 예이츠는 '일단 자연에서 벗어나면'(즉 죽으면) '어떤 자연적 존재'도 아니고 황금새가 되고 싶다고 한다.

관련된 시 「비잔티움Byzantium」에서 영령들은 불꽃처럼 '훽훽 날아다니며' 윤회를 기다리고, 한편 자연은 '분노와 인간 핏줄의 수렁'으로 폄훼된다. 그렇지만 예술의 황금새는,

> 변화 없는 금속의 영예 속에서
> 큰 소리로 조롱한다.
> 평범한 새나 꽃잎과
> 수렁과 피의 온갖 복잡하게 얽힌 것들.
> scorn aloud
> In glory of changeless metal
> Common bird or petal
> And all complexities of mire or blood.

그러나 육체적 사랑의 형태를 한 자연은 여전히 계속 예이츠를 유혹했다. 그는 늙음을 혐오했고 예순아홉 살에 성적 능력을 회복하기

위한 수술을 받았다. 「학교의 아이들 사이에서Among School Children」에서는 자기가 '늙은 허수아비'처럼 보일 거라 상상하고, 헬렌처럼 '백조의 자식'이었던 어린 시절의 모드 곤을 꿈꾼다.

마지막 시였던 「서커스 동물들 버림받다The Circus Animals' Desertion」에서 예이츠는 이제 자신의 상상력이 소진되었음을 깨닫는다. 그리고 예술의 근원은 어찌되었든 자연이라는 결론을 내린다. 아무리 자연이 물리적이고 불완전하다 해도 말이다.

> 나는 모든 사다리가 시작하는 자리에 누워야겠다,
> 더러운 넝마로 지은 심장 속에.
> I must lie down where all the ladders start
> In the foul rag and bone shop of the heart.

CHAPTER 30

모더니즘의 발명

엘리엇, 파운드

토머스 스턴스 엘리엇Thomas Stearns Eliot(1888~1965)은 미국의 문화적 엘리트로 이어지는 부유한 가문에서 태어났다. 그리고 아버지가 벽돌 공장의 고위 간부로 일하던 세인트루이스에서 성장했다. 수줍고 겁 많은 아이였던 엘리엇은 선천적 이중 서혜부 탈장을 앓아 탈장대를 착용했고 스포츠와 체육 수업을 빠져야 했다. 소년 시절에는 서부 개척 이야기를 많이 읽었고 당시 높은 인기를 누리던 에드워드 피츠제럴드Edward FitzGerald의 『오마르 하이얌의 루바이야트Rubaiyat of Omar Khayyam』도 읽었다. 세계의 시를 혁신할 시인이 되리라곤 상상하기 어려운 아이였다.

아버지의 재정적 후원을 받아 하버드를 졸업한 뒤에는 프랑스 파리, 독일과 이탈리아에서 박사 후 과정을 밟았고, 하버드로 돌아와 인도 철학과 산스크리트어를 연구하고 1914년 옥스퍼드로 옮겨 외양과 현실에 관한 철학 논문을 쓰게 된다.

런던에서 엘리엇은 에즈라 파운드, 버지니아 울프를 비롯한 블룸즈버리 그룹 시인들과 만난다. 그리고 1915년 비비엔 헤이 우드와 결혼한다. 스스로 미국으로 돌아갈 명분을 없애기 위한 이유도 있었다. 그러나 이 결혼은 재앙이었다. 그녀는 각종 신체적·정신적 문제가 있었고, 시간이 흐르면서 두 사람은 따로 살게 되었다. 엘리엇은 훗날 친구 존 헤이워드에게 여자와 성적 쾌감을 느껴본 적이 없다고 털어놓았다. 1933년 부부는 공식적으로 헤어졌고 비비엔 헤이 우드는 1938년 정신병원에 입원한다. 엘리엇은 단 한 번도 병문안을 가지 않았고, 비비엔 헤이 우드는 1947년에 세상을 떠났다.

엘리엇은 1917년에 영국 시민이 되었고(그는 미국에는 '보존할 가치가 있는 것이 별로 없다'고 친구에게 말한 적이 있다) 로이드 은행의 외국 계좌 부서에 일자리를 구했다. 1925년에는 파버앤과이어 출판사(파버앤파버 출판사의 전신)의 이사가 되었고 1927년에는 영국 국교회로 개종했다(그는 유니테리언파의 가르침을 받고 자랐다. 유니테리언파는 예수가 사람이 된 신이 아니라 인간이었다고 믿는 기독교 종파다). 전쟁 후 파버앤파버 출판사에서 그의 비서로 일했던 사람이 발레리 플레처다. 두 사람은 1957년에 결혼했다.

엘리엇의 장시 중 「J. 앨프리드 프루프록의 사랑 노래The Love Song of J. Alfred Prufrock」와 「여인의 초상Portrait of a Lady」은 그가 영국으로 건너오기 전에 쓴 것이다. 그는 「황무지」의 타이핑된 원고를 에즈라 파운드에게 보냈고, 파운드는 1922년에 출간할 때까지 여러 번 원고를 수정했다. 「껍데기 인간들The Hollow Men」은 1925년에 발표되었고, 개종 후 처음 쓴 시인 「재의 수요일Ash Wednesday」은 1930년에 발표되었다. 역시 종교적 주제를 다룬 「네 개의 사중주Four Quartets」는 시간과 영원에 관한 명상이다. 「불타버린 노튼Burnt Norton」은 1936년에 나왔고 「이스트코커East

Coker」는 1940년, 「메마른 인양The Dry Salvages」은 1941년, 그리고 런던 대공습 당시 공습 대피 지도원으로 일했던 경험을 끌어온 「리틀 기딩Little Gidding」은 1942년에 출간되었다.

1908년 엘리엇은 영국 시인 아서 시먼스의 저서 『문학의 상징주의 운동The Symbolist Movement in Literature』을 읽게 되는데, 이 책에는 잘 알려지지 않은 시인 쥘 라포르그Jules Laforgue(1860~1887)에 관한 부분이 있었다. 엘리엇은 쥘 라포르그가 미국의 산업도시에서 청소년기를 보낸 그의 경험이 시의 소재가 될 수 있음을 가르쳐주었다고 말했다. 종이 장미와 제라늄 같은 시적 소품이 엘리엇 시에 등장하는 이유는 라포르그 시에 등장하기 때문이다.

이는 엘리엇 시의 전형적 특징이다. 엘리엇은 도벽이 있는 것처럼 다른 시인들의 표현을 훔쳤고 「황무지」의 마지막에 이 사실을 인정한다. '이 파편들을 상륙시켜 내 무너진 폐허에 부딪치게 했다.' 비평문에서도 최고의 대목은 인용문일 때가 많다. 「동방박사의 여정Journey of the Magi」(어느 일요일 예배가 끝난 후 진 반병의 도움을 받아 썼다고 스스로 밝혔다)은 17세기 설교사인 랜슬럿 앤드루스의 설교에서 우연히 본 문구를 토대로 구성한 시다.

엘리엇은 '난해한' 시인으로 알려져 있지만, 사실은 그렇지 않다. 언어의 울림을 듣는 귀와 연상을 풍부하게 자극하는 표현을 지어내는 천재성은 즉각적 쾌감을 준다. 그 시의 '의미'는 덜 중요하다. 프루프록이 누구를 방문하는지, 아니면 「초상」의 여인이 누구인지 따지는 건 무의미한 일이다. 엘리엇이 의도적으로 숨기고 있는 정보이기 때문이다. 그 대신 그는 황홀경('찰나의 항복이라는 끔찍한 무모함')에서 어색함과 민망함까지를 광범하게 아우르는 다양한 감정의 상태를 묘사한다. 「초상」의 화자가 여인의 슬픈 비난에 동요한 나머지 인간의 감정을 갖기를 그치

길 원하는 때처럼 말이다. '앵무새처럼 울고, 원숭이처럼 떠들어대라.' 이 시들을 중·단편소설로 읽을 수도 있다. 지루한 이야기는 싹 빼고 감정만 남긴 이야기들 말이다. 화자, 장소와 시간이 급작스럽게 바뀔 뿐 「황무지」도 크게 다르지 않다.

엘리엇은 존 던에 대해 이렇게 썼다. '던에게 사유는 실험이었다. 사유는 감수성을 수정했다.' 보통 사람들은 사랑에 빠지고 요리 냄새를 맡고 타이프라이터 소리를 들을 수 있지만, 이 세 가지는 서로 연결되지 않는다. 그러나 '시인의 정신에서 이 경험들은 언제나 새로운 전체들을 이룬다'. '새로운 전체들'은 엘리엇이 쓰는 소재다. 생각은 감정, 감각과 합쳐진다. 촉각, 시각, 청각, 이 모든 것이 합쳐져 '한 줌의 먼지에서 나는 네게 공포를 보여주리라'라든가 '나는 커피 숟가락으로 내 인생을 계량했다' 또는 '휜빛이 접혔고, 칼집처럼 그녀를 품었고, 접혔다'라든가 '쾅 하는 소리가 아니라 낑낑 앓는 울음소리로' 같은 표현이 탄생했다.

그는 간결한 배경 설정의 장인이었다. '굴 껍데기 톱밥 레스토랑들'이나 '그들은 지하의 주방에서 아침 식사 쟁반을 달그락거렸다', '소나무 향기와 안개를 뚫고 노래하는 개똥지빠귀', '땀에 젖은 얼굴들에 횃불 빨강' 또는 '흐르는 시냇물들의 속삭임, 그리고 겨울 번개', '저 바깥 바다에 새벽바람 / 주름을 잡고 미끄러지네'처럼 말이다.

「황무지」에서는 짧디짧은 시구마저도 전체 시의 주제들을 거울처럼 투영할 수 있다. 이를테면 '트램들과 먼지 낀 나무들'은 황량한 무미건조함을 기계화된 삶('자동 손'의 타이피스트)과 자연의 대비와 혼합한다.

엘리엇에게는 시의 기원이 좀 더 사적이다. 첫 결혼 생활이 비비엔에게 전혀 행복을 주지 못했고 자신에게는 '「황무지」가 나온 마음의 상태'를 가져다주었다고 그는 말했다. 「황무지」는 부분적으로 성적 불능에 관한 시다. '도시 관리자들의 배회하는 상속자들'에게 버림받은 젊은 여자들부터 릴과 앨버트, 그리고 릴이 '사산시키기 위해' 먹는 알약들이 이를 말해준다.

이 시는 또한 인류가 간절히 필요로 하는 신앙에 대한 묵상으로 읽을 수도 있다. 엘리엇의 노트에 인용된 식물 신화로부터 부처의 「불의 설교Fire Sermon」와 기독교 신비까지 널리 인용되어 있다.

순교자 마그누스의 장벽이
이오니아의 백색과 금색
불가해한 영광을 떠받치고 있는 곳.
where the walls
Of Magnus Martyr hold
Inexplicable splendour of Ionian white and gold.

에즈라 파운드Ezra Pound(1885~1972)는 엘리엇보다는 비교적 배경이 소박하다. 아이다호 주의 시골(그는 끝까지 아이다호 억양을 버리지 않았다)에서 태어난 파운드는 뉴욕의 해밀턴 칼리지에서 프로방스어, 고대 영어, 단테를 공부했고 서른 살 때 이 지상의 그 누구보다 시에 대해 가장 많이 아는 사람이 되겠다고 결심했다. 그는 펜실베이니아 대학 박사과정에 진학했으나 수료하지 못하고 중퇴했다. 인디애나의 교수직에서 해고된 파운드는 1908년 유럽으로 건너가 런던에 정착했다.

초기 시는 단테 가브리엘 로제티 같은 라파엘전파의 유사 중세 시풍을 모방했다. 그래서 현대성에 대한 열망, '새롭게 하자'는 기치에도 불구하고 그는 시대에 뒤떨어지는 것처럼 보였다. 부정확한 번역(「방랑자The Wanderer」와 「항해자The Seafarer」의 고대 영어, 「섹스투스 프로페르티우스에게 바치는 경의Homage to Sextus Propertius」의 라틴어) 역시 비판을 모았다. 그러나 파운드는 런던에서 친구를 많이 사귀었고 그중에는 엘리엇도 있었다. 그리고 1914년에는 예이츠의 애인 올리비아의 딸 도로시 셰익스피어와 결혼했다.

「휴 셀윈 모벌리Hugh Selwyn Mauberley」(1920년)는 열여덟 개의 짧은 부분으로 구성된 반半자전적 시다. 이 작품은 그의 삶에서 획기적인 전환점이었다. 이 시는 '반쯤 야만적인 나라에서' '도토리에서 백합을' 쥐어 짜내어 시라는 '죽은 예술'을 되살리려는 분투를 기록한다. '자신의 시대와 화음을 맞추지 못하는' 그는 불모와 무의미를 절감하고 '증기 요트의 크림색 금박 입힌 선실'에서 살고 있는 성공적인 소설가 아놀드 베넷(「미스터 닉슨Mr Nixon」)으로 인격화된 상업주의와 물질주의를 고발한다.

이 시는 또한 제1차 세계대전의 피비린내 나는 참상을 애도하고 있다. 조각가인 앙리 고디에 브르제스카를 비롯해 파운드의 친구 여러 명이 전사했다. 이에 비교하면 그가 살아온 문화는 무가치하게 느껴진다.

무수한 사람들이 죽었다,
그것도 최고의 사람들이,
이빨이 빠진 늙은 암캐를 위해서,
다 망가져버린 문명을 위해서.

매력, 성한 입을 보며 미소 짓는다,
흙의 뚜껑 아래 꺼져버린 총총한 눈길,

무너진 조각상 수백 점을 위해서,

낡아 헐어버린 책 수천 권을 위해서.

There died a myriad,
And of the best, among them,
For an old bitch gone in the teeth,
For a botched civilisation.

Charm, smiling at the good mouth,
Quick eyes gone under earth's lid,

For two gross of broken statues,
For a few thousand battered books.

이 시는 파운드가 런던에 고하는 작별 인사였다. 1921년 파운드는 도로시와 함께 파리로 이사했고, 이곳에서 다다이스트와 초현실주의자들, 그리고 자전적 장시 「브릭플라츠Briggflatts」(1966년)를 쓴 노섬브리아의 시인 베이즐 번팅Basil Bunting(1900~1985)을 친구로 사귀었다. 그리고 콘서트 바이올리니스트인 올가 러지와도 혼외정사를 하게 된다. 두 사람 사이의 자식 메리는 어느 농부 여인의 손에 키워졌다. 1924년 파운드 부부는 이탈리아 라팔로로 거처를 옮겼고, 그곳에서 아들 오마르가 태어났다. 그 역시 도로시의 어머니에게 맡겨져 양육되었다.

이탈리아에서 파운드는 길고, 형태가 없고, 미완성 시 「칸토스Cantos」를 창작하기 시작했다. 이 시에서 그는 경제학에 관한 그 나름의 이론을 설파한다. 파운드는 부의 공정한 분배를 원했고, 실제로는 생산성이 높지 않다는 이유에서 자본주의를 싫어했다. 자본주의는 단순히 돈에서 돈을 벌었다. 그러나 파운드는 돈 대신 채소나 천연 직물처럼 비축할 수 없는 재화가 유통되길 원했고, 스코틀랜드인인 C. H. 더글러스 소령이 창안한 사회신용설을 선호했다. 그러나 이는 오로지 국가의 강제로만 시행할 수 있다는 사실을 깨달은 후 파시즘에 이끌리게 된다.

파운드는 1933년에 무솔리니를 만났고(칸토 41에 기록되어 있다) 무솔리니의 실행력을 높이 평가했다. 그리고 히틀러의 제3제국은 러시아를 자연스럽게 문명화할 것이라고 생각했다. 제1차 세계대전 탓에 고리대금의 돈놀이와 국제적인 자본주의가 횡행하게 되었다고 믿은 파운드는 1930년대에 증오에 찬 반유대주의자가 되었다. 제2차 세계대전 중에는 이탈리아 정부로부터 돈을 받고 로마 라디오방송에 출연해 미국과 유대인을 비방하는 방송을 수백 번이나 했다.

1945년 미국군에 체포된 그는 피사의 미국군 캠프에서 3개월을 보냈다. 몇 주일은 야외에 설치된, 밤이면 대낮처럼 눈부시게 환한 조명으로 밝혀지는 사방 6피트(약 183센티미터)의 강철 우리에 갇혀 있었다. 신경쇠약으로 심하게 고생했던 사연은 칸토 80에 기록되어 있다. 칸토 84의 서두는 우리에 갇힌 채 화장실 휴지에 쓴 것이다. '피사의 칸토Pisan Cantos'인 74~84는 런던과 파리에서의 나날, 그리고 예이츠를 포함해 그때 만났던 작가들을 회상한다.

체포된 후에도 파운드는 히틀러가 성인聖人이라고 생각했고, 그를 잔 다르크에 비유했다. 반역죄로 기소된 그는 재판정에 설 수 없는 상태로 판단되어 워싱턴 DC의 세인트엘리자베스 정신병원으로 보내졌다. 그는 병원에서 칸토 85~95('섹션 : 바위 드릴Section: Rock Drill')와 칸토 96~109('왕좌Thrones')를 썼다. 엘리엇을 비롯한 여러 시인이 그를 찾아갔다. 1958년 불치의 정신병 판정을 받은 파운드는 퇴원하면서 나치 경례를 했다.

전반적으로 「칸토스」는 뒤로 갈수록 시성詩性이 떨어진다. 초반부의 하이라이트인 칸토 2는 바쿠스가 해적에게 붙들린 한 소년을 구조하고 해적선을 마술의 포도나무 숲으로 만들어 표범과 흑표범들이 배회하게 했다는 오비디우스의 일화를 각색했다. 칸토스 14와 15는 은행가, 신문 편집자, 여타 악한으로 가득 찬 지옥의 환각을 그린다. 악당들로부터 파운드를 해방하는 사람은 다름 아닌 윌리엄 블레이크다. 칸토 21은 사회신용설을 설명하고 있으며, 칸토 45 – 파운드 스스로 이 칸토가 결정적으로 중요하다고 말했다 – 는 예술, 대중, 지구의 농산물을 파괴하는 고리대금('우슈라Usura')을 비판하는 연도煉禱다.

직접적인 호소력은 조금 떨어지지만 칸토 52~61은 18세기 프랑스 예수회 사제가 쓴 열두 권의 중국사를 토대로 하고 있다. 파운드는 중국에서는 고리대금업이 금지되어 있다고 믿었기 때문에 중국을 좋아했다. 파운드는 공자가 무솔리니처럼 질서정연하게 잘 운영되는 국가의 수장이라고 생각했기에 자신의 영웅으로 숭상했다. 칸토 62~71('애덤스 칸토The Adams Cantos')은 계몽주의 법률가이자 미국 대통령으로 파운드의 또 다른 영웅이었던 존 애덤스의 저작을 빈번히 인용한다. 반유대주의는 대체로 칸토 35·50·52에 국한되어 있으며, 특히 칸토 52는 로스차일드 가문에 대한 지독한 독설을 담고 있다. 칸토 72~73은 단테를 모방해 이탈리아어로 쓰여 있으며, 원래 전쟁 선전물로 파시스트 잡지에 실렸다.

로버트 그레이브스를 포함해 일부 비평가는 「칸토스」를 경멸하며 폄훼했다. 그러나 훗날 비트 세대 시인들, 특히 게리 스나이더Gary Snyder(1930~)와 앨런 긴즈버그Allen Ginsberg(1926~1997)에게는 대단히 중요한 작품이 되었다.

CHAPTER 31

서양과 동양의 만남

웨일리, 파운드, 이미지즘

중국과 일본의 시는 아서 웨일리Arthur Waley(1889~1966)가 『170편의 중국 시A Hundred and Seventy Chinese Poems』(1918년)와 『일본 시 : 우타Japanese Poetry: The Uta』(1919년)를 출간할 때까지 영어권 세계에 거의 알려진 바가 없었다. 웨일리는 대영박물관에서 동양 인쇄물과 필사본 부서의 부관리자로 일하며 독학하여 중국과 일본의 고전을 읽었다. [관리자는 또 다른 시인 로런스 비니언Laurence Binyon(1869~1943)이었다. 그의 시 「쓰러진 이들을 위하여For the Fallen」는 영국의 현충일이라 할 수 있는 리멤브런스 선데이에 자주 낭독된다.]

웨일리는 시를 번역했을 뿐 아니라 일본의 노能 가극*과 11세기에 궁녀 무라사키 시키부紫式部가 쓴 「겐지 이야기源氏物語」**를 영어로 옮

* 일본의 대표적인 전통 가면극.

** 일본 헤이안 시대의 장편소설.

졌다. 「겐지 이야기」는 세계 최초의 소설로 알려져 있다. 웨일리는 또한 『중국 시선집Chinese Poems』 서문에서 서구의 시인들과 달리 중국 시인은 사랑보다 우정을 더 많이 노래하고 열정이 아니라 고요, 성찰, 자기분석을 표현한다고 설명했다. 그리고 은유나 직유 같은 비유는 비교적 찾아보기 어려우며, 성性의 필요성은 당연하게 여기면서도 감정의 원인으로 제시되지는 않고 버림받은 아내나 첩에 대한 시는 매우 흔하다고 말했다.

이런 설명만 들으면 어쩐지 우울하고 처지는 느낌이 든다. 그러나 중국 시에 대한 사전 지식이 전혀 없는 서양의 독자들에게 웨일리가 번역한 시들의 은은한 세련됨 – 그리고 물론 오래된 역사 – 은 충격적이었고, 평범한 삶의 면모를 엿볼 수 있는 내용은 수 세기를 뛰어넘어 즉각적으로 의미를 소통했다. 시리디시린 겨울 아침, 빵집에서 흘러나오는 뜨거운 호떡 냄새가 지나가는 행인의 입에 군침이 돌게 한다든가 하는 내용 말이다(이 심상한 사회적 관찰의 단상은 281년경에 쓰인 시에 나온다. 영국 문학이 「베오울프」로 힘겹게 간신히 태동하던 시기보다 무려 5세기 전이다).

사별과 같은, 평범한 인간의 아픔에 대한 반응 역시 선명하게 그려진다. 시 쓰기는 누구나 갖추어야 할 문명인의 교양이었고, 남녀를 막론하고 (우리에게는) 놀라운 수의 중국 시인들이 귀족이거나 권력층이었다. 그러나 우리는 그들의 계급과 무관하게 그 감정을 공유할 수 있다. 황제 무제(기원전 157~기원전 87)는 애첩의 죽음을 이렇게 노래한다.

그녀의 비단 치맛자락 소리는 멈추었다.
대리석이 깔린 도로에 흙먼지가 자란다.
그녀의 빈방은 차갑고 고요하다.
낙엽이 문 앞에 쌓여 있다.

그 어여쁜 부인을 갈망하는,
내가 어찌 아픈 심장을 쉬게 할 수 있으리?

많은 중국 시인은 창작욕이 왕성했던 백거이白居易(772~846)처럼 정부의 관료였다. 꽃을 심는 일, 꿈 이야기, 자신의 대머리 등을 소재로 쓴 그의 시들은 종종 일기처럼 읽힌다. 역시 관료였고 조금 따분한 인간이었음이 분명한 소동파蘇東坡(1036~1101)는 「아들의 탄생에 즈음하여On the Birth of a Son」를 썼다.

아이가 태어나면 가족들은
똑똑하기를 바란다.
나는, 지성으로
내 평생을 완전히 망쳐버렸다.
유일한 희망은 내 아기가
멍청하고 무식한 인간으로 판명되기를.
그러면 장상이 되어
고요한 삶에 왕관을 씌울 테니까.

자연 세계를 다루는 중국 시들은 서양의 자연시보다 초점이 더 선명했다. 왕일王逸(89~158)은 리치나무에 공경심을 표한다. 부드러운 향기, 달콤한 과즙, '진주처럼 윤기가 흐르는' 과실. 왕일의 아들 왕연수王延壽(112~133)는 꼬리 없는 작은 원숭이의 세세한 특징을 낱낱이 기록한다. 킁킁 냄새를 맡고 콧방귀를 뀌고 '영악한 작은 귀'를 곧추세우는 모습도. 구양수歐陽修(1007~1072)는 이와 비슷하게 정성을 기울여 귀뚜라미 한 마리를 조사한다. 중국의 아이라면 누구나 안다는 시가 있는데,

바로 신동 낙빈왕駱賓王(640~684)의 「거위에게 바치는 노래Ode to a Goose」다. 이 시를 썼을 때 그의 나이는 일곱 살이었다.

거위야, 거위야, 거위야
너는 목을 하늘로 휘어 노래하고,
네 하얀 깃털은 에메랄드빛 물 위를 떠다니고,
네 빨간 발은 맑은 물을 밀어 차네.

죽음으로 자연과 하나가 된다는 관념은 시인이면서 천문학자, 수학자, 과학자였던 장형張衡(78~139)의 시에 강력하게 표현되어 있다. 그는 도교 철학자 장자莊子(기원전 365?~기원전 270?)의 뼈가 말하는 상상을 한다.

나는 어둠과 빛의 강물에 이는
물결이다,
만물의 조물주가 내 아버지이고 어머니다,
하늘은 내 침대이고 땅은 내 쿠션이다,
천둥과 번개가 내 북이고 부채다,
태양과 달은 내 촛불이고 내 횃불이다,
은하수는 내 해자垓子요, 별들은 내 보석이다.

유럽의 낭만주의가 태동하기 수 세기 전, 중국 시인들은 이미 자연과 함께 보내는 삶을 이상화하고 있었다. 이백李白(701~763)은 산속에 은둔하는 원단구元丹丘를 부러워한다.

내 친구는 서역 고원 높은 곳에 살고 있고
계곡과 야산의 아름다움을 깊이 사랑하네.
초록색 봄에는 텅 빈 숲에 눕고
태양이 높이 빛나도 여전히 잠들어 있네.
소나무 바람이 소매와 외투의 먼지를 털어주고
자갈돌 깔린 냇물이 그 심장과 귀를 씻어주네.
분쟁과 언사에서 멀리 떨어져, 푸른 구름의 베개를
높이 벤 자네가 나는 부럽다네.

당 왕조(618~907년)는 중국 시의 황금기로 여겨지며, 이백은 친구였던 두보杜甫(712~770)와 함께 등불처럼 그 길을 밝히고 이끌었다. 그런데 중국에서는 여성 시인들도 뛰어난 업적을 남겼다. 가장 유명한 여성 시인은 이청조李淸照(1084~1156)다. 현재 그녀의 명성은 태양계 너머에까지 이르렀다. 국제천문연맹은 화성의 충돌 분화구 두 개를 그녀의 이름을 따서 명명했다.

웨일리가 옮긴 일본어 시 우타歌는 오행시다. 단카短歌 또는 와카和歌라고도 하는 이 짧은 시형에서 1행과 3행은 5음절로 구성되고 나머지 행은 7음절로 이루어진다. 거의 모든 고전 일본 시는 바로 이 형식으로 쓰였다. 따라서 범위가 넓고 기술적으로 자유로운 중국 시와 대조를 이룬다.

일본의 우타는 무상의 주제와 흘러가는 계절을 즐겨 다룬다. 그리고 부처의 가르침대로 찰나의 아름다운 순간들에 감사하고 만끽하는 데 강조점을 둔다. 그러나 사랑을 다룰 때는 중국인들보다 더 감정을 담아 관능적으로 표현한다.

내 아침잠 머리카락
빗지 않으리.
베개가 되어준
내 아름다운
주인님의 손에 닿았으니.

이 시는 가장 위대한 일본 시인으로 꼽히는 가키노모토노 히토마로柿本人麻呂의 작품이다. 히토마로는 710년경에 죽었다. 10세기의 시 선집에 수록된 어느 무명의 시인 역시 이에 못지않게 노골적이다.

깜박, 깜박하는
일출과 함께
새벽이 올 때,
우리 서로 옷을 입히는
도움의 손길은 얼마나 슬픈가!

같은 시선집에 실린 또 다른 무명 시인의 시는 더 숭고한 주장을 한다.

하늘의 평원에
우렁찬 발소리 울려 퍼지는
천둥의 신이라 해도
사랑으로 하나 된 사람들을
갈라놓을 수 있을까?

우타 형식은 짧지만 크나큰 다정함을 품을 수 있다. 무사 시인 오토모노 다비토大伴旅人(665~731)가 아들의 죽음 앞에 쓴 시가 그 예다.

그 아이는 어려서
어느 길로 가야 할지 모를 텐데,
내가 저승의 사신에게
뇌물을 줄 수 있다면
목말을 태워 데려가달라고 부탁하고 싶구나!

시간이 흐르면서 오행시였던 우타는 3행으로 축소되었고, 7세기와 8세기에는 하이쿠俳句가 표준 시형으로 자리잡았다. 많은 동양 시가 그러하듯, 이 시 역시 서양 언어로 번역하기가 거의 불가능하다. 웨일리는 그 이유로 근본적인 언어의 차이뿐 아니라 붓글씨의 아름다움을 숭모하는 서예가 역사적으로 일본 시의 중요한 요소였고 서양의 인쇄 문화에서는 그 뜻을 재현하기 어렵다는 점을 지목했다. 「겐지 이야기」에서 겐지는 미래의 신부에게 서예를 가르칠 때까지 결혼하지 않는다.

전형적인 하이쿠는 자연의 한순간을 고찰하는 삼행시다. 첫 행과 마지막 행은 5음절로 이루어져 있고, 중간 행은 7음절이다. 하이쿠는 모호하며 생략이 많고, 추상적 진술과 사적 감정의 직접적 표현을 회피하고, 이미지와 이미지의 순서로 모든 의미를 함축한다. 가장 유명한 하이쿠 시인은 마쓰오 바쇼松尾芭蕉(1644~1694)다. 그의 가장 널리 알려진 시(이 시는 일본인들이 까다로운 하이쿠의 특징을 서양인에게 설명할 때 예시로 자주 활용된다)를 골조만 직역하면 다음과 같다.

오래된 연못,
개구리 뛰어든다,
물의 소리.

웨일리를 제외하면, 중국과 일본의 시를 영어로 옮긴 가장 잘 알려진 시인은 에즈라 파운드다. 사실 『캐세이Cathay』(1915년)에 열다섯 편의 중국 시를 번역해 실었을 당시 에즈라 파운드는 중국어를 한마디도 몰랐다. 그러나 미국인 동양학자 어니스트 피놀로사Ernest Fenollosa의 미망인이 준 논문으로 중국 시를 연구하고 있었다. 중국어를 잘 아는 일부 비평가는 『캐세이』를 높이 평가한다. 하지만 또 다른 비평가들은 일종의 식민주의적 기획으로 아시아 문화에 서양의 의미를 부과한다고 비판한다. 이러한 간접성을 전형적으로 보여주는 시가 이백의 「옥 계단에서 원망하다玉階怨」로, 파운드의 버전은 다음과 같다.

보석이 박힌 계단은 이미 이슬이 맺혀 새하얗다.
너무 늦은 시각이라 이슬이 내 거즈 양말을 흠뻑 적셨고
나는 크리스털 커튼을 치고
맑은 가을을 통해 달을 본다.
The jewelled steps are already quite white with dew.
It is so late that the dew soaks my gauze stockings,
And I let down the crystal curtain
And watch the moon through the clear autumn.

명백한 진술은 없지만 우리는 이 여인이 궁정의 여인이며 지조를 지키지 않는 연인을 기다리고 있음을 유추할 수 있다. 맑은 가을날이므

로 그가 오지 않을 핑계도 없다. 파운드는 주석에서 이 여인이 직접적인 발화를 전혀 하지 않기 때문에 이 시가 특별히 훌륭하다고 말했다.

파운드는 일본어도 전혀 몰랐지만, 영어로 하이쿠를 시도한 작품 「지하철역에서In a Station of the Metro」는 1913년 출판되었을 때 최초의 이미지즘 시로 대단한 호평을 받았다.

> 군중 속 이 얼굴들의 유령
> 젖은, 검은 가지 위의 꽃잎들.
> The apparition of these faces in the crowd
> Petals on a wet, black bough.

이 시의 아이디어는 파리 지하철 콩코드 역에서 내려 북적거리며 서로 밀치는 아름다운 얼굴들을 보고 착안한 것이라고 파운드는 말했다. 그는 1년간의 작업을 통해 30행을 서서히 10행으로, 그리고 2행으로 줄여나갔다.

이미지즘의 목표는 간결성이었다. 불필요한 단어와 추상을 배제하고 주관적이든 객관적이든 '그 사물'에 집중했다. 일설에 따르면 파운드, 1911년 필라델피아에서 런던으로 건너온 미국인 힐다 둘리틀Hilda Doolittle(1886~1961), 둘리틀이 1913년 결혼한 영국 시인 리처드 올딩턴Richard Aldington(1892~1962)이 1912년 어느 날 오후 대영박물관의 다실에서 이미지즘을 창안했다고 한다.

그러나 사실 이미지즘의 창안자는 토머스 어니스트 흄Thomas Ernest Hulme(1883~1917)이었다. 그는 케임브리지 대학에서 두 번이나 퇴학당한 영광스러운 전력의 소유자다. 한번은 조정 경기의 밤에 소란을 일으켰다는 이유로, 두 번째는 배타적인 기숙학교 로디언의 여학생과 연애를 했기 때문이었다. 그 사건 후 흄은 여행을 하고, 여러 외국어를 배우고, 철학에 관심을 가졌으며, 1909년 시선집에 최초의 이미지즘 시를 게재했다. 그중 한 편이 「가을Autumn」이었다.

가을밤 한 자락 스치는 한기 –
바깥을 돌아다니다가
붉은 얼굴의 농부처럼
울타리 위로 기우는 불그스레한 달을 보았다.
발길을 멈춰 말하지 않았으나 고개를 끄덕였고,
주위에는 애틋한 별들이
도시의 아이들처럼 하얀 얼굴을 하고 있었지.
A touch of cold in the Autumn night –
I walked abroad,
And saw the ruddy moon lean over a hedge
Like a red-faced farmer.
I did not stop to speak, but nodded,
And round about were the wistful stars
With white faces like town children.

시인으로서 그는 '메마른 견고함'을 주장하고 낭만주의를 '쪼개진 종교'라며 거부했다. 그는 1914년에 입대해 포병대 사관으로 복무하다가 1917년 전사했다.

파운드의 시선집 『데 이마지스트Des Imagistes』(1914년)에는 흄이 포함되어 있지 않고, 제목이 암시하는 바와 달리 프랑스 시인도 수록되지 않았다. 그러나 이 시선집에는 파운드 본인뿐 아니라 올딩턴과 둘리틀

(그녀는 'H. D.'라는 필명으로 시를 발표했다), 그리고 언뜻 이미지즘과 관련이 없어 보이는 제임스 조이스의 시 한 편(「군대의 소리가 들린다I Hear an Army」)이 수록되어 있다. 그리고 부유한 미국인 에이미 로웰의 시도 한 편 실려 있다. 그녀는 파운드가 대열에서 이탈해 윈덤 루이스Wyndham Lewis의 (역시 단명한) 소용돌이파 운동Vorticist movement에 합류한 후에도 이미지즘의 불씨를 꺼뜨리지 않으려 애썼으나 실패했다.

『데 이마지스트』에 수록된 걸출한 시인은, 지금은 거의 잊힌 프랭크 스튜어트 플린트Frank Stuart Flint(1885~1960)다. 이즐링턴에서 직업 여행가의 아들로 태어난 그는 열세 살 때 학교를 그만두었으나, 독학으로 현대 프랑스 시의 권위자가 되었다. 『데 이마지스트』에는 플린트의 시가 다섯 편 수록되어 있는데, 그중에 「백조The Swan」도 있다.

백합 그늘 밑
그리고 황금
그리고 파랑과 연보라
가시금작화와 라일락
물 위로 쏟아져 내려,
물고기들이 파르르 떤다.

초록색 차가운 잎사귀들 위로
그 목과 부리에
그리고 잔물결 진 은색
그리고 색이 변한 구리,
아치 밑에서
깊고 검은 물 쪽으로

백조는 천천히 떠간다.

아치의 어둠 속으로 백조가 떠간다.
그리고 내 슬픔의 검고 깊숙한 곳에
하얀 불꽃의 장미를 품는다.

Under the lily shadow
And the gold
And the blue and mauve
That the whin and the lilac
Pour down on the water,
The fishes quiver.

Over the green cold leaves
And the rippled silver
And the tarnished copper
Of its neck and beak,
Toward the deep black water
Beneath the arches,
The swan floats slowly.

Into the dark of the arch the swan floats
And into the black depth of my sorrow
It bears a white rose of flame.

플린트는 1930년대에 시를 포기했고, 노동부 통계 부서에서 뛰어난 경력을 쌓았다. 1929년에 대공황이 시작되자 플린트는 짓궂게 말했다, 인류를 연구하기에 적합한 학문은 한동안 경제학이 될 거라고.

CHAPTER 32

미국의 모더니스트들

월리스 스티븐스, 하트 크레인, 윌리엄 카를로스 윌리엄스, 에스더 포펠, 헬렌 존슨, 앨리스 던바 넬슨, 제시 레드먼 포셋, 안젤리나 웰드 그림케, 클로드 맥케이, 랭스턴 휴즈

엘리엇의 위대함은 미국 시인들에게는 문제점이었다. 엘리엇은 미국을 저버리고 유럽인이 되기를 선택했다. 그들도 그 뒤를 따라야 하는가? 미국 모더니스트들의 반응은 각양각색이었지만 아무도 엘리엇의 뒤를 따르지 않았다.

월리스 스티븐스Wallace Stevens(1879~1955)는 사업적으로 성공한 변호사의 아들이었고 대부분의 삶을 보험회사 간부로 일하며 보냈다. 첫 시집 『하모니엄Harmonium』도 엘리엇의 「황무지」가 출간된 이듬해인 1923년이 되어서야 발표했다. 이 시집에 수록된 시들 중에 「솔숲의 밴텀 닭Bantams in Pinewoods」은 엘리엇('빌어먹을 전 세계적 수탉')을 겨냥한 미국 시의 독립선언으로 읽혀왔다. 「황무지」가 삶의 영적 차원을 중요시하는 반면, 스티븐스의 시는 영성을 거부한다. 「일요일 아침Sunday Morning」(비평가 이보 윈터스Yvor Winters가 '20세기의 가장 위대한 미국 시'로 꼽았으며, 스티븐스 본인은

'그저 이교주의의 표현일 뿐'이라고 말했던 시다)에서는 한 여자가 자기 집에 앉아 커피와 오렌지를 앞에 놓고 교회에 가는 대신 햇볕을 받으며 꿈을 꾼다. 아니, 시의 표현에 따르면 교회가 아니다.

고요한 팔레스타인,
피와 무덤의 왕국.
silent Palestine,
Dominion of the blood and sepulchre.

스티븐스는 신을 믿는 신앙을 무시했고, 시가 신앙을 대체하는 구원의 힘이 될 수 있다고 생각했다.

스티븐스의 가장 위대한 주제는 상상력이었다. 그에게 상상력은 세계를 창조하고, 세계가 황무지가 아니라 경이로운 기적이 될 수 있게 해주는 힘이었다. 스티븐스는 이를 찬송한다.

장엄한 존재의 원인
상상력, 상상된 이 세계에서
단 하나의 현실.
The magnificent cause of being,
The imagination, the one reality
In this imagined world.

그가 보기에 '영혼'은 '외부의 세계'로 구성되어 있고 '외부의 세계'는 상상력에 의해 창조된다. 그리하여 비로소 그는 깨닫는다.

나는 내가 걸었던 세계였고, 내가 보거나
듣거나 느꼈던 것은 오로지 내게서 왔으며
그곳에서 나는 더욱 참되고 더욱 이상한 나 자신을 발견했다.
I was the world in which I walked, and what I saw
Or heard or felt came not but from myself,
And there I found myself more truly and more strange.

상상력은 각 개인에게 다른 세계를 창조한다. 마을로 들어가는 하나의 다리를 건너는 사람은 스무 명이다.

스무 개의 마을로 들어가는
스무 개의 다리를 건너는 스무 명의 사람들이다.
Are twenty men crossing twenty bridges
Into twenty villages.

「높은 음색의 늙은 기독교 여인에게To a High-toned Old Christian Woman」에서 그는 종교와 도덕이 다른 모든 것과 마찬가지로 상상력에서 나온다고 주장한다. 상상력은 또한 시인이 평범하거나 혐오스러운 것들에서 아름다움을 찾을 수 있게 해준다.

내 금발의 머리카락은
눈부시다,
실처럼 바람을 꿰는
암소의 침만큼이나.
The hair of my blonde

Is dazzling
As the spittle of cows
Threading the wind.

스티븐스의 시 중에는 당혹스러운 작품이 많다. 누가 말하는지 누구에게 말하는지, 또 무엇에 대한 말인지 알 수가 없다. 제목 또한 무의미하게 보이는 경우가 많다. 일부 비평가는 모더니즘의 외양을 포기하고 그저 농담으로 보기도 한다. 스티븐스의 난해함은 상상력에 충실한 데 기인한다. 상상력이 꼭 파악 가능해야 하는 게 아니라면, 시 또한 마찬가지이기 때문이다(물론 시는 단어를 사용하고, 각 단어는 파악할 수 있는 의미를 지닌다는 점에서 다르다). 「물건을 운반하는 남자Man Carrying Thing」에서 스티븐스는 이런 의미로 '시는 지성에 저항해야만 한다, / 거의 성공적으로'라고 썼을 것이다.

그래서 '유일한 황제는 아이스크림의 황제'(아마도 스티븐스의 시구 중에 가장 유명할 것이다)라는 시구를 예로 들자면, 그 의미를 알 수 있는 단어로 이루어져 있지만, 문자의 의미를 파악할 수는 없다. 얻은 효과가 있다면, 예전에 그 누구도 생각하지 못했던 방식으로 '황제'와 '아이스크림'을 함께 놓으면서 상상력을 위한 새로운 전망을 열어놓는 것이다. 스티븐스는 이런 식으로 상상력을 위해 대담하고 새로운 일탈의 여정을 많은 시에서 쓴다. 예를 들어 「마차 안에 있는 것들의 설명Exposition of the Contents of a Cab」에서는 '흑인 여자'가 '토파즈와 루비'로 장식한 '허리의 천'을 두른 채 '일곱 마리의 개를 데리고' 황금빛 승합마차를 타고 '끔찍하게 불쾌한 소리가 나는 정글을 누비는' 모습이 그려진다.

스스로 엘리엇의 여파에 휘말렸다고 느꼈던 또 한 명의 시인은 하트 크레인Hart Crane(1899~1932)이었다. 오하이오에서 캔디바를 팔아 거부가 된 아버지를 둔 하트 크레인은 부모님의 결혼이 파국을 맞자 고등학교를 중퇴했다. 뉴욕으로 이사한 크레인은 1923년 스웨덴 상선대 선원이었던 에밀 오퍼와 사랑에 빠졌다. 그는 한동안 브루클린 하이츠에서 오퍼의 가족과 함께 살았다. 기거하는 방에서는 브루클린 브리지가 보였고, 이 전망에 영감을 받아 그는 '서사시' 「다리The Bridge」(길이와 주제가 다양한 열다섯 편의 서정시였다)를 창작했다. 1923년에 창작하기 시작해 1930년에 출간을 마무리한 「다리」는 휘트먼의 「풀잎」을 돌아보며 「황무지」의 절망을 상쇄하는 '아메리카의 신비주의적 총합'이 되고자 했다.

크레인은 1929년 파리로 이주했고, 섹스를 찾아 마르세유에 갔다가 술에 취해 체포되었고 경찰에게 심하게 폭행당했다. 「다리」에 쏟아진 혹평도 그의 패배감을 더했다. 그래서 그는 폭음을 시작했다. 1931년부터 1932년까지 멕시코에서는 작가 맬컴 카울리Malcolm Cowley의 아내 페기 카울리와 불륜 관계를 맺기도 했다. 이성애로 기록된 유일한 연애였다. 멕시코에서 뉴욕으로 돌아오는 선상에서 그는 승무원에게 성적으로 접근했다가 폭행당했고, 결국 갑판에서 바다로 뛰어내렸다. 사체는 끝내 발견되지 않았다.

그는 편지에서 자기 시의 원칙이 '은유의 논리'라고 밝혔다. 단어의 은유적 의미가 직설적인 의미보다 더 중요하다는 뜻인 것 같다. 그의 시 「우체부 편지Carrier Letter」에서 간단한 예를 찾아볼 수 있다.

당신의 손길 후로 내 손은 물을 건드리지 않았어요,
그럼요. '안녕' 이후로 내 입술도 웃음을 자유로이 풀어내지 않았어요.
그리고 낮이 되면 우리 사이
거리가 다시 확장되죠, 똬리 틀지 않은 껍데기처럼 목소리 없이.

그렇지만–많은 것이 따르고, 많은 것이 버텨내요…… 오로지 새들만을 믿어요.
어젯밤에는 비둘기의 날개가 내 심장을 얼싸안고 꼭 붙어 있었어요.
솟구치는 부드러움으로요, 그리고 밀회의 반지에 박힌
파란 보석은 오히려 더 찬란하게 반짝이더군요.

My hands have not touched water since your hands,
No: nor my lips freed laughter since 'farewell',
And with the day distance again expands
Between us, voiceless as an uncoiled shell.

Yet–much follows, much endures... Trust birds alone:
A dove's wings clung about my heart last night
With surging gentleness, and the blue stone
Set in the tryst-ring has but worn more bright.

두 번째 연의 비둘기는 말 그대로 비둘기가 아니라 '비둘기'라는 단어가 연상시키는 것들–부드러움, 희망, 평화 등등을 표상한다. 에밀에게 바치는 사랑시로 최고의 걸작이라 손꼽히는 「여정들Voyages」과 「다리」에서도 이처럼 비직설적인 단어 사용이 꾸준히 드러나며, 언뜻 보면 무의미한 허튼소리처럼 읽히기 쉽다. 이런 시를 읽는 방법은 단어가 함축하는 은유나 연상에만 온전히 집중하고 직설적인 의미를 무시하는 것이다. 어려운 일이지만, 아주 빨리, 큰 소리로 읽으면 조금 쉬워진다.

윌리엄 카를로스 윌리엄스William Carlos Williams(1883~1963)는 뉴저지

러더퍼드에서 태어났다. 아버지는 영국인이고 어머니는 푸에르토리코 출신의 화가로 시각예술에 대한 사랑을 아들에게 물려주었다. 그는 펜실베이니아 의과대학(여기서 그는 에즈라 파운드를 만났다)을 졸업하고 뉴저지 퍼세이크의 종합병원에서 소아의학과 과장이 되었다.

그는 파운드를 통해 이미지스트 시인들과 만났고, 시집 『봄과 모든 것Spring and All』(1922년)에 실린 그의 시 「빨간 손수레The Red Wheelbarrow」는 이미지즘의 영향을 보여준다.

너무 많은 것이
걸려 있다

빨간 손
수레에

빗물에 젖어
번들거리는

하얀 병아리들
옆에서

so much depends
upon

a red wheel
barrow

glazed with rain
water

beside the white
chickens

이에 못지않게 잘 알려진 시는 「그냥 하는 말인데This is Just to Say」다.

내가 먹었어
아이스박스에
있던
자두들

그런데 당신이
아마
아침거리로
아껴둔 거겠지

용서해줘
맛있었어
너무 달고
너무 차갑고

I have eaten
the plums

that were in
the icebox

and which
you were probably
saving
for breakfast

Forgive me
they were delicious
so sweet
and so cold

아마도 이 시는 아내 플로렌스가 어느 날 아침 식탁에 두고 간 메모로부터 시작되었을 것이다.

1922년 「황무지」의 출간은 충격이었다. 그러나 윌리엄스는 엘리엇의 해박한 인용과 유럽의 엘리트주의에 반발했고 일상적인 미국 숙어와 태생과 장소성에 뿌리박은 시를 선호했다. 그리고 이것이 바로 1946년부터 1958년에 걸쳐 다섯 권으로 출간된 「패터슨Paterson」으로 이루려던 목표였다. 이 시는 뉴저지의 패터슨 시를 중심으로 전개되며, 더블린을 다각적으로 묘사한 제임스 조이스의 「율리시스」에서 영감을 받았다.

「패터슨」은 시이기도 하고 '콜라주', 즉 다른 작품들의 파편을 조각조각 붙여 만든 작품이기도 하다(붙인다는 의미의 프랑스어 '콜레coller'에서 유래한 말이다). 예를 들어 「패터슨」에는 앨런 긴즈버그의 편지에서 발췌한 대목들(1956년 윌리엄스는 긴즈버그의 비트 세대 선언문인 『하울과 기타 시들Howl and Other Poems』의 서문을 썼다)이 담겨 있다. 윌리엄스는 하트 크레인의 「다리」가 프랑스 상징주의자의 시로 퇴행한 작품이라면서 높이 평가하지 않았다. 그는 프랑스 상징주의가 T. S. 엘리엇에서 개탄스러운 정점에 달했다고 보았고, 맹렬하게 비판했다. 그는 추상을 불신했고 관념은 구체적 현실에 뿌리를 두어야 한다고 믿었다. 그는 「패터슨」의 소재를 수집하면서 길거리를 걸어 다녔고, 여름날 일요일에 공원에 가서 사람들의 행태를 관찰했으며, 이 모든 것을 시에 녹여냈다.

윌리엄스는 사회의 관찰자일 뿐 아니라 비평가였다. 행복한 미국 군중의 생각 없는 행태는 금세라도 인종차별주의로 변할 수 있었다. 윌리엄스는 「야구 경기장에서At the Ball Game」에서 이를 표적으로 삼았다. 「요트들The Yachts」에서는 J. P. 모건이나 밴더빌트 가문 같은 대부호들의 어마어마한 부가 비판의 대상이었다. 그들의 우아한 배는 아메리카컵 요트 대회에서 경주하지만, 이 시에서는 무자비하게 인간의 시체들을 치고 질주한다. 「불쌍한 노파에게To a Poor Old Woman」에서는 조금 더 명랑한 어조로, 길가에 앉아 봉지에서 자두를 꺼내 음미하는 여인의 기쁨을 그리고 있다.

이들 세 명의 미국 백인 모더니스트와 그 동시대인들은 할렘 르네상스의 흑인 시인들과 극단적인 대조를 이룬다. 제1차 세계대전 이후 미국 흑인 다수가 남부의 제도적 인종차별을 피해 뉴욕 시 북쪽 교외에 자리한 할렘으로 이주했다. 카리브 해에서 이주해온 흑인들도 있었다. 그들이 일구어낸 문화운동은 미국 역사상 전례가 없는 것이었다. 시뿐만 아니라 드라마, 소설, 음악, 패션과 여러 종교적 신앙의 혼합된 형태마저도 아울렀기 때문이다. 유대교, 온갖 형태의 기독교와 이슬람교, 나아가 자메이카와 아이티의 부두교까지 혼합된 종교적 신앙을 연구한 사람은 바로 흑인 여성 인류학자 조라 닐 허스턴Zora Neale Hurston(1891~1960)이었다.

할렘 르네상스는 주류 미국 문화에 앞서 페미니즘과 여타 다른 형태의 성적 해방을 주창했다. 이 운동에 참여한 흑인 여성 작가의 숫자는 가히 놀랍다. 모두가 시인은 아니었지만, 그중에는 에스더 포펠Esther Popel(1896~1958)이 있었다. 포펠의 시 「국기에 대한 경례Flag Salute」는 1933년의 린치 사건에 대한 쓰라린 응답이었다.

……그들은 그를 벌거벗겨
진흙탕 길로 질질 끌고 갔다.
유약하디유약한 흑인 소년!
그런데 죄목은? 어느 할머니를
폭행했다고 추정된다고…….
...They dragged him naked
Through the muddy streets,
A feeble-minded black boy!
And the charge? Supposed assault
Upon an aged woman...

또한 유명한 시는 헬렌 존슨Helene Johnson(1906~1995)의 「병에 갇히다Bottled」다. 서양의 복식이 아프리카계 미국인 남성의 위풍당당한 모습을 어떻게 축소하는가를 다룬 시다. 시인은 흑인 남자가 거리에서 기쁨의 춤을 추는 모습을 지켜보다가 상상한다.

……검고 벌거벗은 몸을 번들번들 빛내며 춤추고 있다면,

귀와 코에는 고리를 걸고,
코끼리 이빨로 만든 팔찌와 목걸이를 걸치고…….
…dancin' black and naked and gleaming.
And he'd have rings in his ears and on his nose,
And bracelets and necklaces of elephants' teeth…

정치 운동가인 앨리스 던바 넬슨Alice Dunbar-Nelson(1875~1935)은 해방 노예와 백인 선원의 딸로 혼혈의 딜레마와, 직장과 교육에서 흑인 여성의 역할을 탐구하는 에세이를 썼다. 소설가 제시 레드먼 포셋Jessie Redmon Fauset(1882~1961)은 잡지 〈크리시스The Crisis〉의 문학 담당 편집자로 아프리카계 미국인 사회를 현실적으로 재현하는 작품을 주창했다. 희곡작가 안젤리나 웰드 그림케Angelina Weld Grimke(1880~1958)는 미국흑인지위향상협회NAACP의 의뢰로 린치에 반대하는 희곡「레이첼Rachel」(1920년)을 썼다. NAACP는 '무대를 인종차별 반대 운동의 장으로 승화한 최초의 연극'이라고 찬사를 보냈다.

할렘 르네상스의 남성 시인을 이끈 개척자는 자메이카에서 온 클로드 맥케이Claude McKay(1889~1948)였다. 1919년의 시「우리가 죽어야 한다면If We Must Die」은 백인의 억압에 도전장을 던졌다(그리고 백인 모더니스트가 구태의연하다고 여겼던 소네트 형식을 차용했다). 모더니즘의 수정주의적 면모는 할렘 시인들에게 통하지 않았다. 월리스 스티븐스와 달리, 그들은 세계가 상상의 소산이 아니며 현실이고 또 부당하다는 사실을 알았다. 그들은 난해한 모호성을 추구하지도 않았고, 이해받기 위해 시를 썼다.

이러한 움직임이 낳은 가장 위대한 남성 시인은 랭스턴 휴즈Langston Hughes(1902~1967)다. 그는 착취당한 흑인과 자신을 동일시하고, '우리들 검은 피부의 개인적 자아를 두려움이나 수치심 없이' 표현할 권리를 옹호했다. 처음 출판한 시 「검둥이가 강들을 말한다The Negro Speaks of Rivers」(1920년)는 흑인의 과거를 영광스럽게 기리며 상찬한다.

……나는 새벽이 어릴 때 유프라테스 강에서 멱을 감았다.
콩고 강 근처에 오두막을 지었고 강물의 자장가를 들으며 잠이 들었다.
나일 강을 내려다보며 그 위로 피라미드들을 건설했다.

나는 강들을 알았다.
고대의 탁류들.

내 영혼이 강들처럼 깊어졌다.

…I bathed in the Euphrates when dawns were young.
I built my hut near the Congo and it lulled me to sleep.
I looked upon the Nile and raised the pyramids above it…

I've known rivers:
Ancient, dusky rivers.

My soul has grown deep like the rivers.

휴즈는 '검둥이 사투리Negro dialect'나 에보닉스Ebonics*, '재즈의

* 미국 흑인 다수가 사용하는 언어. 일부 언어학자는 이를 별개의 언어로 본다.

시jazz-poetry'로 시를 썼다. 그의 가장 위대한 걸작으로 인정받기도 하는 「나, 또한I, Too」에서 화자는 예언 능력을 보여준다.

나, 또한, 아메리카를 노래한다.

나는 더 어두운 형제다.
그들은 손님들이 오면
나더러 부엌에 가서 먹으라고 했다.
그러나 나는 웃음을 터뜨리고,
잘 먹고,
강해진다.

내일,
손님들이 올 때
나는 식탁에 앉을 것이다.
아무도 감히
내게 말하지 못하리라,
'가서 부엌에서 먹어'라고.
그때는.

게다가,
그들은 내가 얼마나 아름다운지 볼 테고
부끄러움을 느끼리라 –

나, 또한, 아메리카다.

I, too, sing America.

I am the darker brother.
They send me to eat in the kitchen
When company comes,
But I laugh,
And eat well,
And grow strong.

Tomorrow,
I'll be at the table
When company comes.
Nobody'll dare
Say to me,
'Eat in the kitchen,'
Then.

Besides,
They'll see how beautiful I am
And be ashamed–

I, too, am America.

CHAPTER 33

모더니즘의 극복

메리앤 무어와 엘리자베스 비숍

메리앤 무어와 엘리자베스 비숍은 지극히 개인적인 시인이었고, 모더니즘을 새로운 방향으로 이끌었다. 두 사람 모두 명백하게 현대적이면서도 모더니즘의 난해성은 떨쳐버린 시를 썼다.

두 시인 중에서 연장자인 메리앤 무어Marianne Moore(1887~1972)는 장로교 목사였던 외할아버지의 영향을 강하게 받았고, 종교적 신앙이 없는 삶은 불가능하다고 믿으며 자랐다. 그녀와 훗날 해군 군목이 된 남동생은 어머니 혼자서 키웠다(엔지니어였던 아버지는 그녀가 태어나기도 전에 정신병원에 입원했다). 무어는 명문 여대 브린모어 칼리지를 졸업한 후 헌신적으로 어머니를 돌보았다. 그들은 돈이 궁했고, 비좁은 아파트에 함께 살면서 한 침대를 쓰는 일도 자주 있었다.

대학에서 헨리 제임스Henry James의 여조카에게 잠시 마음이 빼앗겼던 일 말고는 무어가 성적으로 누군가에게 끌렸다는 기록은 없다. 풍자적인 시 「결혼Marriage」은 원치 않는 구애를 하던 어떤 남자를 겨냥해 쓴 시다.

> ……남자들은 '별, 가터, 단추들,
> 여타 빛나는 싸구려 물건들'의
> 독점주의자다 -
> 타인의 행복을 수호하는 일에는
> 어울리지 않는다.
> ...Men are monopolists
> of 'stars, garters, buttons
> and other shining baubles' -
> unfit to be the guardians
> of another person's happiness.

1918년 무어는 어머니와 펜실베이니아의 칼라일을 떠나 뉴욕의 그리니치빌리지로 이주했다. 그곳에서 무어는 문학지 〈다이얼The Dial〉의 편집자로 일했고 에즈라 파운드, 윌리엄 카를로스 윌리엄스와 월리스 스티븐스를 위시한 아방가르드 작가들을 만났다. 병환에 시달리는 어머니를 계속 돌보면서, 그녀는 1929년 브루클린으로 이사했다. 그곳에서 얻은 지하의 아파트는 너무 비좁아서 어머니와 둘이서 목욕탕에 앉아 밥을 먹어야 할 정도였다.

1947년 어머니가 세상을 떠나자 그녀는 걷잡을 수 없는 슬픔에 빠졌다. 기나긴 애도의 기간이 끝난 후 그녀는 1965년 맨해튼으로 돌아왔다. 그리고 많은 이들의 사랑을 받는 그리니치빌리지의 괴짜로 거듭났다. 망토를 두르고 삼각뿔을 쓴 그녀는 몹시 눈에 띄는 모습이었다.

무하마드 알리를 열렬히 사랑했으며 브루클린 다저스(이후에는 뉴욕 양키스)의 열혈 팬이기도 했다. 그녀의 시는 생전에 미국의 문학상을 모두 휩쓸다시피 했다.

어머니를 간호하던 시절에는 행동의 제약을 느끼고 원망에 빠지기도 했는데, 이런 감정은 간접적으로나마 시 속에서 목소리를 찾았다. 몇 편은 어머니의 독실한 믿음을 은근히 조롱하기도 한다. 덫에 갇혔다는 인식은 꾸준한 주제다. 「무덤A Grave」에서 바다는 죽음의 덫이다.

사물들은 침몰할 수밖에 없으므로 –
빙글빙글 돌고 비틀어진다 해도, 자기 의지나 의식이 있는 게 아니므로.
things are bound to sink–
in which if they turn and twist, it is neither with volition nor consciousness.

그녀의 시에는 궁색하고 악의적인 환경에 놓인 작은 생물들이 종종 등장한다. 예를 들어 천산갑은 개미핥기의 한 종이다. 몸이 비늘로 덮여 있고 위협을 받으면 몸을 공처럼 말고(무어의 시 「천산갑The pangolin」에서처럼) '개미와 돌멩이를 집어삼키고 다칠 수 없는 / 아티초크'다.

자연의 생존력을 바라보는 무어의 외경은 동물뿐 아니라 식물도 아우른다. 그녀의 「그럼에도Nevertheless」는 철조망에 걸린 선인장 잎을 등장시킨다. 이 선인장의 새순은 지하 '2피트(약 61센티미터) 아래'로 뿌리를 내린다. 무어는 그 용기에 갈채를 보낸다. 그녀는 이런 도덕적 자질을 다른 식물에서도 알아본다.

거기 뭐가 있는 걸까

불요불굴! 어떤 수액이
저 가는 실을 통해 흘러
체리를 붉게 만드는 걸까!

What is there

like fortitude! What sap
went through that little thread
to make the cherry red!

무어의 가장 길고 장엄한 시 「문어An Octopus」는 모더니스트의 난해함을 완전히 걷어버리고 워싱턴 캐스케이드 산맥의 사화산인 레이니어 산에 집중한다. 무어는 빙하에 둘러싸인 그 산을 보고 문어와 그 촉수를 닮았다고 생각한다. 이 시는 전나무, 낙엽송, 가문비나무 등 온갖 나무와 곰, 엘크, 사슴, 늑대, 염소, 마멋, 야생 포니, '생각에 잠긴 비버들', '가혹한 고슴도치' 등 그 얼음의 세계에서 생존하는 다양한 종의 동물들을 찬양한다. 산의 바위와 빙원마저 살아 있는 것 같다. 시에는 국립공원 관리단의 출판물을 비롯한 사실 문건에서 발췌한 인용문도 실려 있다. 그리고 이런 종류의 콜라주는 무어에게서 흔히 찾아볼 수 있다. 그녀의 시들은 실제 삶의 원천에서 인용문을 뽑아내고 있는데, 이는 아마 무어가 시작詩作에 대해 했던 가장 유명한 충고를 보여주는 것이리라. 즉 시인은 '진짜 두꺼비들이 사는 상상의 정원'을 창조해야 한다는 말이다.

시 「시Poetry」에서도 이 조언이 다시 나온다. '거꾸로 매달려 버티는 박쥐'와 동물의 생존에 관한 여러 사례도 다시 등장한다. 「시」의 첫 구절은 시 자체를 아예 차치하려는 듯 읽힌다.

나, 역시, 싫어한다. 이 모든 사기를 뛰어넘어 중요한 것들이 있다.
그러나 완벽한 경멸을 담아 읽다 보면, 그 안에서 발견하게 된다,
어쨌든, 진정성의 자리를.
I, too, dislike it: there are things that are important beyond all this fiddle.
Reading it, however, with a perfect contempt for it, one discovers in
it, after all, a place for the genuine.

이 시는 '고고하게 들리는 해석'을 불신하고 이렇게 선언한다.

우리는
사랑하지 않는다,
우리가 이해할 수 없는 것을…….
we
do not admire what
we cannot understand...

그럼에도 이 시를 포함한 무어의 시들은 이해하기가 매우 어려울 수 있다. 시인은 이를 단순화하길 원했던 것으로 보인다. 시간이 갈수록 무차별로 삭제하고 잘라버렸기 때문이다. 1967년 무렵에는 「시」를

단 3행으로 줄였고, 다른 시들도 이와 비슷하게 단축되었다.

「천산갑」에서 훌륭한 자질로 칭찬했던 위장 능력을 그녀 자신도 연습했다. 시 몇 편은 행마다 정확한 음절 수를 맞춰, 연마다 이를 되풀이한다. 이를테면 「시」에서는 연마다 음절 수가 19, 19, 11, 5, 9, 17인 행으로 구성되어 있다. 정확한 음절 수를 지키려면 가끔은 단어를 중간에서 잘라 나누어야 한다는 뜻이다. 단어의 일부는 한 행 끝에, 나머지는 다음 행의 시작점에 자리하게 되는 것이다. 음절 운문이라는 형식을 창안한 건 그녀가 아니었다. 예전에 영어권 시인들에 의해 쓰인 적이 없을 뿐이었다. 그러나 독자들은 일반적으로 음절을 세기 때문에, 무어가 하는 작업을 알아차리지 못했다. 그러니까 그녀의 위장이 효과가 있었던 셈이다.

가장 사랑받는 무어의 시 한 편은 「첨탑 수리공The Steeple Jack」이다. 이 시는 평화로운 뉴잉글랜드의 바닷가 마을을 묘사하고 있다. '25파운드의 랍스터'를 볼 수 있고, 낚시 그물을 널어 말리는 곳이다. 나무와 꽃은 안개에 휩싸여 열대우림처럼 보인다. 금어초와 디기탈리스, 뒷문의 낚싯줄을 칭칭 감은 나팔꽃, 해바라기, 데이지, 페튜니아, 양귀비와 블랙스위트피가 피어 있다. 검은 줄무늬에 흰 점이 알알이 흩뿌려진 '작고' '소심한' 도롱뇽도 등장한다. 이 모두가 모더니즘 시의 수수께끼 같은 모호성과는 멀리 떨어진 듯 보인다 – 실제로도 그렇다.

그러나 이 시에도 비딱하고 애매한 면모가 있어 현대시의 특성을 갖춘다. 유일한 인간 캐릭터는 언덕 등성이에 앉아 책을 읽는 앰브로즈라는 신비스러운 대학생과 첨탑 수리공뿐이다. 표지판 하나에는 그의 이름 'C. J. 풀'이 쓰여 있고, 또 다른 표지판에는 빨강과 흰색으로 '위험'이라고 쓰여 있다. 그는 '거미가 줄을 잣듯이' 밧줄을 늘어뜨리고 '희망을 상징하는' 첨탑 꼭대기의 별에 금박을 칠한다. 비평가들은

「첨탑 수리공」에 대해 '고고하게 들리는 해석'을 아주 많이 내놓았다. 그러나 이 시의 성공은 그 아름다움뿐 아니라 미묘하게 도망쳐 쉽게 붙잡을 수 없는 의미에 달려 있기도 하다.

엘리자베스 비숍Elizabeth Bishop(1911~1979)은 메리앤 무어의 수제자였으나 아주 다른 부류의 인간이었다. 아버지가 일찍 죽고 어머니가 정신병을 앓았기 때문에, 어린 시절 비숍은 조부모와 함께 노바스코샤의 시골에서 자라나야 했다. 아버지의 유산으로 넓은 세상을 여행할 수 있었고, 바사르 대학을 졸업한 후로 일생의 절반은 미국 밖에서 보냈다. 처음에는 루이즈 크레인과 함께 프랑스에 갔다가 브라질로 갔고, 그곳에 집을 한 채 사서 또 다른 연인 로타 소어리즈와 함께 15년간 동거했다.

친구들은 비숍을 '날마다 미용사를 찾아가는' '아주 단정한' 사람이었다고 묘사했다. 그녀는 '옷을 사랑했고' 일종의 '영국적' 우아함과 위트를 지녔으며 웃음과 가정의 기쁨을 사랑했다. 그녀는 찬송가 가수였고 하프시코드를 연주했으며 제일 좋아하는 시인으로 조지 허버트와 제라드 맨리 홉킨스를 꼽았다. '나는 우리가 아직도 야만인들이라고 생각한다. 100가지 음탕한 짓과 잔혹한 짓을 일생에 걸쳐 날마다 저지르는 야만인들 말이다.' 비숍은 이런 글을 썼지만, 사실은 그렇더라도 우리가 삶을 '견딜 만하게' 하려면 기뻐해야 하고 '심지어 어질어질'해야 한다고 믿었다. 그녀는 에밀리 디킨슨 같은 '하지만-시는-정말-고통스러운-것' 같은 감성을 아주 싫어한다고 털어놓았다.

비숍은 중요한 미국 시인으로서는 창작물이 적었다. 미처 100편이 안 되는 시를 썼을 뿐이니 말이다. 그러나 비숍의 어조와 감정은 그 어떤 모더니즘 시인보다 더 폭넓다. 심지어 엘리엇보다도 광대하다. 「노바스코샤의 첫 죽음First Death in Nova Scotia」과 「대기실에서In the Waiting

Room」에서 비숍은 아이들이 어른의 세계를 바라보는 불경하고 어리둥절한 시선을 자신의 어린 시절에 있었던 사건을 근거로 위트 있고 몰입감 넘치게 포착했다. 일종의 난센스 시 「인간 나방The Man-moth」에서도 위트가 두드러지지만, 빅토리아 시대의 난센스 시보다는 훨씬 더 어둡다. 이 시는 어느 신문에 실린 '매머드mammoth'의 오타에서 착상했다고 한다. 그녀의 인간 나방은 외롭고 어리둥절한 야행성 생물이고, 달이 하늘에 난 구멍이라고 생각하고 그리로 올라가면 구멍을 통과할 수 있을 거라 믿으며 '벌침처럼, 유일한 소유물인' 한 방울의 눈물을 흘린다.

인간이 아닌 것에 대한 감정은 그녀의 시에 깊게 깔려 흐른다. 「물고기The Fish」에서는 잡힌 물고기를 엄밀한 세부적 특징까지 낱낱이 살펴본다. 따개비가 앉은 피부, 낡은 낚싯줄의 다섯 개 부품, '그 입에 단단히 걸린' 커다란 갈고리. 그녀는 '그 거칠고 흰 살이 / 깃털로 빽빽하게 덮인' 상상을 한다. 그러면서 내내, 그 물고기가 '무시무시한 아가미'를 통해 '끔찍한 산소'를 마시고 있음을 우리가 잊지 못하게 환기한다. 그래서 마지막에 물고기를 놓아주는 순간 독자는 진짜로 안도감을 느낀다. 브라질에서 쓴 「아르마딜로The Armadillo」는 축제 기간에 밤하늘에 둥실 떠오르는 풍등과, 그 불이 야생동물에게 불러일으키는 공포와 공황을 다루고 있다.

비숍의 가장 위대한 동물시는 「무스The Moose」다. 완성하는 데 20년이 걸린 시로, 그녀가 어린 시절을 보낸 노바스코샤를 배경으로 한다. 서두에서는 단풍나무와 자작나무가 자라고 농장 주택과 '생선과 빵과 차'로 따분한 식사를 하는 노바스코샤를 서정적이고, 거의 몽환적으로 소환한다. 시는 세부 묘사에 공을 들인다. 정원의 꽃들, 서양 장미, 층층이부채꽃, 스위트피, 디기탈리스. 그리고 우리는 시골 버스에 올라탄다. 뉴브런즈윅의 '울퉁불퉁하고, 듬성듬성하고, 깔쭉깔쭉한' 숲을 지나 서쪽으로 가는 버스의 '차창이 분홍빛 섬광으로 번득인다'. 바깥은 어둠이 깔려 있지만, 버스 안은 아늑하고 안전하다. 어떤 승객들은 꾸벅꾸벅 존다. 일상사에 대해 조용하고 쓸쓸하게 대화하는 이들도 있다. 조부모는 '죽음과 질병', 출산, 바다에서 잃은 아들을 떠올린다.

갑자기 버스 기사가
급정거하더니,
불을 켰다.

무스 한 마리가
불가침의 숲에서 나와
거기 서 있다, 아니 우뚝 버텨서 있다,
도로 한가운데에.
무스가 다가온다, 버스의 뜨거운 후드의
냄새를 킁킁 맡는다.

Suddenly the bus driver
stops with a jolt,
turns off his lights

A moose has come out of
the impenetrable wood
and stands there, looms, rather,
in the middle of the road.

It approaches; it sniffs at
the bus's hot hood

누군가 무스는 '전혀 해롭지 않다'고 말한다.

승객들 몇이
속삭임으로 탄성을 질렀다,
유치하게, 부드럽게,
'정말 큰 짐승들이야.'
'끔찍하게 못생겼군.'
'봐요! 암컷이야!'

느릿느릿 여유롭게,
암컷 무스는 버스를 넘겨본다,
장엄하게, 저세상의 존재처럼.

Some of the passengers
exclaim in whispers,
childishly, softly,
'Sure are big creatures.'
'It's awful plain.'
'Look! It's a she!'

Taking her time,
she looks the bus over,

grand, otherworldly.

그러자 기사가 말한다. '희한한 동물들이에요.' 그리고 버스 기어를 넣고 출발한다. 무스는 '달빛 젖은 자갈돌 포장도로'에 남기고. 시는 묻는다.

어째서, 어째서 우리는 느끼는 걸까
(우리 모두가 느낀다) 이 달콤한
기쁨의 감각을?
Why, why do we feel
(we all feel) this sweet
sensation of joy?

비숍은 사생활에 대한 시를 발표하는 것을 꺼렸지만, 가장 대중적인 인기를 끈 시 「하나의 기예One Art」는 확실히 사적이며, 1977년에 출간되었다. 이 시의 형식은 빌라넬이다. 다섯 개의 연은 'aba'의 각운으로 되어 있고 여섯 번째 연의 각운은 'abaa'로 맞추는 형식이다. 첫 번째 연의 첫 행('상실의 기예는 터득하기 어렵다')은 두 번째 연의 마지막 행과 네 번째 연의 마지막 행에 다시 나타나고, 수정된 형태로 여섯 번째 연의 3행에도 등장한다.

– 심지어 너를 잃는 건 (농담하는 목소리, 내가 사랑하는
몸짓) 나는 거짓말을 하지 말았어야 했어. 명백해,
상실의 기예는 터득하기가 그렇게 어렵지는 않구나.
비록 (글로 써!) 겉보기에는 대재앙 같지만.

–Even losing you (the joking voice, a gesture
I love) I shan't have lied. It's evident
the art of losing's not too hard to master
though it may look like (*Write* it!) like disaster.

그녀 사후에 시선으로 묶이지 않은 시들과 초고와 조각글, 발표할 의도가 없었던 글을 모아 출판한 책에는 음주 문제, 어머니의 신경증, 연인 소어리즈의 자살, 그리고 자신의 성性에 대해 쓴 글이 실려 있다. 「모호한 시Vague Poem(모호하게 사랑시Vaguely Love Poem)」의 중심 이미지는 사막에서 발견되는 수정의 결정 성상인 장미 바위다.

……방금, 벌거벗은 네 모습을 다시 보았을 때,
나는 똑같은 단어들을 생각했어. 장미 바위, 바위 장미……
장미 바위, 형태를 갖추지 않은, 이제 시작하는 살, 결정 하나하나
맑은 분홍 가슴, 어두운, 수정 같은 젖꼭지,
장미 바위, 장미 쿼츠, 장미들, 장미들, 장미들,
몸으로부터 나온 엄정한 장미들,
그리고 더 짙은, 정확한, 섹스의 장미.
…Just now, when I saw you naked again,
I thought the same words: rose-rock; rock-rose…
Rose-rock, unformed, flesh beginning, crystal by crystal
clear pink breasts, and darker, crystalline nipples,
rose-rock, rose-quartz, roses, roses, roses,
exacting roses from the body,
and the even darker, accurate, rose of sex.

「아침 식사 노래Breakfast Song」는 연하의 연인에게 말을 건다.

내 사랑, 나를 구원하는 은총,
네 눈은 끔찍하게 파랗구나,
나는 네 재미있는 얼굴에,
네 커피 맛 입술에 키스한다.
어젯밤 나는 너와 잠을 잤고,
오늘은 이토록 너를 사랑해,
(발길이 차마 떨어지지 않아,
금방 가야 한다는 건, 나도 알아)
추한 죽음과 함께 침대로 가야 해,
그 차갑고, 더러운 장소로
너 없이 거기서 잠들어야 해.
My love, my saving grace,
Your eyes are awfully blue,
I kiss your funny face,
Your coffee-flavored mouth.
Last night I slept with you,
Today I love you so,
(how can I bear to go,
as soon I must, I know),
to bed with ugly death
in that cold, filthy place,
to sleep there without you.

CHAPTER 34

1930년대의 시인들

오든, 스펜더, 맥니스

1929년 월스트리트의 붕괴는 서양 세계에 10년에 걸친 실업과 가난을 가져다준 대공황의 서막을 열었다. 영국에서는 1932년 9월 전국적 기아 시위행진이 열리자 하이드파크에 10만 명의 인파가 모였고 7만 명의 경찰력과 충돌했다. 다른 곳에서도 시민사회의 불안과 무정부 상태의 두려움 때문에 우파 정권이 득세했다. 1933년 독일에서 히틀러가 정권을 잡았고, 뉘른베르크 법을 제정해 유대인과 다른 소수민족을 희생양으로 삼았다. 스페인에서는 프랑코 장군의 파시스트와 선거로 구성된 공화당 정부 간에 내전이 벌어졌다. 공화당은 외국의 자원병으로 형성된 '국제여단'의 도움을 받았고, 프랑코는 히틀러와 무솔리니의 지원을 받았다. 양측 모두 무참한 사상자를 낸 끝에 1939년 프랑코 장군이 승리를 거두었다. 그리고 1939년 9월 1일 히틀러의 폴란드 침공으로 제2차 세계대전이 발발했다.

이러한 역사적 전개에 반응해 다수의 젊은 서구 지식인이 마르크스주의로 전향했고, 그중 한 사람이 영국에서 가장 천재적인 '1930년대의 시인' W. H. 오든이었다. 오든이 워즈워스 이후 영어권에서 가장 위대한 시인이라고 믿는 비평가가 많다. 그리고 오든은 다음 세대의 시인들에게도 크나큰 영향을 끼쳤다. 필립 라킨은 오든을 읽으면 신과 직통전화를 하는 것 같다고 말했다.

세례명은 와이스턴 휴 오든Wystan Hugh Auden(1907~1973)이었으나 언제나 'W. H. 오든'이라고 불렸던 그는 요크에서 의사의 아들로 태어났다. 사립학교를 졸업하고 옥스퍼드의 크라이스트처치 칼리지에 진학했으며, 그곳에서 세실 데이 루이스, 루이스 맥니스와 스티븐 스펜더('오든 세트')를 만났다. 그는 또한 T. S. 엘리엇의 시를 읽고 나서 가정교사에게 이제야 어떻게 쓰고 싶은지 알았으니 자기 시들은 다 찢어버리고 싶다고 말했다고 한다. 오든의 초기 시는 당황스럽게 모호하고, 가끔은 거절당한 원고에서 무작위로 떼어온 구절을 조합해 구성되기도 한다. 옥스퍼드에서 영어 3등급을 받고 졸업한 그는 5년간 학교에서 강의하며 베를린, 아이슬란드, 중국을 여행했다.

1935년부터 1938년까지 그는 간간이 연애 상대이기도 했던 크리스토퍼 이셔우드와 함께 독일 마르크스주의자 베르톨트 브레히트 풍으로 세 편의 희곡을 집필했다. 1937년에는 전쟁으로 폐허가 된 스페인을 방문해 공화당 선전 방송을 했다. 학창 시절 종교적 믿음을 상실했으나 1940년, 신비주의 체험 이후 공산주의를 버리고 국교회로 귀의했다. 1939년 뉴욕으로 이사해 시인 체스터 콜먼Chester Kallman(1921~1975)과 사랑에 빠졌다. 두 사람은 '결혼'(오든이 쓴 단어다)해서 1947년부터 그가 죽을 때까지 함께 살면서, 이고르 스트라빈스키Igor Stravinsky가 작곡한 오페라 「난봉꾼의 인생 역정The Rake's Progress」의 가사를 공동으로 쓰는 등 협업했다.

전쟁이 발발하기 직전 오든이 고국을 '버린' 행위가 비판의 표적이 되었고 일부는 그를 '배반자'라고 불렀다. (1946년 그는 미국 시민이 될 예정이었다.) 그러나 미국에서 세계적 사건을 관조하는 시점이 그의 시에 세계주의자의 권위를 부여해주었다. 이는 「1939년 9월 1일 September 1, 1939」에 뚜렷하게 드러난다.

나는 52번가 어느
술집에 앉아 있다.
불안하고 두려운 채
저열하고, 부정직한 10년.
영악한 희망의 기한이 말소되고
분노와 두려움의 파도가
지구상의 밝고
어두운 땅 위로 돌고,
우리 사적인 삶에 강박적으로 집착하며,
차마 입에 올릴 수 없는 죽음의 악취가
9월 밤을 기분 나쁘게 공격한다.
I sit in one of the dives
On Fifty-Second Street
Uncertain and afraid
As the clever hopes expire
Of a low, dishonest decade.
Waves of anger and fear
Circulate over the bright

And darkened lands of the earth,
Obsessing our private lives;
The unmentionable odour of death
Offends the September night.

지구의 밝고 어두운 땅을 한눈에 바라보는 신의 관점은 라킨의 전화선 농담을 해명해준다. 오든의 위대한 시적 재능은 그 권위적인 어조다. 그는 명확성, 확실성과 심오한 통찰을 인간의 조건 속에 녹여내고, 위트와 지성을 혼합한다.

위엄 있는 어조와 고고한 관점은 이전에도 「이 섬 위에서On This Island」에 등장한 적이 있다. 1935년에 쓰인 이 시는 이미 그 평화로운 해변의 풍경이 오래가지 못할 거라 예견하고 두려워했다.

보라, 낯선 이여, 이제 이 섬 위에서
네 기쁨을 위한 수확의 빛이 발견한다,
여기 헛간이 버텨 서서
고요하기를,
귀의 통로를 따라
바다의 흔들리는 소리가
강처럼 배회하기를.

여기 작은 벌판을 갈무리하는 휴지休止
분필 벽이 떨어져 거품이 되어 높은 바위 절벽
뽑고 두드리는 조수와 맞서고,
쪽쪽 빨며 부서지는 파도를 따라

지붕널 허겁지겁 다투어 달려오고,

그 빛나는 편에 한순간

갈매기 거한다…….

Look, stranger, on this island now

The leaping light for your delight discovers,

Stand stable here

And silent be,

That through the channels of the ear

May wander like a river

The swaying sound of the sea.

Here at the small field's ending pause

Where the chalk wall falls to the foam and its tall ledges

Oppose the pluck

And knock of the tide,

And the shingle scrambles after the sucking surf,

And the gull lodges

A moment on its sheer side...

훗날 전쟁이 임박했을 때는 「W. B. 예이츠를 기억하며In Memory of W. B. Yeats」에서 더욱 넓은 앵글로 조망된다.

어둠의 악몽 속에서

유럽의 개들이 모두 짖어댄다,

그리고 살아 있는 국가들이 기다린다,
각자의 증오에 은둔한 채.

지적 치욕
인간의 얼굴에서 나오는 눈길들
그리고 연민의 바다가 있다,
그 눈 하나하나에 갇히고 동결되어.

In the nightmare of the dark
All the dogs of Europe bark,
And the living nations wait,
Each sequestered in its hate;

Intellectual disgrace
Stares from every human face,
And the seas of pity lie
Locked and frozen in each eye.

이 시에 오든의 유명한 선언, '시는 어떤 사건도 일으키지 못한다'가 나온다. 그러나 마지막 연들은 시인의 역할이 평화와 기쁨을 가져다주는 것이라고 명확히 진술하고 있다.

따르라, 시인이여,
밤의 밑바닥까지 우측으로 따르라,
당신의 제약 없는 목소리로

여전히 기뻐하라고 우리를 설득하라.

운율을 경작해
저주의 포도밭을 가꾸어라,
비통의 환희 속에
인간의 실패를 노래하라.

심장의 사막에
치유의 샘물이 시작되게 하라,
그의 나날이라는 감옥 속에서
자유인에게 찬미하는 법을 가르쳐라.

Follow, poet, follow right
To the bottom of the night,
With your unconstraining voice
Still persuade us to rejoice;

With the farming of a verse
Make a vineyard of the curse,
Sing of human unsuccess
In a rapture of distress;

In the deserts of the heart
Let the healing fountain start,
In the prison of his days

Teach the free man how to praise.

'비통의 환희'라는 말은 시 「모든 시계를 멈춰라Stop All the Clocks」에도 잘 어울리는 표현이다. 지금은 영화 「네 번의 결혼식과 한 번의 장례식Four Weddings and a Funeral」 덕분에 오든의 시 중에서 가장 유명해졌다. 그것은 연인의 죽음을 애달프게 슬퍼하는(혹은 짐짓 슬픔을 가장하는) 비가다.

별들은 이제 원치 않는다. 모두 꺼버려라.
달을 싸고 해를 철거하라.
바다를 쏟아버리고 숲을 쓸어버려라,
이제 아무것도 아무 소용도 없으니.
The stars are not wanted now: put out every one;
Pack up the moon and dismantle the sun;
Pour away the ocean and sweep up the wood,
For nothing now can ever come to any good.

이는 몽환적으로 과장된 – 그러나 심금을 울리는 – 슬픔의 환상이다. 대조적으로 오든의 가장 위대한 사랑시 「자장가Lullaby」에는 환각이 전혀 없다.

네 잠든 머리를 눕혀, 내 사랑,
내 불충한 팔에 기댄 인간
시간과 열병이 태워 없애네.
사려 깊은 아이들에게서 나온
각자의 아름다움, 그리고 무덤은

어린이의 휘발성을 입증하지.
그러나 동이 틀 때까지는 내 팔에 안겨
살아 있는 생물이
죽을 운명이고, 유죄겠지만, 내게는
철저히 아름답도록 허락하라…….
Lay your sleeping head, my love,
Human on my faithless arm;
Time and fevers burn away
Individual beauty from
Thoughtful children, and the grave
Proves the child ephemeral:
But in my arms till break of day
Let the living creature lie,
Mortal, guilty, but to me
The entirely beautiful...

'불충한', '휘발성', '유죄'는 흔한 사랑시의 상투어로는 이질적이지만, 시에 깊이와 신랄함을 더한다. 실제 삶에서도 콜먼의 바람기 때문에 오든이 눈물에 젖는 일이 잦았다.

사람들과 사람들의 행태를 현실적으로 묘사하는 이와 유사한 리얼리즘은 또 다른 걸작 「뮈제 데 보자르Musée des Beaux Arts」에서 두드러진다. 이 시는 브뤼겔의 유명한 회화 「이카루스의 추락The Fall of Icarus」에 대한 반농담조의, 그러나 정말로 진지한 논평이다. 이 그림에서 하늘에서 떨어져 죽는 이카루스는 바닷가에서 쟁기질을 하고 양떼를 돌보는 농부들의 풍경과 비교하면, 눈에 잘 띄지도 않는다. 오든은 이 그림으로부터 개인적 비극이 일어나는 방식에 대한 교훈을 얻었다. 개인의 비극은 '다른 사람이 음식을 먹거나 창문을 열거나 그저 따분하게 걷고 있을 때', 아니면 말이 '아무것도 모르는 그 엉덩이를 나무에 긁고 있을 때' 일어나는 법이다.

오든이 「W. B. 예이츠를 기억하며」에서 말하는 '치유의 샘물'은 공산주의를 대체한 오든의 신앙이었던 프로이트 심리학의 치유력을 가리킨다고 해석할 수도 있다. 프로이트는 전쟁이 발발한 달에 죽었는데, 오든의 시 「지그문트 프로이트를 기억하며In Memory of Sigmund Freud」는 무엇이든 '살인으로 치유할 수 있다'고 믿는 사람들과 '복수심에 불타는 사람들'의 증오를 한몸에 받는 평화의 수호자로서 프로이트를 찬양하고 있다.

이 시에 따르면 프로이트는 우리에게 진정한 문명화의 힘인 사랑을 믿는 법을 가르쳐주었다. '에로스'는 '도시들의 건설자'다. '무엇보다' 그는 우리에게 '밤새 열정을 불태우라'고 가르쳤다. '경이의 감각'을 위해서뿐만이 아니라 '밤에게 우리의 사랑이 필요하기에' 말이다.

……크고 슬픈 눈으로
밤의 매력적인 생명체들이 올려다보며 간청하네,
말없이 따라오라고 부탁하네…….
…With large sad eyes
its delectable creatures look up and beg
us dumbly to ask them to follow…

단순히 전기적傳記的 정보가 아니라 내면의 삶이 중요하다는 것이, 오든의 소네트 「1실링의 삶은 네게 모든 사실을 알려주리라A Shilling life will give you all the facts」의 요지다. 감정을 억압하는 사람들은 「미스 지Miss Gee」와 「승자Victor」, 그리고 우는 모습을 들켰다면 부끄러워했을(아니, 시의 표현대로라면 '눈물을 더러운 엽서처럼 서랍에 숨겨두었을') A. E. 하우스먼에 대한 오든의 시에서 드러난다.

그러나 진짜 범죄자는 히틀러와 무솔리니 같은 독재자와 그들의 비위를 맞추는 자들이다. 1939년에 쓴 「어느 폭군의 묘비명Epitaph on a Tyrant」은 똑똑히 말한다.

> 그가 웃자, 존경받는 상원의원들이 폭소를 터뜨렸고,
> 그가 울자 어린아이들이 길거리에서 죽었네.
> When he laughed, respectable senators burst with laughter,
> And when he cried the little children died in the streets.

오든은 시간의 흐름과 함께 발전하지는 않았다. 가장 위대한 시들은 1930년대에 썼고, 후기 시에서는 손쉽고 경박하고 횡설수설하는 경향이 있었다. 그러나 신의 시점은 「로마의 몰락The Fall of Rome」에서처럼 가끔은, 여전히 효과가 있었다.

> 전체적으로 다른 곳에서, 무수한
> 사슴 떼가 수 마일에 걸친
> 금빛 이끼를 가로질러 이동하네,
> 고요하게 그리고 아주 빠르게…….
> Altogether elsewhere, vast
> Herds of reindeer move across
> Miles and miles of golden moss,

Silently and very fast...

아니면 「가이아에게 바치는 송가Ode to Gaea」에서처럼,

……1마일의 잎사귀들은 곧 새들이 될
수 톤의 얼룩진 자갈돌을 숨기고 있다.
...leaves by the mile hide tons of
Pied pebbles that will soon be birds.

한때 그와 어깨를 나란히 한다고 여겨졌던 다른 1930년대 시인들의 평판은 이제 심각하게 추락했다. 문단의 거물이 된 스티븐 스펜더Stephen Spender(1909~1995)는 1983년에 기사 작위를 받았다. 부유한 귀족 부모 덕분에 여러 사립학교를 거쳐 옥스퍼드에 진학했지만, 학위는 하나도 받지 못하고 중간에 그만두었다. (그는 평생 단 한 번도 시험에 통과해본 적이 없다고 자랑했다.) 유행하던 공산주의로 전향한 그는 공산당에 가입했고, 공산당 신문인 〈데일리워커Daily Worker〉 특파원으로 스페인에 파견되어 전쟁을 관찰할 수 있었다.

그는 양성애자였고 여자보다 남자에게 훨씬 더 큰 매력을 느낀다고 말했다. 두 번 결혼해서 두 번째 아내에게서 딸을 얻었고 동성애자를 박해하는 법률 폐지를 추구한 동성애법 개정 협회Homosexual Reform Society의 창립 멤버였다.

그의 시 중 가장 유명한 작품은 황홀하고 애틋한 「나는 참으로 위대했던 이들을 끝없이 생각하네I think continually of those who were truly great」다. 그러나 가장 훌륭한 시적 순간은 「공항 근처의 풍경The Landscape Near an Aerodrome」의 첫 연이다.

부릉거리는 보송한 촉수로 크나큰 앞길을 더듬거리는
그 어떤 나방보다도 아름답고 부드러운,
어스름을 가르며, 엔진을 끈 비행기가
교외의 공중을 활공하고 높이 뒤따르는 소맷자락
바람을 가리키네. 부드럽게, 드넓게, 비행기는 내린다,
지도에 표시된 기류를 휘젓거나 흔들지도 않고서…….

More beautiful and soft than any moth
With burring furred antennae feeling its huge path
Through dusk, the air-liner with shut-off engines
Glides over suburbs and the sleeves set trailing tall
To point the wind. Gently, broadly, she falls,
Scarcely disturbing charted currents of air...

시의 끝부분에서 부자들의 새로운 장난감이 가져다준 이 명백한 기쁨은 흐려지고 '햇빛을 차단하는' 교회에 대해 투덜거리는 성실한 공산주의자의 태도가 앞선다.

루이스 맥니스Louis MacNeice(1907~1963)는 벨파스트에서 태어난 아일랜드인으로 아일랜드 개신교회 목사(훗날 주교가 되었다)의 아들이었다. 말버러 칼리지와 옥스퍼드에서 공부한 뒤 고전문학에서 1등급 학위를 땄고 버밍엄 대학의 전임강사가 되었으며, 1936년 런던에서 교편을 잡았다. 1930년에 결혼했지만, 1935년에 아내가 그와 갓난아기였던 아들을 버리고 다른 남자를 선택해 떠났다.

다른 1930년대 시인들과 달리 맥니스는 공산주의에 이끌리지 않았지만, 1937년 바르셀로나가 프랑코군에 함락된 직후 그곳을 방문했다. 코넬 대학에서 강의하며 미국에서 1년을 살았고, 1940년 런던으로

돌아가 BBC에서 각본과 라디오극을 썼다.

일반적으로 맥니스의 걸작이라고 이야기되는 『가을 일기Autumn Journal』(1939년)는 스페인 내전, 사생활, 임박한 독일과의 일전에 대한 감정을 기록하고 있다. 현재의 사회체제가 '완전히 무용하고 어리석다'고 생각하면서도 대중과 공통의 명분을 공유하는 척하지 않는다.

지적인 삶의 표준이 타락하지 않고서는
다수에게 기회가 돌아가는 세계를
상상하기가 너무나 어렵다.
It is so hard to imagine
A world where the many would have their chance without
A fall in the standard of intellectual living.

「백파이프 음악Bagpipe Music」(1937년)에서 그는 '다수'와 그들의 저열한 야심에 대한 생각을 터놓는다. '우리가 원하는 것은 은행 계좌와 택시 속 치맛자락 조금이 전부다.'

역사적 문건으로서 「백파이프 음악」은 『가을 일기』와 마찬가지로 무기력하게 재앙으로 끌려가는 1930년대의 정서를 기록한다.

유리는 시시각각 떨어지고 있다, 유리는 영원히 떨어지리라,
그러나 그 빌어먹을 유리를 깨어버리면 날씨를 지탱할 수 없다.
The glass is falling hour by hour, the glass will fall for ever,
But if you break the bloody glass you won't hold up the
weather.

1937년의 또 다른 시는 임박한 종말의 예감을 더욱 서정적으로 표현하고 있다.

정원에 비치는 햇살이
단단해지고 차가워진다,
우리는 황금 철망 안에
그 찰나를 가둘 수 없다.
정산이 모두 끝나면,
우리는 용서를 구할 수 없다.
The sunlight on the garden
Hardens and grows cold,
We cannot cage the minute
Within its nets of gold,
When all is told,
We cannot beg for pardon.

맥니스는 낙관론자가 아니었다. 「탄생 이전의 기도Prayer before Birth」(1944년)는 전후에도 별로 나아질 게 없으리라는 예감을 말한다.

나는 아직 태어나지 않았다, 나를 위로해다오.
나는 두렵다, 인류가 높은 담으로 나를 가둘까봐,
강력한 약으로 나를 취하게 할까봐, 현명한 거짓말로 유혹할까봐,
검은 고문대에 나를 매달까봐, 피범벅으로 나를 굴릴까봐.
I am not yet born, console me.
I fear that the human race may with tall walls wall me,

With strong drugs dope me, with wise lies lure me,

On black racks rack me, in blood-baths roll me.

CHAPTER 35

제2차 세계대전의 시

더글러스, 루이스, 키스, 풀러, 로스, 코슬리, 리드, 심슨, 샤피로, 윌버,
재럴, 퍼드니, 이워트, 시트웰, 파인스타인, 스탠리 렌치, 클라크

제2차 세계대전의 시는 제1차 세계대전과는 딴판이었고, 이는 두 전쟁의 근본적 차이를 반영했다. 제1차 세계대전은 비교적 국지전이었고, 서부전선의 참호전으로 기억된다. 제2차 세계대전의 범위는 어마어마하게 넓었다. 전장은 아프리카에서 태평양까지 전 지구를 뒤덮었다. 엄청난 폭격 속에서 전례 없는 규모로 민간인이 죽임을 당했다. 제1차 세계대전에서는 대략 2,000만 명이 사망했다. 제2차 세계대전에서는 대략 8,000만 명이 사망했고 그중 5,500만 명이 민간인이었다. 제2차 세계대전의 두 가지 사건은 우리가 인간과 인간의 미래를 생각하는 관점을 영원히 바꾸어놓았다. 첫 번째 사건은 유대인 대학살이다. 나치가 600만 명의 유대인을 체계적으로 살해했다. 두 번째 사건은 일본의 도시 히로시마와 나가사키에 투하된 원자폭탄이다.

이런 초대형 재앙과 비교하면, 전쟁시가 큰 주목을 받지 못했던

것도 당연하다. 그리고 아예 제2차 세계대전의 시가 없다는 설도 있었다. 그러나 이는 사실이 아니다. 군대에서 복무한 시인들은 군 생활 중에, 그리고 생존자인 경우에는 제대 후에도 자신의 경험을 시로 옮겼다. 가장 많이 기억되는 영국의 전쟁 시인은 키스 더글러스Keith Douglas(1920~1944)와 앨런 루이스Alun Lewis(1915~1944)다.

더글러스는 옥스퍼드에서 공부하면서 시를 썼다. 그때의 교사가 시인 에드먼드 블런든Edmund Blunden(1896~1974)이었다. 더글러스는 1940년 입대해 카이로에 배치되었는데, 명령을 어기고 트럭을 탈취해 때맞춰 기갑부대에 합류했고, 탱크를 몰고 엘 알라메인 전투에 참전했다. 전쟁문학의 걸작으로 손꼽히는 회고록 『알라메인에서 젬젬까지Alamein to Zem-Zem』가 이때의 일을 기록한다. 더글러스는 북아프리카 작전에서 살아남았으나 연합군이 상륙하고 사흘 뒤 노르망디에서 전사했다. 중동으로 가기 직전에 쓴 시에서 그는 이런 질문을 남긴다. '내가 죽은 후에 나를 기억해주오 / 그리고 내가 죽은 후에 나를 단순화해주오.'

가장 유명한 시 중 한 편은 「페어기스마인니히트Vergissmeinnicht(물망초)」다. 이 시에서 그는 죽은 독일인 병사의 시체를 발견한다. 그가 소지하고 있던 애인의 사진에는 '슈테피, 페어기스마인니히트'라고 쓰여 있었다.

그러나 그녀가 오늘 보면 흐느껴 울리라
그 피부 위를 꿈틀거리며 기어 다니는 파리 떼,
종이 같은 눈에 덮인 흙,
그리고 동굴처럼 터져버린 내장을.
But she would weep to see today
how on his skin the swart flies move;

the dust upon the paper eye

and the burst stomach like a cave.

그 가혹함은 비판을 받기도 했다. 「살인하는 법How to Kill」에서 그는 망원경을 들여다보듯 차분하게 희생자를 조망한다. '이제 나의 유리 글자판에 나타난다 / 죽게 될 병사가 누군지.' 그러나 '나는 현재의 사물에 음악적이거나 여운을 남길 이유를 전혀 찾지 못하겠다'고 쓰기도 한다. 「스포츠맨들Sportsmen」에서 그는 기갑부대의 귀족 출신 사관들이 보이는 용기를 우러러본다. 자신은 그들과 같은 계급이 아니고, 그들이 '멸종되어가는 종'이라는 걸 알면서 그들을 유니콘에 비유한다. 그러나 그들이 보여주는 냉정은 감탄스럽다. 탱크 전투 중에 한 사관은 치명상을 입고 모래밭을 기면서 이렇게 말한다. '정말 불공평하군. 저쪽에서 내 발을 쏴서 없애버렸잖아.'

웨일스 시인 앨런 루이스는 뼛속까지 평화주의자였지만, 입대해 남부웨일스국경수비대에 배속되었다. 1944년 3월 5일, 일본군에 맞서 작전을 수행하던 중, 그는 한 손에 권총을 들고 머리에 총상을 입은 채 발견되었다. 자살이 의심되었지만 군 감찰기관에서는 그의 죽음이 사고였다고 결론 내렸다. 「하루 종일 비가 내렸지All Day It Has Rained」(전시 영국군 막사의 따분한 삶을 재현하고 있다)와 아내에게 보내는 작별 인사인 「추신 : 그웨노에게Postscript: For Gweno」, 「그러니까 우리는 작별 인사를 해야만 해요, 내 사랑So We Must Say Goodbye, My Darling」과 같은 시들은 사색적이고 감동적이며, 에드워드 토머스의 영향이 엿보인다. 그는 「돌격대의 새벽Raiders' Dawn」에서와 같이 여운이 남는 단순성을 보여줄 때도 있다.

그을린 의자에 남은

파란 목걸이는
아름다움이 그곳에서
소스라쳐 놀랐음을 말해준다.
Blue necklace left
On a charred chair
Tells that Beauty
Was startled there.

시 「농부들The Peasants」은 제2차 세계대전의 많은 시와 같이, 전쟁보다는 시인이 처하게 된 이국적 풍광과 자신이 사라진 후에도 오래도록 이어질 존재의 리듬에 더 관심이 있다. 시인은 어느 맨발의 남자가 '가시나무들 사이로 가볍고 게으른 발걸음을 옮기며' 수소들을 몰고 가는 모습을 지켜본다. 고속도로의 여자들이 돌을 부수거나 소쿠리를 머리에 이고 꼿꼿이 걷는 모습을 바라본다.

그을린 언덕과 짓밟힌 곡식을 헤치고
병사들이 터덜터덜 지나친다.
그들이 지나간 길로 역사는 휘청거리고
농민들은 그들이 죽어가는 모습을 지켜본다.
Across scorched hills and trampled crops
The soldiers straggle by.
History staggers in their wake,
The peasants watch them die.

전쟁에서 싸운 대다수는 직업군인이 아니라 군복 차림의 민간인이었다. 수많은 사람들은 '지치고 짜증이 났다browned off'(다 상해서 갈색으로 변해버렸다는 데서 유래했다는 설이 있는 이 관용적 표현 자체가 전쟁 중에 새로 생겨났다). 그들은 강제로 수행해야 하는 의무에 불편한 감정을 느꼈고 그들의 시는 그 상황을 회피하는 여러 가지 방법을 생각해냈다. 시드니 키스Sidney Keyes(1922~1943)는 옥스퍼드에서 키스 더글러스와 친했고, 북아프리카로 파견되어 불과 2주일 후에 전사했다. 영국을 떠나기 전에 쓴 그의 시는 고도로 문학적이었으며, 대체로 군 복무 생활의 현실을 무시하고 릴케, 예이츠와 엘리엇을 따르고 있다.

로이 풀러Roy Fuller(1912~1991)는 영국 해군항공대에 입대해 동아프리카(케냐)로 파병되었다. 전투를 보지 못했고, 영국으로 돌아와 해군본부에 배속되었다. 그의 시 「공습 중의 독백Soliloquy in an Air Raid」은 1941년 3월에 쓰였고, 앞으로 닥칠 파괴상을 예지한다. '수십억 톤의 깨진 유리와 잔해', 그리고 적절한 언어를 찾지 못하는 절망이 선연하다.

> 겁에 질린 어린아이나
> 꼼꼼한 일기 작성자가 아니라면 누가 이를 관찰할 수 있을까? 그리고 누가 말하면서
> 여전히 문명의 어조를 유지할 수 있을까?
> Who can observe this save as a frightened child
> Or careful diarist? And who can speak
> And still retain the tones of civilization?

「영국 해군 비행장Royal Naval Air Station」에는 막사의 삶이 얼마나 지저분한지를 기록하고 있으며, 아내에게 보내는 그의 사랑시는 부재의 고통을 표현한다. 아프리카에서 동물들은, 예를 들어 「기린들The Giraffes」

에 나오는 '고통이나 사랑 없이 걸어 다니는 이 생물들'은 상대적으로 운이 좋아 보인다.

해전을 묘사한 시는 앨런 로스Alan Ross(1922~2001)와 찰스 코슬리Charles Causley(1917~2003)의 작품이다. 로스는 해군에 입대해 바렌츠 해 전투에서 하마터면 전사할 뻔했다. 그가 타고 있던 구축함 온슬로 호가 수송대를 호위하다가 독일 소함대와의 교전에 휘말린 것이다. 그의 시 「JW51B. 수송대JW51B. a Convoy」는 교전과 그 후폭풍을 묘사한다.

잠든 부빙들 아래
소금에 절여져 방부 처리된
꿰매 붙여진 시신들이
소리 없는 지하 무덤으로 미끄러져 떨어진다.
Beneath the ice-floes sleeping,
Embalmed in salt
The sewn-up bodies slipping
Into silent vaults.

코슬리는 풀러나 로스와 달리 노동계급이었고, 해군으로 복무할 때 시를 처음 쓰기 시작했다. 1940년 8월에 스코틀랜드 북부의 스캐퍼 플로에서 구축함 이클립스 호에 승선한 바로 그날이었다. 그는 민요와 대중가요의 리듬을 활용해 전쟁을 신화적이고 몽환적이고 색채가 풍부한 어떤 것으로 탈바꿈시킨다. 이를테면 「죽어가는 포병 A. A. 1의 노래Song of the Dying Gunner A. A. 1」에서처럼.

오 어머니 내 입안에 별들이 가득해요,

트레이에 놓인 탄창처럼
내 피는 쌍둥이 가지를 지닌 진홍빛 나무
모두 흘러 사라져버려요.
Oh mother my mouth is full of stars
As cartridges in a tray
My blood is a twin-branched scarlet tree
And it runs all away.

특히 헨리 리드Henry Reed(1914~1986)는 코미디에서 탈출구를 찾았다. 「부분의 명명Naming of Parts」에서 시의 몽환적인 상상은 표준적인 영국제 리엔필드 소총이 작동하는 법을 설명하는 하사관의 말을 끊는다.

그런데 여기 제군들이 보는 건 볼트다. 이 볼트의 목적은
보다시피, 노리쇠를 여는 것이다. 여기를 재빨리
앞으로 뒤로 밀 수 있다. 우리는 이것을
스프링(용수철)을 푼다고 한다. 그리고 재빨리 앞으로 뒤로
때 이른 벌들이 꽃들을 공격하며 더듬거린다.
그들은 이를 스프링(봄)을 푼다고 한다.
And this you can see is the bolt. The purpose of this
Is to open the breech, as you see. We can slide it
Rapidly backwards and forwards: we call this
Easing the spring. And rapidly backwards and forwards
The early bees are assaulting and fumbling the flowers;
They call it easing the Spring.

전쟁에서 포로가 된 미국 시인들 중에서는 자메이카 출신의 루이스 심슨Louis Simpson(1923~2012)이 단연 두드러진다. 그는 군 엘리트인 101항공연대에서 복무했고, 그의 걸작 「카랑탕 오 카랑탕Carentan O Carentan」은 1944년 6월 셰르부르 반도에서 벌어진 유혈 교전의 경험을 그린 담시 스타일의 시다. 불길한 불완전 운율로 쓴 이 시는 처음 전투에 참전해 사관과 상사가 모두 전사한 상태로 포화 속으로 들어가는 부대의 당혹감을 전달한다.

칼 샤피로Karl Shapiro(1913~2000)는 남태평양에서 복무했고 그의 시 「일요일, 뉴기니Sunday, New Guinea」에서는 교회의 축하 행렬이 그려진다. 익숙한 기도와 찬송가가 고향의 추억을, '책과 얇은 접시와 꽃과 빛나는 숟가락들'을 소환한다. 약혼자에게 쓴 「V-레터V-letter」는 사랑의 다짐이다. 상대적으로 죽음은, 만일 그가 죽는다 해도 '무미건조하고 단순'할 것이다. 가장 긴 전쟁시 「어느 병사를 위한 비가Elegy for a Soldier」는 작전 중에 사망해 서둘러 매장된 친구를 애도한다. '트럭 테일게이트를 덮은 흰 천이 / 제단이 되다.'

리처드 윌버Richard Wilbur(1921~2017)는 프랑스와 독일에서 36보병연대와 함께 싸웠지만, 전쟁시는 두 편만 남겨두는 선택을 했다. 이 두 편 모두 강렬하다. 「알자스의 첫눈First Snow in Alsace」에서는 어렸을 때 눈을 보고 마냥 신이 났지만 여기서는 내리는 눈이 '죽은 지 한참 된 / 병사들의 눈에 가득 찬다'고 말한다. 「지뢰가 깔린 시골Mined Country」은 무해해 보이는 벌판 밑에 도사린 죽음을 말한다. 그곳에서는 '소들이 되새김질하다 말고 박살나 하늘로 날아간다'.

랜달 재럴Randall Jarrell(1914~1965)은 천측항법(천체의 고도와 방위를 측정해 항공기의 위치를 특정하는 항법) 강사로 미국 육군항공대에서 복무했다. 그는 이것이 공군을 통틀어 가장 시적인 직무라고 생각했다. 그는 밴더빌트 대학에서 학자풍의 시인들인 앨런 테이트Allan Tate(1899~1979), 로버트 펜 워런Robert Penn Warren(1905~1989), 존 크로 랜섬John Crowe Ransom(1888~1974)에게 사사했고, 언어를 정확하고 간결하게 활용했다. 시 「우편 점호Mail Call」('편지들은 언제나 손을 빠져나간다')는 고향에서 온 소식을 받기 위해 줄을 서 있는 병사들을 그리고 있으며, 간결하고도 절제된 방식으로 모든 제복 밑에 사람이 있음을 보여준다. 「공식 휴가로 부재중Absent with Official Leave」은 살인을 직업으로 삼는다는 부자연스러운 상황에 아이러니한 논평을 남긴다. 병사는 베개로 귀를 막고 마음이 멋대로 표류하게 한다.

민간인들이, 남는 시간에, 아무 의미도 없이,
비효율적으로, 죽어가는 무지한 나라들로…….
To the ignorant countries where civilians die
Inefficiently, in their spare time, for nothing...

많은 사람이 재럴의 「볼 터렛* 기총수의 죽음The Death of the Ball Turret Gunner」을 제2차 세계대전 최고의 영시로 평가한다.

내 어머니의 잠으로부터 나는 미합중국으로 떨어졌고
내 젖은 털이 얼어붙을 때까지 그 배 속에 웅크리고 있었다.
지구에서 6마일 상공, 삶이라는 꿈에서 풀려나,
깨어나보니 검은 대공포와 악몽의 전투기들.
내가 죽었을 때 그들은 호스로 물을 틀어 나를 터렛에서 씻어냈다.

* 폭격기 하부에 반구형으로 부착되어 회전하는 기총수의 좌석.

From my mother's sleep I fell into the State,
And I hunched in its belly till my wet fur froze.
Six miles from earth, loosed from its dream of life,
I woke to black flak and the nightmare fighters.
When I died they washed me out of the turret with a hose.

공군력은 전쟁의 새로운 면모였고, 공습 중에 RAF 장교 존 퍼드니John Pudney(1909~1977)가 쓴 「조니를 위해서For Johnny」는 영국에서 가장 인기 있는 시 중 한 편이 되었다.

공중에-머리가-날아간-조니를 위해
절망하지 말라,
그는 땅 밑의 조니와 다름없이
깊이 잠들어 있으니.
Do not despair
For Johnny-head-in-air,
He sleeps as sound
As Johnny underground…

더 날카로운 시는 「멋쟁이 청년이 들어갈 때When a Beau Goes In」다. 시인 개빈 이워트Gavin Ewart(1916~1995)는 영국군 포병대에서 복무했다. 이 시는 전쟁이 만들어낸 경박하고 매정한 신조어를 풍자한다. '멋쟁이 청년'이라는 뜻의 'Beau'는 브리스톨 보파이터 쌍발 전투기를 뜻하며, '들어간다'는 '바다로 추락한다'는 의미로 쓰였다. 이워트의 시에 따르면, 그런 일이 생기면 아무도 '슬픈 얼굴로 다니지 않는다 / 왜냐

하면, 알다시피, 전쟁이니까, / 바꿀 수 없는 법칙이니까'.

런던 사람들, 그리고 영국의 다른 대도시에 사는 사람들은 공습의 형태로 공군력을 체험했다. 공습은 이별, 그리고 사별과 함께 제2차 세계대전 당시 여성 시인에게 가장 흔한 주제였다. 그중 가장 유명한 시인은 이디스 시트웰Edith Sitwell(1887~1964)이다. 「비는 고요히 내리네Still Falls the Rain」는 희한하게도 런던 대공습을 종교적인 사건으로 보았다. 이보다는 조금 덜 괴짜인 일레인 파인스타인Elaine Feinstein(1930~2019)은 「레스터의 조용한 전쟁A Quiet War in Leicester」에서 불편하고 낡았던 방공호를 기억한다. 젊은이들에게 공중전은 치명적일 뿐 아니라 흥미진진하고 매혹적이었다. 옥스퍼드에서 키스 더글러스와 친했던 마거릿 스탠리렌치Margaret Stanley-Wrench(1916~1974)는 「새로운 제비들The New Swallows」에서 이런 감정을 전한다.

> 뭉쳐진 구름 위로 느닷없이 굴러떨어져
> 노니는 강아지들처럼, 짝짓는 나비들처럼,
> 구름 한 점 없는 한낮의 멈춤 속에 부서질세라 하얗게
> 스핏파이어들이 온다. 햇살이 그 날개에
> 부서지는 파도처럼 부딪고, 바위에 날카롭게 파편이 튀었다.
> 서투르게 지붕을 뛰어넘고, 힘겹게 울타리를 넘고,
> 언덕들 위로 각진 제비 그림자처럼 길게 펼쳐져, 시내 위로 걸터 서는
> 제 그림자들을 길게 끌고 간다.
> Suddenly tumbling over the wadded clouds,
> Like puppies playing, like mating butterflies,
> Tossing brittle and white in the cloudless midday pause,
> The Spitfires come. Sunlight dashes on their wings

Like the sea breaking, splintered sharply on rocks.
They trail their shadows that clumsily lob over roofs
And clamber on hedges, and sprawl like a swallow's shadow
Angular over hills, and straddle streams…

가장 기억에 남는 제2차 세계대전 시 중 한 편은 로이스 클라크Lois Clark의 작품이다. 로이스 클라크에 대해서는 브릭스턴 대공습 당시 들것을 운반하는 구급대 자동차를 운영했다는 사실 말고는 알려진 바가 없다. 시 「대공습 사진Picture from the Blitz」은 캐서린 라일리의 시선집 『그 밤의 혼돈Chaos of the Night』에 실려 있다. 클라크는 자기 집의 잔해에 둘러싸여 커다란 팔걸이의자에 앉아 있던 한 여자를 본 기억을 되살린다. 그녀는 충격으로 빳빳이 굳은 채 흙먼지를 뒤집어쓰고 있었지만 살아 있었고, 여전히 '일로 거칠어진 손'으로 강철 뜨개바늘을 들고 있었다.

그들은 그녀를 부드럽게 들어올렸다.
그 커다란 팔걸이의자에서 꺼내
상냥하게,
탁 트인 하늘 아래로,
충격에 얼어붙은 여자 뒤로 카키색 울 니트가 끌린다.
They lift her gently
Out of her great armchair,
Tenderly,
Under the open sky,
A shock-frozen woman trailing khaki wool.

CHAPTER 36

미국의 고백 시인들, 그리고 또

로웰, 베리먼, 스노드그래스, 섹스턴, 로스케

고백시는 개인적인 속내를 털어놓는 시다. 특히 정신병과 입원 등의 내막을 드러낸다. 이 장르는 전후의 미국에서 – 또 나중에는 영국에서 – 정신병에 대한 태도가 바뀌었다는 사실을 반영한다. 예전에는 수치스럽고 숨겨야 할 일이었다면, 이제는 공개적 논쟁의 문제가 되었고, 문학인들 사이에서는 거의 문화적 위상의 표징이 되었다. '고백시'로 명명된 첫 번째 시선은 로버트 로웰의 『삶의 연구Life Studies』(1959년)였다. 로버트 로웰은 1963년 로버트 프로스트가 세상을 떠난 후 미국의 비공식적 계관시인의 자리를 물려받았다.

로버트 로웰Robert Lowell(1917~1977)은 '보스턴 브라만'이라고 알려진 이스트코스트 지역의 엘리트 가문에서 태어났다. 어머니 쪽의 족보를 거슬러 올라가면 메이플라워 호에 승선한 이민자까지 이어졌다. 로웰의 아버지는 해군 장교였고, 속물 아내의 잔소리를 못 이겨 1927년 해군에서 제대했으나 끝까지 민간인으로서 적당한 경력을 찾지 못했다. 자신의 족보에 대한 로웰의 태도는 이중적이었다. 가문의 신탁자금에서 나오는 이윤으로 생계를 꾸리면서도 한편으로는 시를 통해 금권을 숭상하고 미국 원주민 학살에 참여한 선조들을 신랄하게 비판했다. 「인디언 살인자의 무덤에서At the Indian Killer's Grave」는 17세기에 피쿼트 부족과 전쟁을 벌인 선조 조사이어 윈슬로Josiah Winslow에 대한 시다.

어렸을 때 로웰은 '깡패'(자기 자신이 쓴 표현이다)였고 다른 아이들을 괴롭혀 '칼Cal'이라는 별명을 얻었다. 야만인이라는 뜻의 '칼리반Caliban'이나 폭군 '칼리굴라Caligula'의 줄임말이었던 모양이다. 친구들을 폭행해 공원 출입을 금지당하기도 했다. 하버드에서도 불만이 많아서 정신과의사의 조언에 따라 시인이자 교수인 앨런 테이트와 함께 공부하기 위해 오하이오 주의 케니언 칼리지로 옮겼다. 테이트, 그리고 시인 존 크로 랜섬과 함께였다.

유니테리언파인 부모에게 반항하기 위해 1941년에는 가톨릭으로 전향했지만, 1940년대 말에는 가톨릭도 버렸다. 제2차 세계대전 때는 양심적 징집 거부자로 5년간 교도소에서 복역했다(「웨스트스트리트와 렙케의 기억Memories of West Street and Lepke」에서 이때의 경험을 술회한다). 1960년대에는 베트남전 반대 시위에서 눈에 띄는 주동자로 활약했다. 그리고 여러 대학을 전전하며 강의를 했다. 보스턴에서 그에게 배운 제자 중에는 실비아 플라스와 앤 섹스턴이 있었다.

로웰은 양극성 장애가 있었고 폭력적인 조증이 덮치면 입원을 해야 했다. 첫 발병은 1949년이었고, 그 후로는 빈번하게 재발했다. (그의 시 「우울 속에 잠을 깨다Waking in the Blue」와 「3개월 떠나 있다가 집에 와서Home after Three Months Away」는 각각 발작적 발병과 보스턴 근교의 매클린 정신병원에 있을 때 주말에 잠시 집에 온 경험을 다룬다.)

1940년에 로웰은 훗날 유명한 소설가가 되는 진 스태퍼드와 결혼했다. 그녀는 그가 운전하는 차를 타고 가다가 교통사고를 당해 영원히 남는 흉터를 얻었다. 그러나 그는 전혀 다친 데 없이 무사했다. 알코올을 연료로 해 추동되던 두 사람의 결혼은 1948년에 파국을 맞았다. 이듬해 그는 작가 엘리자베스 하드윅과 결혼했고 두 사람의 딸이 1957년에 태어났다. 로웰의 바람기와 음주 문제가 긴장감이 돌던 결혼 생활에 부담을 가중했고, 시집 『리지와 해리엇을 위하여For Lizzie and Harriet』는 이런 사연을 다룬다.

1970년 로웰은 하드윅과 헤어졌고 영국을 방문한 길에 레이디 캐롤라인 블랙우드와 연애를 시작했다. 그녀는 4대 더퍼린–에이바 후작과 양조장 상속녀인 아내 모린 기네스의 장녀였다. 블랙우드는 이미 두 번 결혼한 적이 있었다. 첫 번째는 화가 뤼시앵 프로이트와, 두 번째는 작곡가 이스라엘 시트코위츠와 결혼했으며 자식은 셋이었다. 블랙우드는 로웰과 1972년에 결혼했고 아들 셰리던을 낳았다. 『돌고래The Dolphin』(1973년)는 그들의 관계를 이야기한다('돌고래'는 로웰이 그녀에게 지어준 별명이었다).

『돌고래』의 시들은 하드윅에게서 받은 개인적 편지와 통화 내용을 포함하고(수정하고) 있다. 이는 로웰과 친한 친구였던 엘리자베스 비숍의 조언을 거스르는 판단이었고, 당시 심한 비판을 받았다. 급진적 페미니스트 시인 에이드리언 리치Adrienne Rich(1929~2012)는 이를 '잔인하고 얄팍한 책'이라고 불렀다. 사랑시는 로웰이 선호하는 매체가 아니었고, 『돌고래』의 사랑시들은 감상적이기 일쑤다. 그는 엘리자베스 하드윅에게 돌아가는 길에 뉴욕 택시 뒷좌석에서 뤼시앵 프로이트가 그린 블랙우드의 초상화를 움켜쥔 채 죽었다.

언뜻 무작위적으로 보이는 이미지와 기억이 로웰의 시에는 흔히 등장하고, 이를 모두 따라가기는 쉽지 않다. 그런 이미지와 기억은 종교, 신화, 문학에 대한 부자연스러운 인용으로 그 의미를 배가하려 애쓴다. 이를테면 「스컹크의 시각Skunk Hour」에 밀턴의 「실낙원」('내가 어느 쪽으로 날아가든 그곳이 지옥이다. 나 자신이 지옥이다')의 메아리를 담은 '나 자신이 지옥이다'라는 시구가 나온다. 하지만 로웰은 밀턴의 사탄을 대체하기엔 터무니없이 부적절한 인물이다. 로웰의 사촌이 익사한 사건을 다룬 「낸터킷의 퀘이커 공동묘지The Quaker Graveyard in Nantucket」는 허먼 멜빌Herman Melville의 소설 「모비딕Moby Dick」을 인용해 장엄함을 부여잡으려 한다.

많은 독자에게 로웰은 『삶의 연구』 4부에서 직계가족에 대한 사적인 시를 쓸 때 가장 훌륭하고 읽기도 쉽다. 이 시들 중에는 「드브루 윈슬로 삼촌과 나의 마지막 오후My Last Afternoon with Uncle Devereux」, 「던바턴Dunbarton」, 「로웰 사령관Commander Lowell」, 「베벌리 농장 최후의 나날Terminal Days at Beverly Farms」이 있다. 자유 운문으로 쓰인 다수의 시는 유년기를 회상하는데, 로웰에게서 흔히 보기 힘든 단순성과 다정함을 풍긴다. 화려한 영광을 추구하려는 기미도 없다. 아버지의 죽음을 그는 이렇게 기억한다.

> 초조하고 반복적인 미소로 보낸 아침이 지나고,
> 어머니에게 건넨 그의 마지막 말은
> '나 기분이 형편없어'였다.
> After a morning of anxious repetitive smiling,
> his last words to Mother were:
> 'I feel awful.'

「결혼 생활의 고충을 말하자면To Speak of the Woe that is in Marriage」(초서의 「바스 부인 이야기Wife of Bath's Tale」에서 인용한 제목이다)에서, 이번에는 로웰이 웬일로 아내 하드윅의 관점에서 바라본다. 그녀는 거리에 나가 창녀를 찾아 돌아다니는 로웰을 생각하거나, 그의 격렬한 성애를 기억한다. '욕구의 갱년기에 꿰뚫려 / 그는 코끼리처럼 내 위에서 꼼짝도 못한다.'

『삶의 연구』에서 소환된 어린 시절의 추억은 로웰의 가장 유명한 시 한 편의 서두에서 다시 나타난다. 「죽은 연맹을 위하여For the Union Dead」의 주제는 남북전쟁 당시 쇼 대령이 이끌었던, 전원 흑인 병사로 이루어진 연대의 공적을 기리는 보스턴 커먼의 기념비다. 그러나 시는 소년 시절 유리에 코를 처박고 옛 사우스 보스턴 아쿠아리움의 추억을 기억하는 로웰로부터 시작된다.

『모방Imitations』(1990년)의 번역은 부정확성으로 비판을 받아왔다. 위대한 이탈리아 시인이자 철학자 자코모 레오파르디Giacomo Leopardi(1798~1837)의 「무한The Infinite」의 번역은 레오파르디에게 없는 부정주의가 트집 잡혔다. 그러나 호메로스부터 릴케까지 아우르는 이 시선집은 유럽 시에 대한 로웰의 깊은 지식과 사랑을 입증한다.

이 시선집은 1950년대 베네치아에서 로웰이 만났던 에우제니오 몬탈레Eugenio Montale(1896~1981)의 시 번역 열 편을 담고 있다. 노벨 문학상 수상자인 몬탈레는 레오파르디 이후 가장 위대한 이탈리아 시인이라는 평을 받았지만, 시가 난해하기로 악명이 높았다. 러시아 태생의 미국 시인 요세프 브로드스키는 이 시들을 혼잣말로 중얼거리는 남자에 비유했다. 몬탈레는 '신비주의자'를 자칭했다. 몬탈레를 비롯해 주제페 웅가레티Giuseppe Ungaretti(1888~1970)와 살바토레 콰지모도Salvatore Quasimodo(1901~1968)가 이탈리아판 상징주의를 시도했다고들 한다. 그러나 몬탈레는 이런 분류를 거부했다. 단테와 T. S. 엘리엇에게 큰 영향을 받은 그의 「아르세니오 Arsenio」는 이탈리아판 「황무지」로 불렸다.

다른 고백 시인들의 명성은 로웰의 그림자에 가려졌다. 존 베리먼 John Berryman(1914~1972)은 오클라호마와 플로리다에서 성장했고 컬럼비아에서 대학을 다녔다. 1942년 결혼해서 하버드를 비롯한 여러 대학에서 교편을 잡았다. 1947년 기혼녀와 혼외 관계를 시작해 이를 '고백'하는 소네트를 썼지만, 아내에게 관계를 들킬까 두려워서 1967년까지 출간하지 않았다. 그러나 이 일과 무관하게 베리먼의 불륜, 신경증, 알코올 남용에 질린 아내는 1953년 결혼 생활을 끝냈다.

은행가였던 베리먼의 아버지는 그가 열한 살 때 총으로 자살했다. '자신의 유년기를 싹 쓸어버린' 대재앙이었다고 그는 말했다. 그의 시는 계속해서 이 일로 되돌아간다.

그는 그저, 아주 이른 새벽에
총을 들고 일어나, 바깥으로 나가 내 창문 옆에서
필요한 일을 했을 뿐이다.

나는 그 불행한 정신을 읽을 수 없다, 너무 강하고
너무 엉망으로 망가져서.

he only, very early in the morning,
rose with his gun, and went outdoors by my window
and did what was needed.

I cannot read that wretched mind, so strong
& so undone.

『꿈 노래들The Dream Songs』(1964년, 그리고 확장판으로 1968년에 출간되었다)이 그의 가장 잘 알려진 작품이다(위에 발췌한 대목은 「꿈 노래 145」에 나온다). 그 시들은 헨리라는 인물을 중심으로 전개되는데, 베리먼은 헨리가 자신이 아니라고 공언했지만, 헨리가 자신을 닮았고 자신도 헨리와 닮았음을 인정했다. 헨리는 고통과 절망에 거리를 두기 위한 장치로 보인다. 헨리는 정신 나간 사람처럼 말할 때도 있지만, 농담도 잘한다. 『꿈 노래들』은 비극을 웃기게 말하면서 비극 너머를 보려는 시도로 읽히기도 한다. 「꿈 노래 14」에서 시인은 삶, 문학, 예술, 헨리까지도 지겨워졌다고 인정한다. 그러나 '결국, 하늘은 섬광처럼 번득이고, 거대한 바다는 갈망한다'. 그의 시는 간혹 의미를 파악할 수 없으나, 베리먼은 「꿈 노래 366」에서 이렇게 썼다. '이 노래들은 이해받을 의도가 아니다, 이해해달라 / 오로지 겁을 주고 위로할 의도일 따름이다.' 그는 1970년에 종교적 개종을 경험했으나 계속해서 우울증과 싸웠고, 1972년 1월 7일 미니애폴리스의 워싱턴 애비뉴 브리지에서 몸을 던져 자살했다.

W. D. 스노드그래스W. D. Snodgrass(1926~2009)는 브라운 대학에서 베리먼에게 사사한 제자였다. 열 편의 연작시 「심장의 바늘Heart's Needle」(1959년)로 고백시의 서막을 열었다는 평가를 종종 받지만, 시인은 그런 이름표를 거부했다. 제2차 세계대전 때는 미국 해군으로 참전했고, 그 후에는 학자가 되어 여러 대학에서 강사로 재직했다. 네 번 결혼했고 「심장의 바늘」은 첫 결혼에서 얻은 딸 신시아와 헤어져 사는 고통을 말한다. 신시아는 이혼 후 전 부인과 함께 살게 되었다. 감동적인 이 시는 대다수의 고백시보다 훨씬 광범하고 즉각적인 호소력을 갖고 있다. 딸아이에게 직접 말을 거는 형식으로, 딸의 출생과 성장, 장난감과 밤에 읽어주던 동화들을 기억하며 이제는 아이 어머니가 방문을 허락해주지 않는다는 이야기도 털어놓는다. 그리하여 시인의 상실감과 상처

를 더 넓은 맥락에 놓는다. 사계절의 흐름, 신시아가 태어날 무렵 한국의 참호에서 죽어가고 있던 미국 군인들, 그리고 자연사박물관에 전시된 동물의 세계.

앤 섹스턴Anne Sexton(1928~1974)은 교육을 잘 받지 못했고, 알코올중독에 폭력적인 아버지를 둔 고등학교 중퇴생이었다. 섹스턴은 노골적으로 생리, 유산, 근친, 자위, 약물중독과 기타 금기의 주제를 다루었지만, 보통 때는 시를 읽지 않는 여성 독자층에서 엄청난 지지를 얻었다. 그녀의 시집은 거의 50만 권이 미국에서 팔렸고, 그림 동화를 세련되게 다시 쓴 「변신Transformations」(1971년)은 〈코스모폴리탄〉과 〈플레이보이〉에 발표되었다.

앤 섹스턴이 인간의 잔인성을 쓰는 방식은 광기의 경계까지 다가간다. 「아우슈비츠 이후After Auschwitz」를 살펴보자.

갈고리처럼 검은
분노가
나를 덮친다.
날마다
나치 한 명 한 명이
오전 8시 정각에, 아기를 받았고
자기 프라이팬에
그 아기를 볶아 아침 식사로 먹었다.
Anger
as black as a hook
overtakes me.
Each day

each Nazi
took, at 8:00 A. M., a baby
and sautéed him for breakfast
in his frying pan.

여러 번 신경쇠약과 자살 시도를 겪은 후, 그녀는 차고의 닫힌 문에 차를 돌진해 자살했다. 그녀의 정신과의사는 그녀 사후에 상담 내용을 녹음한 테이프를 공개했고, 그녀의 맏딸은 그녀가 근친 성행위를 강제했다고 비난했다.

시어도어 로스케Theodore Roethke(1908~1963)는 고백 시인이 아니었으나, 그들처럼 정신적으로 불안정했다. 시인이자 소설가였던 제임스 디키James Dickey(1923~1997)는 로스케를 미국에서 아직 나온 적 없는 위대한 시인이라고 평가했고, 실비아 플라스는 자기가 '특히 좋아하는 시인' 중 한 명으로 그를 꼽았다. 아버지 오토는 채소를 직접 길러 시장에 내다 팔았는데, 미시간 주의 새기노에서 25에이커에 달하는 온실을 운영했다. 이 온실은 로스케에게 '내 인생 전부, 자궁, 지상의 천국을 표상하는 상징'이 되었다. 이 구절은 지금 새기노에 있는 그의 기념비에 새겨져 있다. 짧은 시 「온실 꼭대기의 아이Child on Top of a Greenhouse」는 유년기의 일탈에 근거한 시로 생생하고 간결한 특징을 잘 살리고 있다. 이 시는 낚아챈 기억의 조각으로 구성되며, '내 반바지를 통해 너울거리는' 바람, '우지직거리는 유리 조각과 말라버린 퍼티', '비난하는 사람들처럼 올려다보는 반쯤 자라다 만 국화꽃', 그리고 이렇게 말한다.

말처럼 뛰어내리고 뒤채는 느릅나무 한 줄과
위를 가리키며 고함을 지르는 모두, 모두들!

A line of elms plunging and tossing like horses,

And everyone, everyone pointing up and shouting!

그의 기분은 슬픔에 찬 내면적 성찰일 때가 많다. 「제인을 위한 비가Elegy for Jane」에서는 낙마 사고로 죽은 제자를 애도한다. 그 여학생은 자연의 이미지로 소환된다. 굴뚝새, 참새, '촉수처럼 목에서 흐늘거리는, 젖은 곱슬머리'. 학생과 특별한 유대가 없었다는 사실 탓에, 이 시의 결말은, 더욱 쓸쓸하다.

팔꿈치로 너를 살짝 찔러 이 잠에서 깨울 수만 있다면,
내 훼손된 아이야, 내 쾌활한 비둘기야.
이 축축한 무덤 위로 내 사랑의 말을 한다.
이 문제에 아무 권리도 없는 내가,
아버지도 연인도 아닌 내가.
If only I could nudge you from this sleep,
My maimed darling, my skittery pigeon.
Over this damp grave I speak the words of my love:
I, with no rights in the matter,
Neither father nor lover.

CHAPTER 37

‘무브먼트’ 시인들과 그 지인들

라킨, 엔라이트, 제닝스, 건, 베처먼, 스티비 스미스

‘무브먼트’ 시인들은 그룹이 아니었지만, 공통의 목표가 있었다. 그들은 시는 의미가 있어야 하고 엘리트 지식층뿐 아니라 평범한 사람들과 소통해야 한다고 믿었다. 그것은 영국의 운동이었다. 미국에서는 이런 운동이 일어난 적이 없다. 시인들은 ‘무브먼트’라는 이름을 선택하지 않았다. 1954년 〈스펙테이터〉에서 기자가 처음 사용한 시사용어였다. 현재 가장 높은 평가를 받는 시인은 필립 라킨Philip Larkin(1922~1985)이다. 2003년의 조사에서 그는 영국에서 가장 사랑받는 시인으로 뽑히기도 했다.

필립 라킨은 코번트리에서 태어났다. 시의 재정을 담당한 공무원이었던 아버지는 뉘른베르크 전당대회에 참여할 정도로 열렬한 나치 당원이었지만, 또한 열성적인 독서가로 라킨에게 현대문학, 특히 D. H. 로런스를 알게 해주었다. 부자父子 모두에게 로런스는 우상과 같았

다. 라킨은 코번트리의 헨리 8세 스쿨을 졸업하고 옥스퍼드 세인트존스 칼리지로 진학했다. 옥스퍼드에서 영문학을 전공하고 1등급 학위를 받았다. 하지만 그는 사람들에게 2등급을 받았다고 말하고 다녔는데, 이는 침울하기로 이름난 그의 평판에 도움이 되었다. 라킨은 자신에게 박탈감이란 워즈워스의 수선화와 같다고 말한 적이 있다고 한다. 1940년 11월 14일 밤 독일 공군 루프트바페가 코번트리에 폭격을 퍼부어 무려 500명 이상의 인명 피해를 냈다. 다음 날 옥스퍼드에서 히치하이크로 고향에 간 라킨은 거의 다 무너져서 돌 더미로 변해버린 광경을 보았다. 평생에 걸쳐 사라지지 않은 외국인 혐오증은 이때부터 시작되었는지도 모른다.

그는 소설가가 되고 싶어 했고, 예민하고 차별적인 소설 두 편, 「질Jill」(1946년)과 「겨울의 소녀A Girl in Winter」(1947년)를 썼다. 그리고 친구 킹슬리 에이미스Kingsley Amis에게 「럭키 짐Lucky Jim」(1954년)의 아이디어도 제공했다. 옥스퍼드를 졸업한 후 그는 직업 사서가 되었고(시력이 좋지 않아 입대 의무는 면제받았다) 끝없이 투덜대면서도 아주 유능하게 직무를 수행했다(그 예로 「두꺼비들Toads」 같은 시를 들 수 있다). 그리고 웰링턴(슈롭셔), 레스터, 벨파스트를 거쳐 결국 헐에서 사서로 일했고 1955년에는 헐 대학 도서관의 사서가 되었다.

결혼과 아이들('이기적이고, 시끄럽고, 잔인하고, 천박한 꼬마 야만인들')이 자신의 예술에 위협이 된다고 생각했는지 그는 끝까지 독신으로 남았다. 그러나 '성교는 1963년에 / 시작되었다', '내게는 좀 늦은 시기다'라는 주장(「아누스 미라빌리스Annus Mirabilis」)과 달리, 1945년부터는 계속해서 여러 여성과 활발한 성적 관계를 맺었던 것 같다. 그중에는 레스터 대학의 영문학 강사 모니카 존스도 있었는데, 그녀는 호칭만 빼고 모든 면에서 그의 아내나 다름없는 사람이 된다.

그러나 그의 진짜 '뮤즈'는 어머니 에바였다고 결론을 내린 비평가가 꽤 많다. 아버지가 사망한 1948년부터 어머니가 91세의 나이로 세상을 떠난 1977년까지, 그는 어머니에 관해 모든 책임을 졌고 수백 통에 달하는 편지를 썼다. 그의 시 중 상당수가 어머니와 관련되어 있었다. 노년과 늙음의 수치에 신랄한 독설을 퍼붓는 「늙은 바보들The Old Fools」은 어머니의 치매가 중증으로 치닫던 시기에 쓴 시다. 그는 어머니가 사망하고 불과 며칠 후에 죽음의 공포에 대한 시 「오바드Aubade」* 를 탈고했다.

첫 시집 『북쪽의 배The North Ship』(1945년)는 예이츠에게서 큰 영향을 받았다. 라킨은 '동네 여자들에게서 훔쳐 온 예이츠 전집과 함께 슈롭셔에서 격리 생활을 할 때' 이 시를 썼다고 설명했다(사실은 당시 사귀고 있던 열여섯 살의 같은 학교 여학생 루스 보먼이 그를 위해 훔친 것이었다). 그러나 그 이후에는 계속 예이츠에 맞서는 입장을 취했다. 라킨의 새로운 모델은 하디였다. 라킨은 매일 아침 일을 시작하기 전에 하디의 시를 읽는 습관을 들였다. 라킨은 『옥스퍼드 20세기 영시 선집The Oxford Book of Twentieth-century English Verse』(1973년)을 편찬하면서 하디의 시를 스물한 편이나 수록했다(반면 T. S. 엘리엇의 시는 아홉 편밖에 싣지 않았다).

예이츠의 화려한 비잔틴 양식과 대조적으로 하디가 평범한 일상성에 주목한다는 사실이 라킨의 마음을 끌었다. 그는 '나는 평범한 것들을 사랑'하며 '일상적인 사물은 내게 사랑스럽다'고 썼다. 불공평한 운명을 향해 분노로 울부짖는 「블리니 씨Mr Bleaney」는 더러운 원룸(헐로 이사하기 전까지 라킨이 살았던 집이다)에 관한 시다. 아름다움을 유린하는 시간을 이야기하는 「양지바른 프레스타틴** Sunny Prestatyn」은 해변 풍광을 담

* '아침의 음악'이라는 뜻으로, 세레나데와 반대되는 말이다. 중세의 음유시인이 애인과의 아침 이별을 노래한 것이다.

은 포스터에 관한 시다. 아버지의 죽음을 애도하는 「어느 4월의 일요일이 눈을 부르네An April Sunday brings the snow」는 잼이 든 단지를 소재로 삼는다.

이 시들은 두 개의 다른 인격을 표현한다. 한 인격은 몹시 거칠다('그들은 너를, 네 엄마와 아빠를, 엿먹인다', '돼지 똥꼬 속 말이야, 친구'). 또 다른 인격은 자연과 사람들에게 다정하게 반응한다. 「물Water」과 「태양의Solar」는 자연 숭배의 표현이라 해도 좋을 정도다. 나무들(「나무들Trees」)은 '거의 말하는 것처럼' 잎을 틔운다. 「점액종Myxomatosis」에 나오는, 병 걸린 토끼에 대한 상상은 – '어쩌면 너는 만사가 다시 다 괜찮아지리라고 생각했겠지 / 꼼짝 않고 기다리기만 한다면' – 통렬하게 인간적이다. 그러나 이런 예민한 감수성과 현실의 비전이 혼합되면 잔혹하리만큼 황량해진다. 「어느 4월의 일요일이 눈을 부르네」에서 삶은 '달콤하고 / 무의미하며, 다시는 되돌아오지 않는다'. 세계에 반응하는 이 두 가지의 다른 방식 모두 틀림없는 정확성을 드러낸다. 지적이지만, 또한 보이고 느껴지는 것들을 주목하는, 이를테면 눈 때문에 '흰색이 아니라 / 초록빛으로' 보이는 자두 꽃을 보는 정확성 말이다.

정확성은 감상성을 억제한다. 그래서 「아룬델의 무덤An Arundel Tomb」에서 '우리 중 살아남을 것은 사랑'이라는 감상성의 폭발은 이미 전 행에서 '하마터면 진실일 뻔'한 것으로 규정되었다. 이와 유사하게 「침대에서 말하기Talking in Bed」에서는 '진실하면서도 친절한 말'을 찾는 목표는 '거짓이 아니고 매정하지 않은 말'을 찾는 것으로, 현실적으로 수정된다. 「오후들Afternoons」에서 필립 라킨은 아이들이 놀고 있는 모습을 행복하게 바라보는 젊은 어머니들을, 그 순간에도 아이들이 대체

** 영국 웨일스 북부 덴비셔 주의 해변 도시.

하고 있음을 우리에게 상기시켜준다. '무언가 그들을 밀어내고 있다 / 그들 삶의 측면으로.'

무브먼트 시는 이성과 논리는 근본적으로 시적이지 않다는 모더니즘의 일부 이론가와 실천가들과 달리, 이성을 활용하므로 논쟁을 할 수 있다. 라킨의 「교회 가기Church Going」를 예로 들어보면 종교의 미래, 혹은 미래 없음에 관해 심오하고도 상상력 넘치는 논쟁으로 발전하고, 이로써 영어권 최고의 종교시 반열에 오른다.

라킨이 종종 돌아가는 주제는 「바람Wants」에서처럼 '혼자 있고자 하는 바람'이다. 그러나 시의 끝부분에 가면 소원은 고독이 아니라 망각이다. '그 모든 것 저변에 망각의 욕망이 흐른다.' 무無를 바라는 욕망은 「오바드」와 대조를 이룬다. 「오바드」에서 '어디에도 존재하지 않는' 무는 무섭고 끔찍하다. 반면 여기서 허무는 오히려 욕망의 대상이다. 라킨의 시들 중에는 텅 빈 공空을 향해 한달음에 올라가는 움직임으로 끝나는 시가 많다. 공을 향한 욕망은 논쟁을 뛰어넘고 위협적이라기보다는 초월적이다. 「여기Here」는 '울타리가 없는 존재'로 끝난다. '깊고 푸르른 창공, 보여준다 / 무를, 어디에도 없고, 끝도 없는'이라는 구절이 나오는 「높은 창High Windows」, '높이 쌓은 구름 / 여름의 발걸음에 맞춰 이동하네'라는 「깎인 풀들Cut Grass」, 종교적 비전이 담긴 「폭발The Explosion」. 이런 표현들의 효과로 인해 끝으로 치닫는 대신 미지를 향해 열리는 시가 탄생한다.

주목할 가치가 있는 다른 무브먼트 시인들은 모더니즘을 거부했다는 사실 말고는 라킨과 다르고 각자 서로 닮은 곳도 없다. 라킨은 영국 땅을 거의 떠난 적이 없고, 가더라도 몹시 내키지 않아 했지만(라킨은 하루 만에 돌아올 수만 있다면 중국에도 얼마든지 갈 수 있다고 말했다), D. J. 엔라이트D. J. Enright(1920~2002)는 이집트, 일본, 태국, 싱가포르의 영국 영사관에서 일하며 세계를 여행했다. 그는 다른 무브먼트 시인들은 상상도 못할 가난을 목격했다. 그의 시 「야마모토 가즈오의 짧은 삶The Short Life of Kazuo Yamamoto」은 쥐약을 먹고 자살한 열세 살짜리 일본 구두닦이의 이야기다. 소년의 마지막 말은 이렇게 기록되어 있다. '죽고 싶었어요 / 두통 때문에.' 엔라이트는 그 아이가 '철저히 혼자였고, 개인 소지품은 하나도 없이 / 가진 거라곤 두통뿐'이었다고 덧붙인다.

엔라이트는 남이 모르는 것을 알았을 뿐 아니라 두드러진 유머 감각의 소유자였다. 리밍턴 공영주택단지에서 아일랜드 출신 우체부의 아들로 태어났고, 케임브리지 대학의 장학금을 받았을 때는 교사의 아내 한 사람이 '진심으로 격노해서' 길에서 그를 붙잡아 세우고는 케임브리지는 '너 같은 사람'이 가는 곳이 아니라고 말했다고 한다(엔라이트는 정확히 그것이야말로 또한 노동계급의 의견이었다고 짓궂게 덧붙여 말한다).

운문으로 쓴 자서전 「끔찍한 가위The Terrible Shears」는 빈곤층의 신세를 위트 넘치게 비꼰다. 엔라이트의 아버지는 솜 전투에 참전했고 비스킷 제국의 상속자인 크로퍼드라는 장교의 목숨을 구했다. 어느 성탄절에 아버지가 크로퍼드의 도움을 구했다고 한다. '답으로 / 공짜 비스킷 종합 세트가 왔다.'

무브먼트 시인들과의 친분을 제외하면, 엘리자베스 제닝스Elizabeth Jennings(1926~2001)는 엔라이트와 모든 면에서 달랐다. 그녀는 독실한 로마 가톨릭 신자였고, 옥스퍼드의 부유한 가문에서 태어나 세인트앤 대학에서 영문학을 전공했다. 제닝스는 겉보기엔 단순하지만 독자의 마음을 불안하게 뒤흔드는 시를 썼다. 시구가 바뀌면 시의 차원이 바뀌고 불확실한 어딘가로 이동하는 것이다. 「금요일Friday」, 「코러스A Chorus」, 「대답들Answers」 같은 시는 다양한 종교적 체험을 다루고, 「하나의 육신One Flesh」은 개인적인 기억을 다룬다. 이 시에서 제닝스는 침대에 누운 부모를 생각한다.

> 이제는 각자의 침대에 따로 누워서
> 그는 책을 들고, 늦게까지 불을 켜놓고,
> 그녀는 소녀처럼, 유년기를 꿈꾼다,
> 모든 인간은 다른 곳에 있고 – 그들은 흡사
> 뭔가 새로운 사건을 기다리는 듯 보인다. 그가 든 책은 읽히지 않고
> 그녀의 눈은 머리 위 그림자에 못 박혀 있다.
> Lying apart now, each in a separate bed,
> He with a book, keeping the light on late,
> She like a girl, dreaming of childhood,
> All men elsewhere – it is as if they wait
> Some new event: the book he holds unread,
> Her eyes fixed on the shadows overhead.

톰 건Thom Gunn(1929~2004)은 직업이 두 가지였다. 그는 무브먼트 시인으로 시작했다. 첫 시집 『싸움의 조건Fighting Terms』은 1954년에 출판되었다. 그리고 얼마 후 반려였던 마이크 키타이와 함께 캘리포니아로 이사해 샌프란시스코에서 평생을 보내며 동성애 반反문화에서 유력 인물이 되었다. 그는 「손길Touch」이나 「포옹The Hug」처럼 다정하고 내밀한 사랑시를 썼고, 1980년대 에이즈 대유행에 많은 친구를 잃고 『밤에 식은땀을 흘리는 남자The Man with Night Sweats』(1992년)에서 그들을 위한 비가를 썼다.

적대적인 비평가들은 라킨의 『옥스퍼드 시선집』을 '속물근성의 승리'라고 불렀는데, 여기에는 존 베처먼John Betjeman(1906~1984)의 시 열두

편을 실었다는 이유도 있었다. 존 베처먼은 베스트셀러 시인이자 TV에 나오는 유명인이었기에 문단에서 제대로 평가받지 못했다. 그러나 라킨은 베처먼을 알았고 존경했으며, 겉모습에 가려진 날카로운 비평적 두뇌를 꿰뚫어보았다. 게다가 현대 생활의 저속함에 대한 편견도 공유하고 있었다(베처먼의 악명 높은 시 「오라, 친애하는 폭탄이여, 와서 슬라우*에 떨어져라Come, Friendly bombs, and fall on Slough」에 잘 드러나 있다).

과거의 장소와 생활 방식에 대한 애틋한 추억은 베처먼이 걸핏하면 애용하는 소재였다. 「미들섹스Middlesex」는 페리베일이 '드넓은 건초 밭의 교구'였던 시절을 회상하며, 가장 대중적으로 인기를 끌었던 「어느 소위의 사랑 노래A Subaltern's Love Song」는 용맹한 미스 조안 헌터 던과 테니스를 쳤던 기억을 농담 섞인 자기 비하의 어조로 쓴 시다. 라킨이 선집에 수록한 또 한 편의 시 「메트로폴리탄 철도Metropolitan Railway」는 아직 반쯤은 농경사회인 시절에 루이슬립에 정착했던 젊은 부부의 이야기를 애잔하고도 신랄하게 전한다. 그들의 빌라가 서 있던 자리에 지금은 '오데온 영화관의 섬광이 불타고 있다'. '다른 대다수 모더니스트 시인보다 베처먼의 주제들이 훨씬 더 쓸 가치가 있고 흥미진진하다'고 라킨은 모니카에게 말했다.

『옥스퍼드 시선집』에서 누구보다 독창적인 시인은 스티비 스미스Stevie Smith(1902~1971)다. 스미스는 동시, 교훈적인 동화, 찬송가와 난센스 시를 썼고 문체에는 순진함, 경박함, 신랄함이 뒤섞여 있다. 그녀는 시에 낙서 같은 그림을 곁들였고 낭독회를 열어 높고 떨림이 있는, 교양 있는 목소리로 시를 읽었다. 그녀는 세 살 때 아버지가 가족을 버리고 떠났던 충격을 영원히 극복하지 못했고 자전적인 『노란 종이에

* 영국 버크셔 카운티의 공업지대.

대한 소설Novel on Yellow Paper』(1936년)에서 그 일을 털어놓았다. 그녀는 평생 런던 교외의 파머스그린에서 언니, 그리고 강성 페미니스트였던 이모와 은둔에 가까운 생활을 했다. 그녀는, 인생이란 적군 점령지에 있는 것과 같다고 말한 적이 있다.

그녀의 이름을 널리 알린 시는 「손을 흔든 게 아니야, 빠져 죽고 있었지Not Waving but Drowning」다.

> 아무도 그의 소리를 듣지 못했지, 그 죽은 남자,
> 그렇지만 여전히 그는 누워 신음하고 있었어.
> 나는 당신들 생각보다 훨씬 더 멀리 나가 있었어,
> 손을 흔든 게 아니야, 빠져 죽고 있었지.
> Nobody heard him, the dead man,
> But still he lay moaning:
> I was much further out than you thought
> And not waving but drowning.

그러나 이 남자는 스티비 스미스의 작품에 수없이 등장하는 병든 마음과 불행한 동물 중 하나일 뿐이다. 그녀가 가장 좋아한 그림은 틴토레토Tintoretto의 「창조Creation」였다. 이 그림은 신의 손에서 물줄기처럼 흘러나오는 동물들의 행렬을 그리고 있다. 하지만 까맣게 변해버린 동물은 예외다. '그게 나다'라고 스미스는 썼다. 스미스는 뜻밖의 팬들을 모았다. 실비아 플라스는 자살하기 3개월 전 뜬금없이 스미스에게 편지를 써서 자신이 '구제불능의 스미스 중독자'라고 밝혔다.

스미스는 자신이 타락한 무신론자라고 말했고, 종교에 대해 복잡한 태도를 견지했다. 그러나 잔인성을 증오했고, 난센스 시 「우리 진창은 망했어Our Bog is Dood」에서 무의미한 헛소리를 되풀이하며 의문을 제기하면 위험하게 바뀌는 호전적인 종교론자들을 풍자했다. 이 시를 그녀의 걸작(영광을 그토록 경계했던 시인에게 쓰기엔 '걸작'이라는 말이 좀 묵직한 단어이지만)으로 꼽는 사람도 많다.

우리가 간절히 바라니 아는 거라고,
그걸로 충분하다고, 그들은 외쳤다,
그러자 곧장 갓난아기의 눈동자 하나하나에서
자긍심의 불길이 솟구쳐 올랐다,
그리고 당신이 그렇다고 생각지 않으면
당신은 십자가형에 처해질 것이다.
We know because we wish it so
That is enough, they cried,
And straight within each infant eye
Stood up the flame of pride,
And if you do not think it so
You shall be crucified.

CHAPTER 38

치명적인 매혹

휴즈, 플라스

테드 휴즈Ted Hughes(1930~1998)와 실비아 플라스Sylvia Plath(1932~1963)는 시인으로서뿐 아니라 비극적 연인으로도 유명하며, 많은 이들이 실비아 플라스를 페미니스트 순교자라고 생각한다.

휴즈는 요크셔 콜더 계곡의 작은 농촌에서 태어났다. 그의 부모는 신문과 담배를 파는 가게를 운영했다. 형은 사냥터 지킴이였고 종종 그를 황야로 데리고 나가 사냥을 했다. 그리고 휴즈는 야생의 자연과 사랑에 빠졌다. 계곡으로 돌아오는 건 마치 '탄광으로 내려가는 기분이었다……. 이건 몸과 영혼의 분리가 시작되는 순간이었다'. 동물의 삶이 인간보다 더 참되고 현실적이라는 관념, 동물의 삶은 죽임과 남성성과 연결된다는 생각, 이는 휴즈의 시에 꾸준히 나타난다. 휴즈의 아버지는 제1차 세계대전에 참전했고 죽음의 갈리폴리 작전에서 연대가 몰살당한 가운데 간신히 살아 돌아온 열일곱 명 중 한 명이었다. 이 역시 어린 휴즈의 상상을 유혈의 심상으로 채운 사건이다.

그래머스쿨을 졸업하고 휴즈는 케임브리지 대학의 펨브로크 칼리지 영문과에 입학 허가를 받았다. 그러나 학문적 연구가 자신의 시적 자아를 배반하는 느낌을 떨치지 못했다. 휴즈는 여우의 머리를 한 짐승이 자기 방으로 들어와 미완성된 원고에 피범벅의 발자국을 남기며 '네가 우리를 죽이고 있어'라고 말하는 꿈을 꾸었다. 그래서 3학년 때 전공을 영문학에서 인류학으로 바꾸었다. 이때부터 일평생 이어진 마술과 샤머니즘에 대한 관심이 시작되었다. 그는 1954년에 졸업했고 1956년 2월에 한 파티에서 실비아 플라스를 만났다. 잘 알려진 대로, 플라스는 그의 뺨을 피가 나도록 깨물었다. 두 사람은 4개월 후 결혼했다.

플라스는 천재적이었고 당연히 야심가였다. 그러나 심리적으로 불안정했다. 부모는 둘 다 매사추세츠 주 보스턴 교외에 사는 1세대 독일 이민자였다. 아버지 오토는 대학교수로 전문 분야는 호박벌이었다. 플라스가 훗날 양봉에 관심을 가지고, 시 「아빠Daddy」에서 아버지로부터 나치 독일을 떠올리는 것은 이런 가족사에 뿌리를 두고 있다(그러나 사실 오토는 나치가 집권하기 전 열여섯 살 때 독일을 떠났고 평화주의자였다).

플라스가 네 살 때 아버지의 건강이 나빠졌다. 암일까 두려워했던 그는 병원에 가지 않았다. 그런데 사실은 당뇨병이었고 나을 수 있었다. 그는 결국 발가락을 잃었고, 괴저가 생겼고, 다리를 절단했다(그래서 「아빠」에서 플라스는 '검은 구두' 한 짝을 거론한다). 그는 플라스가 여덟 살 때 세상을 떠났다. 플라스는 어머니에게 '다시는 하느님과 말하지 않겠어요'라고 했고, 『실비아 플라스의 일기Journals』를 보면 죽음으로 자신을 저버린 아버지를 원망하는 것 같다.

그녀는 명문 스미스 칼리지에 합격했고, 대학에서 'A'를 받으려고 열심히 공부했다. 고공 행진에 익숙했던 그녀는, 솔직히, 어중간한 사람이 된다는 생각 자체를 견디지 못했고, 자신의 외모가 매력적이라는 느낌을 갈구했다. 그녀는 다른 우등생들과 나란히 뉴욕의 잡지사 〈마드모아젤Mademoiselle〉에서 잠시 인턴으로 일했지만, 그 일 때문에 신경쇠약에 걸렸다. 1953년 8월 그녀는 어머니의 수면제를 먹고 지하실에 들어가 문을 잠그고 자살을 시도했다. 하지만 우연히 구조되었고 매사추세츠 주 매클린 종합병원에서 정신과 치료를 받게 된다. 이때의 경험은 평단의 찬사를 받은 소설 「벨자The Bell Jar」에 그려진다. 회복기에 플라스는 풀브라이트 장학금을 받고 케임브리지 대학의 뉴먼 칼리지에 교환학생으로 가게 되는데, 그때 테드 휴즈를 만나게 된다.

『실비아 플라스의 일기』는 두 사람의 첫 만남 이후 그녀의 반응을 기록한다. '아, 그가 여기 있어, 나의 검은 약탈자, 아, 배가 고파, 배가 고파.' 어머니에게 보내는 편지에는 이렇게 썼다. '나는 지독하게 사랑에 빠져버렸지만, 이 사랑은 나를 큰 상처로 이끌 뿐이에요. 나는 세상에서 가장 강인한 남자를 만났어요……. 몸집이 크고, 거대한, 건강한 아담이죠……. 그의 목소리는 하느님의 천둥소리 같아요.' 처음에 두 사람은 다시없는 행복을 누렸다. 플라스의 케임브리지 학기가 끝나자 두 사람은 퀸엘리자베스 호를 타고 뉴욕으로 항해했고 플라스는 모교인 스미스 칼리지에서 1년간 강사로 재직했다. 1959년 여름, 두 사람은 캐나다와 미국을 횡단해 여행했고 가끔은 야생의 자연에서 캠핑했다. 첫딸 프리다는 1960년 4월에 태어났다.

그들은 영국으로 돌아와 런던의 프림로즈힐 근처에서 아파트를 얻어 살았다. 그리고 아들 니콜라스는 1962년 1월에 태어났다. 두 사람은 시골로 이사하기로 결정하고, 데번에 낡은 시골집 한 채를 샀고 런던의 아파트는 캐나다 시인 데이비드 웨빌과 그의 아름다운 아내 애시어에게 세를 주었다. 그런데 미처 몇 달도 지나지 않아 휴즈는 애시어와 열렬한 사랑에 빠져 플라스와의 결혼 생활을 끝냈다. 절망한 플라스는 1963년 가스오븐에 머리를 넣고 자살한다. 그로부터 6년 후에는 휴즈에게 결혼을 거절당한 애시어가 휴즈와의 사이에서 낳은 딸 슈라를 죽이고 자살했다.

휴즈가 위대한 시인이라는 플라스의 믿음은 남편의 배신 이후에도 한 치의 흔들림이 없었다. 두 사람이 함께 살던 시절에는 시인 휴즈의 조력자로 열심히 일했다. 휴즈 대신 생계를 꾸리기 위해 비서 일을 맡았고, 그의 시를 잡지사와 출판사에 보냈다. 플라스가 대신 지원한 시 부문의 큰 상을 테드 휴즈가 탔을 때 이 노력은 보상을 받았다(당시 심사위원은 오든, 스펜더, 메리앤 무어였다). 이 일로 테드 휴즈는 첫 시집 『빗속의 매The Hawk in the Rain』를 1957년에 출간할 수 있었다.

그 시집에 수록된 「바람Wind」이나 「달걀 머리Egg-Head」 같은 시들은 꾸준히 테드 휴즈 특유의 주제를 다룬다. 쉽게 부서지고 잘못된 오만으로 가득한 인간의 지성이 무질서하고 인간을 학살하는 자연 세계를 차단하려 한다. 또 다른 유의 폭력, 아버지의 전쟁 체험은 「죽은 군인들을 위한 슬픔Griefs for Dead Soldiers」에 배어든다. 휴즈가 폭력에 관심을 두었던 이유는 (형과 함께 올라갔던 페나인 황야에서처럼) 폭력이 원초적 에너지가 흐르고 추동하는 기초적이고 비인간적인 수준으로 가는 길을 열어주기 때문이다. '어떤 형태의 폭력이든, 어떤 형태의 격렬한 행위든, 더 큰 에너지를, 우주의 근본적 동력 회로를 불러낸다.'

이 주제는 두 번째 시집 『루퍼칼Lupercal*』(1960년)에서도 이어진다. 플라스가 이 시집에서 좋아했던 시는 「불을 먹는 사람Fire-Eater」이었다.

---

* 암컷 늑대.

처음 읽으면 당혹감이 먼저 덮치는 시다. 대체 왜 별들이 언덕의 '육신의 선조'이고 휴즈의 혈육이라는 말인가? 왜 각다귀의 죽음이 '별의 입'이라는 말인가? 휴즈는 현대 과학에 깊은 관심이 있었고, 여기서 언급하고 있는 것은 당시엔 새로웠던 이론이다. 우리 몸의 원소는, 태고의 수소 원자만 제외하고 모두, 헤아릴 수 없는 까마득한 옛날에 형성되었다가 늙고 폭발해 고운 먼지가 되어 우주를 가로질러 원소로 산개되어 결국 지구와 같은 행성이 만들어질 수 있게 한 별들에 기원한다는 이론 말이다. 그러니 지구와 우리 몸은 별의 먼지로 이루어져 있고, 그래서 별들은 우리 육신의 '선조'이고 휴즈의 혈육이다. 같은 이론에 따라 우주는 끝없이 순환하는 물질과 에너지이고 재집합하는 분자이며, 따라서 우주를 먹여 살리는 건 그 안에 있는 무언가의 죽음이다. 심지어 각다귀의 죽음도 별들의 먹이가 된다.

휴즈가 보는 자연은 가차 없는 육식동물이다. 「홰를 친 매Hawk Roosting」('나의 매너가 머리들을 찢어 뽑는다')의 매, 「개똥지빠귀Thrushes」의 개똥지빠귀들('오로지 튕겨 찌를 뿐'), 「강꼬치고기Pike」의 강꼬치고기('알에 든 살인자들'). 그의 유연한 언어 사용은 셰익스피어적이다. 새로운 단어를 만들어내고 명사를 동사로 바꿔 쓴다. 주목하는 개똥지빠귀들은 'attentive'가 아니라 'attent'하고 있다. 훨씬 더 날카롭고 타격이 있는 말이다. 강꼬치고기의 색깔은 다채롭다. '금색을 호랑이하는 녹색green tigering the gold'이다. 여기서 명사인 '호랑이tiger'는 동사가 된다. 휴즈의 목표는 언어에 새로운 활력을 불어넣는 것이다. '단어들은 끝없이 우리의 경험을 대체하려 시도하고 있다. 그리고 우리가 경험하는 날것의 삶보다 단어가 더 강하고 충만하며 모든 사전을 그것들이 집어삼켜버리면, 그 단어들이 정말로 우리의 경험을 대체해버린다.' 이것은 휴즈의 경고다. 그러나 막을 수 있다면 막아야 한다.

플라스가 죽고 두 달 후 그는 「늑대의 울부짖음The Howling of Wolves」과 「생쥐의 노래Song of a Rat」를 썼다. 두 편 다 『워드워Wodwo』(1967년)에 실렸고, 자기변명처럼 두 편 다 자연 세계 전체를 아우르는 불가피한 잔인성과 고통을 다루고 있다. 그리고 간극이 이어졌다. 그는 1966년에야 다시 글을 쓰기 시작했고, '까마귀의 삶과 노래들에서From the Life and Songs of the Crow'라는 부제가 달린 『까마귀Crow』는 1970년에 출간되었다('애시어와 슈라를 추모하며'라는 헌정사가 있었다). 휴즈는 이 작품을 자신의 걸작이라고 생각했고 많은 비평가도 이에 동의한다. 그런가 하면 그 폭력과 부정성을 꺼리는 비평가들도 있다. 제목의 까마귀는 어느 한 가지 개념과 동일시하기 어렵다. 까마귀는 시마다 모습을 바꾼다. 간혹 희생자이고, 간혹 폭군이며, 간혹 영웅이고, 가끔은 바보다. 신화적인 위상이지만 신화를 무너뜨린다. 기독교, 인문주의, 창세기, 그리고 그 외의 삶에 관한 긍정적이고 희망적인 모든 관점을 무너뜨리고, 소극과 슬랩스틱 코미디로 축소 환원한다. 기존의 고정관념에 순응하지 않겠다는 까마귀의 무정부주의적 거부는 의도적이다. '내 주된 관심은 박물관 유의 문화적 인수 기록을 최소화한 상태로 무언가를 창조하는 것이다.' 휴즈는 그렇게 밝혔다.

역설적으로 『까마귀』의 창의성에 대적할 만한 작품은 하나뿐이었다. 오비디우스의 「변신 이야기」를 테드 휴즈가 번역한 『오비디우스 이야기Tales from Ovid』(1997년)다. 이 시들을 통상적인 번역으로 여긴다면 천만의 말씀이다. 휴즈는 원작에 자유로이 새로운 대목을 덧붙이고 오비디우스의 열정적이고 심란한 이야기들에, 누가 봐도 휴즈 고유의 관능성을 덧붙였다.

세상을 떠나기 전에 플라스가 출간한 시집은 단 한 권, 『거상The Colossus』(1960년)뿐이었다. 그녀의 목소리는 후기 작품에서 그렇듯 대담하고 신랄할 때가 많다. 그러나 『거상』의 시들은 그리 독창적이지 않으며 딜런 토머스, 예이츠, 메리앤 무어와 로스케를 모방하고 있다. 시인으로서 영속적인 명성을 가져다준 작품은 휴즈가 떠난 이후 몇 달 동안 창작한 시들이다. 이 시들은 1965년에 휴즈의 손으로 엮여 '에어리얼Ariel'이라는 제목으로 출간되었다.

플라스가 어머니에게 보낸 편지들에는 '평생 최고의 시들'을 쓰고 있다는 이야기가 담겨 있다. 새벽 4시, 아직 어두운 시각에 일어나('흡사 열차 터널이나 신의 내장 속에서 글을 쓰는 느낌이에요') 하루 한 편의 속도로 글을 쓰다가 아이들이 잠에서 깨는 시각에 펜을 놓았다. 1962년에서 이듬해로 넘어가는 겨울은 기록에 남은 최악의 혹한이었고 맹추위는 시에서도 느껴진다(「닉과 촛대Nick and the Candlestick」에 '얼음 유리창'이 나오고, 꿀벌이 나오는 시 「겨울나기Wintering」도 예로 들 수 있다). 플라스는 데번에서 마을 양봉업자들과 함께 일했지만, 이 시들은 양봉이 아니라 분노와 원망을 말한다. 「벌침Stings」에서 '사자처럼 빨간 몸뚱어리'를 지닌 '무서운' 여왕벌은 「레이디 라자루스Lady Lazarus」에서처럼 여성 복수자다.

> 나는 내 붉은 머리카락과 함께 일어나
> 공기처럼 남자들을 먹는다.
> I rise with my red hair
> And I eat men like air.

「벌침」은 말년의 여러 다른 시처럼 당시의 자전적 사실을 아울러 녹이고 있다. 플라스의 편지들은 휴즈가 벌을 쫓아버리고 싶어 머리에 손수건을 썼지만(시에서는 '사각형의 흰 리넨') 심하게 물렸다는 사실을 기록하고 있다. 벌들은 침을 쏘고 나면 죽지만, 그녀의 벌들은 복수할 수만 있다면 '죽을 가치가 있다'고 믿는다.

담당 의사였던 미국인 정신상담치료사 루스 보이셔 박사에게 보낸 편지에서, 플라스는 휴즈가 불륜을 저지르면서도 비웃고 협박하고 의기양양했고, 심지어 그녀에게 왜 자살하지 않느냐고, 애시어와 자신은 그녀가 자살할 줄 알았다고 말했다고 썼다. 그녀는 1961년 2월 그가 '육체적으로 내게 폭력을 행사해' 유산을 초래했다고 주장한다. 후기 시의 분노는 이런 맥락에서 읽어야 한다. 그러나 적대적인 비평가들은 플라스가 자아를 터무니없이 과장되게 극적으로 연출한다고 비난한다. 그들은 플라스가 「아빠」에서 홀로코스트에 희생당한 사람들의 운명이 마치 자기 자신의 운명인 듯 도용한 점에도 반감을 느낀다.

> 유대인처럼 나를 멀리 치워버리네,
> 다하우, 아우슈비츠, 벨젠으로…….
> Chuffing me off like a Jew,
> A Jew to Dachau, Auschwitz, Belsen...

이 비판은 심각한 것이며, 논쟁은 계속되고 있다.

1963년 2월 5일 그녀는 최후의 시 「벼랑 끝Edge」을 썼다. 이 시는 스스로 목숨을 끊었을 뿐 아니라 자신의 어린아이 둘까지 죽이는 여자의 이야기다. 아기들은 지금 양쪽 가슴에 하나씩 안긴 채 누워 있다. 죽은 여자는 '성취의 미소'를 짓고 있다. 비평가들은 이 시가 자살을 미화하고 영아 살해를 이상적으로 그린다고 비난했다. 그러나 여기에는 의문의 여지가 있다. 시의 여자는 '그리스의 필연이라는 환각'을 묘사한다고 되어 있다. 그리고 '환각'이라는 말에는, 어떤 식으로든 그녀의 행위를 단순하게 인정한다는 의미가 들어 있지 않다. 이는 자기 검토와 비판의 시다. 플라스 역시 그랬다. 1주일 후 가스로 자살했을 때, 그녀는 먼저 중간 문들을 테이프와 수건으로 밀봉해 잠든 아이들의 안전을 도모해두었다.

CHAPTER 39

정치와 시인

타고르, 아흐마토바, 멘델스탐, 마야콥스키, 브로드스키, 로르카, 네루다, 파스, 세페리스, 사이페르트, 헤르베르트, 맥디어미드, R. S. 토머스, 아미차이

20세기는 세계사에서 가장 정치화된 시기였다. 그 시작은 1917년에 일어난 러시아 혁명이었고, 최초의 공산주의 국가가 세워졌다. 이에 대한 반응으로, 종족 학살을 저지른 파시즘 독재정권이 세계 정복을 목표로 독일에 들어섰으나 1939~1945년의 전쟁에서 패배했다. 전쟁은 유럽의 식민주의 열강의 힘을 약화시켰고, 신흥국가들이 독립을 추구하면서 제국들이 해체되었다. 전 세계의 민족국가 수는 약 50개국에서 200개국으로 늘어났다.

이 사건들은 시적 공명을 초래했고, 수많은 시인이 이와 연관되어 기억되고 있다. 영국의 인도 지배를 반대하는 움직임은 20세기보다 훨씬 오래전에 시작되었고, 이 독립운동을 떠올리면 즉각적으로 생각나는 시인의 이름은 라빈드라나트 타고르Rabindranath Tagore(1861~1941)다. 그는 부유하고 교양 있는 캘커타의 대가족 집안에서 태어났고, 초기에

엄청난 다작을 했다. 소설, 단편, 드라마와 수천 편의 노래를 썼는데, 그중에는 인도와 방글라데시의 국가國歌도 포함되어 있다. 또한 세계를 여행하며 현자로서, 또 대학자polymath로서 세계적인 명성을 얻었다. 특히 영국에서는 W. B. 예이츠와 에즈라 파운드를 만났다. 가장 널리 알려진 시집은 『기탄잘리Gitanjali(봉헌의 노래)』다. 일부 시들이 영어로 번역되어 1912년에 출판되었고, 이듬해에 타고르는 비유럽인 최초로 노벨 문학상 수상자가 되었다. 그러나 타고르의 벵골어는 번역 불가능하다는 것이 중론이며, 아마도 이것이 오늘날 그의 명성이 예전과 같지 않은 이유일 것이다. 심지어 타고르의 팬이었던 예이츠도 영어 번역본은 '감상적인 쓰레기'라고 깎아내렸다.

전체주의 정권은 삶의 모든 면모를 통제하고자 하며, 글쓰기도 예외는 아니었다. 따라서 러시아 시인들에게 1917년의 볼셰비키 혁명은 재앙이었다. 안나 아흐마토바Anna Akhmatova(1889~1966)는 20대 때 이미 유명한 시인이었다. 아흐마토바는 칠흑 같은 머리카락과 귀족적 태도로 남자들 위에 군림했다. 파리에서는 아마데오 모딜리아니가 그녀에게 푹 빠져 여러 점의 누드를 포함한 드로잉과 회화로 그녀의 모습을 기렸다. 그녀는 남편 니콜라이 구밀료프와 함께 전위적인 아크메이스트 그룹을 조직했고, 이미지즘 시인들과 마찬가지로 상징주의와 작위적인 단순성과 선명성을 거부했다.

혁명이 이 모든 것을 완전히 바꾸어놓았다. 레닌의 명령에 따라 구밀료프를 비롯해 예순 명의 이른바 '음모자'들이 숲으로 끌려가 처형되었다. 그리하여 아흐마토바 같은 '부르주아' 시는 공식적으로 검열 대상이 되었다. 1930년대에 아흐마토바는 무려 100만 명이 희생당했다고 추정되는 스탈린의 대숙청에 휘말렸다. 아흐마토바의 아들 레프는 체포되어 고문을 받았고, 아흐마토바는 사랑하는 이들의 소식을 기다리는 다른 여자들과 함께 17개월간 하루도 빠짐없이 레닌그라드 교도소 앞에서 기다렸다. 어느 날 군중 속의 한 여자가 그녀를 알아보았고, 추위에 파랗게 질린 입술로 아흐마토바에게 속삭여 물었다. 지금 그들이 겪고 있는 일을 시로 묘사해줄 수 있느냐고 말이다. 그녀는 그러겠다고 대답했고, 이것이 바로 1935년부터 1961년에 걸쳐 쓴 연작시 「레퀴엠Requiem」의 기원이다. 이 시는 당시의 경험을 토대로 쓰였고, 원고를 만들어두는 건 너무 위험한 일이었기에, 아흐마토바는 한 편 한 편 쓸 때마다 외운 후 모두 태워버렸다. 그런데 필사본 한 부가 국외로 몰래 반출되어 1963년 뮌헨에서 출판되었다. 소련에서는 1987년이 되어서야 출간되었다.

볼셰비즘에 희생된 시인들은 또 있다. 오시프 만델스탐Osip Mandelstam(1891~1939)은 아흐마토바의 가까운 친구였고, 아크메이스트 그룹의 일원이었다. 그는 부유한 폴란드계 유대인 가문에서 태어나 파리의 소르본과 독일 하이델베르크 대학에서 교육받았다. 1933년 스탈린을 비판하는 시를 썼고 4년간 교도소에서 수감 생활을 하고 동러시아의 교정수용소로 보내졌다. 아내에게 따뜻한 옷가지를 달라고 부탁하는 쪽지를 간신히 보내는 데 성공했으나 옷은 끝내 오지 않았고, 만델스탐은 결국 추위와 배고픔으로 죽고 말았다. 블라디미르 마야콥스키Vladimir Mayakovsky(1893~1930)는 조지아의 코사크 출신이었다. 타고난 반항아이자 열렬한 마르크스주의자였던 그는 러시아 내전 당시 공산당을 위한 선전선동 포스터를 디자인했다. 그러나 볼셰비키 문단은 마야콥스키의 실험적 시가 프롤레타리아에게는 지나치게 난해하다고 생각했다. 1930년 마야콥스키는 총으로 자살했다. 어쩌면 비평가 클라이브 제임스의 해석대로, 자신의 창조적 재능이 대량 학살을 미화하는 데 이용되었다는 사실을 깨달았는지도 모른다. 요세프 브로드스키Joseph

Brodsky(1940~1996)는 어렸을 때 레닌그라드 포위 공격에서 살아남았고 열다섯 살 때부터 시를 쓰기 시작했다. 브로드스키의 시는 '포르노그래피나 다름없고 반소비에트적'이라고 폄훼되었고, 브로드스키 본인은 정신병원에 감금되었다가 북극에 가까운 지역의 강제 노동 수용소로 보내졌다. 1972년 소련에서 추방당한 후 그는 미국에 정착했고 1987년에 노벨 문학상을 받았다.

20세기의 정치에 희생당한 가장 유명한 시인은 페데리코 가르시아 로르카Federico García Lorca(1898~1936)다. 남부 스페인 그라나다 근처의 푸엔테 바케로스에서 지주의 아들로 태어난 로르카는 위대한 바로크 시인 루이스 데 공고라Luis de Góngora(1561~1627) 이후 가장 높은 필명을 떨친 스페인 시인이다. 공고라는 로르카의 영웅이기도 했다. 로르카의 시는 안달루시아 시골의 담시와 민담을 상징주의와 초현실주의에 접목했다(초현실주의자 살바도르 달리Salvador Dali는 친한 친구였다). 가장 유명한 책 『로만체로 기타노Romancero Gitano(집시 담시)』는 1928년에 나왔다. 1930년 공화국 정부에 의해 학생 연극 집단의 감독으로 임명된 후, 빈곤에 시달리는 스페인 시골에서 순회공연을 하며 민중에게 연극을 보여주었다. 그러나 스페인에서는 파시스트가 득세하고 있었고, 곧 프랑코 장군 밑에서 세력을 통일해 스페인 내전(1936~1939년)에서 민주적으로 선출된 공화당원들에게 승리를 거두었다. 1936년 8월 로르카는 파시스트 민병대에게 살해당했다. 시체는 끝내 찾지 못했다. 로르카는 동성애자였고, 프랑코의 언론은 나중에 로르카가 '동성애적이고 변태적인 성행위'를 했다고 발표했다.

20세기 스페인어권에서 세계적 명성을 얻은 또 다른 시인은 파블로 네루다Pablo Neruda(1904~1973)다. 칠레의 파랄에서 철도원의 아들로 태어난 네루다는 칠레 외무부에서 장기 근속했다. 그는 열네 살 때부터 시를 쓰기 시작했다. 기쁨에 찬 관능성이 흘러넘치는 두 번째 시집 『스무 편의 사랑의 시와 한 편의 절망의 시Twenty Love Poems and a Song of Despair』(1924년)는 역사상 가장 많이 판매된 스페인어 시집이 되었고 무수한 언어로 번역되었다. 그는 1971년에 노벨 문학상을 받았다.

네루다는 로르카를 개인적으로 알았고, 로르카가 살해당한 후 열렬한 공산주의자이자 열혈 스탈린 지지자가 되었다. 1970년 사회주의자 살바도르 아옌데가 칠레 대통령으로 선출될 때도 네루다의 지지가 배후에 있었다. 3년 후, 아우구스토 피노체트 장군의 우파 군사 쿠데타가 일어났을 당시 네루다는 병원에서 암 투병 중이었지만, 피노체트의 명령을 받고 의사가 체내에 독을 주입했다는 정황을 의심해 자의로 퇴원했다. 그리고 퇴원 후 불과 몇 시간 만에 사망했다.

스페인어권에서 세 번째로 노벨 문학상을 받은 시인은 멕시코의 옥타비오 파스Octavio Paz(1914~1998)다. 그는 멕시코의 문화 엘리트 계층으로 태어났지만, 좌파 정치 이념에 이끌렸다. 그는 초기 작품 몇 편을 네루다에게 보냈고, 네루다에게 호평을 받았다. 파스는 스페인 내전에서 파시스트에 맞서 싸웠고, 직업 외교관이 되었다. 가장 유명한 작품으로는 『고독의 미로The Labyrinth of Solitude』(1950년)가 있고, 이 작품은 멕시코의 성격이 기본적으로 방어적이며 가면 뒤에 본모습을 숨긴다고 본다.

철학적 시인이었던 파스는 자신이 멕시코 대사로 6년간 근무한 인도를 해부한 시 「원숭이 문법학자The Monkey Grammarian」에서처럼 시와 산문을 자유로이 넘나들 수 있었다. 파스는 힌두교 사상에 매력을 느꼈는데, 서구 사상에서는 불가능한 양극의 조화를 이룰 수 있기 때문이었다. 모순적인 것들을 통합하는 고대 멕시코의 개념인 '불에 탄 물'은 지배적인 이미지로 등장한다. 그는 1968년 정부의 학생 시위 진압에 항의하기 위해 그해에 외교관직에서 물러났다.

반反정치체제 인사로서 국가적 요인이 된 시인 중에서는 그리스의 노벨 문학상 수상자 요르기오스 세페리스Giorgos Seferis(1900~1971)가 있다. 세페리스의 고향 스미르나는 1922년 터키인들의 수중에 들어갔다. 세페리스는 그리스 외무부의 외교관으로 세계 여러 곳을 널리 여행했는데, 그리스가 나치에 점령당했던 제2차 세계대전 당시 더 활발하게 여행했다. 그래서 그의 시들은 종종 망명과 배회를 다루며, 현대의 발화와 정치를 호메로스의 신화와 접목한다. 1967년 우파의 군 세력이 그리스에서 정권을 잡아 검열, 정치 구금과 고문을 도입했다. 세페리스는 BBC 월드 방송국에서 군사정권을 비판했고, (자연사로) 그가 세상을 떠났을 때는 어마어마한 인파가 아테네의 길거리를 메우고 미키스 테오도라키스가 그의 시 「부정Denial」에 곡을 붙인, 군사정권의 금지곡을 노래했다.

체코 시인 야로슬라프 사이페르트Jaroslav Seifert(1901~1986)는 생애 후반부에 결정적인 정치적 발언을 했다. 사이페르트는 1977년 체코슬로바키아 사회주의 공화국(소비에트연방의 위성 연방)의 인권 탄압을 비판한 77헌장Charter 77*에 이름을 올렸다. 프라하의 노동계급 가정에서 태어난 사이페르트는 이전에 공산주의 문학 단체에서 활발한 활동을 했다. 체코 정부는 77헌장의 서명인들을 반역자와 변절자로 매도했다. 그러나 1984년 사이페르트가 노벨 문학상 수상자가 된 데는 이 결정적 정치 행위가 높이 평가받은 이유도 있다. 그는 2년 후 사망했다. 장례식에는 정치적 시위를 차단하기 위해 강력한 비밀경찰 인력이 배치되었다. 그는 풍부하게 흘러넘치는 은유의 시인이었고 노벨 문학상 상장에

* 1977년 체코슬로바키아 후사크 정권의 인권 탄압을 고발한 지식인 257명의 선언.

도 그가 그토록 깊이 사랑받은 이유는 '꾸밈없으나 깊이 체감되는 조국과 민족과의 동일시뿐 아니라 시의 경이로운 명료성, 음악성, 관능성' 때문이기도 하다. 가장 감동적인 작품으로 손꼽히는 「소네트의 화환A Wreath of Sonnets」(1956년)은 전쟁으로 파괴된 프라하에 바치는 시로, 영원히 꺾이지 않는 사랑과 충성을 다짐하는 내용이다.

폴란드 시인 즈비니에프 헤르베르트Zbigniew Herbert(1924~1998)에게 공산당에 대한 증오는 훨씬 일찍 시작되었다. 1939년 폴란드는 소련과 나치 군대에 짓밟혔고, 헤르베르트는 폴란드 레지스탕스 운동에 뛰어들었다. 전쟁이 끝난 후 그의 고향 르보프는 우크라이나 소비에트의 시가 되었고 그곳에 살던 폴란드 인구는 추방당했다. 1960년대에 해외로 탈출한 그는 유럽의 여러 국가와 미국의 다양한 도시를 방문했다. 그는 1975년의 「59인의 서한Letter of 59」에도 서명했다. 「59인의 서한」은 소비에트연방에 영원한 충성을 맹세한 폴란드 정부의 선언에 반대하는 문건이었다. 1981년 솔리다리티 운동이 한창인 때에 그는 폴란드로 돌아가 지하 잡지의 편집진에 합류한다.

공산주의가 허락하는 유일한 문학적 양식인 사회주의 리얼리즘을 고수하길 거부한 헤르베르트는 1950년대 중반까지 시를 발표하지 않았다. 그의 시는 심오하게 도덕적이지만 은근하고 일상적이고 종종 어조가 아이러니하며, 유머가 섞인 판타지로 실험할 때도 있지만 웅변조만은 철저히 배제한다. 그의 시는 어떤 승리도 내다보지 않는다. 패배는 불가피하다. 그렇다고 시인의 책무가 바뀌지도 않는다. 「코기토 씨의 사절The Envoy of Mr Cogito」에서 똑똑히 드러나 있듯이 말이다.

당신의 마지막 상, 무無라는 황금 양털을 좇아
어두운 경계로 간 자들이 간 곳으로 가라

등을 돌린 자들과 흙먼지 속에서 고꾸라진 자들 사이에서
무릎을 꿇고 있는 자들 사이에 똑바로 가라

Go where those others went to the dark boundary
for the golden fleece of nothingness your last prize

go upright among those who are on their knees
among those with their backs turned and those toppled in the dust

영국의 민족주의 시인들은 더 말수가 적은 만큼 협박도 적게 받았다. 스코틀랜드의 민족주의자 휴 맥디어미드Hugh MacDiarmid(1892~1978)는 「술 취한 남자가 엉겅퀴를 본다A Drunk Man Looks at the Thistle」(1926년)를 썼다. 길고 횡설수설하고 진지함과 코믹함이 뒤섞이며 박학다식하고 인용문이 풍부하게 섞인, 스코틀랜드 민족의 정체성에 관한 사색이다. 이 시는 맥디어미드가 창안한 '합성 스코틀랜드어'로 쓰였다. 웨일스의 목사 시인 R. S. 토머스R. S. Thomas(1913~2000) 또한 극렬한 민족주의자였다(그는 웨일스 시골에 있는 영국인 소유의 주택들에 대한 소이탄 방화에 찬성했다). 그러나 그는 근본적으로 종교 시인이었고, 신이 부재한다는 느낌에 괴로워했으며, 냉장고와 세탁기를 비롯한 현대의 악을 사용한다는 이유로 교구의 신도들을 비난했다.

즈비니에프 헤르베르트는 이스라엘을 방문했을 때, 예후다 아미차이Yehuda Amichai(1924~2000)와 친구가 되었다. 아미차이는 현대 이스라엘의 민족시인으로 널리 알려져 있다. 아미차이는 독일에서 태어났으나, 열두 살 때 부모를 따라 이스라엘로 이주했다. 제2차 세계대전 때

는 영국군 소속으로 싸웠고, 이스라엘군 소속으로 이스라엘 독립 전쟁, 시나이 전쟁, 욤키푸르 전쟁에도 참전했다. 자전적인 시도 많이 썼지만, 대체로 사적인 경험을 보편적인 인간 경험과 연결해 비범하리만큼 넓은 독자들에게 호소력을 가졌다. 이 시들은 종교적 신앙과의 씨름을, 짓궂은 유머를 섞어 표현한다. 「그리고 그건 당신의 영광And That is Your Glory」에서 시인은 자동차 정비공이 등을 쭉 펴고 누워, 발바닥만 차 밖으로 내놓고 자기 위의 엔진을 만지작거리는 모습으로 신을 상상했다.

CHAPTER 40

경계를 넘는 시인들

히니, 월코트, 안젤루, 올리버, 머레이

이 마지막 장은 문화적 경계를 넘나드는 시의 능력을 보여주는 우리 시대의 시인 다섯 명을 살펴본다.

셰이머스 히니Seamus Heaney(1939~2013)는 북아일랜드 런던데리 카운티 모스번의 가족 농장에서 성장했다. 시인이 되겠다는 생각은 한 번도 하지 않았다. '현대시는 나 같은 사람은 꿈도 꿀 수 없는 대단한 것이라고 여겼다. 엘리엇이나 뭐 그런 시인들이 있었으니까.' 그러나 테드 휴즈의 시 「돼지의 조망View of a Pig」을 읽은 것을 계기로 창작을 시작하게 된다. '어린 시절 우리도 농장에서 돼지들을 잡았다……. 별안간 현대시의 소재가 내 삶을 구성하는 것들이라는 생각이 들었다.'

그는 개신교 북아일랜드에 사는 가톨릭교도로서 혐의를 받는 데 익숙했다. 「공포의 부서The Ministry of Fear」에서는 검문에 붙들려 경찰이 차를 포위했던 정황을 회상한다('검은 가축 떼처럼, 킁킁거리고 손가락질을 하며 /

내 눈에 스텐 건의 총구가'). 1960년대 후반 정치적 상황은 악화되었고, 급진파 아일랜드 공화국군이 등장했다. 히니는 정치시를 쓰라는 압박을 받았지만 거부했다. 시인들이 정치를 다룰 거라는 기대는 오도되었다고 그는 말했다. '결과적으로 시인들에게 귀를 기울일 가치가 있을 때란, 오로지 그들 자신에 관한 무언가를 그들 자신에게 말하고 있을 때뿐이다.' 가족의 안전을 염려한 그는 아내 마리와 아이들을 데리고 1972년 북아일랜드를 떠나 아일랜드 공화국의 위클로로 이주했다.

히니에게 큰 충격을 준 책은 P. V. 글롭P. V. Glob의 『수렁의 사람들The Bog People』(1969년)이었다. 이 책에 실린, 스웨덴의 토탄 수렁에서 발견된 철기시대 의례의 인간 희생 제물의 시체 사진은 히니로 하여금 북아일랜드의 분쟁에 대해 간접적으로 시를 쓰게 해주었다. 예를 들어 「형벌Punishment」은 철기시대 한 젊은 여인의 시체를 다루는데, 히니는 이 여자가 불륜으로 살해당했다고 상상하며 밀고자의 용의를 뒤집어쓰고 공개적으로 형을 받은 북아일랜드의 젊은 여자들과 같이 놓는다. 그리고 나서서 이 만행에 반대하는 목소리를 내지 못한 자신을 질책한다. 옛날에도, 불륜을 저지른 그 젊은 여인이 돌팔매질을 당해 죽음에 이를 때까지 자신은 '침묵의 돌'을 던졌을 것이라고.

히니의 자기비판은 카운티 아마에서 집으로 차를 몰고 돌아오는 길에 개신교 테러리스트들에게 총살당한 사촌 콜럼 맥카트니를 다룬 두 편의 시에서도 뚜렷하게 드러난다. 「록 벡의 스트랜드The Strand at Lough Beg」에서는 '머리와 눈에 피와 갓길의 흙먼지를 묻힌' 콜럼을 보고, 무릎을 꿇고 앉아 '차가운 이슬을 손에 가득 받아' 그를 씻겨준다. 그러나 나중에 쓴 「스테이션 아일랜드Station Island」에서는 콜럼의 유령이 히니의 '회피'를 힐난한다. 「록 벡의 스트랜드」가 '추함에 회칠을 해' '아침 이슬로 내 죽음에 인공 감미료를 넣었기' 때문이라면서.

히니는 언제나 자신이 영국인이 아니라 아일랜드인임을 강조했다. 그는 중립이 아니었다. 영국 장갑차가 모스번의 길거리를 돌아다니는 모습을 보면 격분했다. 그러나 노벨 문학상이 인정했듯, 그는 평화를 중재하는 사람이기도 했다. 「양심의 공화국에서From the Republic of Conscience」는 앰네스티 인터내셔널의 의뢰를 받고 유엔의 날과 앰네스티의 업적을 기리기 위해 쓴 작품이다.

데렉 월코트Derek Walcott(1930~2017)는 카리브 해의 세인트루시아 섬에서 성장했다. 아버지는 그가 태어나기 전에 죽었고, 가족은 가난했다. 월코트의 걸작은 「오메로스Omeros」(1980년)로, 각각 3부로 나뉜 64편의 시로 이루어진 서사시다. 호메로스의 「일리아드」를 상당히 자유롭게 각색했으나 완전히 다른 유의 작품이다. 주요 등장인물은 전사가 아니라 세인트루시아의 어부인 아킬레와 헥터다. 그들은 아킬레가 녹슨 미끼 깡통을 헥터의 카누에서 빌려간 일로 다툰다. 그러나 사실 이 다툼은 흑표범 같은 미모를 지닌 하녀 헬렌을 두고 벌어진다. 헬렌은 아킬레를 떠나 헥터를 선택하고, 헥터는 택시 운전사가 되어 자동차 사고로 죽는다.

다른 캐릭터로는 녹슨 닻에 정강이를 찢겨서 낫지 않는 상처를 입은 어부 필록테테(호메로스의 필록테테스*에서 따온 인물), '노페인 카페No Pain Café'를 운영하는 현명한 여인 마 킬먼이 있고, 눈먼 뱃사람 세븐시즈는 대체로 호메로스와 같은 인물로 여러 곳에 다른 모습으로 출몰한다. 더블린에서는 '우리 시대'의 '오메로스'인 제임스 조이스로, 런던에서는 공원 벤치에서 잠자는 노숙자로 등장한다.

화자들은 시가 진행되면서 변하고 서로 어우러진다. 한 화자는 세

* 그리스 신화에 나오는 포이아스의 아들로, 헤라클레스에게 활과 화살을 받았으나 훗날 맹세를 어겨 치명상을 입는다.

인트루시아 요양원에 입원한 어머니에게 작별을 고하는 데렉 월코트 자신이다. 그는 시를 썼지만 '문학이라는 낯선 장치'의 일부라고 느낀 적이 한 번도 없다는 아버지와 만난다. 호메로스의 인용에도 불구하고 월코트는 호메로스와 고전주의를 거부한다. 그는 '이런 연상을 할 필요가 전혀 없다. 사물은 역사가 없어도 문학이 없어도 그 자체가 되어 그 자체의 빛으로 존재한다'고 주장한다. 시에서도 같은 말을 한다.

> 어째서 헬렌을 보지 않는가
>
> 호메로스의 그림자 없이, 오로지 태양이 그녀를 본 대로,
> 혼자 바닷가에서 플라스틱 샌들을 흔들고 있는 모습,
> 바닷바람처럼 신선한 모습을?
>
> why not see Helen
>
> as the sun saw her, with no Homeric shadow,
> swinging her plastic sandals on the beach alone,
> as fresh as the sea-wind?

월코트는 자신이 호메로스의 서사시를 '한 번도 진지하게 읽지 않았고', '끝까지 읽지도 않았다'고 말한다. 순수한 야생의 세인트루시아는 그의 이상이고, 그는 풍요롭고 잊을 수 없는 시로 그곳을 불러낸다. 난파한 배들과 '은빛 정어리의 부채꼴 지하 무덤' 사이로 소라고둥을 따러 잠수하는 아킬레의 묘사가 하나의 예다. 이에 비교하면 호메로스는 그저 '녹색 바나나 밑에 쌓인 엄청난 그리스의 분뇨'일 뿐이다.

고전주의를 거부하는 이유는 그리스인들이 노예를 부렸기 때문이다. 아테네는 잔혹한 미국 남부의 전신이다. 세인트루시아에 현재 거주하는 사람들의 조상은 아프리카에서 잡혀 온 노예들이었다. 시는 또한 팽창하는 미합중국이 학살한 미국 원주민들도 궤도로 끌어들인다. 보스턴 운동가 캐서린 웰든Catherine Weldon(1844~1921)의 눈을 통해 우리는 수족과 크로우족의 멸종을 목격한다.

그러나 시의 메시지는 화해다. '우리는 모두 치유될 것이다'가 이 시의 낙관적인 결론이다. 마 킬먼은 고대 아프리카의 지혜로 부두교의 영령을 불러내고 장거리를 이동하는 철새 시스위프트가 씨앗을 물고 온 아프리카의 약초를 써서 필록테테의 다리궤양(족쇄를 찬 노예 조상의 발목을 상징한다)을 낫게 해준다. 시스위프트는 하늘을 배경으로 날아가는 십자가를 닮은 새로, 꾸준히 반복되는 상징이다. 신은 아킬레에게 시스위프트가 '내 십자가형의 표징'이라고 말한다. 월코트가 노벨 문학상을 받았을 때, 위원회는 서로 다른 문화가 어떻게 서로를 풍요롭게 하는지 보여주는 이 작품의 '세계적 인간의 함의'를 높이 평가했다.

마야 안젤루Maya Angelou(1928~2014)는 시인일 뿐 아니라 흑인 여성의 대변자였고 마틴 루터 킹 주니어, 맬컴 X와 나란히 싸운 인권운동가였다. 세인트루이스에서 태어난 안젤루는 젊다 못해 어린 나이부터 요리사, 나이트클럽 댄서, 성 노동자, 가수, 배우로 일했다. 일곱 편의 자서전 중 첫 권인 『새장에 갇힌 새가 왜 노래하는지 나는 아네I Know Why the Caged Bird Sings』(1969년)는 흑인 시인 폴 던바Paul Dunbar(1872~1906)의 작품에서 제목을 따왔다. 여덟 살 때 어머니의 애인에게 학대당한 일을 폭로하는 이 책은 미국의 일부 학교에서 금서로 지정되었으나 안젤루에게는 일약 명성을 가져다주었다.

그녀의 시는 이른 나이에 겪은 굴욕을 토로한다.

내가 일하는 집 아이는 나를 얘라고 부른다.
나는 말한다, 일을 위해서 '네, 마님'이라고.
The child I works for calls me girl.
I say 'Yes, ma'am' for working's sake.

믿을 수 없는 남자들에게 버림받은 경험은 또 하나의 주제다.

침묵이
내 한밤의 침실 문
열쇠를 돌려 열고
네 베개
위에서 자러 온다.
Silence
turns the key
into my midnight bedroom
and comes to sleep upon your
pillow.

자기비판 속에서 안젤루는 자신이 원한 없이 글을 쓰지 못함을 깨닫는다.

내 연필은 멈추고
그 조용한 길을 따라
가려 하지 않는다.
나는 써야만 한다,

거짓된 애인들과

증오와
증오에 찬 분노에 대해
빨리.

My pencil halts
and will not go
along that quiet path.
I need to write
of lovers false

and hate
and hateful wrath
quickly.

서아프리카 노예의 후손인 안젤루는 노인들의 얼굴에서 '경매장'과 노예의 족쇄를 본다. 가장 유명한 시 「새장에 갇힌 새Caged Bird」는 노예제를 다루고, 「오래된 바다에서 죽은 아이Child Dead in Old Seas」는 노예들이 잡혀 온 곳인 아프리카를 불러낸다. 그러나 그녀에게는 더 조용한 목소리도 있다. 그 조용한 목소리로 호박 한 덩어리에서 '열기 없는 불이 제 몸을 태운다'든가 '겨울 햇살처럼 / 가벼운' 어린아이의 몸을 발견한다.

그녀의 시 「아침의 맥박에 관하여On the Pulse of Morning」는 휘트먼의 「나 자신의 노래」처럼 모든 미국인을 포용하며 희망에 차 미래를 바라본다.

역사, 그 뼈저린 고통에도 불구하고
지난 삶을 지울 수는 없고, 용기를 가지고 마주한다면,
다시 살아갈 필요가 없다.
History, despite its wrenching pain,
Cannot be unlived, and if faced with courage,
Need not be lived again.

메리 올리버Mary Oliver(1935~2019)는 시와 책을 사는 대중 사이의 경계를 넘었다. 일부 순문학 비평가들은 지나치게 단순하다고 여기지만, 〈뉴욕 타임스〉에 따르면 그녀는 '누가 뭐래도 이 나라에서 가장 잘 팔리는 시인'이다. 오하이오 주 메이플하이츠에서 태어난 그녀는 어렸을 때 학대를 당했지만(시집 『꿈의 작용Dream Work』에서 이를 회상한다) 자연에서 위안을 찾았고, 나뭇가지와 잡풀로 직접 지은 오두막집으로 피신해 시를 썼다. 오하이오 주립대학과 바사르 대학에서 수학한 후, 파트너였던 사진작가 몰리 멀론 쿡과 함께 매사추세츠 주 프로빈스타운에 자리를 잡았다. 그녀의 시 다수가 이 주변의 전원을 산책하면서 지은 것이다.

수피 신비주의자인 루미Rumi(1207~1273)와 하페즈에게서 영감을 받은 메리 올리버는 자연의 세계를 신성을 내다보는 창으로 해석하지만, 이 신성에는 사후 세계나 조물주 신을 향한 믿음이 포함되어 있지 않다. 올리버는 또한 몸과 몸의 욕망을 억압해야 한다는 종교적 관념도 거부했다. 존경했던 릴케처럼, 그녀 역시 인간은 이성과 문화로 인해 소외되어 새와 동물이 누리는 자연적 기쁨을 누리지 못한다고, 자연은 맹수와 맹금의 세계라는 깨달음마저 자연을 누리는 기쁨을 빛바래게

할 수 없다고 믿었다.

올리버가 쓴 가장 유명한 시는 「여름날The Summer Day」이고, 그녀 자신이 읽은 도전적이고 예리한 낭독 녹음을 인터넷에서 찾아볼 수 있다.

누가 세계를 만들었나요?
누가 백조를, 검은 곰을 만들었나요?
누가 메뚜기를 만들었나요?
이 메뚜기는, 내 말은 –
풀밭에서 몸을 던져 뛰어나온 그
내 손에서 설탕을 받아먹던 그
턱을 위아래가 아니라 앞뒤로 움직이고 있는 그
거대하고 복잡한 눈으로 주위를 응시하고 있는 그 메뚜기가
이제 파리한 앞다리를 들어 얼굴을 깨끗이 싹싹 씻어요.
이제 날개를 활짝 펼쳐 떠다니듯 날아가요.
나는 기도가 정확히 무엇인지 몰라요.
다만 주의를 기울일 줄 알고, 풀밭에
풀썩 주저앉을 줄 알고, 풀밭에 무릎을 꿇을 줄 알고,
게으르고 행복할 줄 알고, 벌판을 휘적휘적 가로질러 걸을 줄 알지요.
그래서 그게 종일 내가 했던 일이에요.
말해주세요, 내가 달리 또 무엇을 해야 했는지?
결국, 모든 것이 죽지 않나요, 너무나 빨리?
단 하나의 멋지고 소중한 삶으로
당신이 무엇을 하려는지 그 계획을 내게 말해주세요.
Who made the world?
Who made the swan, and the black bear?

Who made the grasshopper?
This grasshopper, I mean–
the one who has flung herself out of the grass,
the one who is eating sugar out of my hand,
who is moving her jaws back and forth instead of up and down,
who is gazing around with her enormous and complicated eyes.
Now she lifts her pale forearms and thoroughly washes her face.
Now she snaps her wings open, and floats away.
I don't know exactly what a prayer is.
I do know how to pay attention, how to fall down
into the grass, how to kneel down in the grass,
how to be idle and blessed, how to stroll through the fields,
which is what I have been doing all day.
Tell me, what else should I have done?
Doesn't everything die at last, and too soon?
Tell me what is it you plan to do
with your one wild and precious life?

위대한 오스트레일리아 시인 레스 머레이Les Murray(1938~2019)는 뉴사우스웨일스 번야에 소재한 아버지의 낙농업 농장에서 가난하게 자랐다. 심지어 겨울에도 맨발로 소떼를 돌보는 게 어린 시절 그의 일이었고, 발을 데우기 위해 따뜻한 소똥 속에서 펄쩍펄쩍 뛰었던 기억도 있었다. 조금만 잘못해도 가차 없이 매질을 당했다. 학교에서는 따돌림과 조롱에 시달렸다. 그러나 그는 독서를 사랑했고 혼자서 책을 읽고 꿈꾸며 시간을 보냈다. 그는 장학금을 받아 시드니 대학에 진학했고, 학생 잡지에 시를 발표하기 시작했다. 그는 자신이 고대어와 현대어를 막론하고 모든 유럽 언어를 쉽게 터득하는 재주가 있음을 깨닫고 통번역 일을 하면서 오스트레일리아 전역을 히치하이크로 여행했다. 1961년 그는 동료 학생인 발레리 모렐리와 결혼했고, 모렐리를 따라 가톨릭으로 개종했다. 그리고 그 후로 자신의 시는 '신의 영광을 위한' 것이라고 말했다.

그는 소박하고 오스트레일리아인다운 가치관을 지녔다. 평범한 독자들을 배제한다는 이유로 미국 백인의 모더니즘을 혐오했다. 자유주의자와 지식인 모두를 미심쩍게 바라보았다. 그는 인간을 타락시키는 불모의 도시 생활보다 농촌의 삶을 선호했다. 농밀하게 은유적이고 격렬한 시는 그의 영웅인 제라드 맨리 홉킨스에 뿌리를 두고 있다. 홉킨스와, 우리가 이제까지 살펴본 많은 시인처럼 머레이의 꾸준한 주제는 자연 세계와 우리가 자연과 관계를 맺는 방식이다.

그는 과연 자연 세계에 의미가 담길 수 있는지 그 여부를 고민한다. 아니면 언어라는 인간의 발명품이 의미마저 발명한 것일까? 그는 「도축의 날을 논하는 소들The Cows on Killing Day」에서 말하는 소를 상상하고, 「콕스퍼 덤불숲Cockspur Bush」에서는 말하는 덤불을 상상한다. 눈부신 복화술의 위업이지만 꾸며낸 허구다. 현실에서는, 인간을 제외한 모든 생물은 언어가 없다는 이유로 무의미하게 살아야 할 운명일까? 머레이는 시 「존재의 의미The Meaning of Existence」에서 이런 논리를 부인하는 듯 보인다. 하지만 정말 그럴까? 아니면 시의 결말은 신념 체계를 뒤흔들고, 심지어 자신의 확실성마저 포함한 모든 확실성에 의문을 갖는 시의 힘을 보여주는 걸까?

언어를 제외한 만물은
존재의 의미를 안다.
나무, 행성, 강, 시간은
다른 건 아무것도 알지 못한다. 그래서 그걸 표현한다,
순간순간, 우주가 그렇듯.

심지어 몸이라는 이 바보도
부분적으로는 그것을 산다, 그리고
그 안에 온전한 위엄을 갖길 원한다,
오로지 내 수다 떠는 정신의
무지한 자유를 위해.

Everything except language
knows the meaning of existence.
Trees, planets, rivers, time
know nothing else. They express it
moment by moment, as the universe.

Even this fool of a body
lives it in part, and would
have full dignity within it
but for the ignorant freedom
of my talking mind.

이 책에 관련 자료의 수록을 허락해주신 분들께 감사드립니다.

Excerpts from 'The Waste Land'; 'Portrait of a Lady'; 'The Love Song of J. Alfred Prufrock'; 'La Figlia Che Piange'; 'Ash Wednesday'; 'The Hollow Men'; 'Morning at the Window'; 'Marina'; 'Journey of the Magi'; 'Four Quartets'; and 'East Coker' by T. S. Eliot from *The Complete Poems and Plays*, Faber & Faber Ltd, 1969, reproduced by permission of the publisher. Excerpts from *The Complete Canzoniere* by Petrarch and translated by A. S. Kline, copyright © 2002, published via Poetry in Translation, https://www.poetryintranslation.com, and reproduced by permission. Excerpts from *Faust: Part One* and *Faust: Part Two* by Goethe, translated by Philip Wayne, Penguin Classics, copyright © 1949, 1959 by the Estate of Philip Wayne; and 'The Albatross' by Charles Baudelaire from *Selected Poems*, translated by Carol Clark, Penguin Books, p. 7, copyright © 1995 by Carol Clark, reproduced by permission of Penguin Books Ltd. Excerpts from *Selected Verse of Arthur Rimbaud*, introduced, edited and translated by Oliver Bernard, copyright © 1962, The Penguin Poets, reproduced by kind permission of the Estate of Oliver Bernard. An excerpt from 'After the

Deluge' by Arthur Rimbaud, translated by Louise Varese from *Illuminations*, copyright © 1957 by New Directions Publishing Corp, reproduced by permission of New Directions Publishing Corp. An excerpt from 'Ars Poetica' by Paul Verlaine from *One Hundred and One Poems* by Paul Verlaine. A Bilingual Edition, translated by Norman R. Shapiro, University of Chicago Press, 1999, p. 129, reproduced with permission. Excerpts from 'The Windows' by Stephane Mallarmé from *Selected Poems*, translated by C. F. MacIntyre, University of California Press, 1957, reproduced with permission. An extract from 'Poetry Hero: Rudyard Kipling' by Alison Brackenbury, http://archive.poetrysociety.org.uk/content/publications/poetrynews/hero/kipling/, reproduced with permission of the author. Excerpts from 'Mending Wall'; 'Stopping by Woods on a Snowy Evening'; and 'After Apple-Picking' by Robert Frost from *The Poetry of Robert Frost*, edited by Edward Connery Lathem, copyright © 1923, 1930, 1939, 1969 by Henry Holt Company; © 1951, 1958 by Robert Frost; © 1967 by Lesley Frost Ballantine, reproduced by permission of Henry Holt Company, all rights reserved. An excerpt from 'The Listeners' by Walter de la Mare from *Collected Poems*, Faber & Faber, 1979, p. 84, reproduced by permission of The Literary Trustees of Walter de la Mare and The Society of Authors as their Representative. The poem 'On a General Election' by Hilaire Belloc from *Complete Verse*, Pimlico, 1991, p. 115, reproduced by permission of Peters Fraser & Dunlop, www.petersfraserdunlop.com, on behalf of the Estate of Hilaire Belloc. Excerpts from 'Sea Fever' and 'Cargoes' by John Masefield from *The Collected Poems of John Masefield*, Heinemann, 1925, pp. 27-56, reproduced by permission of The Society of Authors as the Literary Representative of the Estate of John Masefield. An excerpt from 'The Cool Web' by Robert Graves from *Collected Poems*, 2/e, Cassell, 1959, p. 56, reproduced by permission of Carcanet Press Limited. Excerpts from 'Fight to a Finish'; 'The General';

'Counter-Attack'; 'Remorse'; 'The Hero'; 'Blighters'; and 'Suicide in the Trenches' by Siegfried Sassoon from *Collected Poems 1908-1956*, Faber & Faber Ltd, 1968, pp. 21, 39, 68, 75, 77, 91, copyright © Siegfried Sassoon, reproduced by kind permission of the Estate of George Sassoon. An excerpt from 'Afterwards' and the poem 'The Veteran' by Margaret Postgate Cole from *Scars Upon My Heart, Women's Poetry and Verse of the First World War*, selected by Catherine Reilly, Virago, 2006, reproduced by permission of David Higham Associates Ltd. Excerpts from 'Rouen' by May Wedderburn Cannan from *Scars Upon My Heart, Women's Poetry and Verse of the First World War*, selected by Catherine Reilly, Virago, 2006, p. 17, reproduced with kind permission of Mrs Clara May Abrahams. Excerpts from 'Ash Wednesday'; 'The Hollow Man'; 'Marina'; 'Journey of the Magi'; and 'Four Quartets' from *Collected Poems 1909-1962* by T. S. Eliot, copyright © 1952 by Houghton Mifflin Harcourt Publishing Company, renewed 1980 by Esme Valerie Eliot, reproduced by permission of Houghton Mifflin Harcourt Publishing Company, all rights reserved. Excerpts from 'Hugh Selwyn Mauberley [Part I]'; and the poem 'In a Station of the Metro' by Ezra Pound from *Personae*, Faber & Faber Ltd, 1952, pp. 119, 197, 200, copyright © 1926 by Ezra Pound, reproduced by permission of the publisher and New Directions Publishing Corp. An excerpt from 'The Jewel Stairs' Grievance' by Ezra Pound from *Personae*, Faber & Faber Ltd, 1952, p. 142, and *Translations*, New Directions, 1963, copyright © 1963 by Ezra Pound, reproduced by permission of the publisher and New Directions Publishing Corp. Excerpts from 'Bantams in Pinewoods'; 'Sunday Morning'; 'Another Weeping Woman'; 'Anecdote of Men by the Thousand'; 'Tea at the Palaz of Hoon'; 'Metaphors of a Magnifico'; 'To a High-Toned Old Christian Woman' and 'The Emperor of Ice-Cream' by Wallace Stevens from *Harmonium*, Faber & Faber, 2001, pp. 22, 29, 74, 75, 77, 80, 91, reproduced by permission of the publisher. Extracts and excerpts from 'Exposition of the Contents of a Cab' by Wallace Stevens from *Opus Posthumous* by Wallace Stevens, copyright © 1957 by Elsie Stevens and Holly Stevens; and 'Man Carrying Thing' by Wallace Stevens from *The Collected Poems of Wallace Stevens* by Wallace Stevens, copyright © 1954 by Wallace Stevens and copyright renewed 1982 by Holly Stevens, reproduced by permission of the publisher and Alfred A. Knopf, an imprint of the Knopf Doubleday Publishing Group, a division of Penguin Random House LLC, all rights reserved. The poems 'The Red Wheelbarrow' and 'This Is Just to Say' by William Carlos Williams from *The Collected Poems: Volume I, 1909-1939*, Carcanet, 2000, pp. 224, 322, copyright © 1938 by Directions Publishing Corp, reproduced by permission of Carcanet Press Limited and New Directions Publishing Corp. An excerpt from 'Flag Salute' by Esther Popel, published in *The Crisis*, August 1934; the publisher wishes to thank the Crisis Publishing Co., Inc., the publisher of the magazine of the National Association for the Advancement of Colored People, for the use of this material first published in the August 1934 issue of Crisis Magazine. An excerpt from 'Bottled' by Helene Johnson, 1927, reprinted from *Waiting for Love: Helene Johnson, Poet of the Harlem Renaissance*, copyright © 2000 by the University of Massachusetts Press. Excerpts from 'I, Too,' and 'The Negro Speaks of Rivers' from *The Collected Poems of Langston Hughes* by Langston Hughes, edited by Arnold Rampersad with David Roessel, Associate Editor, copyright © 1994 by the Estate of Langston Hughes, reproduced by permission of David Higham Associates Ltd, and Alfred A. Knopf, an imprint of the Knopf Doubleday Publishing Group, a division of Penguin Random House LLC, all rights reserved. Excerpts from 'Marriage'; 'A Grave'; 'The Pangolin'; 'Nevertheless'; 'An Octopus'; and 'The Steeple Jack' by Marianne Moore from *Complete Poems Revised Edition*, Faber & Faber, 1984, pp. 50, 67, 72, 125-6, reproduced by permission of the publisher and

Simon Schuster, Inc., all rights reserved. Excerpts from 'Poetry' by Marianne Moore from *The Poems of Marianne Moore*, ed. Grace Schulman, Faber & Faber, 2003, p. 135, reproduced by permission of Faber & Faber and Penguin Random House LLC, all rights reserved. Excerpts from 'The Man-Moth'; 'The Fish'; 'The Moose'; and 'One Art' by Elizabeth Bishop from *Complete Poems by Elizabeth Bishop*, published by Chatto and Windus, copyright © 2011, reproduced by permission of The Random House Group Limited and Farrar, Straus & Giroux, LLC, all rights reserved. Excerpts from 'Vague Poem' and 'Breakfast Song' by Elizabeth Bishop from *Edgar Allan Poe & The Juke-Box. Uncollected Poems, Drafts and Fragments*, edited and annotated by Alice Quinn, Farrar, Straus and Giroux, 2007, pp. 153, 158, reproduced by permission of Farrar, Straus & Giroux, LLC, all rights reserved. Excerpts from 'On This Island' and 'Who's Who' copyright © 1937 and renewed 1965 by W. H. Auden; 'September 1, 1939'; 'In Memory of W. B. Yeats'; 'Stop All The Clocks'; 'Lullaby(1937)'; 'Musée des Beaux Arts'; 'In Memory of Sigmund Freud' and 'Epitaph on a Tyrant' copyright © 1940, renewed 1968 by W. H. Auden; 'The Fall of Rome' copyright © 1947 by W. H. Auden, renewed 1975 by The Estate of W. H. Auden; 'A. E. Housman' and 'Ode to Gaea' from *Collected Poems* by W. H. Auden, copyright © 1976 by Edward Mendelson, William Meredith and Monroe K. Spears, Executors of the Estate of W. H. Auden, reproduced by permission of Curtis Brown, NY and Random House, an imprint and division of Penguin Random House LLC, all rights reserved. Excerpts from 'The Landscape Near an Aerodrome' by Stephen Spender from *Collected Poems 1928-1953*; and a letter from Stephen Spender to Christopher Isherwood in September 1934 from *Spender, Sir Stephen Harold(1909-1995)*, copyright © The Estate of Stephen Spender, reproduced with permission of Curtis Brown Ltd, London, on behalf of The Beneficiaries of The Estate of Stephen Spender. Excerpts from 'Autumn Journal'; 'Bagpipe Music'; 'The

Sunlight on the Garden'; and 'Prayer before Birth' by Louis MacNeice from *The Collected Poems of Louis MacNeice*, Faber & Faber, 1966, pp. 84, 97, 105-6, 193, reproduced by permission of David Higham Associates Ltd. Excerpts from 'Soliloquy in an Air Raid' and 'The Giraffes' by Roy Fuller from *Collected Poems, 1936-1961*, Andre Deutsch, 1962, pp. 44, 65, reprinted by permission of Welbeck Publishing. An excerpt from 'Song of the Dying Gunner A. A. 1' by Charles Causley from *Collected Poems*, Macmillan, 1992, p. 6, reproduced by permission of David Higham Associates Ltd. An excerpt from 'Naming of Parts' by Henry Reed from *Collected Poems*, edited and introduced by Jon Stallworthy, Oxford University Press, 1991, p. 49, reproduced with permission of the Licensor through PLSclear and The Royal Literary Fund. Excerpts from 'Sunday: New Guinea'; 'V-Letter'; and 'Elegy for a Soldier' by Karl Shapiro from *The Wild Card. Selected Poems Early and Late*, University of Illinois Press, 1998, pp. 62, 72, 73, reproduced by permission of Harold Ober Associates. Excerpts from 'First Snow in Alsace' and 'Mined Country' by Richard Wilbur from *Poems, 1943-1956*, Faber & Faber, 1957, pp. 18, 22, reproduced by permission of the publisher. Excerpts from 'Mail Call'; 'Absent With Official Leave'; and 'The Death of the Ball Turret Gunner' by Randall Jarrell from *The Complete Poems*, Faber & Faber Ltd, 1971, pp. 144, 170, 171, reproduced by permission of the publisher and Farrar, Straus & Giroux, LLC, all rights reserved. An excerpt from 'For Johnny' by John Pudney from *Dispersal Point and Other Air Poems*, Bodley Head, 1942, p. 24, reproduced by permission of David Higham Associates Ltd. Excerpts from 'When a Beau Goes In' by Gavin Ewart, *The Collected Ewart 1933-1980*, Hutchinson, 1980, p. 78, reproduced by kind permission of the Estate of the author. Excerpts from 'Picture from the Blitz' by Lois Clark, from *Chaos of the Night: Women's Poetry and Verse of the Second World War*, ed. Catherine Reilly, Virago, 1984, p. 27, reproduced by permission of

Brown Book Group Ltd. Extracts and an excerpt from 'To Speak of the Woe that is in Marriage' from *Robert Lowell, Life Studies* by Robert Lowell, Faber & Faber, 1959 pp. 31, 81, 96, reproduced by permission of the publisher and Farrar, Straus & Giroux, LLC, all rights reserved. Excerpts from 'Skunk Hour' by Robert Lowell from *Selected Poems*, Faber & Faber, 1965, p. 54, reproduced by permission of Farrar, Straus & Giroux, LLC, all rights reserved. Excerpts from 'Dream Song #143'; 'Dream Song #145'; and 'Dream Song #366' by John Berryman from *His Toy, His Dream, His Rest: 308 Dream Songs*, Faber & Faber, 1969, pp. 70, 72, 298; and an excerpt from 'Dream Song #14' by John Berryman from *Dream Songs*, Faber & Faber, 2014, p. 16, reproduced by permission of the publisher and Farrar, Straus & Giroux, LLC, all rights reserved. An excerpt from 'After Auschwitz' by Anne Sexton from *The Complete Poems*, Houghton Mifflin, 1981, copyright © 1981 by Linda Gray Sexton and Loring Conant, Jr, reproduced by permission of SLL/Sterling Lord Literistic, Inc.. Excerpts from 'Child on Top of a Greenhouse' by Theodore Roethke, copyright © 1946 by Editorial Publications, Inc; © 1966, renewed 1994 by Beatrice Lushington; and 'Elegy for Jane' by Theodore Roethke, copyright © 1950 by Theodore Roethke; © 1966, renewed 1994 by Beatrice Lushington from *Collected Poems* by Theodore Roethke, Faber & Faber Ltd, 1968, pp. 43, 102, reproduced by permission of the publisher and Doubleday, an imprint of the Knopf Doubleday Publishing Group, a division of Penguin Random House LLC, all rights reserved. Excerpts from 'Annus Mirablis'; 'This be the Verse'; 'Vers de Société'; 'Trees'; 'Myxomatosis'; 'An April Sunday brings the snow'; 'An Arundel Tomb'; 'Talking in Bed'; 'Afternoons'; 'Wants'; 'Aubade'; 'Here'; 'High Windows'; and 'Cut Grass' by Philip Larkin from *Collected Poems*, edited with an introduction by Anthony Thwaite, Faber & Faber Ltd, 1988, pp. 21, 42, 100, 110-11, 121, 129, 137, 165, 166, 167, 180, 181, 183, 208, reproduced by permission of the publisher and Farrar, Straus &

Giroux, LLC, all rights reserved. An excerpt from 'The North Ship' by Philip Larkin from *The North Ship* by Philip Larkin, Faber & Faber Ltd, 1966, p. 8, reproduced by permission of the publisher. Excerpts from 'Further Requirements' by Philip Larkin from *Further Requirements: Interviews, Broadcasts, Statements and Reviews, 1952-1985*, Faber & Faber Ltd, 2001, p. 57, reproduced by permission of the publisher and The Society of Authors as the Literary Representative of the Estate of Philip Larkin. Excerpts from 'The Short Life of Kazuo Yamamoto' and 'The Terrible Shears' by D. J. Enright from *Collected Poems*, Oxford University Press, 1981, pp. 15-16, 107, reproduced by permission of Watson Little Ltd. An excerpt from 'One Flesh' by Elizabeth Jennings from *New Collected Poems*, Carcanet, 2002, reproduced by permission of David Higham Associates Ltd. Excerpts from 'Middlesex' and 'Baker St Station Buffet' by John Betjeman from *Collected Poems*, John Murray, copyright © 1955, 1958, 1962, 1964, 1968, 1970, 1979, 1981, 1982, 2001 by John Betjeman, reproduced by permission of John Murray, an imprint of Hodder and Stoughton Ltd. Excerpts from 'Not Waving But Drowning' and 'Our Bog is Dood' by Stevie Smith from *Collected Poems and Drawings/Collected Poems of Stevie Smith*, Faber & Faber Ltd, 2015, copyright © 1957, 1972 by Stevie Smith, reproduced by permission of the publisher and New Directions Publishing Corp. Excerpts from 'Daddy'; 'Nick and the Candlestick'; 'Stings'; 'Lady Lazarus'; and 'Edge' by Sylvia Plath from *Ariel*, Faber & Faber Ltd, 1965, pp. 19, 40, 54, 55, 66-7, 85, copyright © 1965 by the Estate of Sylvia Plath, reproduced by permission of the publisher and HarperCollins Publishers. Excerpts from 'Fire-Eater'; 'Hawk Roosting'; 'Pike'; and 'Thrushes' by Ted Hughes from *Lupercal*, Faber & Faber Ltd, 2001, pp. 26, 33, 52, 56, reproduced by permission of the publisher. An extract from *Poetry in the Making: An Anthology of Poems and Programmes from 'Listening and Writing'* by Ted Hughes, Faber & Faber

Ltd, 1967, p. 120, reproduced by permission of the publisher and Farrar, Straus & Giroux, LLC, all rights reserved. An excerpt 'The Envoy of Mr Cogito' by Zbigniew Herbert from *Mr Cogito*, translated by John Carpenter and Bogdana Carpenter, The Ecco Press, 1993, p. 61, reproduced by permission of The Wylie Agency(UK) Limited and HarperCollins Publishers. Excerpts from 'The Ministry of Fear'; 'Punishment'; and 'The Strand at Lough Beg' by Seamus Heaney from *100 Poems*, Faber & Faber Ltd, 2018, pp. 42, 47, 58; and 'Station Island' by Seamus Heaney from *Station Island*, Faber & Faber Ltd, 1984, p. 63, reproduced by permission of the publisher and Farrar, Straus & Giroux, LLC, all rights reserved. Excerpts from 'Omeros' and 'St Lucia Care Home' by Derek Walcott from *Omeros*, Faber & Faber, 1990, pp. 17, 46, 68, 200, 271, reproduced by permission of the publisher and Farrar, Straus & Giroux, LLC, all rights reserved. Excerpts from 'When I Think About Myself ' and 'To a Man' from *Just Give Me a Cool Drink of Water 'fore I Diiie: Poems* by Maya Angelou, copyright © 1971 by Maya Angelou; 'Song for the Old Ones'; 'Now Long Ago'; and 'Artful Prose' from *Oh Pray My Wings Are Gonna Fit Me Well* by Maya Angelou, copyright © 1975 by Maya Angelou, © 1996 by Maya Angelou and Penguin Random House LLC; and 'To Beat the Child Was Bad Enough' from *And Still I Rise: A Book of Poems* by Maya Angelou; audio rights from *And Still I Rise: A Selection of Poems Read by the Author* by Maya Angelou, copyright © 1978 by Maya Angelou, reproduced by permission of Little, Brown Book Group Ltd, Random House, and Penguin Random House Audio Publishing Group, imprints and divisions of Penguin Random House LLC, all rights reserved. An excerpt from 'On the Pulse of Morning' from *On the Pulse of Morning* by Maya Angelou, copyright © 1993 by Maya Angelou, reproduced by permission of Random House, an imprint and division of Penguin Random House LLC, all rights reserved. The poem 'The Summer Day' by Mary Oliver from *House of*

| 옮긴이의 말 |

역사는 언제나 관점을 내포한다. '시의 역사'라는 야심만만한 포괄적 제목에도 불구하고, 사실 이 책은 영국 옥스퍼드 대학 영문학 교수의 관점에서 쓰였다는 사실을 염두에 두어야 할 것이다. 독일, 프랑스, 러시아, 스페인, 일부 남미 문학이 포함되어 있기는 하지만, 기본적으로 이 책은 영어권, 대체로 영국과 미국의 시가 발전해온 역사를 중심에 두고 있다. 아마도 그 이유는, 저자가 책의 첫머리에서 노정한 시의 특수성에서 찾아야 하지 않을까 생각한다. (물론 그 문화권에서는 '세계'의 범주를 여전히 퍽 좁게 설정하는 시선이 엄연히 '주류'로서 존재한다는 사실도 직시해야 한다.)

저자는 시가 음악처럼 기억에 남고 가치를 부여받도록 특별히 조직한 언어라고 말한다. 그 말은, 시라는 언어의 형식 자체가 모국어와 떼려야 뗄 수 없는 관계라는 뜻이다. 모국어의 소리, 모국어의 리듬, 모국어의 형태, 모국어가 위치한 보이지 않는 역사적·사회적·문화적 맥락까지가 모두 시를 이룬다. 시는 모국어를 떠나는 순간 시로서 존재 가치를 적어도 절반 이상 잃게 될 것이다. 언어를 모른다면 시를 과연 이해할 수 있을까. 따라서 영어로 쓰인 시가 아닌 경우 오로지 번역으로만 접해야 하는데, 이미 모국어를 잃은 번역된 시를 읽고 그 시의 본질을 논한다는 게 가능할까. 그러므로 저자의 고충은 특히 유럽어가 아닌 지극히 낯선 언어로 쓰인 일본과 중국의 시를 영어로 번역된 시점에서 영어로 번역된 맥락으로만 다루는 데서 잘 드러난다.

물론 모든 문학은 번역 불가능성을 전제로 한다. 그러나 시는 유달리 그렇다. 형식과 내용을 분리할 수 없다는 사실 자체가, 단어 하나 대체할 수 없다는 대체 불가능성, 절대적인 유일무이성이 곧 존재의 의미이기 때문이다. 그러므로 시를 타국어로 '옮긴다'는 행위는 반달리즘이 무색한 파괴의 작업일 수밖에 없고, 언어권 밖의 사람이 시를 이해하려 들 때의 한계는 너무나 참담하게 뚜렷하기 때문이다.

당연히 이러한 시의 특수성은 저자뿐 아니라 번역자에게도 도저히 풀 수 없는 난제를 떠안긴다. 처음부터 실패할 수 없는 작업이 아닐 수 없었다. 온전한 시 작품을 처음부터 끝까지 맥락을 파악하고 번역하기도 벅찬 작업인데, 아무리 번역자가 영문학 전공자라고는 하지만, 최선의 노력에도 불구하고 파편처럼 조각조각 떠오르는 방대한 시의 발췌분을 정확히 옮겼다고 장담하기는 어렵다. 그러나 언제나 번역은 근사치의 작업이다. 최대한 가까이, 한없이 가까이 다가가려고 버둥거리는 일이다.

그럼에도 불구하고 『시의 역사』를 옮긴 이유는, 우리 역시 타자를 이해하려는 노력을 끝없이, 부단히 해야만 하기 때문이다. 온전히 이해하는 게 불가능하더라도, 원래의 형태를 잃고 해체되어 재조립된, 복제된 언어의 직조물이라 해도 언제나 타자를, 타 문화를, 타 언어를 이해하려는 노력은 이어져야 하기 때문이다. 저자는 이 책에서 수 세기에 걸쳐 까맣게 잊힌 수천수만 편의 시가 있으나, 끝내 잊히지 않은 소수를 다루었다고 말한다. 우리가 직관적으로 이해할 수 있는 문화권의 시들은 아니나, 수 세기의 시험을 통과한 걸작들은, 경이롭게도, 번역자의 손에 무너져 내렸다 재조립된 너덜너덜한 언어의 누더기 속에서도, 시간과 장소를 초월하는 의미의 찬란한 빛을 발하기도 한다.

정말로 빛나는 시성詩性은 시간과 장소는 물론, 언어마저 초월하기도 한다.

| 찾아보기 |

| ㅁ |

| ㅂ |

| ㅅ |

| ㅇ |

| ㅈ |

| ㅊ |

| ㅋ |

| ㅌ |

| ㅍ |

| ㅎ |

시의 역사

초판 1쇄 발행 | 2022년 7월 26일
초판 2쇄 발행 | 2022년 11월 14일

지은이 | 존 캐리
옮긴이 | 김선형
펴낸이 | 박남숙

펴낸곳 | 소소의책
출판등록 | 2017년 5월 10일 제2017-000117호
주소 | 03961 서울특별시 마포구 방울내로9길 24 301호(망원동)
전화 | 02-324-7488
팩스 | 02-324-7489
이메일 | sosopub@sosokorea.com

ISBN 979-11-88941-85-8 03800
책값은 뒤표지에 있습니다.